虚幻与现实之间

元杂剧『神佛道化戏』论稿

毛小雨 著

中国社会科学出版社

图书在版编目(CIP)数据

虚幻与现实之间:元杂剧"神佛道化戏"论稿/毛小雨著. —北京:中国社会科学出版社,2022.2
ISBN 978-7-5203-9712-4

Ⅰ.①虚… Ⅱ.①毛… Ⅲ.①杂剧—宗教剧—文学研究—中国—元代 Ⅳ.①I207.37

中国版本图书馆 CIP 数据核字(2022)第 026466 号

出版人	赵剑英
责任编辑	郭晓鸿
特约编辑	杜若佳
责任校对	师敏革
责任印制	戴 宽

出　　版	中国社会科学出版社
社　　址	北京鼓楼西大街甲 158 号
邮　　编	100720
网　　址	http://www.csspw.cn
发 行 部	010-84083685
门 市 部	010-84029450
经　　销	新华书店及其他书店

印　　刷	北京明恒达印务有限公司
装　　订	廊坊市广阳区广增装订厂
版　　次	2022 年 2 月第 1 版
印　　次	2022 年 2 月第 1 次印刷

开　　本	710×1000　1/16
印　　张	17.75
插　　页	2
字　　数	260 千字
定　　价	99.00 元

凡购买中国社会科学出版社图书,如有质量问题请与本社营销中心联系调换
电话:010-84083683
版权所有　侵权必究

前　言

元杂剧作为中国戏剧黄金时代的标志不是一个偶然的现象，它反映的思想和涵盖的内容是形形色色，包罗万象的。宗教戏剧是元杂剧的一个重要的组成部分。元代宗教的发展状况是诸教并存，相容并包。佛教因蒙古民族崇信而更加发扬光大，道教在北方如燎原之火燃遍中原大地，还有一些其他宗教派别都得到了发展的机会。宗教发展影响了信仰者，进而影响了整个社会，其世界观和方法论以及传教的题材和内容都浸透在人们心中。作为现实反映的文学创作，就不可避免地将宗教内容纳入自己的视野当中。同时，中国戏曲的产生和宗教的发展有密不可分的关系，从原始艺术中蕴含的戏剧因子到庙会演出的娱神大戏，都带有很强的宗教色彩。就像西方的《圣经》是文学创作无尽的话题和灵感一样，中国宗教也是中国文学或著述以及中国戏剧创作一个经常利用的主题。如佛教关于人生无常、善恶报应、三世轮回的故事，道教关于度脱升天、仙凡殊途、绝世离俗的故事成了中国戏剧常见的内容。

虽然说历代研究者对元代的宗教戏剧多有注意，但是由于概念模糊和研究的粗放，对元杂剧的宗教戏剧常常以"神仙道化"一言以蔽之，误导了后人对元杂剧宗教戏剧的认识。本书意在通过对元杂剧宗教戏剧的研究，使人们对元杂剧宗教戏剧有一个更清楚的认识，进而对元杂剧以及元代社会有一个更全面的把握。

目　录

一　元杂剧"神佛道化戏"概说 ……………………………………（1）
　　1. "神佛道化戏"的概念界定 ……………………………………（1）
　　2. "神佛道化戏"剧目辨析 ………………………………………（7）

二　元代宗教发展状况 ……………………………………………（14）
　　1. 元代佛教发展及诸门派状况 …………………………………（15）
　　2. 道教在元代的发展概况 ………………………………………（22）
　　3. 元代宗教对知识分子的影响 …………………………………（35）
　　4. "神佛道化戏"是宗教俗讲和戏剧传统的延续 ………………（40）

三　"神佛道化戏"的几种模式 ……………………………………（53）
　　1. 济世救人的度脱戏 ……………………………………………（53）
　　2. 因果业报模式 …………………………………………………（64）
　　3. 归栖山林与隐居乐道 …………………………………………（67）
　　4. 神话遇仙模式 …………………………………………………（75）

四　佛道与元杂剧的因缘 …………………………………………（80）
　　1. 佛教人物与轶闻 ………………………………………………（80）
　　2. 道教人物与轶闻 ………………………………………………（86）

· 1 ·

3. 佛教仪规与戏剧的结合 …………………………………… (91)
4. 道教仪规与戏剧的结合 …………………………………… (95)

五 "神佛道化戏"中"八仙戏"研究 ………………………………… (102)
1. 元剧"八仙"故事及其本事考 ……………………………… (102)
2. 元剧"八仙"序列的形成 …………………………………… (114)
3. "八仙戏"对后世戏曲、小说及曲艺的影响 ……………… (120)

六 《西游记》杂剧研究 ………………………………………………… (125)
1. 《西游记》杂剧的渊源和成因 ……………………………… (126)
2. 亦佛亦道的《西游记》杂剧 ………………………………… (132)
3. 孙行者形象论考 …………………………………………… (138)
4. 承前启后的《西游记》杂剧
　　——兼论与小说人物的异同 …………………………… (153)

七 "神佛道化戏"对社会现实的反映 ………………………………… (157)
1. 潇洒风流与境遇凄惨
　　——元代知识分子的生存状态 ………………………… (157)
2. 难得皈依与宗教迷狂 ……………………………………… (160)
3. 生活惨状与世态炎凉 ……………………………………… (162)
4. 生活图景与世俗民情 ……………………………………… (168)
5. 沦落风尘与逃离苦海 ……………………………………… (172)
6. 以小见大与专注描摹
　　——关于《蓝采和》的个案研究 ………………………… (175)

八 结语：在虚幻与现实之间徘徊 …………………………………… (180)

主要参考证引书目 …………………………………………………… (183)

附录 ………………………………………………………（186）

　　元代知识分子的心态写照 ………………………………（186）

　　论郑廷玉杂剧的语言艺术 ………………………………（196）

　　马致远及其杂剧创作 ……………………………………（204）

　　大都元杂剧作家作品研究 ………………………………（219）

　　南流后的大都作家及其创作 ……………………………（246）

　　目连本事及其流变考 ……………………………………（261）

后记 ………………………………………………………（276）

一　元杂剧"神佛道化戏"概说

"神佛道化"是本书提出的一个新的概念，这是在传统分类概念的基础上，经过对全部元杂剧的重新阅读而提出的，因此，在对"神佛道化戏"进行研究之前，有必要对元杂剧分类研究的历史做一下回顾。

1. "神佛道化戏"的概念界定

作为一代文学高峰的元杂剧，由于反映的社会层面包罗万象，刻画的文学形象千姿百态，林林总总，不一而足，这一方面为后代的研究者提供了大量的、生动的材料，一方面也为研究者在丰富的剧作方面想理出一个头绪设置了障碍。于是研究者们根据元杂剧所反映的内容，对其进行了分类。对某种艺术或行业进行分类研究，大概是元人的一种习惯。陶宗仪的《南村辍耕录》便有"医有十三科"，"画家十三科"，并进一步解释道："世人但知医有十三科，画有十三科，殊不知裱背亦有十三科。"① 这种对技艺的分类，是当时人们常见的形式。

再加上元杂剧与我国古代小说关系非常密切，从故事情节到表现手段都与宋元话本有着丝丝缕缕的联系，如灌园耐得翁《都城纪胜》记载南宋杭州城说书者已经分类，各有所长。他说："说话有四家：一者

---

① 分别见《南村辍耕录》卷十五、卷二十八、卷二十七。

小说，谓之银字儿，如烟粉、灵怪、传奇。说公案，皆是搏刀赶棒，及发迹变泰之事。说铁骑儿，谓士马金鼓之事。说经，谓演说佛书。说参请，谓宾主参禅悟道等事。讲史书，讲说前代书史文传、兴废争战之事。"① 宋元间人罗烨在《醉翁谈录》里，也把话本小说分为："灵怪、烟粉、传奇、公案、兼朴刀、捍棒、妖术、神仙"② 等类。

当后世研究者对元杂剧进行内容方面的研究时，很自然地也使用这种分类方法。元夏庭芝《青楼集志》把元杂剧分为"驾头、闺怨、鸨儿、花旦、披秉、破衫儿、绿林、公吏、神仙道化、家长里短之类"③。而影响最大，最为著名的当属朱权在《太和正音谱》中的"杂剧十二科"④ 把元杂剧分为十二大类：

一曰神仙道化

二曰隐居乐道（又曰林泉丘壑）

三曰披袍秉笏（即君臣杂剧）

四曰忠臣烈士

五曰孝义廉节

六曰叱奸骂谗

七曰逐臣孤子

八曰钹刀赶棒（即脱膊杂剧）

九曰风花雪月

十曰悲欢离合

十一曰烟花粉黛（即花旦杂剧）

十二曰神头鬼面（即神佛杂剧）

---

① 《都城纪胜》"瓦舍众伎"条。
② 《醉翁谈录》"舌耕叙引"条。
③ 《中国古典戏曲论著集成》二。
④ 《中国古典戏曲论著集成》三。

一 元杂剧"神佛道化戏"概说

自从宁献王朱权把"神仙道化"列为"杂剧十二科"之首后,后世的研究者忽略了元杂剧中宗教戏剧的多样性,对元杂剧涉及的大量与佛教有关的剧目语焉不详,对元杂剧中的宗教戏剧一言以蔽之曰"神仙道化"。如日人青木正儿认为"'神仙道化'不消说是取材于道教传说的,就现存的作品来看,则有两种:一种是神仙向凡人说法,使他解脱,引导他入仙道;一种是原来本为神仙,因犯罪而降生人间,既至悟道以后,又回归仙界。我的意见,把前者称为度脱剧,把后者称为谪仙投胎剧。……'隐居乐道'大概是以隐遁者的生活为主题,但是也往往带神仙味"。我们也可以把青木正儿所说的"谪仙投胎剧"称之为度厄剧,其实在广义上亦是度脱剧。但是,对"神头鬼面"一科,青木正儿认为,"用这种材料为主题的杂剧,在现存曲本中找不出来"[1]。他没有注意到后面"即神佛杂剧"的五字注脚,所以,类似这种观点在后世研究著述中比比皆是,大家基本认为元杂剧只有"神仙道化"剧,而朱权论述的"神佛杂剧"只是一个模糊不清的概念。即使在较新的论著中对元杂剧的内容和分类进行表述时,观点大抵如此:"元杂剧中的神仙道化剧也是一种形成倾向的创作现象。它们的内容大抵是或搬演道祖、真人悟道飞升的故事,或描述真人度脱凡夫俗子和精怪鬼魅的传说。不管故事的具体内容和表现角度有多么纷繁的变化,这些作品大都是以对仙道境界的肯定和对人世红尘的否定,构成它们内容上的总重点。其中有些作品所写的故事还与全真教传说有密切关联。作品中还经常出现全真教的著名人物。"[2] 这是典型的将元杂剧中佛道、神仙杂剧混为一谈的说法,虽然有些研究者已发现了这一问题,但往往浅尝辄止,没有深入下去。清人姚燮在研究元杂剧时把无名氏的一百种剧本分类划分,"释氏故事""神仙故事"是两个不同的类别[3],可是剧目甚少,不大能说明问题。游国恩、王起等人主编的《中国文学史》"元代

---

[1] [日]青木正儿:《元人杂剧概说》,中国戏剧出版社1957年版,第26—28页。
[2] 邓绍基主编:《元代文学史》,人民文学出版社1991年版,第50页。
[3] 《今乐考证》著录二,《中国古典戏曲论著集成》十。

文学"一编中,谈到"道教和佛教思想对杂剧创作也有直接的影响"①,并各举一代表性的剧目加以说明,因而给我们研究佛教戏提供了线索。《中国戏曲通史》虽然在论述《黄粱梦》、《岳阳楼》和《布袋和尚》等杂剧时提到"这些戏通过道教、佛教中仙佛度人的故事,宣扬浮生若梦,万事由命"。可是著者笼统地把《布袋和尚》归入"神仙道化"与"隐居乐道"一类②。可见,这些研究者已经发现了佛、道两教对元杂剧的影响,但是研究没有深入下去,并且朱权的"神仙道化"说左右了后世的元剧分类研究,凡涉及元杂剧与宗教有关的戏剧,大家均统称之为"神仙道化"。

其实,朱权在"杂剧十二科"中最后一科"神头鬼面"还有五字解释"即神佛杂剧",说明朱权对元杂剧中的宗教神仙戏剧的研究还是比较全面的。同时,朱权的这种分类方法也是对前代话本小说内容分类的一种继承,因为在南宋,已经有专门讲参禅悟道的话本小说了。

因此说,综合以上观点,将元杂剧中的宗教与神话戏剧,称之为"神佛道化戏"比较妥当,完全割裂开来研究,容易产生歧见与不便,因为它们之间有区别又有融合。

中国的儒、释、道三教合一,有许多人们难以说清的地方,从客观上给辨清是"佛教戏"还是"道化戏"带来一定的困难。从道教滥觞之时,道教与儒、释的关系就非同寻常。在汉代,由于儒学的阴阳五行化和儒家经典的神秘化,特别是谶纬之学的盛行,儒道之间相互吸引,相互结合。在佛教开始传入中国的时候,这种外来的宗教,为了便于在中国土地上生根立脚,也不得不与当时流行的神仙方术思想结合起来,把原来的佛教思想尽量涂上一层神仙方术的色彩,而神仙方术在创立道教的过程中,也利用佛教的某些教义来编造道教的教义,模仿佛教的某些科仪来制订道教的科仪。这说明儒、释、道很早就开始融合,而且还

---

① 游国恩等主编:《中国文学史》(三),人民文学出版社1964年版,第175页。
② 见张庚、郭汉城主编《中国戏曲通史》(上),中国戏剧出版社1980年版,第147页。

有人为儒、释、道的一致性竭力辩护。东晋孙绰说:"周、孔即佛,佛即周孔,盖外内名之耳。故在皇为皇,在王为王。佛者梵语,晋训觉也;觉之为义,悟物之谓,犹孟轲以圣人为先觉,其旨一也。应世轨物,盖亦随时,周、孔救极弊,佛教明其本耳,共为首尾,其致不殊。"① 隋朝的文中子王通更进一步阐发三教合一的思想,对唐初中央政府中文武重臣产生了程度不同的影响。由于佛教与中国儒教、道教思想这种紧密相连的关系,所以,即使遇到一些佛教戏,研究者们也往往不分泾渭,一言以蔽之称其为"道化戏",同时,元杂剧确实有三教融合的戏,让人一时难以判断清楚。在范康的《陈季卿悟道竹叶舟》中,与行童对站在一起的惠安和尚、吕洞宾和陈季卿戏谑道:"你看中间一个老秃厮,左边一个牛鼻子,右边一个穷秀才,攀今揽古的,比三教圣人还张智哩。"行童之所以这样说,是有根据的。在有的寺院,三教同一。中间供的是佛祖释迦牟尼,右边是孔子,左边是老子。这也从侧面给我们透露出一个资讯,在元代,儒、释、道合流已是很正常的现象,但这更加使人相信,即使有佛教思想,也不过是与道教的杂糅而已,两者之间没有大的区别,这是主要原因。然而,"道化戏"和"佛教戏"还是有区别的。第一,我们看一看"道化戏"与"佛教戏"塑造的形象。在现存的三十余种"神仙道化"戏中,除五种取材于正一教和古代传说的作品外,其余基本上与全真教有联系。这些戏以"七真"②"八仙"故事为其主要内容,流传至今的有马致远的《吕洞宾三醉岳阳楼》、《王祖师三度马丹阳》、《马丹阳三度任风子》、《晋刘阮误入桃源》和《西华山陈抟高卧》等,岳伯川的《吕洞宾度铁拐李岳》,范康的《陈季卿悟道竹叶舟》,无名氏的《汉钟离度脱蓝采和》《瘸李岳诗酒玩江亭》;元明之际还有杨景贤的《马丹阳度脱刘行首》、贾仲名的《铁拐李度金童玉女》、谷子敬的《吕洞宾三度城南柳》。至于存目而作

---

① 《弘明集》卷三。
② 七真为马钰、谭处端、刘处玄、丘处机、王处一、郝大通。原王喆(重阳)也为七真,后定为五祖之一,故七真又增一人,为孙不二。

品没流传下来的就更多，在此不一一列举了。从以上剧名可知，"神仙道化"剧本身所刻画的形象与佛教戏的人物形象截然不同。布袋和尚、佛印禅师、庞居士、月明和尚、船子和尚等则是佛教中的显赫人物。

　　第二，"佛教戏"和"道化戏"虽然有很多都是度脱剧，这是它们的相似之处，但也有细微的差别。"道化戏"被度脱的人为天宫的金童玉女者流，因思凡而被贬入人间；度脱者则是神仙道士，特别是八仙中的吕洞宾、铁拐李、钟离权等。佛教戏被度脱者往往是佛国极乐世界的罗汉尊者，佛祖的法身堕入尘世者；度脱者则是佛祖、高僧。佛教戏中的度脱剧其内容是借用佛教众生与轮回报应来演绎佛旨，说明佛要把那些处于凡世迷津的人解脱出来，使他们进入不生不灭的极乐世界。第三，在反映的思想内容方面，"道化戏"与"佛教戏"也不同。首先"道化戏"表现了道家的宇宙观。在上边提到的作品中都极力贬低物质的相对稳定性，用光阴流转、瞬息万变的观点把事物的运动强调到绝对化程度，从而普遍提出人生短暂，万物无常的命题，因而希望炼丹养气，以求长生不老。这种思想受佛教影响颇大。范康的《竹叶舟》就有这样一段唱词："叹光阴似掷梭，想人生能几何，急回首百年已过，对青铜两鬓蹯蹯。看王留撒会科，听沙三嘲会歌，送了些干峥嵘贪图呆货，到头来得了个什么？你不见窗前故友年年少，郊外新坟岁岁多？这都是一枕南柯。"基于此，道教尤其是全真道提倡躲是非，忘宠辱，保性全真。王重阳曾反复告诫门徒："擘开真道眼，跳出是非门。"去追求一种清静无为、返璞归真、识心见性的境界，因此《刘行首》中说："休笑我妆钝妆呆，看了几千年柳凋花谢。笑兴亡，自古豪杰，遮莫你越邦兴，吴国破争如我不生不灭。"这是一种消极避世的思想，面对现实矛盾，只是采取视而不见、听而不闻的态度避而远之。而佛教戏则在佛教基本教义"苦空观"的基础上生发开来，把人世仅仅说成一个生、病、死轮回受罪的无边苦海，把希望寄托于"来生"和"天国"。因此，"因果业报"戏大量出现。《看钱奴》《东窗事犯》《神奴儿》就是有力的证明。

综上所述，元杂剧中的"佛教戏"和"道教戏"均有鲜明的特点和丰富的内涵，仅用"神仙道化"一词是不能说明两者的，因此，笔者认为用"神佛道化"这一概念，相对来说能较为宽泛地容纳元杂剧佛道及神话戏剧的内容。

2. "神佛道化戏"剧目辨析

元杂剧现存剧本一百五十余种，加上只有存目的戏七百三四十种。在傅惜华的《元代杂剧全目》中统计，元代姓名可考的杂剧作家的作品共五百种；元代无名氏的杂剧作品，共五十种；元明之际的杂剧作品共一百八十七种。这三项，合计有七百三十七种。如果对现存剧本爬梳整理，再根据只存残曲或剧名的剧目进行考辨，可以对元代的神佛道化戏有一个总体的把握与了解。在这里边佛教戏有如下这些剧目。我们先看一下保存比较完整的佛教戏，括弧中为版本及著录情况：

马致远

半夜雷轰荐福碑（《古名家杂剧本》，继志斋本，《元曲选》本，《酹江集》本）

郑廷玉

看钱奴买冤家债主（元刊本，《元曲选》本，息机子刊本）

布袋和尚忍字记（息机子刊本，《元曲选》本）

崔府君断冤家债主（脉望馆钞校本，《元曲选》本）

吴昌龄

花间四友东坡梦（《元曲选》本）

唐三藏西天取经（日本有影印本）

李寿卿

月明三度临歧柳（息机子刊本，《元曲选》本，《柳枝集》本）

孔文卿

地藏王证东窗事犯（元刊本）

范康

陈季卿悟道竹叶舟（元刊本，《元曲选》本）

乔吉

玉箫女两世姻缘（《古名家杂剧》本，《元人杂剧选》本，《古杂剧》本，《元曲选》本，《柳枝集》本）

杨景贤

西游记（明万历刊本，日本复排本，一般刊本出自复排）

无名氏

庞居士误放来生债（《录鬼簿续编》称其为刘君锡作，《元曲选》本列入无名氏中，今从《元曲选》）

龙济山野猿听经（《古名家杂剧》本）

神奴儿大闹开封府（脉望馆抄内府本，《元曲选》本）

朱砂担滴水浮沤记（脉望馆抄来源不明本，《元曲选》本）

小张屠焚儿救母（元刊本）

仅存残曲的元杂剧佛教戏

纪君祥

陈文图悟道松荫梦（又曰《李元贞正果碧云庵》，见《元人杂剧钩沉》）

吴昌龄

唐三藏西天取经（《元人杂剧钩沉》）

无名氏

卢时长老天台梦（《元人杂剧钩沉》）

仅存剧名的元杂剧佛教戏

高文秀

泗州大圣锁水母（《录鬼簿》，《太和正音谱》）

志公和尚问哑禅（《录鬼簿》，《太和正音谱》）

杨显之

刘泉进瓜（曹本，天一本，孟本，《录鬼簿》，《太和正音谱》）

吴昌龄

鬼子母揭钵记（曹本，《录鬼簿》）

哪吒太子眼睛记（《录鬼簿》）

李寿卿

船子和尚秋莲梦（《录鬼簿》，《太和正音谱》）

王廷秀

石头和尚草庵歌（《录鬼簿》，《太和正音谱》）

金仁杰

秦太师东窗事犯（《录鬼簿》，《太和正音谱》）

杨景贤

佛印烧猪待子瞻（《录鬼簿续编》）

无名氏

行孝道目连救母（《录鬼簿续编》）

上边提到的杂剧基本上可分为两类：一种是搬演佛教故事的戏；一种则是受佛教思想浸染，宣传因果报应为主旨的戏。前者并不是讲佛本生故事，而说的是佛教徒或与佛教有关的人物故事。如《布袋和尚忍字记》和《月明和尚度柳翠》等。后者的内容比较广泛，如《看钱奴买冤家债主》和《地藏王证东窗事犯》等。这些戏大多数有它们的渊源，有的来源于史书的记载，有的取材于笔记小说，有的采用了民间传说。总的来说，与佛教有着丝丝缕缕的联系。同样，道教在元代的活动也很炽烈，以前的研究者们所提的"神仙道化"戏，就指的是这些剧目，它们在元剧中占有相当大的比重，因此，也需要在这里将其拣选出来。

比较完整的元杂剧道教戏

马致远

西华山陈抟高卧（《元刊杂剧三十种》本，《古名家杂剧》本，《古今杂剧选》本，《阳春奏》本，《元曲选》本）

吕洞宾三醉岳阳楼（《古名家杂剧》本，《元曲选》本）

邯郸道省悟黄粱梦（《古名家杂剧》本，《元曲选》本）

按：此剧属集体创作，《录鬼簿》著录于李时中名下，并注云："第一折马致远，第二折李时中，第三折花李郎，第四折红字李二。"

马丹阳三度任风子（《元刊杂剧三十种》本，脉望馆钞校本，《元曲选》本，《酹江集》本）

吴昌龄

张天师断风花雪月（《元曲选》本，脉望馆钞校本）

按：关于此剧的作者，《也是园书目》将此剧划归无名氏，属神仙类。而《元曲选》将其列入吴昌龄名下。《录鬼簿》则记载吴昌龄作有《张天师夜祭辰钩月》。于是就有人对现存《张天师断风花雪月》是否吴昌龄所作产生疑问或持否定态度，其代表者为严敦易（见《元剧斟疑》）和邵曾祺（见《元明北杂剧总目考略》）。然而，大多数的元剧专家根据内容分析，认为《辰钩月》和《风花雪月》乃是一剧。在青木正儿的《元杂剧概说》、王季思《玉轮轩曲论》、庄一拂《古典戏曲剧目汇考》等著述中都认同这一点。刘荫柏曾专门撰文考证此剧，指出："《张天师断风花雪月》虽与《录鬼簿》中所载剧目（指《辰钩月》）略有出入，但从内容情节上分析，仍属同一剧本。……旧说状元为文曲星，嫦娥为太阴星，剧中陈世英与月宫桂花仙子正似之，恰与《录鬼簿》中'文曲星搭救太阴星'意思相同，故知现存此剧即吴昌龄《张天师夜祭辰钩月》之一名。"（见《中华戏曲》第五辑）虽然说各家论述各有特点，自有道理，但笔者更从一种历史的感悟和直觉出发，《元曲选》编纂者是真正的元剧研究大家，且距剧作家生活的年代不远，其对资料掌握的可信程度要远远超过后人，所以，从《元曲选》的观点，当会贴近历史真实，这也体现出笔者对《元曲选》的一贯推崇。

史九散人

老庄周一枕蝴蝶梦（脉望馆钞校本，《孤本元明杂剧》）

岳伯川

吕洞宾度铁拐李岳（《元刊杂剧三十种》本，《元曲选》本，《酹

江集》本）

王晔

桃花女破法嫁周公（脉望馆钞校本，《元曲选》本）

按：是带有宗教色彩、民间传说性质的民俗戏。

谷子敬

吕洞宾三度城南柳（《古名家杂剧》本，息机子本，《元曲选》本，《柳枝集》本）

杨景贤

马丹阳度脱刘行首（《古名家杂剧》本，《元曲选》本）

贾仲明

吕洞宾桃柳升仙梦（《古今杂剧选》本，《元曲选》本）

铁拐李度金童玉女（《古名家杂剧》本，继志斋本，《元曲选》本）

无名氏

汉钟离度脱蓝采和（《古名家杂剧》本）

萨真人夜断碧桃花（《元人杂剧选》，《元曲选》本）

瘸李岳诗酒玩江亭（脉望馆钞校本，《孤本元明杂剧》）

仅存残曲的元杂剧道教戏

赵明道

韩湘子三赴牡丹亭（《太和正音谱》，《北词广正谱》和《元人杂剧钩沉》均载有残曲，认为是无名氏作《蓝关记》第三折）

按：傅惜华《元代杂剧全目》和庄一拂《古典戏曲存目汇考》皆将其归入赵明道名下，今从傅、庄之说。

陆进之

韩湘子引度升仙会（《元人杂剧钩沉》本）

无名氏

蓝采和锁心猿意马（《元人杂剧钩沉》本）

仅存剧名的元杂剧道教戏

郑廷玉

风月七真堂（《录鬼簿》，《太和正音谱》，《元曲选目》，《今乐考证》，《曲录》）

马致远

王祖师三度马丹阳（《录鬼簿》，《太和正音谱》，《元曲选目》，《今乐考证》，《曲录》）

石君宝

张天师断岁寒三友（《录鬼簿》，《太和正音谱》，《元曲选目》，《今乐考证》，《曲录》）

纪君祥

韩湘子三度韩退之（《录鬼簿》，《太和正音谱》，《元曲选目》，《曲录》）

赵文殷

张果老度脱哑观音（《录鬼簿》，《太和正音谱》，《元曲选目》，《今乐考证》，《曲录》）

谷子敬

邯郸道卢生枕中记（《录鬼簿续编》，《太和正音谱》，《元曲选目》，《今乐考证》）

贾仲明

丘长三度碧桃花（《录鬼簿续编》）

神话戏

这部分剧目没有明确的宗教意向，故事的源流本事多从元以前的神话传说和笔记小说而来，但是它们依然可以归入"神佛道化戏"这一范畴。

保存完整的元杂剧神话戏

尚仲贤

洞庭湖柳毅传书（《元曲选》本，《元人杂剧选》本，《柳枝集本》）

李好古

沙门岛张生煮海（《元曲选》本，《柳枝集》本）

王子一

刘晨阮肇误入桃源（《古名家杂剧》本，《元人杂剧选》本，《元曲选》本，《柳枝集》本）

无名氏

二郎神醉射锁魔镜

仅存残曲的神话剧

马致远

刘阮误入桃源洞（此曲仅《太和正音谱》和《北词广正谱》收录，前者题"第四折"；另外，有《元人杂剧钩沉》本）

仅存剧名的元杂剧神话戏

张时起

沉香太子劈华山（《录鬼簿》，《太和正音谱》，《元曲选目》，《今乐考证》，《曲录》）

李好古

巨灵神劈华岳（《录鬼簿》，《太和正音谱》，《元曲选目》，《也是园书目》，《今乐考证》，《曲录》）

锺嗣成

宴瑶池王母蟠桃会（《录鬼簿》朱凯序，《录鬼簿续编》，《太和正音谱》）

汪元亨

刘晨阮肇桃源洞（《录鬼簿续编》）

陈伯将

晋刘阮误入桃源（《录鬼簿续编》）

二 元代宗教发展状况

元朝是由起于漠北高原的蒙古贵族建立起来的，它版图辽阔，通过滚滚铁骑，杀伐征战，成为一个横跨亚、欧的统一大国。蒙古族人入主中原之后，一方面保持着传统的萨满教信仰，另一方面也在征服西藏的过程中接受了藏传佛教。为了管理和稳定以汉族为多数的多民族组成的社会，蒙古贵族在宗教信仰上实行承认现状和相容并包的政策，对佛教、道教、伊斯兰教、基督教以及其他信仰都给予宽容，形成元代宗教文化多元并存、同时发展的局面。

为了加强对新征服地区的统治，元统治者接受耶律楚材"以儒治国，以佛治心"的主张，在思想上，推崇儒学，以程朱理学作为科举和教育的首要规范。同时鼓励佛教的发展，他们对汉地佛教和藏传佛教都颇感兴趣，保证了佛教在元代的重要地位。这时，汉地佛教仍以禅宗为主流，其中临济、曹洞二宗较盛。但佛教义理方面没有什么大的改造。另外，由于蒙、藏在信仰与文化方面的特殊关系，元代最高统治者极为重视藏传佛教。将其宗教领袖由国师提升为帝师，建立起元代特有的帝师制度，使藏传佛教及其领袖有了至高无上的地位。

金元之际，全真道在北方发展如火如荼，丘处机率弟子长驱万里，面见成吉思汗，以此为契机，全真道之势如日中天，人才辈出，全真内丹学理论空前繁荣。江南地区，忠孝净明道崛起，正一道亦呈兴旺气象，仍实力雄厚，与全真道如双峰并峙，难分轩轾。

由于元朝疆域广阔，与西域及阿拉伯、波斯的交往比较频繁，回回民族正式形成，随之伊斯兰教也顺利发展起来。此外，还有基督教的一支，也里可温教从西域传入，在蒙古贵族中得到传播和发展。

尽管元朝国祚不长，但其对宗教相容并蓄的态度，使元朝的各种宗教都有相当多的信众，进而影响了社会生活和文学艺术的方方面面。

1. 元代佛教发展及诸门派状况

《元史·释老传》称："元兴，崇尚释氏。"这句话告诉我们，元帝国一建立，崇佛之风随之而起。元统治者在朝廷中"设宣政院"这样的专门机构"掌天下释教"①，从政治、经济上保证了佛教传播活动正常、顺利地进行。元朝统治者给上层僧人很高的政治地位。据《元史·仁宗纪》载，仁宗延祐六年（1039）特授僧人从吉祥荣禄大夫、大司空，加荣禄大夫、大司徒，僧文吉祥开府仪同三司"；英宗至治元年（1321）"以释法洪为释原宗主，授荣禄大夫、司徒"。像这样以三司的高位授予僧人，在中国佛教史上还是少见的。而帝师制度的建立，更是往昔所没有的。元世祖忽必烈异常崇佛，从中统元年（1260）正式建国号"大元"起，就拜八思巴为国师，以后又赐号"帝师""大法宝王"。皇帝登基，要先在他座前受戒，"虽帝、后、妃、主，皆因受戒而为之膜拜"（《元史·释老传》）。帝师之制是元代特定历史条件下的一种特殊产物，从元始，与元终，它的建立，完全是出于政治上的需要，"元自太祖起朔方时，已崇尚释教，乃得西域，世祖以其地广险远，俗犷好斗，思有以柔服其人，乃郡县土番之地，设官分职，尽领之于帝师"②。尽管帝师权威由皇帝赐予，其目的是更好地统治少数民族

---

① （明）于慎行：《穀山笔麈》。
② 《元史纪事本末》卷十八："佛教之崇。"

地区，但在发展过程中形成了他那"一人之下，万人之上"的特殊地位，就连朝廷的高级官员，也对他们畏惧三分①。其弟子"怙势恣睢，日新月盛，气焰熏灼，延于四方，为害不可胜言"（《元史·释老传》）。对这样为非作歹的僧徒，元政府极力袒护，助长了西僧飞扬跋扈的气焰。史载"上都开元寺西僧强市民薪，民诉诸留守李璧。璧方询问其由，僧已率其党持白梃突入公府，隔案引璧发，捽诸地，捶扑交下，拽之以归，闭诸空室，久乃得脱。奔诉以朝，遇赦以免"（同上）。僧党竟敢在公堂之上明火执仗，殴打长官，而朝廷并不惩罚，真是罕见。更有甚者，西僧"有杨琏真加者，世祖用为江南释教总统，发掘故宋赵氏诸陵之在钱塘、绍兴者及其大臣冢墓一百所，戕杀平民四人，受人献美女宝物无算"（同上）。他甚至"截埋宗顶（骨）以为饮器，弃骨草莽间"（《续资治通鉴》卷一八四）。有这样特殊的政治地位做保证，佛教在元代广泛传播，当属必然。

元帝崇佛，不仅要给僧众们极高的政治地位，而且在经济上提供了强有力的保证。凡举行法会、念经、祈祷、印经、斋僧、修建寺院，费用大多由国库支出。元帝还颇为慷慨，常赐寺院田产、财物，数目惊人。据史料记载，至元二十五年（1288）四月，"万安寺成，佛象及窗壁皆金饰之，凡费金五百四十四两有奇，水银二百四十斤"（《佛祖统记》卷四八）。成宗大德五年（1301）"赐昭应宫、兴教寺地各百顷，兴教寺仍赐钞万五千锭。上都乾元寺地九十顷，钞皆如兴教之数。万安寺地六百顷，钞万锭。南寺地百二十顷，钞如万安之数"（《元史·成宗纪三》）。成宗年间做佛事，"岁用钞千万锭"（《续资治通鉴》卷二〇二）。再加上僧侣种田免税，营商免税，一切差役均不承当，所以有"国家经费，三分为率，僧居二焉"②的说法。寺院的僧侣以雄厚的财力为基础，进行大规模的商业贸易活动，有些行业，几乎被寺院垄断。

---

① 《元史纪事本末》卷十八：文宗天历二年（1329），"帝师辇真吃剌思至，上命朝廷一品以下咸效迎。大臣俯伏进觞，帝师不为动"。
② 见《归田类稿》，转引自蒙思明《元代社会阶级制度》，中华书局1980年版，第136页。

元杂剧《玉壶春》里说："一任着金山寺摆满了贩茶船"；《青衫泪》亦称："我则道蒙山茶有价例，金山寺里说交易。"由此可见寺院贸易之一斑。由于统治者佞佛、怂恿的结果，整个国土之上，"凡天下人迹所到，精蓝、胜观、栋宇相望"（《续资治通鉴》卷一九七），俨然一佛国。

由于元统治者如此庇护佛教，元代汉地佛教从宋金战乱频仍的状态下恢复元气。据宣政院至元二十八年（1291）统计：全国共有"寺院二万四千三百一十八所，僧尼二十一万三千一百四十八人"（《元史·世祖纪十三》）。虽然说汉地佛教寺院、僧尼如此众多，但是在教派教义方面仍是继宋、金之余绪。《元史·释老传》对汉地佛教的发展状况概括道："若夫天下寺院之领于内外宣政院，曰禅、曰教、曰律，则固守其业。"这是说，禅宗仍是汉地佛教主流，禅宗以外各种研究佛教经典的流派称教，研究并主持戒律的宗派称律。但是，三派是各守祖业，萧规曹随，无大长进。

元代禅宗以临济、曹洞两家为主。曹洞宗在元初的北方影响颇大，其代表人物是万松行秀（1166—1246），他俗姓蔡，河内（今河南洛阳南）人。15岁出家，后大悟于磁州（今河北磁县）大明寺。他因建万松轩自适，自号万松野老。金明昌四年（1193），受章宗之命入宫说法，被赐袈裟。行秀虽主禅学，但又精通华严，深究净土。他写的《评唱天童正觉和尚颂古从容庵录》是当时禅宗名著。身为金、元两朝重臣的耶律楚材为之作序，对万松盛赞有加："得曹洞血脉，具云门善巧，备临济机峰。"是说他对禅门各派思想皆有继承和发扬。万松行秀著述颇丰，撰有《祖灯录》、《请益录》、《释氏新闻》、《辨宗说》、《心经风鸣》、《禅说》和《法喜集》等书。他思想精深，兼容并蓄三教理论，所以弟子赞扬他："儒释兼备，宗说精通，辩才无碍。"前边所说耶律楚材为元帝提出的"以儒治国，以佛治心"的治国方略，其实也是万松行秀写信告诉他的（以上均引自《湛然居士文集》）。非常准确地说明了儒、释互补的特点。行秀的传家弟子为耶律楚材。承其法嗣的弟子为雪庭福裕，住持少林寺，为元室礼重，忽必烈即位后，曾命其总领释教。而福裕的法嗣繁衍很盛。

临济宗的代表人物是海云印简、云峰妙高和中峰明本。印简（1202—1257），字海云，俗姓宋，山西岚谷宁远（今山西岚县）人。自幼出家，成年后受具足戒，游学四方。很早就与元朝最高统治者有过接触。1214年，蒙古军陷宁远（今山西五寨北），海云当时只有13岁，于"稠人中亲面圣颜"[①]。1219年，成吉思汗在西域传诏，命海云及其师中观统汉地僧人，免其差发。他顿悟的故事也比较有意思。一日，"过松浦值雨，宿于岩下，因击火，大悟。自扪面门曰：'今日始知眉横鼻直！'"（《佛祖历代通载》卷二一，《海云传》）。开悟后在兴州仁智寺"出世"开堂，后历任涞阳兴国寺、兴安永庆寺及燕京大庆寺等处主持，曾为世祖忽必烈说法并传戒。他建议忽必烈"宜求天下大贤硕儒，问以古今治乱兴亡之事"，此后忽必烈不断延请四方文学文士，访问治道，当与海云的启发有关。因重兴真定临济寺，被尊为临济中兴大师。

万松行秀和海云印简各有一名俗家弟子，他们为奠定禅宗在元朝的特殊地位，起到非常关键的作用。万松行秀的弟子是耶律楚材（1190—1244）。他是蒙古帝国的重臣，第一任中书令。字晋卿，契丹人。辽太祖耶律阿保机九世孙。父耶律履，仕金，官至尚书右丞。楚材世居中都（今北京），自幼受到母亲杨氏的良好教育，使他博览群书，旁通天文、地理、律历、术数及释老、医卜之说。他曾在万松行秀门下参禅三年，得悟良多。

1215年，蒙古军攻占中都。1218年，成吉思汗召耶律楚材至漠北，他这才告别恩师，但两人书简不绝。宋代禅宗大师正觉和尚作《颂古百篇》，号为绝唱，耶律楚材坚请行秀为之评唱，以启示后学，因此才有了行秀的名作《从容录》。成书后，行秀将其送到正在西征前线的耶律楚材手上，楚材为之作序，评价颇高。他写道："予西域伶仃数载，

[①] 《佛祖历代通载》卷二一，《海云传》。当时南进的蒙古右军统帅是术赤、察合台和窝阔台。海云所见，当为窝阔台。

忽受是书,如醉而醒,如死而苏,踊跃欢呼,东望稽颡,再四披绎,抚卷而叹曰:万松来西域矣。"(《万松老人评唱天童正觉和尚颂古从容庵录序》)他与万松的情谊,与佛教的因缘,溢于言表。

耶律楚材追随成吉思汗多年,被当作书记官和占卜星相家使用,虽为亲近,但未能施展其才。此间,他写下了《西域河中十咏》,每首均以"寂寞河中府"五个字作首句。同时,他写了《西域和王君玉诗》,露出怀才不遇的情绪。他写道:"归去不从陶令请,知音未遇孟尝贤。"但是深得禅宗个中三昧的他,自有消除郁闷的能力,他可以在与大自然的交流中找到排遣的办法。《西域河中十咏》的第二咏这样写道:"寂寞河中府,临流结草庐。开樽倾美酒,掷网得鲜鱼。有客同联句,无人独看书。天涯获此乐,终老又何如?"正是有这种超脱的心情,才能使他在官场的进退中应付裕如。成吉思汗尽管不重用他,但对他的能力了若指掌,临死之前,向窝阔台说:"此人,天赐我家。尔后军国庶政,当悉委之。"(《元史》卷一四六,《耶律楚材》)拖雷监国期间和窝阔台即位后,耶律楚材日益受到重用。1231年,任中书令,在政治、经济、文化等方面制定了一系列有利于中原经济恢复和发展的措施和政策。

在经济方面,耶律楚材通过在中原设立十路课税所,每年为蒙古政权征收大量赋税。他阻止蒙古贵族改农田为牧场的企图;建议把汉族武装地主私占的奴隶、农奴和蒙古诸王大臣将校的驱口收为国家编民;劝阻大规模屠城,保护了大量社会劳动力;反对蒙古贵族的苛征暴敛,反对西域商人对人民的高利贷剥削和汉、回商人的扑买课税剥削制度。他的主张有一部分得到实施,使多年来遭到战争破坏的中原汉地社会经济初步得到恢复。

在政治方面,耶律楚材反对蒙古诸王功臣"裂土分民",又限制割据各地的汉族武装地主所掌握的军、政、司法、经济权力,制定和实行了一些加强中央集权的措施,如定君臣礼、五户丝制、军民分治制等。特别是到了窝阔台时代,中原地区已经征服,如何更有效地统治汉族的问题提上了日程。耶律楚材发挥他"以儒治国"的才能,时常给窝阔

· 19 ·

台讲孔夫子的学说,以及"天下虽得之马上,不可以马上治"的道理。窝阔台虽很不理解这些,但知道儒教的影响深远,与释、道一样重要,可用来为己服务。于是在占领汴京之后,就命人到城内将孔子五十一代孙孔元措找来,仿照前代体例封为衍圣公。后又修复孔庙,且使孔、孟、颜等儒教圣人子孙依僧道一体蠲免差发杂役[①]。

在文化方面,耶律楚材推行保护、优待、任用儒士的政策。1230年,由他奏请后任用的十路课税正副使共20名,全都是儒士。1237年,根据耶律楚材的建议,派官到各路选试儒士,中选者4030人,即命为本地议事官,免其家赋役。到宪宗蒙哥即位时,又因高智耀奏请,"诏复海内儒士,徭役无有所与"。

他虽出入庙堂之上,但却心系山林,功名之心极淡,利禄之心绝无。他在蒙古国都城和林(今蒙古人民共和国后杭爱省厄尔得尼召北)盖了一座房子,格式与他以前在中都西山的一座相同。他为此写了《题新居壁》这样一首诗:"旧隐西山五亩宫,和林新院典刑同。此斋唤醒当年梦,白昼谁知是梦中。"又一首《喜和林新居落成》曰:"登车凭轼我怡颜,饱看和林一带山。新构幽斋堪偃息,不闲闲处得闲闲。"这种归隐的思想与耶律楚材的禅宗背景有很大关系。禅宗和尚为了追求自然的生活情趣,四处寻找幽静胜地,在大自然中陶冶禅性,做出清高淡泊的样子来。在这一点上,楚材和禅宗得到完全的契合。由此可以看出,他这种思想在大批元代知识分子中颇具代表性。

海云的弟子刘秉忠(1216—1274)是另一好禅名臣。他初名侃,字仲晦。邢州(今河北邢台)人。邢州在1220年即归蒙古政权统治。他17岁时为邢台节度使府令史。1238年,辞去吏职,先入全真道,后出家为僧,法名子聪,号藏春散人。刘秉忠身兼佛道二门之术,其太一

---

① 丁酉年(1237)曲阜文庙免差役碑,见蔡美彪《元代白话碑集录》,第42页。按此碑系据札鲁火赤也可那演胡都虎(即大断事官忽秃忽)等转奏衍圣公孔元措的报告所发的圣旨。知丁酉年应当1237年。据《佛祖历代通载》卷二一,孔元措持严实之信见海云,海云替他向忽都护(即忽秃忽)大官人陈情,始得免除其差役之赋。

六丁神术闻名,后由元世祖忽必烈命太一道五祖萧居寿承嗣,以秉忠为初祖。萧居寿本姓李。此教后合并于正一教。1242年,印简随忽必烈去内蒙古途中经过云中,二人相见,印简非常赏识子聪,于是子聪就拜印简为师。后印简将他推荐入藩王忽必烈的幕府。子聪博学多能,善于出谋划策,深受忽必烈重视。1250年,他向忽必烈上书数千言,提出"治乱之道,系乎天而由乎人"。和耶律楚材一样,同样提出"以马上取天下,不可以马上治"的思想。主张革除当时的弊政,建立制度。如尊孔崇儒,定百官爵禄,减赋税差役,劝农桑,兴学校,等等。其实,就是劝忽必烈全面采用汉文化来统治中原。他的主张对于忽必烈采用"汉法"起了有力的推动作用。1253年,从忽必烈出征云南。1259年,又从征鄂州(今湖北武昌)。1260年,忽必烈称帝,命子聪制定各项制度,如立中书省为最高行政机构,建元中统,等等。至元元年(1264),忽必烈命子聪还俗,复刘氏姓,赐名秉忠,授光禄大夫、太保、参领中书省事、同知枢密院事。至元六年,订立朝仪。至元八年,忽必烈以大元为国号,也出于刘秉忠的建议。

元代佛教能有如此高的地位是与这两位身份特殊的居士分不开的。因为元朝的统治者们对重在心灵的禅宗并不感兴趣,蒙古贵族崇信的是擅长多种密咒法术的藏传佛教。《佛祖历代通载》就记载了妙高(1219—1293)和尚与元世祖的一段对话,颇能说明这一问题。元世祖时,禅教之争激烈,于是在至元二十五年(1288),世祖召集禅、教、律各派名僧人入京"廷辩",妙高代表禅宗参加辩论。世祖问妙高:"吾也知尔是上乘法,但得法底人,入水不溺,入火不烧,于油锅中坐,汝还敢么?"妙高答:"不敢。"世祖问:"为甚不敢?"妙高答:"此是神通三昧,我此法中,无知此事。"一下子就将禅宗与藏传佛教的区别说了出来。另外,中峰明本(1263—1323)也是一位法术高深的禅师。他时住宅,时住船,称其所居曰"幻住"。元室丞相脱欢和翰林学士赵孟頫等人从其问法。元仁宗时高丽王子王璋专程参谒,明本作《真际说》令其开悟。明本对元室贵族和汉族官员、文士多有影响。由此可见，中原汉地的佛教在元朝依旧保持着自己的特点，藏传佛教仅是在蒙古贵族中流传，它们像两条不同指向的道路，通向不同信仰的人群当中，难以交叉。所以，尽管藏传佛教有至高无上的地位，但终究不能取代汉地佛教，在元杂剧佛教戏中，也看不到对藏传佛教和帝师制度的反映。

除了藏传佛教和内地的传统各宗之外，由佛教派生出来的两个门派白云宗和白莲教，在元代也拥有不小的势力。白云宗是北宋末洛阳宝应寺僧孔清觉（1043—1121）在杭州白云庵开创的一个在家佛教宗派，提倡素食念佛，所以称白云宗。它援引天台教义，攻击禅宗，被佛教传统诸宗派视为异端，官方也视之为邪教，一直给予镇压和打击。入元以后，白云宗得到政府承认，迎来了白云宗发展的全盛时期。该宗以杭州南山普宁寺为中心，势力迅速蔓延开来。1320年，复被官方作为异端邪教取缔，此后逐渐绝迹。白莲教亦产生在南宋初年。元政府对其时而承认，时而镇压。武宗至大元年（1308），"禁白莲教，毁其祠宇，以其人还隶民籍"（《元史》卷二十二，《武宗纪》）。但庐山东林寺的普度著《庐山莲宗宝鉴》十卷，阐明白莲教的宗旨；他还北上大都，担任白莲教的显正护法。仁宗时也曾一度准许传教，但下一代英宗时又进行了镇压。因为白莲教渗入了咒术信仰，所以被当成左道乱正之术而加以禁止。到元末，白莲教为红巾军起义所利用。

2. 道教在元代的发展概况

元代统治者重现道教，非前代所能比。当金朝并入元朝的版图之后，原在中国北方活动的全真道、真大道和太一道等，立即得到元室的承认和支持。继而在南宋灭亡之后，原在中国南方流行的其他宗派，也相继得到元室的承认和支持。从而使上述众多的派别都有较大的发展，呈现出少有的繁荣局面。在这众多的派别中，北方的全真道和南方的龙虎宗，最高统治者最为赏识，受到格外的优待，形成全真道和南方的龙虎宗为中心而衍生的正一道南北对峙的局面。

(1) 全真道在北方发端与兴盛

全真道兴于金,盛于元,其创始人为王喆。杂剧《马丹阳度脱刘行首》一开场,正末扮演的王重阳就将全真道创始的简单来历说了一遍:

> 贫道姓王名喆,道号重阳真人,未成道时,在登州甘河镇上开这座酒店,人则唤我做王三舍。有正阳祖师、纯阳真人,他化作二道人,披着毡来俺店中饮酒。贫道幼年慕道,不要他的酒钱,似此三年,道心不退。忽一日,他道:俺去也,王三舍,与你回席咱。贫道言称:师父哪得酒钱来?他就身边解下瓢来,取甘河水化作仙酒,其味甚嘉,方知乃神仙之术。他道:王三舍,你要学此术好,要学长生术好?贫道答言:俺愿学长生之术。遂弃却家业,跟他学道,传得长生不死之诀,成其大道。

这是杂剧作家根据民间传说和道教文献编撰而成,王重阳(1112—1170)也不是个开酒店的,而是个常到酒店里"日酣于酒"的文人。由于他饱经磨难,对世态炎凉深有体会,从而对人生产生了一种十分消极的态度,急于寻求一种灵丹妙药,超脱虚幻的生命。他主要接受楼观道修行方法,即符箓与丹鼎皆习。

金正隆四年(1159)的夏天,王喆来到陕西甘河镇饮酒啖肉,酒至半酣,有两位披毡衣的陌生人来到镇中的肉铺前。由于两人相貌奇特,王喆觉得惊奇,便不由自主地跟他们来到一僻静处,以一种虔诚的态度向他们行了大礼。于是二人言道:"此子可教矣。"于是就授予他内丹修仙秘诀。这就是全真道发展史上的重要事件"甘河遇仙"。这一年,王喆刚好四十八岁,《重阳全真集》有诗云:"四十八上始遭逢,口诀传来便有功。一粒金丹色愈好,玉京山上显殷红。"甘河遇仙之说,显系是他编造出来的神话,不足为信,但却说明此时王喆的思想发生了根本的变化,彻底完成了世界观的转变,开始以革新的面目传道。

他主张三教平等，三教合一，以《道德经》《般若经》《孝经》为教徒必修经典，不尚符箓，不炼黄白，不讲白日飞升、长生不死，而以修炼内丹，专主清静返朴归真为宗旨。因他自题所居庵堂为全真堂，所以，其创立的教派就称为全真道。

金世宗大定七年（1167），王喆云游到山东宁海，遇马钰（道号丹阳）、孙不二拜以为师，从此在山东宣道。后来，又陆陆续续收了谭处端、刘处玄、丘处机、王处一、郝大通等七个弟子，号称"七真"或"全真七子"。虽然说全真道在金代创立并发展，但由于金统治者对其心存疑虑，使全真道的发展受到诸多限制。而使全真道真正如燎原之火在北方炽盛起来的人物是丘处机。此时正是起自漠北的蒙古大军铁骑南下之际。蒙元统治者看中了全真道的影响，希望把其作为治心之术为他们的统治打下思想基础。由于全真道在北方势力强大，成为蒙古、金、南宋三朝争取的对象。1219年，金朝与南宋先后派人去山东栖霞召丘处机，丘审时度势，看两个王朝气数已尽，皆未应诏。同年，还在西征军中的蒙古成吉思汗闻其名，派近臣札八儿、刘仲禄持诏专程邀丘处机朝觐。丘处机具有敏锐的政治眼光，他一直认为宗教之兴衰不能脱离政治，尤其是统治者支持与宣导。他早年奉金世宗诏入燕京传道，在贞祐二年（金宣宗）请命招安山东杨安儿义军成功而名噪一时，引起元、金、南宋统治者重视。他预见到蒙古将会兴起，可借其力推行全真教义，同时尽可能使蒙古早日止戈息兵，以免汉地百姓横遭杀戮，于是慨然允诺，在年逾古稀、身体高迈之际，于次年偕弟子赵道坚、宋道安、尹志平、李志常等十八人北上。诗云："十年兵火万民愁，千万中无一二留。去岁幸逢慈诏下，今春顺合冒寒游。不辞岭北三千里，仍念山东二百州。穷急漏诛残喘在，早教身命得消忧。"此诗表达了他以无为之教化有为之士的心愿，为的是让百姓早日过上太平安生的日子。此行非常艰难，历时四年，行经万里，穿数十国，于元太祖十七年（1222）抵达大雪山，成吉思汗于大雪山的大营接见了他。据《长春真人西游记》卷上载："馆舍定，即入见，上劳之曰：'它国征聘皆不应，今远逾万里而来,朕甚嘉焉。'对曰:'山野诏而赴者,天也。'上悦,赐坐。食次问真人:'远来有何长生之药以资朕乎?'师曰:'有卫生之道而无长生之药。'上嘉其诚实。"求问长生之术是成吉思汗征召丘处机的主要目的,所以一见面就问起这件事。而他也没有因为丘处机实话实说感到失望,反倒称赞他的诚实。丘处机之所以要不辞辛劳地远赴大雪山,也有极强的目的性,他有诗云:"蜀郡西游日,函关东别时,群胡皆稽首,大道复开基",表示了弘道西域的宏愿;他还有诗云:"我之帝所临河上,欲罢干戈致太平",表示了弭兵救民的济世之志。成吉思汗既欲在政治上对全真道有所倚重,又欲求知长生养身之道,故对丘处机优礼有加,两人各有所需,很快就达成了共识。

丘处机在与成吉思汗的会见中,把自己的一些思想理念传达给成吉思汗,并且得到成吉思汗的欣赏。当时成吉思汗正忙于西征军事,日事攻战,丘处机劝他说:"欲一天下者,必在乎不嗜杀人";"及问为治之方,则对以敬天爱民为本;问长生久视之道,则告以清心寡欲为要。太祖深契为要"(《元史·释老传》第15册,第4524—4525页)。耶律楚材所编的《玄风庆会录》和李道谦所撰的《全真第五代宗师长春演道主教真人内传》则作了较详细的记录。在这里,比较详细地记载了成吉思汗与丘处机的交流。在成吉思汗向他询问养生之时,丘处机从节欲、息兵、止杀等几个方面谈了自己的看法。他说:"陛下春秋已及上寿,圣子神孙,枝蔓多广,但能节欲保身,则几于道矣。"在谈到山东与河北等地的情况时,他讲:"历代有国者惟重此地耳。今尽为陛下所有,奈何兵火相继,流散未集。宜选清干官为之抚治,量免三年赋役,使军国足金帛之用,黔黎复苏息之安。一举而两得,斯乃开之良策也。苟授非其才,不徒无益,反以为害。其修身养命之道,治国保民之理,山野略陈梗概,用之舍之,在宸衷之断耳。"成吉思汗听了,非常赞许。有一天雷震,成吉思汗向他咨询,丘处机借题发挥道,雷是天威,人之罪莫大于不孝,不孝则逆于天,于是天威震动加以警告,听说境内多有不孝者,陛下应以天威之说训导民众。从以上丘处机所谈论的东西

· 25 ·

可以看出，除了他阐发的养生之道属道教思想外，还谈了止杀保民，以孝治国的儒家治国之术。可以说完成了一身兼二任的使命。

丘处机的大雪山之行，是全真道走向兴盛的转捩点。成吉思汗给他的礼遇和诏令，为全真道的大发展提供了便利的条件。丘处机也借此做了不少扶危济困的事情，由是也提升了全真道的威信。据《元史·释老传》载："时国兵践踩中原，河南、北尤甚，民罹俘戮，无所逃命。处机还燕，使其徒持牒招求于战伐之余，由是为人奴者得复为良，与濒死而得更生者，毋虑二三万人，中州人至今称道之。"丘处机把握住这次机会，为全真教的发展谋划良多，使全真教达到鼎盛。他先后在燕京建立"平等""长春""灵宝"等八会，于各地大建宫观，一时道人公仆云集，教门大兴。他自己对此也很得意，对弟子讲："千年以来，道门开辟，未有如今日之盛！"（《北游语录》卷一）元宋子真《通真观碑》说，当时人们对全真道，"翕然宗之，由一化为百，由百以化千，由千以化万，虽十族之乡，百家之间，莫不有玄学以相师授，而况通都大邑者哉！"元好问《修武清真观记》谓丘处机雪山之行后，"黄冠之人，十分天下之二，声焰隆盛，鼓动海岳，其发展势头如火如荼"。高鸣《清虚宫重显子返真碑铭》说："夫全真教之兴，由正隆以来，仅百余载"，但到了元世祖统治时，其势力"今东至海，南薄汉淮，西北历广漠，虽十庐之聚，必有香火一席之奉"（《正统道藏》第33册），足见元初全真道流行之广。全真道后来合并了真大道教、楼观道和部分净明道，尤其是南传后又与金丹派南宗合并，致有南五祖、北五祖之称，成为唯一的丹鼎大派，与传统的正一道双峰对峙，平行发展。

全真道之所以能流行，还与丘处机所坚持的思想有关，比较容易为老百姓所接受。丘处机的思想基本上继承王重阳和马钰而来，又进一步得到发展。他力主三教合一，有诗可以为证："儒释道源三教祖，由来千圣古今同。"他仿效佛教"众生皆有佛性"之说，宣扬有情皆有道性，他说："凡有七窍者，皆可成真"，"畜生饿鬼，皆堪成佛"（《长春祖师语录》）。他用超生说代替长生说，云："吾宗所以不言长生者，非不长生，超之也。"而超生在于修性，故云："吾宗唯贵见性，水火配合其次也"，又说其丹功是"三分命术，七分性学"，其先性后命的主张十分鲜明。性功在于清心寡欲，"去声色，以清静为娱；屏滋味，以恬淡为美"（以上引文均见《玄风庆会录》）。全真道之所以能在元初于北方推行开来，还与丘处机济世救人的思想密不可分。王重阳创教之初，主要还是讲清静无为，但到了丘处机时，教义发生了大的改变。其弟子的《尹清和语录》讲："丹阳师父全行无为古道也。至长春师父，惟教人积功行，存无为而行有为，是执古是谓道纪，无施不可。师父尝云：'俺今日些小道气，非是无为静坐上得，是以大起尘劳作福上，圣贤付与；得道之人皆是功行到，圣贤自然与之'。"他看到由于战争蹂躏，生灵涂炭，于是令各地道徒立观度人，以救世为首要任务，这种救世济民的实践是丘处机掌教下的全真道得到广泛赞誉和流行的根本原因，全真道也成了北方人民可以依附的社会组织。清乾隆皇帝为北京白云观丘祖殿题联云："万古长生不用餐霞求秘诀，一言止杀始知济世有奇功。"这是对丘处机最简练准确的评价。

丘处机之后，全真道在其继任掌教人尹志平、李志常带领下，经历了三十多年，全真道达到了发展史上的顶峰，从三位掌教人的行迹来看，全真道在帮助蒙元王朝收揽人心，安抚百姓，稳定统治方面，确实做了不少工作，博得了统治者的信赖，因此获得了统治者的大力支持，以至于有了"黄冠之人，十分天下之二，声焰隆盛，鼓动海岳"（《遗山集》卷三十五）的声势。

谈到全真道，我们还不能不说一下潘德冲，因为在潘德冲的墓中，发现了与戏剧有关的文物，从侧面说明了全真道与元代戏剧的关系。潘德冲，字仲和，是于公元1220年随丘处机前往八鲁湾谒见成吉思汗的十八大弟子之一。这十八人是：赵道坚、宋道安、尹志平、孙志坚、夏志诚、宋德芳、王志明、于志可、张志素、鞠志国、李志常、郑志修、张志远、孟志温、慕志清、何志坚、杨志清和潘德冲。潘德冲先后任道教燕京都道录兼领宫事、诸路道教提举、河东南北两路道教都提点兼永乐镇纯阳宫住持。《甘水仙源录》卷五《冲和真人潘公神道之碑》称，潘卒于元宪宗六年（1256），于世祖中统元年（1260）下葬。1959年迁建永乐宫时，对其墓进行了发掘，在石椁上面发现了演剧的画面。据廖奔在《宋元戏曲文物与民俗》中描述，"图中所刻戏剧演员，左一人软巾诨裹，双眼眉各贯墨线，右手拇、食指放入口中打呼哨，光腿，当为副净角色。左第二人披袍秉笏作官员。左第三人头戴尖顶冠，腆腹光腿，左胳膊上挂一筒状物，正翘起拇指卖弄，明显亦是一发乔角色。左第四人叉手侍立"（见第206—207页）。作者认为，这"是元代院本的演出场景"（同上）。在潘德冲的墓中发现演剧的画面，有特殊的意义。我们可以看出，在以平阳为中心的周边地区是元剧重要活动的地方，也是道教昌盛之地，道教借演剧宣传自己的宗教理念，而戏剧也借助庙观的演出场所，两者互为利用，互为补充，自然而然地结合起来。所以我们不难明白，元剧中为什么会有那么多的道化戏出现。

（2）传统的正一道仍在发展延续

元世祖至元十三年（1276），江西龙虎山的正一道的三十六代天师张宗演北上，因为皇帝降诏，邀请他面见。江南的正一道是与北方全真道相对峙的另一大教团。奉东汉时的张陵为师，以画符念咒，驱鬼降妖，祈福禳灾为其主要的宗教活动。元世祖忽必烈率军攻打鄂州时（1259），曾派王一清去江西龙虎山访三十五代天师张可大。张可大当时曾预言，"后二十年，天下当混一"。忽必烈始终记着此语，现在预言已经应验，宇内一统指日可待，因此非常急切地同天师见面。天师到后，忽必烈赐他冠服、银印，命他总领江南道教。元世祖后又于至元十八年和二十五年两次接见张宗演，可见对正一道的重视。世祖授予张宗演天师头衔和主领江南道教事，从此成为定制，被元代历代皇帝所承袭，直至元终。

在张天师嫡传之外，张留孙与吴全节师徒是元廷最宠信的高道，其荣耀有甚于天师者。张留孙（1248—1321）字师汉，信州贵溪人，自幼学道于龙虎山。至元十三年，随张宗演入朝，次年（1277），张宗演返龙虎山，因其谈话合世祖心意，被留下奉侍宫中。《元史·释老传》载，留在京师的张留孙，由于祷止暴风雨和为昭睿圣皇后祷病有验，于是"上大喜，命为上卿，铸宝剑，镂其文曰：大元赐张上卿。敕两都各建崇真宫朝夕从驾"，深得元世祖信赖。至元十五年，授玄教宗师，赐银印。留孙曾与世祖讲论治国之道，申述黄老治道贵清静，圣人在宥天下之旨，深契世祖之心。世祖欲任完泽为相，命留孙卜筮，留孙以《易》为占，决为吉事。大德中，加号玄教大宗师，同知集贤院道教事，且追封其三代皆魏国公，官阶品俱第一。这样，留在京师的张留孙，就利用元世祖的赏识和留守京师为天师在京的合法代理人的身份，使自己的政治地位日渐巩固。于是从江西龙虎山征调了许多道士到两京崇真宫，委以京师教职，或派遣到江南各地管理教务，这些人又在各地发展教徒，他们聚集在张留孙周围成为其弟子或再传弟子，一个以他为中心的龙虎宗支派，玄教就逐渐形成了。

吴全节是张留孙门下高徒。至元二十四年从张留孙至京师见世祖。大德十一年（1307）被授予玄教嗣师，赐银印，视二品。武宗海山，赐吴全节七宝金冠，织金文之服，并赠其祖为昭文馆大学士，封其父为司徒、饶国公，母为饶国夫人。英宗至治二年（1322），吴全节嗣教为玄教大宗师，授特进上卿，崇文弘道玄德真人，总摄江淮荆襄等处道教，知集贤院道教事，赐玉印银印。吴全节好结交士大夫，亲推贤才，又能赈穷周急，曾为成宗推荐洛阳太守卢挚，谓其平易无为，而民以安靖，于是得拜集贤学士，又曾保护翰林学士阎复，不受陷害，这些都使全节声望日盛。张留孙与吴全节虽然是占卜名家，但他们并不以此一味迎合皇帝以攫取富贵，而是讲论学问，提出积极有益的建议，在当时知识界和朝臣中有较高威望。该教派领袖继吴全节之后的第三任为夏文泳，第四任为张德隆，第五任为于某，已处于元末。该教派思想上推崇儒学，力行忠孝，在宗教内容上杂学各派，表现了元朝江南道教既教派林立又杂糅合流的时代特色。

(3) 与戏曲有直接关系的净明道

尽管我们研究佛道与元剧的关系，但一般来说大多数作品是受宗教影响或者由作者写来反映宗教内容，而在元代流行于江南的净明道的重要人物，却直接参与到杂剧的创作中去。

净明道是在南宋初年于南昌兴起的一个道教派别，全称作"净明忠孝道"，系从灵宝派衍出。奉许逊为祖师，称其法箓出之于许逊真传。

灵宝派是道教早期派别之一，奉三国时葛玄为祖师，其道统是自元始天尊传下来的。在东汉·袁康《越绝书》中云，"昔禹治水于牧德之山，遇神人授以《灵宝五符》"，这就是古《灵宝经》。此经后经葛玄手，遂有《灵宝经诰》《灵宝经录》问世。至其后人葛洪玄孙葛巢甫，发扬光大，增补出一系列《灵宝经》，并逐渐形成一个派别。

净明道尊奉的许逊是东晋时人，与葛洪、郭璞为同一时代。在《十二真君传》中记载，说他师事吴猛，并与郭璞相识。而吴猛是南海太守鲍靓（鲍靓），葛洪、许迈师事之，还是葛洪的岳父。此书又云许逊从兰公学"孝道之秘法"，传"孝悌之教"。在《墉城集仙录》中说吴猛、许逊从谌母学道，盟而授之，"孝道之法，遂行江表"。此中兰公、谌母俱先后从孝道明王（亦作"孝悌王""孝道仙王"）得道成仙，而"孝道之宗"，为"众仙之长"。许逊字敬之，江西南昌人。据《云笈七签》卷106《许逊真人传》及《净明忠孝全书》卷1、2中《净明道师旌阳许真君传》、《玉真灵宝坛记》、《净明大道统》及《十二真君传》所载，他少时以射猎为业，后怆然感悟，折弩而归，在西山（亦称逍遥山）修道。因乡举孝廉，在晋太康元年出任旌阳令，人称许旌阳。许逊见晋室多难，弃官东归，与吴猛传孝道。在南昌西山为该教据点，其中重要人物除许逊、吴猛外，还有甘战、施岑、时荷等十人，合称十二真君。传说在宁康二年八月十五日许逊"阖家飞升，鸡犬悉去"。后西山教团道士在许逊故宅建游帷观为祭祀所。许逊死后在宋代受皇室重视，宋真宗赵恒大中祥符三年，将西山游帷观升格为玉隆宫。宋徽宗赵佶好道，在政和二年封许逊为"神功妙济真君"，并仿西京崇福宫规制改建玉隆万寿宫。此后,在民间对许逊信仰颇盛,每年仲秋"净月",总有许多人扶老携幼前往西山玉隆万寿宫朝拜。宋代著名文人黄庭坚等二十六人担任过玉隆万寿宫提点、提举、主管等职。南宋初年玉隆万寿宫道士何真公见社会动荡,民心思安,遂在宋高宗赵构绍兴元年八月十五日,即传说许逊飞升之日,自说许真君自天而下,降临玉隆万寿宫,传授他《飞仙度人经》《净明忠孝大法》,令其传度弟子五百余人,消禳厄会,民赖以安。何真公假托真君亲授经书,扩大教团,这就是净明道之初成。但何真公一系传承不长,后即沉寂。直至宋末元初之际,净明道才再露头角。创始人是西山道士刘玉,他并不承认与何真公有渊源,而且另起炉灶,创建净明道。刘玉字颐真,号玉真子,因少年时父母相继病故,家贫靠耕田度日,遂厌弃红尘而出家为道士。据《西山隐士玉真刘先生传》载,在元世祖至元十九年(1285)、二十年两次在西山遇见洞真天师胡慧超,传授他许逊之旨,并说"龙沙已生,净明大教将兴,当出八百弟子,汝为之师"。至元三十一年,他遇到郭璞,教以经山纬水之术,并嘱其往黄堂山乌晶原寻许真君修真的玉真坟。在元成宗铁穆耳元贞元年(1295),刘玉扩大教众,弘扬净明道法,开创新的净明道。在何真公时,所传习的符咒,斋醮之法十分烦琐,刘玉大加改革,一切从简。他认为修炼是次要的,这是后天之学,应恢复先天,返真还元,同归太极,同归无形。他强调净明大道是先天之宗本,修习的中心是封建社会的忠孝伦理道德观念。他反复讲:"何为净?不染物;何为明?不触物;不染不触,忠孝自得。"又云:"净明只是正心诚意,忠孝只是扶植纲常。"(《玉真刘先生语录》)另外,他还提出三教同源之说,尤其是将儒家忠孝思想作为净明道之本。既然他强调修仙道先修人道,所以又主张净明道士"或仕宦或隐游,无往不可","所贵忠君孝亲,奉先淑后",可以居家修行(《净明大道说》)。

刘玉开创的新净明道,仍以许逊为第一代祖师(旌阳公一传),刘玉为第二代传人(旌阳公二传),将何真公排斥在外。刘玉去世时,传法黄元吉(旌阳公三传)。黄元吉本领不在刘玉之下,使净明道大兴。

在黄元吉之后有旌阳公四传徐异、五传赵宜真、六传刘渊然，在《逍遥山万寿宫志》卷5《净明嗣传四先生传》中载有黄元吉、徐异、赵宜真、刘渊然四人传记。刘渊然以下传承谱系不明，在明末清初之际，全真教龙门法派邱处机第八代嗣法弟子徐守成入南昌西山研修净明道法，修复玉隆万寿宫，主持宫事，其后净明道的道统就由徐守诚门人谭太智、张太玄等人相继维持了。在《净明忠孝全书正讹》中附载了许迈、许穆、吕洞宾、白玉蟾、傅大师、朱真人、张真人七人传记。其中许迈、许穆、吕洞宾三人不是净明道中人。许迈虽非道中人，但与许逊的老师吴猛同在鲍靓门下，也算有点关系。白玉蟾是金丹派南宗五祖之一，南宗实际创立者，兼行神霄雷法（亦称五雷大法），他撰有《继真君传》，介绍许逊种种说法及天师胡惠超重建许仙祠事。傅大师是宋代铁柱宫道士，与朱熹有交往。张真人称张逍遥，曾入南昌西山玉隆万寿宫修净明道，是明末清初人。此中朱真人，是明太祖朱元璋第十七子朱权。在净明道中，与中国古代戏曲结缘的有两位大名人，一曰黄元吉，一曰朱权。

黄元吉（1271—1355），字希文，豫章丰城望族。豫章丰城为东晋时许逊最初传教活动之地，不仅留有许真人传教遗迹，还流传了许多许逊斩蛟、为民除害的神奇动人故事。他十二岁就出家西山玉隆万寿宫，先从清逸堂朱尊师学道，朱尊师仙逝后，又从朱师王月航受教，王月航逝后，得刘玉器重，遂成其门下大弟子。黄元吉事刘玉如父，刘玉临终前传道统于元吉，嘱其弘扬教事。黄元吉在西山建玉真、隐真、洞真三坛传授弟子，光大门庭。他为了继承和弘扬刘玉创教思想，将老师生平言行，编成《玉真先生语录》（内集、外集、别集）三卷。后来由黄元吉门人徐异增补校正的《净明忠孝全书》六卷，其中卷一至卷五是由黄元吉编集的。卷一收净明道祖师及传人传记七篇，前四篇是许逊与"净明三师"张氲、胡慧超、郭璞的传记，是采正史、野史、传闻汇集而成，算是净明道的神仙谱系。胡慧超、郭璞与净明道的关系前文已说明，张氲是唐玄宗时道士，号洪崖子，在洪州修道。洪州在唐时治所南昌，即许逊修道的西山，所以此卷中收有《净明经师洪崖先生传》。在卷六《中黄先生问答》中，录黄元吉阐述净明忠孝教义言论十三条，他认为"只要除去欲念便是净，就里除去邪恶之念，外面便无不好行检"。并认为修道之人，不只是表面的行为，应更注重内心修为，只有"内外交养"，才能达到"真净"。修习者"能净、能明、能忠、能孝"。他强调指出，"净明教中所谓真人者，非谓吐纳按摩休粮辟谷而成真也，只是惩忿窒欲，改过迁善，明理复性，配天地为三极，无愧人道，谓之真人"，而净明道十二真君就是尊孝道而成仙的。他还一再教导门人，"积善之家必有余失，积不善之家必有余殃"，道由心悟，祸福自取。黄元吉在至治三年（1323）游京师大都，获上下称誉。泰定元年（1324），三十九代天师张嗣成入朝时，向元室极力举荐黄元吉，元室因赐号"净明崇德弘道法师、教门高士"，封为"玉隆万寿宫焚修提点"。黄元吉受封后未返山，被玄教宗师张留孙挽留暂住崇真万寿宫，次年仙逝于京师。在脉望馆钞校于小谷藏本，《孤本元明杂剧》本收录有《黄廷道走千里流星马》杂剧，简目作《流星马》，题为"明黄元吉撰"。题目正名作：房玄龄谋略施兵法，李道宗智退金戈甲。贤达妇舍命救儿夫，黄廷道夜走流星马。在《录鬼簿续编》无名氏作78种中，有《流星马》杂剧，题目正名作：左贤王招百载桂枝节，黄廷道走千里流星马。在《今乐考证》和《也是园藏书古今杂剧目录》中均著录此剧目，并注明是黄元吉作，其名次在王子一之后，谷子敬、贾仲明之前，似为元末明初人。在庄一拂《古典戏曲存目汇考》、邵曾祺《元明北杂剧总目考略》中，均收"黄元吉"条，或云"此人未见著录"，或云"字里不详，事迹无考"。据前面考证，推测此人即是净明道中重要人物黄元吉。《流星马》杂剧虽写唐初汉番事，但并无民族偏激之情，这正是元代中期民族融合之状，剧中人物行为不背离孝悌之道，也符合净明道做人的标准。大概是这位道长久观杂剧演出，一时兴起的游戏之笔。

朱权（1378—1448）是明太祖朱元璋第十七子，早年深得朱元璋宠信，封宁王，手握重兵。燕王朱棣起兵时，骗夺了他的兵权。朱棣夺权即位后，永乐元年封藩朱权于南昌，朱权因心怀不满，又欲避明成祖朱棣之猜疑及他人谗毁，遂转而学南昌西山净明道，著《神隐志》（亦作《神隐》）、《汉唐秘史》等，并撰神仙道化剧。朱权地位尊贵，又就藩南昌，故净明道奉其为尊师之一。后来朱棣封他为涵虚真人。我们现在知道朱权著有杂剧十二种，其中神仙道化剧有《瑶天笙鹤》、《淮南王白日飞升》、《冲漠子独步大罗天》和《周武帝辩三教》等，除《独步大罗天》存有剧本外，其他剧目已佚。

《独步大罗天》现存脉望馆抄本，剧情讲的是东华帝君派吕洞宾和张紫阳二仙下凡度化冲漠子，吕洞宾教给他长生之道，并帮他除掉心猿意马，酒色财气和三尸之虫。最后，吕张二仙扮作渔夫、樵夫，引渡冲漠子过了弱水，上了大罗天，与群仙共舞，圆了长生之梦。据推测，该剧在《太和正音谱》中有著录，是朱权早期作品，可见道家长生不老的思想早已是朱权心中的渴望，所以当权力斗争已见分晓，朱权再无力与朱棣争锋的时候，朱权能很快认同兴盛于南昌的净明道，是顺理成章的事。

《瑶天笙鹤》和《白日飞升》剧本已佚，但从剧名以及朱权爱从历史文献中寻找创作素材的特点来看，二剧均出自古代神仙故事，前者应是"王子乔"故事："王子乔者，周灵王太子也。好吹笙作凤凰鸣。游伊洛之间，道士浮丘云接以上嵩山。三十余年后求之于山，见桓良曰：'告我家：七月七日待我于缑氏山头。'果乘白鹤，驻山岭，望之不倒，举手谢时人。数日而去。后立祠于缑氏及嵩山。"（《太平广记》卷四"神仙四"）《白日飞升》是讲淮南王刘安得道升天的故事，就连家中的鸡犬也跟着升天，《神仙传》称："时人传八公安临去也，余药器置在中庭，鸡犬舐啄之，尽得升天，故鸡鸣天上，犬吠云中也。"（《太平广记》卷八"神仙八"）从这两剧来看，朱权对求仙访道甚有兴趣，这大概是他韬光养晦的一种策略吧。

《周武帝辩三教》事见《周书·武帝记》。南北朝时，佛教大盛，所以有"南朝四百八十寺"之说，于是，儒、释、道三教的斗争亦很激烈。儒教常常帮助道教来攻击佛教。并且北魏太武帝还于太平真君七年（446）发起了废除佛教的行动，这是佛教史上一次大的"法难"，之后大兴寇谦之革新后的天师道。到了周武帝时，佛教又遭重创，于天和四年（569），召集僧道儒等讨论两教教义，会后一个月又开大会，评判三教优劣。建德二年十二月又"集群臣及沙门、道士等，帝升高座，辩释三教前后，以儒教为先，道教为次，佛教为后"。该剧撰写的就是这段往事。作为明代最高统治集团中的一员，道教的忠实信奉者，朱权对这一排次，意见大概不会相左，所以，从历史中挑出这段掌故，是自然而然的事。

综上所述，净明道一派中的两个重要人物，都与戏曲有着渊源与瓜葛，对黄元吉其人及其剧作的研究，可以填补撰写戏曲史时对此人身份不明的空白；而对朱权剧作的爬梳，可以理清朱权本人的思想脉络。从净明道与戏曲的关系来研究，又给我们研究元末明初的杂剧历史提供了一个新的视点。

3. 元代宗教对知识分子的影响

正如我们前面所说，由于蒙古入侵，中原文明遭受践踏，元代知识分子的社会地位发生了一次大的变化。这种变化表现在两方面：政治上失却晋身之路，经济上毫无生活保障。中国的知识分子主要晋身之路是科举，尤其是距元不远的北宋王朝，为了要从知识分子中选拔能维护其统治的官僚，进一步发展了隋唐以来的科举，并且使其规范化，以便普通的知识分子有更多的跻身统治者的机会。宋太祖说："昔者科举多为势家所取，朕亲临殿试，尽革其弊矣。"（《宋史·选举志一》）这从一定程度上防范了势家大族对科举的垄断，再加上一次录取的进士多达三四百人，与唐代相比，超过十倍，而且"状元及第，虽将兵数十万，恢复幽蓟，逐强蕃于穷漠，凯歌劳还，献捷太庙，其荣不可及也"（尹洙：《儒林公议》）。宋代的科举制度，以及配合这一制度的种种措施，有效地吸引当时士子走向读书应举的道路，政路的畅通带来了生活上优厚的待遇。所以说中国知识分子在宋代是比较心情舒畅的。然而，元代知识分子的境遇与之对比形成强烈的反差。元世祖统一中原后，分全国人民为蒙古人、色目人、汉人、南人四等，在法律、政治、经济上都规定了不同的待遇，蒙、汉之间差异甚大，"诸蒙古人因争及乘醉殴死汉人者，断罚出征并全征烧埋银"（《元史·刑法志四》）而汉人仅打伤蒙古人，即犯杀身之罪[1]。全民族在这种高压下难以生存。知识分子的生活则更惨。由于蒙古统治者处于蛮夷之地，在侵入长城以南的初期，还未能接受长期在中国封建社会建立的文化制度。蒙古贵族对于汉族知识分子是十分歧视并且极力排斥的，"蒙古用人，以国族勋旧贵族子弟为先"（陈邦瞻：《元史纪事本末》）。以致科举七八十年不行，断却了知识分子一条重要的生活道路。而且，前代的科举在长期推行过程中，自身流弊日甚。元灭南宋后，一部分儒生甚至痛呼"以学术误天下者，皆科举程文之士，儒亦无辞以自解矣！"（谢枋得：《程汉翁诗序》，《迭山集》卷六）这是痛定思痛后的逆反心理，因此在这种思想冲击下，出现了"皆不屑仕进，乃嘲风弄月，留连光景"（朱经：《青楼集序》）的白兰谷、关已斋辈。但是，严酷的现实还是将他们逼到社会的一隅。政治上的不平等与经济上的不平等并行不悖，历来视读书为上品的知识分子不放在眼里的商贾之道，在元朝大兴起来。元朝统一全国以后，由于版图辽阔，南北物资交流畅通无阻，经商的人逐渐增多，"舍本农，趋商贾"（《农桑辑要》卷一，《先贤务农》）的风气很盛，这些商人谋利之巨令人吃惊，张之翰说："观南方归附以来，负贩之商，游手之辈，朝无担石之储，暮获千金之利。"（《仪盗》，《西岩集》卷一三）有雄厚的经济基础作后盾，富豪与贵族、官僚、僧侣、地主联合起来构成了元代的上层阶级，而绝大多数知识分子沦入"九儒十丐"[2]的悲惨

---

[1] 《元史·董俊传》："或告汉人殴伤国人，及太府监属卢甲盗官布。帝怒，命杀以惩众。"
[2] 这种说法有两种：一官、二吏、三僧、四道、五医、六工、七匠、八娼、九儒、十丐（《迭山集》）；一官、二吏、三僧、四道、五医、六工、七猎、八民、九儒、十丐（《郑所南集》）。

处境。关汉卿的《赵盼儿风月救风尘》就写了囊中羞涩的秀才安秀实不是商人周舍的对手的事。元代的文人，基本上处于贬之唯恐不低，条条道路堵塞的困厄境遇之中。直到宣庆二年（1313）末，元廷以行科举诏颁布天下，决定恢复科举制度，但这距元杂剧兴盛的"蒙古时代"与"一统时代"① 已长达半个世纪。

  在这种社会条件下，知识分子走上了不同的生活道路。他们要反抗现实，但实力不济。只好皈依宗教，寄情山水，甚至耽恋声色，还有的与统治阶级合作。他们的人生哲学从不同侧面得到反映，尽管元初征取中原，曾得儒生之力，笼络了一批如刘秉忠、郝经、姚枢、许衡等有名的知识分子，而蒙古统治者对汉人的使用还是疑惧，就连像刘秉忠、廉希宪、张易等重臣也受到控告或从中枢中被排挤出。还有一些很有声望的文人如虞集、陈孚、程钜夫、赵孟頫之流因为是南人遂遭贬抑。就连皇帝"欲大用孟頫，议者难之"（《元史·赵孟頫传》）。在这种氛围下与统治者合作，心情不免郁郁不欢。虞集在祭扫祖墓时，其一首诗感情颇为复杂："江山信美非吾土，飘泊栖凄近百年。山舍墓田同水曲，不堪梦觉听啼鹃。"（《至正致元辛巳寒食日示弟及诸子侄》《道园学古录》）他通过对故乡的殷切怀念，曲折地表达了兴亡之感。这是处于上层的知识分子委婉细腻的心态。然而这种人在元剧作家中占极少数，只有后期杂剧作家杨梓达到"杭州路总管"一职，他如马致远、李文蔚不过是"浙江行省务官""江州路瑞昌县尹"（钟嗣成：《录鬼簿》）而已，基本上还是中下层知识分子。当然，知识分子中也不乏对现实极其不满，对社会进行激烈抗争的勇士，他们直面现实，针砭社会积弊。刘时中在其散曲《上高监司》中描写了江西饥荒的广阔生活画面以及灾区饥民挣扎于死亡边缘的悲惨情况。以沉痛的笔触愤怒地控诉了富豪大商的趁火打劫和贪官污吏的营私舞弊。愤怒地喊道："小民好苦也么

---

① 王国维：《宋元戏曲考》，"至有元一代之杂剧，可分为三期：一、蒙古时代：此自太宗取中原以后，至至元一统之初"；"二、一统时代：则自至元后至至顺后至元间"。

哥，小民好苦也么哥，便秋收鬻妻卖子家私丧。"（《全元散曲》）但这些人没有形成一股强大的力量，"而为数更多的却是在黑暗社会中，既不甘心屈沉下僚，又不能奋起斗争；既爬不上高位，也不想走向民间。他们在碰壁之余产生了消极悲观的情绪，在元代文坛中是很有影响的"①。这种"灰色的情绪"是在穷愁潦倒，幻想破灭之后产生出来的。严酷的现实改变了他们的生活态度、处世精神和人生哲学，他们摆脱传统的道德规范，纵情诗酒，携妓冶游，放浪形骸，这样可以使心灵的郁闷得以发泄、疏通，达到调节心理上的平衡作用。张养浩的一组〔中吕〕《朝天子》是这种生活的典型写照，我们且看其中一首：

> 远山，近山，两意冰弦散。行云十二拥翠鬟，换不定春风幔。锦帐琵琶，司空听惯，险教唤小蛮，粉残，黛减，正好向灯前看。

而曾瑞的《乐饮》则似乎是这首散曲的补充：

> 紫蟹肥，白醪美。万事无心且衔杯。醉乡亡尽人间世，定夜钟，报晓鸡，魂梦里。

他们彷徨，他们绝望，对人生、社会产生一种悖逆心理，反其道而行之，把风月场中的浪漫极尽夸耀之能事，表现出一种顽泼之相。其实，在狂放自由的生活外壳下，却是内心世界的极度矛盾。关汉卿的〔一枝花〕套曲《不伏老》使我们看到了以他为代表的元代知识分子那色彩斑驳却又清澈见底的心灵的波流。他公开宣称："我是个普天下郎君领袖，盖世界浪子班头。"并说"你便是落了我牙，歪了我嘴，瘸了我腿，折了我手。天赐与我这几般儿歹症候，尚兀自不肯休。则除是阎王

---

① 吕薇芬：《元代后期杂剧的衰微及其原因》，《元杂剧论集》（上），百花文艺出版社1985年版，第109页。

亲自唤,神鬼自来勾,三魂归地府,七魄丧冥幽,天哪,那其间才不向烟花儿路上走"。关汉卿毫不掩饰自己沦入社会的底层,与被损害、被侮辱的人们生活在一起的经历,以我行我素,心胸旷达的性格寻找适合自己的生活道路。因此,众多的知识分子走向民间,走向瓦肆勾栏使自己的价值重新得到世人的认识。

一部分知识分子摆脱羁縻,走向民间;一部分则寄情山水,走向自然。中国知识分子的心理性格有自己独到之处,讲究适意与心理调节,面对成功与灾难,不是大喜大悲,而是以克制、和谐的中庸之道追求内心世界的平衡,达到精神上的解脱与快意人生的实现。元代的画家,这方面的特点就很突出,他们"以统治于异族人之下,每多生不逢辰之感;故凡文人学士,以及士夫者流,每欲藉笔墨,以书写其思想寄托,以为消遣。故从事绘画者,非寓康乐林泉之意,即带渊明怀晋之思"①。因此,元代的山水画就将知识分子的思想感情融合于云烟风物之中,不论写春景、秋景或夏景、冬景、写崇山峻岭或浅汀平坡,总是给人以冷漠、清淡或荒寒之感,追求一种"无人间烟火"的境界。其实,这都是当时人们心态的一种外化。如卢挚的散曲《秋景》:"挂绝壁枯松倒依,散西风满天秋意。"冯子振的散曲则另有一番趣味。"长绳短系虚名住,倾浊酒劝邻父。草亭前矮树当门,画出轻烟疏雨。"(〔鹦鹉曲〕《溪山小景》)在这种环境里,元代知识分子筑起一道心理的堤防,来躲避"乱纷纷蜂酿蜜,急攘攘蝇争血"(马致远:〔双调·夜行船〕《秋思》)这样的社会的侵扰。于是佛教关于人生无常、善恶报应、三世轮回的故事,道教关于成仙飞升、仙凡殊途、修道服食的故事以及佛道庄禅散淡无为、逍遥避世、清静恬淡的思想都深深影响着元代的知识分子。由于元朝佛教和道教都得到特别的尊崇,其宗教教义影响信仰者,也通过宗教氛围感染信仰者,当信仰者从宗教思想、仪式、方法中获得写作灵感及题材时,那些宗教经典中的主题内容、词语典故、神话系统就直接挪移到杂剧中去。

---

① 潘天寿:《元代之绘画》,《中国绘画史》,上海人民美术出版社1983年版,第163页。

4. "神佛道化戏"是宗教俗讲和戏剧传统的延续

关于中国戏剧的起源，很早就有人认为中国戏剧起源于宗教礼俗。因为在原始祭祀的歌舞当中，已经有了一些戏剧性的成分。王国维在《宋元戏曲史·上古至五代之戏剧》中通过对上古巫觋的考察，认为巫之象神，这就有了演员和角色；巫之歌舞可乐人，这就有了观众；再加上一定的故事情节，这就包含了故事情节。他以生动的语言描绘道："浴兰沐芳，华衣若英，衣服之丽也；缓节安歌，竽瑟浩倡，歌舞之盛也；乘风载云之间，生别新知之语。荒淫之意也。是则灵之为职，或偃蹇以象神，或婆娑以乐神，盖后世戏剧之萌芽，已有存焉者矣。"可以说，在早期的巫觋歌舞中，戏剧的种子已经播下，并开始萌芽。

自北传佛教①在中国汉代兴起繁衍之后，一时间僧尼云集，佛寺林立。再加上中国原有的道教宫观，寺庙成了老百姓除进行宗教活动以外休闲娱乐的地方，《洛阳伽蓝记》卷一记载北魏景乐寺的娱乐活动道："至于大斋，常设女乐。歌声绕梁，舞袖徐转，丝管寥亮，谐妙入神。"这种情况不仅景乐寺所独有。其他寺院也是"召诸音乐，逞伎寺内。奇禽怪兽，舞抃殿庭，飞空幻惑，世所未睹。异端奇术，总萃其中。剥驴投井，植枣种瓜，须臾之间皆得食。士女观者，目乱睛迷"。由此可见，中国自有佛寺以来，就一直有把其作为娱乐场所的习惯。而佛寺也以此为重要宣讲佛经的场合，于是在唐安史之乱后，寺院出现了以通俗语言宣讲佛经的形式，俗讲。俗讲在唐诗中有许多具体的描写。如姚合在《赠常州院僧》中叙述道："古磬声难尽，秋灯色更鲜，仍闻开讲日，湖上少鱼船"；又如他在《听僧云端讲经》道："无上深旨诚难解，唯是师言得正真，远近持斋来谛听，酒坊鱼市尽无人。"说明每逢寺院

---

① 佛教中专用术语为南传、北传。南传佛教（小乘教）：斯里兰卡、缅甸、泰国、老挝、柬埔寨及中国傣族地区，属巴厘语经典系（即希伯来文）。北传佛教（大乘教）：中国、朝鲜、日本、越南，属汉语经典系（亦包括藏、蒙地区的藏语经典系）。

开讲的日子，街上的行人都见稀少，湖上的渔船也少了。可见这种俗讲对群众的吸引力之强。

在唐代长安的俗讲中，除了僧讲之外，道教徒们的道讲形式也很普遍。如韩愈在《华山女》中说："街东街西讲佛经，撞钟吹螺闹宫庭。广张罪福资诱胁，听众狎恰排浮萍。黄衣道士亦说经，座下寥落如明星。华山女儿家奉道，欲驱异教归仙灵。"由此可见，佛道二教都用这种通俗易懂的讲经形式，来宣传自己的宗教理论。

中唐以后，这种俗讲仍是沿袭着佛教徒的讲经形式进行的，本来"佛教徒宣扬佛教，在正统上大致可分为两种，一种即讲经就是释义，申问答辩，以期阐明哲理，是由法师、都讲协作进行的。另外一种是说法，是由法师一人说开示，可以依据一经讲说，也可以综合哲理，由个人发挥，既无启问，也无答辩。这是讲经与说法不同之处，相对俗讲方面也有两种，一种即讲唱经文，也是法师与都讲协作的，至于与说法相应的，则是说因缘，有一人讲说，主要择取一段故事，加以编制搬演；或径取一段传记，照本宣科，其旨为宣扬作善求福"[①]，"因缘"也称缘起，是佛教名词，即"因缘生起"的略称，本来是指一切事物必须具备各种因缘，人生种种现象也是皆在各种关系中存在，亦因关系的演变而分离或消失。在讲经中是指所叙述故事的始末缘由的发展过程。这种"说因缘"的讲经形式，就已经变成一种讲唱佛教故事的内容了。变文也就是在这种讲唱佛教故事中逐步产生的。

这种"说因缘"形式，虽然穿插一些故事，也都是以佛经中宣扬佛法无边为内容，俗讲听众久而久之，也会产生厌烦；在讲唱中，便逐渐吸收一些新的内容，如历史故事、民间故事或当代新闻之类，在演唱方面也吸收一些民间喜闻乐见的曲调，便慢慢脱离了宗教仪式，由宗教宣传品变成一种民间说唱艺术。这种艺术形式当时称为转变，它的底本就是变文。这种变文也不全是僧人演唱，在民间也出现了专门演唱这种

---

① 周绍良：《唐代变文及其它》（下），《文史知识》1986 年第 1 期。

变文的女艺人。如唐代诗人王建的《观蛮伎》：

> 欲说昭君敛翠蛾，清声委曲怨于歌。谁家少年春风里，抛与金钱唱好多。

又如晚唐诗人吉师老《看蜀女转昭君变》一诗中写道：

> 妖姬未著石榴裙，自道家连锦水濆。檀口解知千载事，清词堪叹九秋文。翠眉颦处楚边月，画卷开为塞外云。说尽绮罗当日恨，昭君转意向文君。

这种脱胎于宗教讲唱艺术的形式出现，为中国戏曲走向成熟打下了基础。我们为什么要这样说呢。它主要有如下几个特点：

一是说唱故事。转变受俗讲仪式的影响，形成一种说与唱相互配合进行说唱故事的形式。它摆脱了俗讲中的讲经文必须先引一段经文，作为讲述根据的习惯，而直接向听众讲唱故事。这样，原来在俗讲中那种都讲与法师配合的问答形式，也就发生了变化。由两人讲唱变成一个人直接对观众讲唱，以第三人称的客观立场说唱故事。因此，在转变中"说"与"唱"变得都有重要意义。

二是出现了专业演员。早在中唐的俗讲，便已形成供人欣赏的演唱特征。日本僧人圆仁在《入唐求法巡礼行记》中，记述当时说唱的著名人物：

> ……会昌元年，及敕于左、右街七寺开俗讲。左街四处：此赀圣寺令云花寺赐紫大德海岸法师讲《花严经》；保寿寺令左街僧录三教讲论赐紫引驾大德体虚法师讲《法花经》，菩提寺令招福寺内供奉三教讲论大德齐高法师讲《涅槃经》，景公寺令光影法师讲。右街三处：会昌寺令内供奉三教讲论赐紫引驾起居大德文溆法师讲

《法花经》。城中俗讲,此法师为第一。惠日寺、崇福寺讲法师未得其名。

文中提到的说唱家有海岸、体虚、齐高、光影及文溆等,并指出城中俗讲是以文溆和尚为第一。段安节的《乐府杂录》记载道:"长庆中,俗讲僧文溆,善吟经,其声宛畅,感动里人,乐工黄米饭依其念四声观世音菩萨乃撰此曲",可见文溆当时的影响。此外,唐开成(836—840)进士赵璘《因话录》卷四从另一个侧面描述了文溆受世人追捧的情况:

有文溆僧者,公为聚众谈说。假托经论,所言无非淫秽鄙亵之事。不逞之徒,转相鼓扇扶树;愚夫冶妇乐闻其说,听者填咽寺舍,瞻礼崇拜,呼为和尚。教坊效其声调以为歌曲。其盯庶易诱。释徒苟知真理,及文义稍精,亦甚嗤鄙之。近日庸僧以名系功道使,不惧台省。府县以士流好其所为,视衣冠过于仇雠,而文溆僧最甚。前后杖背,流在边地数矣。

虽说作者以鄙视的笔调写文溆,但也不得不承认"听者填咽寺舍"这一客观情况。不光是俗讲出了明星式的人物,同时,还出现了以营业为目的的演出,如《看蜀女转昭君变》和《观蛮伎》诗中所述,这些艺人已经是为了谋生而演出,因此才有"抛与金钱唱好多"的情况。

三是采用了固定的底本。在俗讲中虽然都讲固定的经文,但法师的讲唱还是可以随意发挥,这种随意发挥久而久之根据受众喜欢的程度,什么地方可以出彩,什么地方可以引起大家的极大关注,说唱者慢慢心里有数,逐渐将这些内容稳定下来。内容固定的底本也可以对后来者的传承有很大的帮助,这样能使后来者演唱得更好,达到事半功倍的效果。当然,由于演唱者的风格不同,对同一内容的处理和表现各有差异,所以演唱者各自的底本也有不同。从敦煌藏经洞发现的变文抄本中,讲唱同一故事出现了多种抄本,就是这种情况的证明。如《伍子胥变文》就同时发现了4种抄本；《前汉刘家太子传》也同时发现了4种抄本；《降魔变文》共发现了5个抄本。可见，尽管抄本稍有出入，但大致内容相同，说明艺人演出有所本已是一个不争的事实。

当演出具备以上所说的这些因素，再加上演出的场合——寺庙，为中国古典戏剧的诞生创造了条件，也为中国古典戏剧与生俱来和宗教的因缘打下了基础。变文的发展不仅为戏剧的诞生起到催产的作用，同时，根据文献记载，在北宋，变文直接发展成为杂剧。我们不妨这样说，在佛教传说诸故事中，影响较大、较久、又深入民间，衍为戏曲的莫过目连救母的故事。据孟元老《东京梦华录》卷之八"中元节"条载：

> 七月十五中元节，先数日，市井卖冥器靴鞋、幞头帽子、金犀假带、五彩衣服。以纸糊架子盘游出卖。潘楼并州东西瓦子亦如七夕。耍闹处亦卖果食种生花果之类，及印卖《尊胜目连经》。又以竹竿斫成三脚，高三五尺，上织灯窝之状，谓之盂兰盆，挂搭衣服冥钱在上焚之。构肆乐人，自过七夕，便般"目连救母"杂剧，直至十五日止，观者增倍。

以杂剧形式演绎目连故事，是中国古典戏剧宗教传统发展较为成熟的一种标志。"目连救母"杂剧出自目连变文，而目连变文则出自佛经中的一段故事。目连，即目犍连（梵文 Mahamaudgalyayana），全称摩诃目犍连，摩诃 Maha 是梵文的尊称，意思是伟大的，英雄的，如印度的民族解放前驱甘地，被人尊称为"圣雄"，即是此意。他是佛祖的十大弟子之一，传说他"神足轻举，飞到十方"有"神通第一"之美誉（《增一阿含经》卷三）。关于目连救母故事起源于佛教传说，主要见于这4部经卷：西晋竺法护译的《佛说盂兰盆经》；东晋的《佛说报恩奉盆经》（亦称《报像功德经》）；南朝时的《经律异相》中的《目连为母造盆》；隋朝的《众经目录》中的《灌腊经》。《佛说盂兰盆经》是

最早记叙目连救母故事的文献,其他经卷中的故事和其大同小异。《佛说盂兰盆经》文字如下:

闻如是,一时佛在舍卫国祇树给孤独园,大目犍连始得六通,欲度父母,报乳哺之恩,即以道眼观视世间,见其亡母生饿鬼中,不见饮食,皮骨连立。目连悲哀,即钵盛饭往饷其母。母得钵饭,便以左手障饭,右手揣饭,食未入口,化成火炭,遂不得食。目连大叫,悲号涕泣,驰还白佛,具陈如此。佛言:"汝母罪根深结,非汝一人力所奈何,汝虽孝顺声动天地,天神地祇邪魔外道,道士四天王神,亦不能奈何,当须十方众僧威神之力,乃得解脱。吾今当为汝说救济之法,令一切难皆离忧苦,罪障消除。"佛告目连:"十方众僧于七月十五日僧自恣时,当为七世父母及现在父母厄难中者,具饭百味五果汲灌盆器,香油锭烛床敷卧具,尽世甘美以著盆中,供养十方大德众僧。当此之时,一切圣众或在山闲禅定,或得四道果,或树下经行,或六通自在教化声闻缘觉,或十地菩萨大人权现比丘,在大众中皆同一心受钵和罗饭,具清净戒,圣众之道其德汪洋,其有供养此等自恣僧者,现在父母七世父母六种亲属六亲眷属,得出三涂之苦,应时解脱衣食自然。若复有人父母现在者福乐百年,若已亡七世父母生天,自在化生入天华光受无量快乐。"时佛敕十方众僧,皆先为施主家咒愿,愿七世父母行禅定意然后受食。初受盆时,先安在佛塔前,众僧咒愿竟,便自受食。尔时目连比丘及大会大菩萨众,皆大欢喜,而目连悲啼泣声释然除灭。是时目连其母,即于是日得脱一劫饿鬼之苦。尔时目连复白佛言:"弟子所生父母,得蒙三宝功德之力,众僧威神之力故,若未来世一切佛弟子行孝顺者,亦应奉此盂兰盆,救度现在父母乃至七世父母为可尔不?"佛言:"大善快问,我正欲说,汝今复问,善男子。若有比丘比丘尼,国王太子王子、大臣宰相、三公百官万民庶人,行慈孝者,皆应为所生现在父母、过去七世父母,于七月十五日佛欢喜日，僧自恣日，以百味饮食安盂兰盆中，施十方自恣僧，乞愿便使现在父母寿命百年无病，无一切苦恼之患，乃至七世父母离饿鬼苦簿，得生天人中，福乐无极。"佛告诸善男子善女人，是佛弟子修孝顺者，应念念中常忆父母供养，乃至七世父母，年年七月十五日，常以孝顺慈忆所生父母，乃至七世父母为作盂兰盆施佛及僧，以报父母长养慈爱之恩。若一切佛弟子，应当奉持是法。尔时目连比丘，四辈弟子，闻佛所说，欢喜奉行。

到了变文中，目连救母故事已有不少，将短短的故事生发开来，人物也有所增加，加强故事性，以吸引更多的听众。在敦煌发现的变文中，有关目连救母故事的残卷不少。在王庆菽、向达编纂校录的《敦煌变文集》中就有三种，它们是《目连缘起》《大目乾连冥间救母变文并图一卷并序》《目连变文》。在《大目乾连冥间救母变文并图一卷并序》里，说唱用的是通俗易懂的语言，故事也更加世俗化，所以极易被杂剧搬演，例如：

将军问左右："见一青提夫人以否？"左边有一都官启言将军："三年已前，有一青提夫人，被阿鼻地狱牒上索将，今见在阿鼻地狱受苦。"目连闻语，启言将军："将军报言和尚，一切罪人皆从王边断决，然始下来。目连贫道阿娘，缘何不见王面？"将军报知和尚："世间两种人不得见王面：第一之人，平生在日，修于十善五戒，死后神识得生天上。第二之人，生存在日，不修善业，广造之罪，命终之后，便入地狱，亦不得见王面。唯有半恶半善之人，将见王面断决，然后托生，随缘受报。"目连闻语，便向诸地狱寻觅阿娘之处：

目连泪落忆逍遥，众生业报似风飘，
慈亲到没艰辛地，魂魄于时早已消。
铁轮往往从空入，猛火时时脚下烧，

> 心腹到处皆零落，骨肉寻时似烂焦。

元代，目连故事已被编成元杂剧搬演，可惜剧本已佚，仅在《录鬼簿续编》中有著录，其题目正名为"发慈悲观音度生，行孝道目连救母"。此剧目下未注二本或多本，应是四折一楔子的标准北曲短剧。从题目正名可以推知，内容与唐代变文相比发生了一些变化，即将原来的如来佛拔救，改为观音菩萨。明代有郑之珍本《目连救母劝善戏文》存，清代有张照的《昇平宝筏》，均是目连故事的发展与继续。至于说民间演出目连戏，更是层出不穷，其传统至今不绝如缕，成为戏剧演出的一个重要内容。虽然大量的宋杂剧和金院本内容如何，演出如何，我们不得而知，但是我们还是可以从留到现在的杂剧和院本名目明确地判断出来其演绎的内容。

在宋末元初人周密的《武林旧事》所载宋官本杂剧段数中，名目共有280之多，现在可考和宗教有关的名目如下：

（1）《柳毅大圣乐》本事出自唐人李朝威的《柳毅传》，讲柳毅为洞庭龙女递书事。其故事情节与后世杂剧可能大致相同。金人曾作《柳毅传书》诸宫调，但已不存。元人尚仲贤有《洞庭湖柳毅传书》杂剧今存。

（2）关于二郎神的宋杂剧有：《二郎熙州》、《鹘打兔变二郎》和《二郎神变二郎神》。二郎神是民间传说中神通广大的神灵，与许真君、杨猛将齐名。在中国古代的戏曲小说中多有描绘。元人杂剧有无名氏的《二郎神醉射锁魔镜》，讲赵昱斩蛟成神后，因醉后与弟哪吒比箭，误中锁魔镜，致众魔从洞中逃出，旋奉玉帝命擒回妖魔，将功折罪；《二郎神锁齐天大圣》，讲二郎神奉命拿花果山水帘洞猴精齐天大圣弟兄三人，虽未点明齐天大圣叫孙悟空，但其人物形象和故事内容与《西游记》小说近同。《灌口二郎斩健蛟》，讲赵煜为嘉州太守时，冷源河内健蛟为害，上帝召煜白日飞升，领眉山七圣及诸天兵擒健蛟而杀之。三剧皆有《孤本元明杂剧》本。

（3）《风花雪月爨》金院本诸杂院爨及拴搐艳段中皆有《风花雪月》，当为同题材。到了元代演变为吴昌龄所撰《张天师断风花雪月》杂剧。因后边将要论及内容，这里不再赘述。

（4）《宴瑶池爨》金院本有《瑶池会》及《蟠桃会》，与此剧当同演王母寿事。王母在《山海经》中本为一个人身、虎面、豹尾、食鸟的怪物，《穆天子传》所叙乃变为一位文雅的国王，在《汉武内传》里又变为"年可三十许""容颜绝世"的美人。元人杂剧有锺嗣成的《宴瑶池王母蟠桃会》。

宋杂剧发展到金代，名为金院本。元人陶宗仪在其《南村辍耕录》中认为："院本，杂剧，其实一也。"是北方的宋杂剧向元杂剧过渡的形式，演出时用5人，又称"五花爨弄"。《辍耕录》记载的院本名目共计694种，分为和曲院本、上皇院本、题目院本、霸王院本、诸杂大小院本、院幺、诸杂院爨、冲撞引首、拴搐艳段、打略拴搐、诸杂砌十一大类。在这诸多院本名目里，单从名字表面，就可以看出明确的宗教内容。

一，和曲院本

《月明法曲》演月明和尚度柳翠事。元人李寿卿写有《月明和尚度柳翠》杂剧。故事说的是观音菩萨净瓶中的杨柳枝，偶沾微尘，罚往人间为名妓柳翠；三十年后，菩萨命月明尊者下降度脱之，复返本还原。

二，诸杂大小院本

（1）《庄周梦》庄周梦蝴蝶事，出自《庄子·齐物论》。后人因《庄子·至乐》篇中有庄子妻死，庄子鼓盆而歌一段，就造作庄子假死，化为楚王孙，诱其妻再嫁，劈棺复生一事。元杂剧涉及此题材的剧目有数个：李寿卿作《鼓盆歌庄子叹骷髅》，史九敬先作《花间四友庄周梦》，王子一作《花间四友》，无名氏作《庄周半世蝴蝶梦》。

（2）《瑶池会》可能讲的也是西王母瑶池祝寿事，内容或许与宋官本杂剧《宴瑶池爨》相同。

（3）《蟠桃会》内容说的可能也是西王母祝寿事。元明杂剧中锺嗣成的《宴瑶池王母蟠桃会》、朱有燉的《群仙庆寿蟠桃会》、无名氏的《众神庆寿蟠桃会》当是其遗绪。

（4）《白牡丹》据元人杂剧推考，白牡丹大概是宋时有名的妓女。因为元杂剧关于白牡丹的剧目有二：一为吴昌龄的《花间四友东坡梦》，一为无名氏的《吕洞宾戏牡丹》。

（5）《张生煮海》元李好古与尚仲贤各有《沙门岛张生煮海》杂剧，今前者存。

（6）《佛印烧猪》此故事出自宋人小说，清褚人获《坚瓠集》转述其事云：东坡喜食烧猪肉，佛印住金山寺时，每烧猪以待。一天，为人窃食，东坡至而无肉，乃戏作诗曰："远公沽酒饮陶潜，佛印烧猪待子瞻。采得百花成蜜后，不知辛苦为谁甜？"元杨讷有《佛印烧猪待子瞻》杂剧演此事。而吴昌龄的《花间四友东坡梦》演的事亦和此有关。

三，诸杂院爨

（1）《风花雪月》宋官本杂剧有《风花雪月爨》，题材相同，又和吴昌龄的《张天师夜断辰钩月》（一名《张天师断风花雪月》）内容有关联。

（2）《王母祝寿》与前述《瑶池会》《蟠桃会》等相同。

四，拴搐艳段

《打青提》"青提"为目连母亲的名字，此院本当叙"目连救母"故事。延续了宋杂剧的传统。

五，打略拴搐

《唐三藏》"和尚家门"四种之一。演"唐三藏西天取经"事。元杂剧有吴昌龄的《唐三藏西天取经》；杨讷有《西游记》。

六，诸杂砌

（1）《浴佛》"浴佛"也叫"灌佛"，是佛教的一种仪式。中国多在四月八日佛生日举行。

（2）《水母》元高文秀有《泗州大圣降水母》，须子寿有《泗州大圣淹水母》杂剧,由此可知其大致内容。《西游记》杂剧和小说均提到这个故事。

在宋元时期,南方还有一种用南曲演唱的戏曲形式,被称作"戏文"或"南戏",在艺术形式上比宋杂剧和金院本更成熟,其中不乏与宗教有关的剧目:

(1) 在《永乐大典目录》卷37载戏文33本,其中与宗教有关的剧目有:

《秦太师东窗事犯》戏文十五。《远山堂曲谱》作《岳忠孝王东窗事犯》。金仁杰《秦太师东窗事犯》,孔文卿《地藏王证东窗事犯》事源洪迈《夷坚志》。《南词叙录》"宋元旧篇"著录作《秦桧东窗事犯》。

《陈巡检妻遇白猿精》戏文十七。

《南词叙录》"宋元旧篇"著录作《陈巡检梅岭失妻》。唐传奇《补江总白猿传》,宋话本《陈巡检梅岭失妻记》,冯梦龙《古今小说》作《陈从善梅岭失浑家》。演紫阳真人降服猢狲精白申公事。

(2) 在《南词叙录》"宋元旧篇"著录有:

《陈光蕊江流和尚》

《远山堂曲谱》作《江流和尚陈光蕊》,杨景贤《西游记》杂剧六本,其第一本即专演此事。《西游记》小说第九回叙述唐僧身世,与此相同。

《刘锡沉香太子》,即华山救母故事传说。

杂剧有张时起《沉香太子劈华山》,李好古《巨灵神劈华岳》,事出《昭明文选》,张衡《西京赋》注引古语。

此外,还有《吕洞宾三醉岳阳楼》《吕洞宾黄粱梦》《柳毅洞庭龙女》。因前有所述,在此不赘言。

(3) 在《汇纂元谱南曲九宫正始》中著录并收有散曲的"元传奇"剧目有:

《鬼子揭钵》

本事见《大宝积经》中《鬼子母经》和《经律异相·鬼子母先食

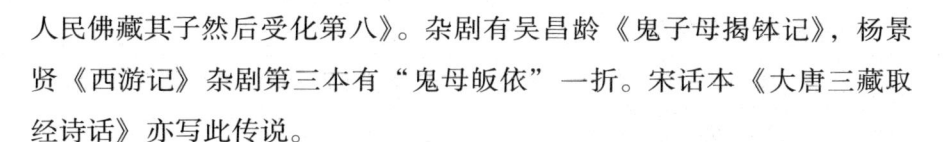

人民佛藏其子然后受化第八》。杂剧有吴昌龄《鬼子母揭钵记》，杨景贤《西游记》杂剧第三本有"鬼母皈依"一折。宋话本《大唐三藏取经诗话》亦写此传说。

《王母蟠桃会》

《金童玉女》，本事源于托名班固《汉武内传》。

杂剧有贾仲明《铁拐李度金童玉女》。

《董秀才遇仙记》

源自晋·干宝《搜神记·董永》，《法苑珠林》六二引汉·刘向《孝子传》，敦煌变文《董永变文》。

（4）在《九宫十三摄谱》收有：

《三十六琐骨》

估计写琐骨观音事。《寒山堂南曲谱》大都郑聚德作《三十六锁骨》戏文39出。《传奇汇考标目》作《三十六琐骨节末》。

《西池王母瑶池会》

（5）在张大复《寒山堂重订南曲谱》"谱选古今传奇散曲集总目"著录有：

《郑将军红白蜘蛛记》

演郑信与日霞仙子、月华仙子姐妹的神话故事。此外杨景贤《红白蜘蛛》杂剧，冯梦龙《醒世恒言》中《郑节使立功神臂功》均述此事。《传奇汇考标目》别本作书会李七郎《郑将军蜘蛛记》。

《岳阳楼》注见"《百二十家戏文全锦》"。

演吕洞宾事。

《西池宴王母瑶台会》原题"敬先书会合呈"。

《韩文公风雪阻蓝关记》，《韩湘子三度韩文公记》注"与前合抄一册"。

本事见唐·段成式《酉阳杂俎》，宋·刘斧《青琐高议》卷9《韩湘子》。《太平广记》。杂剧有纪君祥《韩湘子三度韩退之》。

（6）在《传奇汇考标目》别本著录"元传奇"中有：

《杵蓝田裴航遇仙》

本事见唐·裴铏《传奇·裴航》。有庾天锡《裴航遇云英》杂剧。

《汉武帝洞冥记》

事出汉魏六朝小说，假借班固之名撰写的《汉武故事》，《汉武内传》。《太平广记》也记有此事。

《魏征斩龙王》

取自元代传说，元人《西游记》平话有此内容。《永乐大典》戏文有《梦斩泾河龙》。马致远《荐福碑》杂剧第3折谈及魏征斩龙事。元明间无名氏《魏征斩龙王》，《传奇汇考标目》别本著录此剧，疑为杂剧。

《崔府君》

崔子玉为泰山府君。元代有无名氏的《崔府君断冤家债主》，今存。《西游记》小说第十回，有地府崔判官。孟元老《东京梦华录》卷8"六月六日崔府君日"。高承《事物纪原》卷7："在京城北，即崔府君祠也。相传唐滏阳令，设为神，主幽冥。"

从以上所述内容看，元杂剧中出现大量的神佛道化戏并不是一个偶然的现象，宗教神话戏剧是我国自有戏剧诞生以来在其母体上成长发展起来的一个重要组成部分，当我们了解其来龙去脉，再联系上元代社会的宗教概况，问题就可以顺理成章，迎刃而解了。

三 "神佛道化戏"的几种模式

元杂剧中的神佛道化戏由于反映的内容各有差异,因此,就表现出了一些模式化的倾向。其主题和宗教主张有关。大致可以分以下四类:一是表现济世救人的度脱戏,二是因果业报戏,三是隐居乐道戏,四是神话传说戏。

1. 济世救人的度脱戏

为什么会产生济世救人的度脱戏,这和佛教与道教的理论有关。之所以要将人从尘世苦海中度脱,是因为它和佛教的基本理论或者说佛教的人生观是分不开的。佛教的人生观是其对人生现象和奥秘的总看法,它的内容有两个方面:一是对人生价值做出判断,认为一切皆苦;二是指出解脱人生痛苦的途径和结果,实质上就是强调去恶从善,由染传净的宗教道德价值判断。这是佛祖释迦牟尼多年冥思苦索创造出来的"四谛"中的第一谛。说人在世上有"生苦、老苦、痛苦、死苦、怨憎会苦、爱别离苦、所求不得苦、略五盛阴苦"(《频伽精舍大藏经》见《佛教经籍选编》,第1页)。总而言之,人的生命就是苦,生存就是苦。苦谛是四谛中最关键的一谛,是佛教人生观的理论基础。正是佛教创立者把人生涂抹成苦难的历程,视大千世界红尘滚滚,从而奠定了超脱世俗的思想立场。"四谛"的第二点"集谛"就是推究苦的原因,之所以苦就是因为人的欲望太多，"众生长夜在生死中，忆念五欲、贪著五欲、爱乐五欲、心常流转五欲境界，永没五欲莫之能出"（《大方广佛华严经》卷十一，《功德华聚菩萨十行品》第十七）。人有这么多的爱好和欲望，如果达不到，一定会痛苦不堪。而后两者"灭谛""道谛"是解脱痛苦，引向涅槃正道的途径。关于解脱的途径，佛教大乘和小乘派别各有不同。大乘是梵文 Mahayana 的意译，音译为"摩诃衍那"。小乘是梵文 Hinayana 的意译，音译为"希那衍那"。"摩诃"是大的意思，"希那"是小的意思，"衍那"指车、船或道路。公元1世纪前后，印度出现了一个佛教派别，自称能运载无量众生从生死大河的此岸达到菩提涅槃的彼岸，成就佛果。他们自称为"大乘"，而贬称原始佛教和部派为"小乘"。二者的主要区别是：小乘追求个人为教主，大乘提倡三世十方有无数佛，并进一步把佛神化；小乘追求自我解脱，把"灰身灭智"、证得阿罗汉作为最高目标。小乘的主要经典是《阿含经》等，大乘的主要经典有《般若经》《维摩经》《法华经》。中国等北传佛教地区开始曾有小乘流传，但流传广、影响大的是大乘。不管是大乘还是小乘，其解脱的终极目的是要到西方净土，或称极乐世界或极乐净土。这里是一块毫无苦疾杂染、唯有法性之乐的"无上殊胜"的清净乐土。据佛经记载，此极乐净土，位于"阎浮提"或"娑婆世界"（均指众生居住之尘俗世界）以西十万亿佛刹："现在西方，去阎浮提十万亿佛刹，有世界名极乐"（《无量寿经》）；"从是西方过十万亿佛土，有世界名极乐"（《阿弥陀经》）。其土有佛，号阿弥陀。该佛本是国王，名法藏，因在世自在王如来处听佛法，决心向道，故弃王捐国，行作沙门，后于世自在王佛所发了二十四愿[①]，宣称"设我得佛，国中无三恶道之名"，"设我得佛，国中天人，纯是化生，无有胎生，亦无女人"，"设我得佛，国中天人"都可得"天眼"、"天耳"、"广长舌"和"无

---

① 详见《无量寿经》。又，中土几个译本对发愿数量说法不一，魏译四十八愿，宋译三十六愿，汉吴二译均为二十四愿。

量寿"等。极乐净土,实际上就是根据阿弥陀佛在因位元时所发之宏愿虚构出来的一个宗教境界。

那么,西方极乐又是一个什么境界呢?佛经把其装点成一个极具神话色彩的世界。《佛说阿弥陀经》称:

> 舍利弗,彼土何故名极乐?其国众生,无有众苦,但受诸乐,故名极乐。又,舍利弗,极乐国土,七重栏楯,七重罗网,七重行树,皆是四宝,周匝围绕,是故彼国名为极乐。又,舍利弗,极乐国土,有七宝池,八功德水,充满其中,池底纯以金沙布地,四边阶道,金银、琉璃、玻璃合成,上有楼阁,亦以金银、琉璃、玻璃、砗磲、赤珠、玛瑙而严饰之。……

西斋和尚的《净土诗》则把极乐世界描绘成富有诗意的清净乐土:

> 此邦萧洒乐无厌,遥羡诸人智养恬。
> 座用真珠为映饰,台将妙宝作庄严。
> 纯金细砾铺渠底,软玉新梢出树尖。
> 眉相古今描不尽,晚来天际月纤纤。

可见,在这个极乐世界,世俗之人视为奇珍异宝的珍珠、玛瑙等,在那里有如瓦片土石,现实世界梦寐以求但永远得不到的东西,在那里都唾手可得;此岸世界的三灾六难之患,生死轮回之苦,在那里都云消雾散,化为乌有。

而要达到这个极乐净土,得以解脱,需要两种途径,一是慈悲普救,一是自性自度。由于现实中无数残酷的事例,使得无法靠自己之力去摆脱命运苦难的普通百姓,当他们对自己的命运无可奈何,失去信心时,只能希望大慈大悲的菩萨慈航普度,使自己得以解脱。净土宗就是佛教中这样一个门派。根据净土宗的思想,现实世界的苦难是客观而且是不可避免的，人们想在现世解脱是不可能的。而且由于众生生死业重，靠自力求得解脱也是不可能的。因此，欲求得解脱，最好而且最简单的办法是先往生净土而后作佛。而要往生净土，无须依靠自力，也不必历世修行，只要信仰弥陀，然后发愿，加上念几声阿弥陀佛，阿弥陀佛就会来迎接他到西方极乐净土去。善根成熟的，固然可以速得佛果，恶业深重者，亦可以预入圣流。所以能这样，是因为阿弥陀佛在位时曾立了宏愿，誓济度一切愿意往生净土之人。因此众生可以乘此愿力，往生西土。

而禅宗则讲究自性自度，简化了漫长的等待这一过程。这是因为理想的天国西方净土毕竟离人们遥远。按佛教传统说法，认为西方净土和人世距离，空间上是十万亿佛土，时间上要经过多少阿僧祇劫（即无数劫之意，佛教把世界经过一度成、住、坏、空称为一劫）才能达到，那人们谁还有耐心去忍苦受难，把希望寄托在这遥远无边的未来？到了隋唐时期就有迫切要求解决的必要。玄奘为解答如何成佛的问题而不惜跋山涉水，可是"西天取经"并没有使他得到满意的答案。和玄奘意见相左的法藏建立起了华严宗，他的法界观拉近了与天国的距离，但和禅宗比较起来，仍是望尘莫及。禅宗抹去人与天国之间的沟壑，将西方净土移植到人们的心中。认为：

> 前念迷即凡夫，后念悟即佛；前念著境即烦恼，后念离境即菩提。菩提只向心觅，何劳向外求玄？听说依此修行，西方即在目前。

认为那些只知念佛求生西方的人愚不可及：

> 东方人造罪，念佛求生西方；西方人造罪，念佛求生何国？凡愚不自了性，不识身中净土，愿东愿西，悟人在处一般。所以佛言随所住处恒安乐。（以上均见《六祖大师法宝坛经·疑问品第三》）

三 "神佛道化戏"的几种模式

禅宗破除了凡夫与佛的界限,对于往生佛国,不需要他人解脱,而可以自度自救。在禅宗中,就有一则六祖慧能主张自度的故事。传说弘忍把衣钵传给慧能之后,恐人害他,连夜将其送到九江驿边。上船后,五祖弘忍把橹自摇,慧能说:请和尚坐,弟子摇橹。五祖说:应是吾渡你,不想你却渡我。慧能道:弟子迷时,须和尚渡,今我已悟矣,理应自渡。渡名虽一,用处不同。慧能生在偏处,语又不正,蒙师教旨传法,今已得悟,应该自性自度。五祖忙说:如是如是(《六祖坛经·行由品第一》)。从这段对话看,慧能是借过江自渡来比喻学佛求解脱应该自度,而不可一味依靠佛度、师度。这个思想源自东晋竺道生首倡的顿悟说。慧达《肇论疏》引道生语云:"夫'顿'者,明'理'不分;'悟'语极照。以不二之悟,符不分之理、智恚释。"即认为佛理是个整体,对它的觉悟,不能分阶段实现。慧能承继了道生的观点,得到五祖弘忍的赞许,并秘传"顿教及衣钵"。慧能主张"自性自度""顿悟"说。他认为"未来正教,无有顿渐,人性有利钝。迷人渐修,悟人顿契。自识本心,自见本性,即无差别。所以立顿渐之假名"(《六祖坛经·定慧品第四》)。又认为"不悟即佛是众生。一念悟时,众生是佛。故知万法尽在自心。何不从自心中,顿见真如本性。"(《六祖坛经·般若品第二》)即不必长期修习,一旦把握佛教真理,就可一下子觉悟,"见性成佛"。这就是所谓的"顿悟"之法。而宗教戏中的"度脱"法,不论释玄内容,均叹顿悟之法。在日后的弘法活动中,慧能作了进一步的发挥。《六祖坛经·忏悔品第六》曰:

> 善知识,大家岂不道"众生无边誓愿度",怎么道,且不是慧能度;善知识,心中众生,所谓邪迷心,诳妄心,不善心,嫉妒心,恶毒心,如是等心,尽是众生,各须自性自度,是名真度。何名自性自度,即自心中邪见烦恼愚痴众生,将正见度,既有正见,使般若智打破愚痴迷妄众生,各各自度。邪来正度,迷来悟度,愚来智度,恶来善度。如是度者,名为真度……常念修行,是愿力度。

此谓众生普度，非佛度，亦非师度，乃是众生自性自度。而所谓自性自度者，则是靠智慧悟解，不是靠念佛修行。靠念佛修行，那是强调"乘佛愿力"之净土法门。慧能这个自性自度的思想，后来一直为禅门后学所继承，成为禅宗佛性学说中的一个重要思想。

度脱戏中的佛教度脱戏的内容和这些理论有关。《布袋和尚忍字记》、《月明和尚度柳翠》和《花间四友东坡梦》，都是写神佛降临人间，让那些受尽苦难的谪仙得到解脱的故事。

《忍字记》中的刘均佐，"是汴梁城中第一个财主"，他为人"悭吝苦克，一文不使，半文不用"，有偌大一份"家私"，还有"花朵儿浑家"和一双"魔合罗般孩儿"，他非常贪恋凡尘人世。布袋和尚（弥勒尊者所化）来度化他，在他手心写一"忍"字，使他手触之处，都是"忍"字。经过忍与不忍的反复斗争，最后终于"功成行满"，"得成正果"。在这里，宣扬的大乘佛教从生死此岸到达涅槃彼岸的方法是"六度"之一。"六度"又称"六波罗蜜"，见《般若经》《六度集经》《佛说未曾有因缘经》。"六度"修习的主要内容有：（1）布施；（2）持戒；（3）忍辱；（4）精进；（5）静虑（即禅定）；（6）智能（般若）。忍在其中占了不可忽视的地位。郑廷玉在《忍字记》中着力描写刘均佐在世俗生活通向永恒佛界道路上一个个艰难的历程，写了他从假修行到被迫出家却又心恋红尘的思想矛盾，直到他真的看到现实生活的颠倒，才终有所悟，了却尘缘，得到解脱。

《度柳翠》也是一本典型的度脱剧。柳翠是"杭州抱鉴营街积妓墙下"的"风尘匪妓"。她"生的天然色，天然态，花样娇，柳样柔"，"心性聪明，拆白道字，顶针续麻，谈笑诙谐，吹弹歌舞，无不精通"。她"年纪幼小，正好觅钱"，"锁不住心猿意马"，"恋着朝云暮雨"，"锦阵花营"。她虽然两次三番躲避前来度脱他的月明和尚，但"这个度人的好是缠头"，无论如何也躲不开。月明和尚通过反复宣讲佛理，施展无边佛法，使柳翠"凡情灭尽，自然本性圆明"，"出人寰脱离灾障，拜辞了风流情况"。

三 "神佛道化戏"的几种模式

《东坡梦》的故事叙述苏东坡被贬黄州时,带着一个"天香出众,国色超群"的歌妓白牡丹到庐山去访他的朋友谢端卿——已经十五年未下禅床的高僧佛印禅师,想让"白牡丹魔障此人还了俗",从而"同登仕路"。虽然东坡多方努力,非但未能奏效,白牡丹反"倒被度脱出了家"。可见佛法力量之大。

以上几出剧讲的都是神佛高僧度别人出家的事,属于他度之列,在元杂剧里也有讲自度的故事,那就是《龙济山野猿听经》,说的是龙济山有个得道的猴子,多次听高僧修公禅师讲经和问禅,大悟而坐化,阿罗汉接引他到西天的故事。表面上看,野猿是经修公禅师点化才终成正果的,但野猿通过变化成樵夫余舜夫和秀才袁逊希望能求得高僧的真正点化,这种不屈不挠的精神,其实是自性自度的一种体现。

道化戏中,这种度人的戏就更多了。道教理论在很多方面模仿、借助佛教理论来构筑自己的理论框架,和佛教讲究西方净土一样,道教也在现实世界之外营造了一个彼岸世界,作为吸引信徒尽心修炼的一种诱惑。由于道教的起源和中国古代宗教、民间巫术以及先秦的神仙方术传说有关,所以,缥缈虚无的仙界和长生不老的神仙是道教推崇的至高境界。被道教奉为始祖的老子曰:"谷神不死,是谓玄牝;玄牝之门,是谓天地根"(《老子·六章》),又曰"故能长生"(《老子·七章》)。《庄子·逍遥游》对神仙也有令人神往的描述:"藐姑射之山,有神人居焉,肌肤若冰雪,绰约若处子。不食五谷,吸风饮露,乘云气,御飞龙,而游乎四海之外。"《在宥》说:"无劳汝形,无摇汝精,乃可以长生。"《天地》说:"千岁厌世,去而上仙,乘彼白云,至于帝乡。"可见飞升成仙是庄子追求的人生理想之一。老庄之学中的这些长生成仙的思想成分,在道教形成后,这种思想得到进一步深化。葛洪在《抱朴子》中描叙这种适意自在的生活。他说神仙们在这种境界,"或升太清,或翔紫霄,或造玄洲,或栖板桐。听均天之乐,享九芝之馔,出携松羡于倒景之表,入宴常阳于瑶房之中"。而这种生活,在世俗的人间是无法想象的。

与神仙世界的尽善尽美情景相反，人世生活则是不幸的、悲惨的。葛洪在《抱朴子内篇·勤求》中借"神仙中人"之口说："人在世间，日失一日，如牵牛羊以诣屠所，每进一步，而去死转近。此譬虽丑，其实理也。"人不能摆脱生死之灾，显然可悲。因此，《神仙传·刘政》中的神仙认为："世之荣贵须臾耳。"此书中另一神仙左慈也在经历变乱后，感叹曰："值此衰乱，官高者危，财多者死，当世荣华，不足贪也。"这些话，道出的正是道教对现实生活的真实看法。

正因为道教对神仙世界和现实生活的两种截然不同的看法，接引凡人摆脱尘世之间的苦难，获得永久快乐，成了道教中一个重要的思想组成部分，那就是"济世救人"。道教认为，将人度脱到神仙境界，是救人脱离苦海的彻底办法。《神仙传·玉子》就借主人公之口说："人生世间，日失一日，去生转远，去死转近。而但贪富贵，不知养性命，命尽气绝则死。位为王侯，金玉如山，何益于灰土乎？独有神仙度世，可以无穷耳。"这段话，反映了道教否定尘世生活，视神仙世界为人类美好归宿的基本态度。因此，"度人"也就是神仙体现"道"功、"救济"人民的重要方式。

度脱戏的题材多取材于元以前的传说和志怪小说，如《黄粱梦》剧情出自《列仙传》，而《列仙传》源出唐沈既济的《枕中记》（《太平广记》卷八十二引）；《岳阳楼》的故事来源，据俞樾《小浮梅闲话》引宋郑景璧《蒙斋笔谈》的记载，吕岩曾过岳阳楼，无人知是神仙，只有一老翁从树下向他行礼，于是吕写诗道："独自行时独自坐，无限时人不识我，唯有城南老树精，分明知道神仙过。"又传他的另一首诗云："朝游北海暮苍梧，袖有青蛇胆气粗，三醉岳阳人不识，朗吟飞过洞庭湖。"大家认为该剧可能从这两首诗中演变过来，类似的剧目还有谷子敬的《吕洞宾三度城南柳》。另外，元代全真道士苗善时的《纯阳帝君神化妙通记》中就记载了吕洞宾度曹国舅，黄粱梦觉和度老松树精的故事。但由于《纯阳帝君神化妙通记》和元杂剧均出现在元代，到底是先有杂剧还是先有此文，笔者后边还有考证。但有一点是清楚的，在民间，关于吕洞宾和八仙的故事已经流传已久。

此外，道教度脱戏中的度人者除了大量是八仙中的人物以外，其他都是和全真教有密切关系的人物了。我们且看剧名就可知道，如马致远的作品《吕洞宾三醉岳阳楼》，纪君祥的《韩湘子三度韩退之》，赵文敬的《张果老度脱哑观音》，岳伯川的《吕洞宾度铁拐李岳》和贾仲明的《铁拐李度金童玉女》，等等。八仙的发展历程各不相同，如吕洞宾原来就是一个普通的书生，蓝采和是一个普通艺人，但他们经过仙人点化后，自己进入神仙境界，开始点化别人。关于八仙戏，由于后边有专章研究，在此不再赘述。在全真教如火如荼的元朝，元剧自然也会把其重要人物拉进自己的剧中，以扩大作品在百姓中的影响。如关于全真教祖的戏就有《王祖师三度马丹阳》和《王祖师三化刘行首》等。王重阳之下还有全真七子，其影响也不小，全真教正是有了他们，才真正传播开来，关于他们的戏有《马丹阳三度任风子》和《丘长三度碧桃花》等，由此可见，元剧和道教关系的密切。

而佛道度脱剧又有一些共同的特点。第一点是被度脱者分为两类，一是谪仙投胎型，二为凡夫俗子型。如：

《布袋和尚忍字记》：（布袋云）刘均佐，你听者：你非凡人，乃是上界第十三尊罗汉宾头卢尊者。你浑家也非凡人，他是骊山老母一化。你一双男女，一个是金童，一个是玉女。为你一念思凡，堕于人世，见那酒色财气，人我是非，今日个功成行满，返本朝元，归于佛道，永为罗汉。

《吕洞宾三度岳阳楼》中的柳树精、梅花精就是投胎人间的仙物：（正末云）……土木之物，难成仙道。兀那老柳，你听者，你往下方岳阳楼下卖茶的郭家为男身，名为郭马儿；着那梅花精往贺家托生为女身，着你二人成其夫妇。三十年后，我再来度你。

《月明和尚度柳翠》：且说我那净瓶内杨柳枝叶上，偶污尘垢，名为柳翠。直到三十年之后，填满宿债，那时着第十六尊微尘，罚往人世，打一遭轮回，在杭州抱鉴营街积妓墙下，化作风罗汉月明尊者，直至人间点化柳翠,返本还元,同登佛会。

《老庄周一枕蝴蝶梦》:玉帝怪怒,贬大罗神仙下方庄氏门中为男,名为庄周,游学将至杭州。此人深爱花酒,恐他迷失正道,差小圣领着风、花、雪、月四仙女,先到杭州城内,化仙庄一所,卖酒为生。着四仙女化为四个妓者,等候庄周来时,先迷住他。待太白金星到时,自有点化处。

《吕洞宾度铁拐李岳》:下方郑州奉宁郡有一神仙出世,乃是岳寿,做着个六案都孔目。此人有神仙之分,只恐迷却正道。贫道奉吾师法旨,差来度脱他,须索走一遭去。

《吕洞宾三度城南柳》:妾身乃天上仙桃,此乃城南柳树。昔日吕洞宾师父到此,有意度脱这老柳,将我种向邻墙,与老柳配作夫妇,以此成为精灵。

《马丹阳度脱刘行首》:(旦扮鬼仙上,云)妾身……五世为童女身,不曾破色欲之戒,恶世间生死,不如做鬼仙快活,在此山角下三百余年也。

《吕洞宾桃柳升仙梦》:今朝玉帝,因见两道青气下照汴京梁园馆聚香亭畔,有桃柳二株,已经年久,有道骨仙风,恐其迷却仙道,可以差神仙点化。

《铁拐李度金童玉女》:蟠桃会上,金童玉女一念思凡,罚往下方,投胎托化,配为夫妇。他如今业缘满足。铁拐李,你须直到人间,引度他还归仙界,不可迟也。

《瘸李岳诗酒玩江亭》:西池王母殿下金童、玉女有一念思凡,本当罚往丰都受罪,上帝好生之德,着此二人往下方丰州托化为人。金童乃是牛璘,玉女是赵江梅。恐防此二人到于人世之间,恋着那酒色财气,人我是非,迷却仙道,您八仙之中,可差那一位下方度脱此二人去?

凡夫俗子得道者有:

《邯郸道省悟黄粱梦》:贫道东华帝君是也,掌管群仙籍录。因赴天斋回来,见下方一道青气,上彻九霄。原来河南府有一人,乃是吕岩，有神仙之分。可差正阳子点化此人，早归正道。

《马丹阳三度任风子》：贫道昨宵看见青气冲天，下照终南山甘河镇，有一人任屠，此人有半仙之分。因而禀过祖师，前去点化他。

《汉钟离度脱蓝采和》：贫道观看多时，见洛阳梁园棚内有一邻人，姓许名坚，乐名蓝采和，此人有半仙之分。贫道直至下方梁园棚内引度此人，走一遭去。

谪仙投胎剧的主人公或金童玉女一般都是冒犯了天庭或神灵，或者是搅乱了上界的秩序，才被打下凡间托化为人的。然而，人间毕竟有很多温馨美好的东西，他们留恋人世，不愿回去，最后还是度人的师父当头棒喝，使其猛醒。这反衬出理想的天国是冰冷无情的，那里只是人们理念中的世界，遥远不可企及。而神仙度脱的凡夫俗子，大多是让他们知人生险恶，法力无边，只要跟着神仙修仙访道，才能得到最后解脱。

度脱戏为了强调浮生若梦的思想，经常在剧中设置梦境，让被度脱者在梦中受挫，大梦觉醒，知道人生如梦，于是才能一空人我非，断然出家。如《黄粱梦》中的吕洞宾在梦中做官之后，妻有外遇，自己因卖阵受钱被发配沙门岛，子女被摔死，自己也被杀，最后在钟离权的点化下，认为人生不过是一枕黄粱美梦而已，遂出家。《升仙梦》中的柳春梦中做了南昌的通判，赴任途中为强盗所杀，醒后遂出家入道。梦境亦即人生。他们由梦境认识到官场凶险，功名富贵难以久保，失望之际，于是出家以求自慰。

在被度脱的过程中，舟船成为接引迷途者的一个重要工具。《度柳翠》第三折，被月明和尚度脱的柳翠回了一次家。当柳翠离开家和牛员外依依话别时，月明和尚催舟而来，叫柳翠上船。

《玩江亭》第四折，铁拐李度牛员外出家后，妻子赵江梅受母之命寻夫还家，牛员外拒绝回家。回来后赵江梅做了个梦，梦里赵江梅被母亲所唤，但一条大河挡住了去路，牛员外扮成艄公，让赵江梅上了船。船行至河中心，赵江梅幡然醒悟，决定跟着牛员外出家修行。

范康的《竹叶舟》则讲，陈季卿在青龙寺遇到吕洞宾，吕洞宾把一片竹叶贴在壁上，陈季卿梦里乘小船回家，船遇大风浪，被吹翻，陈被惊醒，大悟后追随吕洞宾而去。

《城南柳》第三折讲，老柳在寻找被吕洞宾点化出家的妻子小桃的时候，遇见渔翁，遂请渔翁用船把他渡向对岸。

之所以用船来比喻，是和佛教宗旨有关系。佛教讲慈航普度，救人于苦海以达到彼岸的哲学。前边我们已经说过，印度佛教有小乘和大乘之分，虽然它们的教义有区分，一讲我法空有的个人修行，一讲我法俱空而普度众生。我们在这里暂不研究二者的区别，只看"乘"在这里的含义。"乘"有车和船之意，以船运载是佛教普度众生的一种手段，也是一种象征，所以，佛教戏的作家在表现这方面的内容时，常常就会用船这一工具来促进表演。道教在科仪方面对佛教有诸多模仿，在道教戏中有这方面内容亦很正常。同时，中国戏曲在表现行船渡水内容时，有很多成熟的技巧，所以，剧作家设置这样的情节，既准确表现了佛教和道教的内容，又加强了戏剧可视性，可谓两全齐美。

度脱戏还有一个方面是对仙术的推崇与赞赏。在《玩江亭》中，铁拐李变出房舍、美酒、花木，牛员外乃随之出家。而法术的最高境界就是不知世间冷暖，达到不生不灭的状态。《忍字记》中的刘均佐因出家之后不忘财产和妻儿，可是回到家后却发现物是人非，自己的孙子都八十多岁了，才恍然大悟，知道人生短促，转瞬即逝，不如修道成仙，长生不老才好。

2. 因果业报模式

因果报应是佛教重要的理论组成部分，它是佛教用以说明世界一切关系，并支持其宗教体系的基本理论。因果论出自缘起论。缘起论主张世界万物无一不由因缘和合而生，而有因必有果，有果必有因，由因生果，因果历然。其所以生出不好的果来，是因为前世的"业"不好。"业"在佛经中意为"造作"，泛指一切身心活动，是造成人生的

三 "神佛道化戏"的几种模式

"因"。"作如是因,行如是果。"(朱权:《金刚经集注》)所以说,因果论的中心问题是要阐明两种相反的人生趋向:一是作恶业而引起不断流转,即生死轮回;二是作善业而引向还业,即归于涅槃。鉴于这种观点,元杂剧的佛教戏产生了"因果业报"模式。如《看钱奴》、《冤家债主》、《来生债》和《神奴儿》等。郑廷玉的《看钱奴》中说:"神灵本是正直做,不受人间枉法钱。""人间私语,天闻如雷;暗室亏心,神目若电。"这些神灵给善人以褒奖,给恶人以惩罚。《冤家债主》中的赵廷玉偷了张善友五两银子,便投生为其大儿子,为张善友积起家私;张善友的妻子因赖了和尚十两银子,便由和尚投生为其二儿子,用掉其家财,并将张妻气死。《庞居士误放来生债》也是一个通本全写"因果业报"的戏。庞居士乃是襄阳地方的一个富户,也是一个广放高利贷的大债主,由于皈依佛法,认识到"富极是招灾本,财多是惹祸因"。于是烧掉别人欠债的全部契约文书,家中奴仆"每人与他一纸儿从良文书,再与他二十两银子,着他各自还家",驴骡马匹,都放归鹿门山,金银宝贝,玉器玩好,都装上大船,沉入东海。因"多行善事,广积阴功",最终全家得以"平地升天"。

佛教的"因果报应"学说也被道教继承过去,在道教经典中,这一学说分为两个层次,一是将"因果报应"说直接继承过去,一是将"因果报应"说变成了"承负"说,认为今人受到的福祸归结为祖先行为的善恶,同时,今人的善恶之行也会影响后代的福祸,今人因为祖先的恶果受到波及,叫作"承";前人的过失由其后代来承受,叫作"负"。关于因果报应,道教认为吉凶祸福乃是个人行为善恶的必然报应。"善者自兴,恶者自败,观此二象,思其利害。凡天下之事,各从其类,毛发之间,无有过。"认为天上的日月可鉴、可察,有诸神记人的善恶、过失,到了一定时候,天便校其善恶,予以赏罚,对善者则赐福、增寿,对恶者则降福、减寿,还要把他的鬼魂打入黄泉,打入地狱。

关于"承负"说,《太平经》中的《解承负诀》说:

> 凡人之行，或有力行善反常得恶，或有力行恶反得善，因自言为贤者非也。力行善反得恶者，是承负先人之过，流灾前后积来害此人也；其行恶反得善者，是先人深有积蓄大功，来流及此人也。能行大功万万倍之，先人虽有余殃，不能及此人也，因复过去，流其后世，成承五祖，一小周十世，而一反初。或有小行善不能厌，囧囧其先人流恶承负之灾，中世灭绝无后，诚冤哉。承负者，天有三部，帝王三万岁相流，臣承负三千岁，民三百岁。皆承负相及，一伏一起，随人政衰盛不绝。

意思是说，前人有过失，由后人代其受过；前人有负于后人，后人是无辜受过，这叫承负。换句话说，就是前人惹祸，后人遭殃。如果行善的话，那就是前人种树，后人乘凉。从这点看，其与佛教的因果报应说基本一样。但是，道教发展了这一学说，关于承负的时间，一说以十世为一回圈，即某一人的过失，由其十一世孙受惩；一说承负有三种安排，"帝王三万岁相流，臣承负三千岁，民三百岁"。总之，个人的祸福便与个人行为之善恶无因果关系，一切听天道回圈，受其承负。这样，就可以解释现实一些佛教无法解释的问题。如有些人作恶多端，但照样享受荣华富贵；有些人一辈子积德行善，可总也逃脱不了受苦的厄运。有了承负说，这些问题就迎刃而解了，它让人明白了很多事情现世得不到报应，但其子孙后代为其受过，因此人要行善积德为后世造福，同时要虔诚通道修行，免除自身的承负之厄。

道化戏虽然没有非常直接的描写因果业报的戏，但是在道化戏里包含了很重要的业报思想。这些戏对前因一般都是一笔带过，总是讲，那些处于痛苦及危险边缘的人，之所以陷于这种困境，就是因为他要还宿债，等宿债还到一定时间，自然有神仙高士前来度脱，使其摆脱困厄，随仙而去。杨景贤的《马丹阳度脱刘行首》中马丹阳度脱的刘行首，就是为了还宿债，而去人间托生为人当了行首的。正如王重阳在剧中所说："你往汴梁刘家托生，当来为刘行首二十年，还了五世宿债。教你二十年之后,遇三个丫髻马真人度脱你,你便回头者。休迷却正道。"这正和道教的承负说相符,果然,马丹阳在二十年度脱她成仙。

3. 归栖山林与隐居乐道

在朱权的"杂剧十二科"中,隐居乐道专门分出一科,事实上这类剧目可以归入神佛道化一类,因为在佛教戏和道教戏里都有很浓厚的栖身山林的隐居乐道的思想。尽管这样的思想倾向在很多剧目里均有出现,但真正留存下来的表现隐居乐道的戏只有《西华山陈抟高卧》和《严子陵垂钓七里滩》。

佛道戏中之所以会有大量表现隐居乐道的情节和思想,是因为中国佛道二教历来是和老庄的出世思想与禅宗追求清静自得的思想内核分不开的。庄禅互补,庄禅不分的情况时有发生。这种精神到了文学之中,就变成了一种审美理想的追求,以禅喻诗就是其典型表现。我们可以说,禅学是完全中国本土化了的佛学,它更多地体现着中国人对自然、人生的态度和气质,里边蕴含的老庄清静无为的思想,成了禅宗精神追求的理想,特别适合知识分子的艺术气质与表达方式。可以说,禅宗将庄子思想中具有审美意义的内容吸收并发扬了,达到庄与禅的相融与贯通。在要表现人的个性这一问题上,道家有精辟论述。论曰:"夫大小虽殊,而放于自得之场,则物任其性,事称其能,各当其分,逍遥一也。"(郭象《庄子·逍遥游注》)其意思是,世间人个性万殊,若都欲为大鹏之游,势必万有归一,不能保持其个体之独立,所以,只有自以其逍遥为逍遥者,才能是其有独立个性的逍遥精神。禅宗的精神要旨也正在这里,禅宗大师在解答何处识佛的问题时说:"大似骑牛觅牛",寻到天边,还在身边,归结于一理,还得"放于自得","物任其性"。唯因如此,禅宗的要领便在唯执"现量",何谓"现量"?就是对现前实境的真实的感觉。同样是释道合一的精神,同样是以领悟虚无无为之道为精神生活之目的,但或者专以虚空无欲为执念,致使心入此念而常保虚静，而唯居清远；或者在悠然自得中求无为，亦即以无不为为无为，以无不有为虚空，于是就能心怀妙趣闲适而心灵舒畅；禅宗的精神正在后者。因此我们不难理解有些中国古代知识分子在难以入世或遇到障碍困顿的时候，可以开解自我身心，进行自我解脱，追慕古人，栖身山水，与生机盎然的大自然打成一片，如《醉翁亭记》云，"醉翁之意不在酒，在乎山水之间也。山水之乐，得之心而寓之酒也"。从中获得生活的力量与生命的意趣。

士大夫对禅的爱好以及对自我精神解脱的追求使他们的审美情趣趋向于清、幽、寒、静。在这种美学观指导下，士大夫知识分子可以在绿茵郁郁，山色空蒙，清泉细流，明月松间，疏林婆娑，竹喧鸟鸣的幽境中，面对着静谧的自然，躲避尘世的喧嚣，来思考天地宇宙间的问题，同时又在自然与人的和谐相处中，开悟人生的哲理，从而得到妙不可言、无语忘言的感受。《花间四友东坡梦》和《龙济山野猿听经》的背景都安排在幽深清远，山气秀佳的庐山和龙济山。《野猿听经》中的秀士袁逊在"为官经了多少崎险"之后，体会到世事的险恶：

〔醉春风〕经了些翻滚滚恶尘途，受了些急穰穰世事杂。想着那人生否泰在须臾。敢不是假！假！！利锁名缰，居官受禄，到如今都一笔勾罢。

基于对扰攘红尘的厌弃绝望，于是入深山，访高僧，参禅悟道。袁逊面对青山，不由赞叹道：

〔耍孩儿〕恰便似青螺放顶云霄中插。高接凌空彩霞。你看俺奇山秀水两交加。绕僧堂禅室堪佳。果然是依为佛祖菩提处，堪作禅僧寂静家。端的是真图画。小生心胸豁畅，肺腑清嘉。

袁逊在这种氛围下，"心胸豁畅，肺腑清嘉"，简直是要与大自然交融在一起,他通过对外界事物的观照体验,达到物我同一,使美的情感与美的物象结合而得到心灵的愉悦。这样对尘世俗氛的厌弃心理经过观赏奇山秀水的兴奋给冲淡了,调节心理上的平衡,被黑暗社会戕害的心灵得到抚慰,被扭曲的人格得以伸展,在这个远离尘嚣的所在人的价值得到完全的体现和认同。

在这一点上,佛教戏与"隐居乐道"是一致的。知识分子都是对世情冷暖,宦海升沉深有所感,才远离尘嚣,投身于大自然,以躲避险恶的社会环境,求得自身的解脱与自由。于是借一些宗教教义的口吻表白自己的思想。因此,佛老的人生虚无思想,宗教命定论观念,唯无是非观,等等,在杂剧中时有流露。比如《东坡梦》中的佛印禅师唱道:

〔鸳鸯煞尾〕从今后识破了人相我相众生相,生况死况别离况,永谢繁华,甘守凄凉。唱道是即色即空,无遮无障。笑杀东坡也忏悔春心荡。枉自有盖世文章,还向我佛印禅师听一会讲。

这是禅宗哲学的诗化体现。禅宗不管是沉思静悟,还是回归自然,其目的都是探求人生、社会、宇宙的终极真理,最后发现原来一切皆空。虽然说禅宗在很多方面诸如空物我、齐死生、重解悟、亲自然、寻超脱与老庄哲学认同,但是老庄并不像禅宗那样视世界,物我皆虚幻,只是认为要超脱具体事物的束缚,实现自我的超越。

绝大部分佛教戏仅仅与佛教故事有渊源关系,使用一些佛教语言,当然也有出世、因果报应的思想,但它不过是一些表现手段,对社会,对现实尽管有批判,有否定,可并不把一切看得归于寂灭。这些戏成了"达则兼济天下,穷则独善其身"的儒学观与庄子哲学结合的共生体。佛教戏与"隐居乐道"戏以庄子哲学为基础,选择释家加以融合,借以圆通地应物处世取得左右逢源,无往不适的效果。他们并不因宗教情绪而皈依佛道。

苏东坡作为一代天才,文坛领袖,居高位而不狂傲,遭厄运而不沉沦的放达的人生观深为后代文人仰慕,而他那种"纵一苇之所如,凌万顷之茫然"(《前赤壁赋》)的潇洒风度,更是后人追步的理想境界。所以,元人创作出好多关于苏东坡的杂剧,如《苏子瞻醉写赤壁赋》《苏子瞻风雪贬黄州》《苏东坡夜宴西湖梦》等。在这些剧中,元杂剧作家似乎用苏轼为化身来抒发自己命途多舛,压抑郁闷的感情。《东坡梦》和《醉写赤壁赋》成了亦禅亦庄的佛教戏的典型范例,因为生活中的苏轼正是剧作家梦寐以求的理想人物。在苏轼的作品中,人生虚幻的思想时有流露,什么"浮生知几何,仅熟一釜羹","富贵本先定,世人自荣枯","回首人间世,了无一事真"[1],等等,都是很消极的,但这些东西在其作品中并不占主导地位。真正对苏轼的生活道路影响大的则是佛老的清静无为,不为而为,看穿忧患,因缘自适的思想,他把这些妙理玄言同儒家某些固有的理论圆通地结合起来,以应付北宋复杂多变的政治社会环境。然而,他对佛家的懒散和老庄的放逸有所警惕[2],虽有时受佛家的影响,不免产生"物我相忘,身心皆空"的感受,但在多数情况下,并非完全超然,而是以入世精神来对待空静的。苏轼的这种襟怀和个人修养在其作品中可以看到,他常常因物兴感,即景生悲,又随手消灭情累,归于达观;自设矛盾,又自我解脱,不使自己走向颓靡与玩世。

而《花间四友东坡梦》却仅仅写出了苏轼性格的一面。剧中的苏东坡是以一个风流书生的面目携妓出现的,他行为放荡不羁,思想怪诞不经,他参禅机锋,无一不会,俨然释家中人,但这不过是当时知识分子隐居深山,参禅问道,偎红倚翠,风流倜傥的理想罢了。苏东坡一开始要给老友佛印开一个不大不小的玩笑,让妓女白牡丹"魔障此人还了俗"与他"同登仕路"。白牡丹用污言秽语挑逗长老,终不成功。然而苏东坡却差点误入歧途,自己险些在梦中为佛印差遣的桃柳竹梅四花

---

[1] 苏轼:《次丹元姚先生韵》、《利阳早发》和《用前韵再和孙志举》。
[2] 苏轼:《答毕仲举书》,"学佛老者本期于静而达,静似懒,达似放;学者或未至其所期,而先期所似,不为无害"。

三 "神佛道化戏"的几种模式

所诱惑。最后白牡丹、桃柳竹梅听禅后皆有所悟,白牡丹情愿出家,苏东坡也大为钦佩。此剧中的人物是作家的化身,他既欣赏东坡式的生活,又宣传佛教的法力,同时又表现了步入仕途的种种好处和个中的险恶坎坷,作家的心理是极其矛盾的。同样是苏轼、佛印在一起,《醉写赤壁赋》中的描写受庄子影响的意味就更浓一些。因为作家在剧中基本是依据史实,将苏东坡畅游赤壁,缘景生情,写出《前赤壁赋》这篇脍炙人口的文章的过程刻画出来。在这一折,苏东坡从所见所感出发,借"山明水秀,夜静更阑","千岩风定,万籁无声"的环境引发出缕缕情丝来。整个戏的基调融入作者所引的《前赤壁赋》中,认为无论是物,无论是我,都既有变的一面,又有不变的一面。从变的角度看,天地万物就连一眨眼的工夫都不能保持不变;从不变的角度看,万物和人类都是永久存在的,又何必羡慕那长江和明月呢?在这种"变"与"不变"的二元论背后,其核心仍然是"不变"。而大自然是永恒的,"取之不尽,用之不竭"。人们完全可以在大自然的怀抱中陶然自适。这样,对人生、对宇宙都能保持旷达乐观的态度,从悲观失望中解脱出来。在这种思想的驱使下,苏东坡不禁发出感慨:

〔煞〕举目看山青,侧耳听江声。隐遁养姓名,不恋恁世情。无利无名,耳根清净,一心定,不受恁是非忧宠辱惊。

〔尾声〕愿忘忧乐矣乘诗兴,玩赤壁千寻浪鸣。脱离了眼前愁,思量起梦中境。

这段唱词是老庄归真返朴的思想的体现。一方面表现为主张绝圣弃知,向慕原始生活,一方面表现为否定世俗、官场而崇尚安贫乐贱。虽然有消极落后的地方,但在污泥注水、泥沙俱下的封建秩序中,也是一种知其不可为而为之的办法了。

这种外禅内庄的或者说庄禅互补的佛教戏贯穿于作家思想的始终,但这种消极出世的思想是其不得志时产生的。它们又始终和儒家积极用世的思想矛盾地并存在一起。这同时也是中国文化的一种特色。

马致远的《陈抟高卧》就是将这种矛盾状况写得极为细腻的一出"隐居乐道"戏。《陈抟高卧》写道中仙人陈抟到汴梁卖卦时，恰逢还未发迹的宋太祖赵匡胤与郑恩前来问卦，陈抟告知赵匡胤是未来天子，郑恩是将来重臣。赵匡胤将自己心中想法告诉陈抟："先生，实不相瞒，区区见五代之乱，天下涂炭极矣，常有拨乱反治之志。"陈抟将天下形势分析一番，并认为定都汴梁为好。于是赵匡胤说，此卦应验之后，当前来接陈抟。赵匡胤登上皇帝宝座，果然派人将陈抟接去，并要他辅佐朝政，但陈抟坚辞不就，仍愿意回华山高卧，过神仙日子。

陈抟（871—989）字图南，自号扶摇子，宋太宗赐号希夷先生。在中国道教史上，陈抟地位显赫，被奉为继老子、张陵以后的道教至尊，称为"老祖"。他早年熟读经书，希望在仕途上能博得一番功名。正像他在剧中所说："我往常读书求进身，学剑随时混。文能匡社稷，武可定乾坤，豪气凌云。"但唐末五代的混乱状态，使他的愿望变得灰飞烟灭，于是开始求道访仙，寻找另一种生活方式。然而，"老祖"陈抟并没有在山中一隐了之，而是仍怀抱济世救国理想。他在《隐武当诗》中道："万事若在手，百年聊称情。他时南面去，记得此岩名。"并且认为自己非仙即帝，但赵匡胤"陈桥兵变"后，他知道天下大局已定，遂在华山当上道士，退避三舍，不与宋太祖争锋，并走上与宋朝合作的路。据《画墁录》载，宋太祖"杯酒释兵权"的招数，就是陈抟出的点子。宋太宗时，陈抟入朝阐述其治世之道。宋太宗问其"济世安民之术，先生不免，索纸笔书之四字：'远近轻重。'帝不谕其意，先生解之曰：'远者远招贤士，近者近去佞臣。轻者轻赋万民，重者重赏三军。'帝听罢，大悦"（张辂：《太华希夷志》）。由此可见，陈抟在安邦济世方面见解独到。

马致远作为一个对神仙道化故事情有独钟的作家，对陈抟的史事当然非常熟悉，但他从营造戏剧效果出发，用陈抟汴梁卖卦为全剧开端，颇具传奇色彩。与历史的本质并无出入。他在给赵匡胤分析建都之地时，已不像个算命先生，倒像个佐国的宰相了，他介绍汴梁的地理位置时说：

> 左关陕，右徐青。背怀孟，附襄荆。用兵的形势连着唐邓，太行天险壮神京。江山埋旺气，草木助威灵。欲寻那四百年兴龙地，除是八十里卧牛城。

可是，当赵匡胤成就了帝业，邀他出来为官的时候，他却能权衡利害，坚持居于林上，不问人间是非，并且极力宣讲求仙问道的妙处：

> 身安静宇蝉初蜕，梦绕南华蝶正飞。卧一榻清风，看一轮明月，盖一片白云，枕一块顽石，直睡的陵迁谷变，石烂松枯，斗转星移。长则是抱元守一，穷妙理，造玄机。

其实，求仙问道是古人在仕途上争锋受挫，避祸全身的一个好办法。马致远也深谙此道，所以当陈抟大谈问道的好处的时候，这未尝不是马致远通过陈抟其口来直抒自己的胸臆。

对于道术，马致远保持冷静的头脑，并且对道士的种种行为视为怪诞不经，总是用调侃的笔调来描绘，《陈抟高卧》是这样，《岳阳楼》和《任风子》亦如此。赵匡胤君临天下后，派党继恩延请陈抟上京。党继恩用好奇的语气问："久闻先生有黄白驻世之术，不知仙教可使凡夫亦得闻乎？"陈抟则回答："神仙荒唐之事，此非将军所宜问也。"看来道术并不是陈抟这样的人所看重的，他追求的是从闹嚷嚷的红尘中抽身出来之后，能有自己一片宁静的天地。其实，这与崇儒或喜禅的知识分子的人生哲学并不矛盾，不管是遵奉什么思想，经世致用是其最高理想，中国知识分子的精神从根本上说是相通的。

宫天挺的《严子陵垂钓七里滩》也是一出严格意义上的隐居乐道戏。目前，仅存元刊本。关于此剧的作者，说法有二：一为张国宾，一为宫天挺。但考据者均拿不出确凿的资料来证明张国宾是该剧的作者。

在元杂剧史料缺乏的情况下，我们一般从最原始的材料，不失为一种比较保险的方法，本文自始至终坚持这一原则，不做无谓的考证，不下无根据的断语。关于本剧的作者，笔者从元刊本，定为宫天挺。

《七里滩》的故事取材于晋皇甫谧的《高士传》卷下《严光》和南朝宋范晔《后汉书》卷八十三《逸民列传·严光》。讲的是严光其人少年即有高名，与刘秀共同游学，友谊甚为亲密；刘秀做了光武皇帝之后，严光埋名隐身而不见，光武思念严光的贤德，派人访求；后齐国上报有一男子披羊裘垂钓泽中，光武怀疑是严光，遣使聘请，三返而后来到；司徒侯霸与严光有旧交，遣使奉书，欲请严光到己所叙旧，严光口授一封简单的回书，让来人笔录下来："天子征我三次才来，人主未见，怎么可以先见人臣呢！"侯霸将信呈光武，刘秀笑道："狂奴故态也！"车驾当日至其馆。严光卧床不起。刘秀入其卧所，抚摸着他的肚皮问道："不可以相助治理天下吗？"严光不应，过了很长时间才以巢父洗耳的典故回绝，光武只好叹息登车而去，后任命严光为谏议大夫，不就，归耕于富春山。

从《七里滩》中我们可以看到，作者塑造的严光这个人物，正是作者理想的化身。剧作家在他身上倾注了深厚的感情。你看这个严光，对荣华富贵看得是何等淡泊：

〔秃厮儿〕您那有荣辱烂袍靴笏，不如俺无拘束新酒活鱼。青山绿水开画图，玉带上挂金鱼，都是嚣虚。

就是这个严光，他竟然不把封建王朝最高权力的象征皇帝放在眼里。刘秀派人宣他到朝中做官，他却公然拒绝。极力描绘自己的隐居生活是多么惬意，在七里滩这个人间仙境，世外桃源中，可以得到极大的放松和自由：

〔调笑令〕巴到日暮，看天隅，见隐隐残霞三四缕。钓的这锦

三 "神佛道化戏"的几种模式

鳞来满向篮中贮,正是收纶罢钓渔父。那的是江上晚来堪画处,抖搂这绿蓑归去。

在这样的环境里,"麋鹿衔花,野猿献果,天灯自见,乌鹊报晓,禽有禽言,兽有兽语"。是一种乌托邦再现。其实,这种思想并不是为了严光而专门表现的,它自始至终贯穿在宫天挺的剧作中。《范张鸡黍》虽是一本歌颂友谊与志诚,鞭挞虚伪和欺骗的戏,但在戏中随处可以看到作者轻视功名利禄,清高孤傲,仰慕隐居生活的思想倾向。范式赴约汝阳庄,和张劭有一段是否求取功名的对话:

（张元伯云）咱和您几时进取功名去?
（正末云）男子汉非不以功名为念,那堪豺狼当道,不如只在家中侍奉尊堂。
（张元伯云）若有人举荐我呵,去也不去?
（正末唱）便有那送皇宣叩门,聘玄纁访问,且则又掩柴扉高枕卧白云。

范式不慕功名利禄的实质,是由于对"豺狼当道"的现实不满,因而才把精神寄托于山野林泉之间。这也是封建时代许多不愿与腐朽统治者同流合污的正直知识分子的共同生活道路。范式说得很清楚:"吾闻仲尼有言,邦有道则仕,邦无道则卷而怀之,正今日也。"从这里也可以看出,所谓"隐居乐道",表面上看是向慕庄禅风韵、冲淡玄远,骨子里还是儒家思想在起主导作用。

4. 神话遇仙模式

除了上述几种模式,"神佛道化戏"还有一种宗教色彩不那么浓烈,但和道教有密切关系的神话戏和遇仙戏,它们和其他几种模式一

· 75 ·

起,才使"神佛道化"戏形成一幅绚烂多彩的画面。

为什么说尚仲贤的《洞庭湖柳毅传书》和李好古的《沙门岛张生煮海》以及马致远、汪元亨、王子一和陈伯将均有涉猎的刘晨、阮肇误入天台这一题材归属于道教戏这一范畴呢?这就要看一下道教与中国传统文化的关系,以及道教形成的源头。我们就会明白道教文化蕴含的内容庞大而又芜杂。道教一个主要来源是古代的民间巫术,神仙传说和成仙方术。巫是神与人之间的中介者,能降神、解梦、预言、祈雨、医病、占星,是古代社会不可或缺的角色。为了显示巫能通神通人的特异功能,附着于其身上的神话传说,以及其使用的方术必不可少。此外,道家文化与荆楚文化和燕齐文化有很深的渊源。而楚文化的代表《楚辞》中有生动浪漫的神游故事。道教奉为经典的《庄子》中的"神人"、"至人"和"真人"能轻举独往,逍遥世外。燕齐地处滨海,海市蜃楼的幻象,航海探险的神秘,都能引发人们无尽的遐想。如海上仙山,寻长生不老之药,都是道教丹鼎派营造神秘气氛的重要依据。因此,我们不妨这样说,一部道教史或者说道教文化的衍生发展是与神话密不可分的,反之,大量的神话传说依附于道教而得以传播于街巷市井,影响更加深远。

《柳毅传书》本于唐人传奇小说《柳毅传》,《太平广记》卷419《柳毅》条,注出《异闻集》,据文末作者自叙,当为李朝威撰。柳毅的故事在唐代非常风行,唐朝末年有根据此故事改作的《灵应传》,至宋代此传说更盛,以至在文人著作多所引用,如李壁《王荆公文诗笺注》卷三十六《舒州七月十七日雨》诗注、郎晔《经进东坡文集事略》卷一《洞庭春色赋》诗注,胡穉《增广笺注简斋诗集》卷十八《游南漳同孙通道》诗注,所引《洞庭灵姻传》即柳毅故事传说。宋代这一故事也被编成杂剧在舞台上演出,如宋杂剧有《柳毅大圣乐》,宋元戏文有《柳毅洞庭龙女》。在金代还有《柳毅传书》诸宫调。尚仲贤在前人基础上编成此剧。这部神话剧通过描绘神与神,神与人之间的婚姻与矛盾纠葛,假借神话之口来曲折演绎人世间的婚姻爱情故事。如剧中软弱怕事的洞庭君，脾气火暴的钱塘君，都是人格化了的龙神。在剧中对龙女的称呼，尤其显示出宋代关于龙女的神话传说的痕迹。如宋代将龙女称为"三娘"就是一例。宋庄绰《鸡肋编》记程正叔言："又闻龙女五十三庙，皆三娘子。"此外，该剧场面热闹，有龙蛇变化，神龙大战，还有雷公电母，水卒鬼兵出现，与道教众神纷杂的实际情况相符。《聊斋志异》卷十一《织成》亦衍此事。

李好古的《张生煮海》作为神话故事戏，有较复杂的佛道背景。此剧本事未见于古代志怪、传奇、笔记和话本小说，由于剧中有"煮海"情节，一般人们认为这是受西晋竺法护所译《佛说堕珠者著海牛经》影响。刘荫柏对此有过深入研究，认为："在《贤愚经》卷九《大施抒海品》中，有菩萨抒海迫使龙神送还宝珠，以度济众生的故事，在《生经》、《堕珠著海牛经》和《摩诃僧祇律》里，亦有类似的故事传说，另外在《杂譬喻经》、《海龙王经》、《文殊师利菩萨根本大教王经》等中，亦多龙神传说，这些在唐代时已有译文，唐传奇《柳毅》、《灵应传》、《李卫公靖》、《刘贯词》等，皆是受其影响，《张生煮海》如不是直接影响，亦是间接影响的产物。在宋院本诸杂剧中有《张生煮海》，大概是受佛经故事、唐传奇及民间传说融合而衍成的宋代传说，因很流行，遂又被编成院本、杂剧上演。"（《元代杂剧史》，第153页）同时，该剧亦属度脱剧模式，张羽和龙女琼莲能一见倾心，历经周折终于联姻，原来二人前世是瑶池上的金童玉女，因为有思凡之心被罚往下界。到了二人要了却宿债，终将团圆时，东华仙说破前因，引领他们同登仙位。

李好古擅长写神话剧，还作有《巨灵劈华岳》，现剧本不存。根据剧名判断，可能是讲二郎神或沉香劈山救母的传说。从《西游记》赞诗和《新编说唱宝莲灯华山救母全传》中可窥见其端倪。

既然神话描绘的境界是那么美好，如何达到这一境界，光靠自己之力还不行，这需要巫为中介，或者要神佛道士点破天机，接引而去。但是这需要修炼，只有那些素有根器，或本来就是上界金童玉女者才行。

那么有没有更直接的办法，可以直接进入洞天福地呢。这还是有的，在中国文学中，长期流传着一个遇仙主题。那就是刘晨、阮肇采药误入桃源。南朝宋刘义庆《幽明录》、吴均《续齐谐记》均有记载。《幽明录》所载此故事发生于汉明帝永平五年（62），述刘晨、阮肇共入天台山取谷皮，迷不得返，遇众女殷勤相留。经半年，得众女指示还路，乃得还乡。既出，亲旧零落，邑屋全异，无复相识。细讯之，已越七世。《太平广记》卷第六十一《天台二女》曰：

> 刘晨、阮肇入天台采药，远不得返。经十三日，饥，遥望山上有桃树子熟，遂跻险援葛至其下。啖数枚，饥止体充。欲下山，以杯取水，见芜菁叶流下，甚鲜妍，复有一杯流下，有胡麻饭焉。乃相谓曰："此近人矣。"遂渡山，出一大溪。溪边有二女子，色甚美。见二人持杯，便笑曰："刘、阮二郎捉向杯来。"刘、阮惊，二女遂忻然如旧相识，曰："来何晚耶？"因邀还家。南东二壁，各有绛罗帐，帐角悬铃，上有金银交错，各有数侍婢使令。其馔有胡麻饭、山羊脯、牛肉，甚美。食毕行酒，俄有群女持桃子，笑曰："贺汝婿来。"酒酣作乐。夜后各就一帐宿，婉态殊绝。至十日求还，苦留半年。气候草木，常是春时。百鸟啼鸣，更怀乡，归思甚苦。女遂相送，指示还路。乡邑零落，已十世矣。（出《秋仙传》。明钞本作出《搜神记》。）

道教后来将这个故事收入《仙传》中，就算加入道教的神仙谱系。现存王子一的本子将此故事改成刘晨、阮肇鉴于天下大乱，不愿为官，入天台采药，太白金星指点二人到桃源洞去。这与故事原型偶然遇仙不同，一是更有现实意义，二是遇仙还是得靠太白金星这样的上仙来指引，单靠自己误打误撞是不行的。然而，不管是从南朝的《幽明录》还是到元末明初的王子一的作品，不管其主题怎么展延，描绘神仙生活这一理想世界是如此美好的主旨没有改变，在这个理想世界，时间得到无限的延长或者说变得永恒,"洞中方几日,世上已千年",人间光阴似箭,叹人生苦短的状况在这里已化为乌有。但是有一点要注意,在王子一的剧中,刘晨、阮肇二人说是误入桃源是不准确的,只不过是作品依旧沿袭了过去传说中的题目罢了。两人到桃源洞,完全是由太白金星指引才至,即使二人再进桃源,却又是在再入迷津之后,经太白金星点拨才得重返仙境。在这里,道教神仙起到了决定性的作用。作者这样写的用意是明确的,他越是描写仙境的美好,就越显得尘世的阴暗与污浊;越表现出对理想世界的向往,就越显现出作者与世俗社会的背离与决绝。

  关于这一主题,还不仅限于戏曲,晚唐诗人曹唐有《大游仙诗·刘晨阮肇游天台》七言五首。明杨之炯还有《天台奇遇》一剧传世。类似题材的小说更多,如晋代《搜神后记》中的《袁相根硕》,六朝《幽明录》中的《黄原》,唐代《逸史》"崔生"一则记崔生因驴走失误入青城山而遇仙,《会昌解颐录》"张卓"一则记张卓因驴奔跑误入仙洞而娶仙女,《原化记》"采药民"一则记采药人偶入玉皇第五洞而会三仙女[①],就是蒲松龄的《聊斋志异》,其卷三《翩翩》一篇罗子浮与翩翩,卷七《仙人岛》中王勉与芳云,也来自这一原型。从上述可见"遇仙"主题的长盛不衰。

[①] 分见《太平广记》卷二十三、卷五十二、卷二十五,又《酉阳杂俎》卷二"蓬伯坚"一则可考。

四 佛道与元杂剧的因缘

在"神佛道化戏"中，出现了不少佛道二教中的著名人物，由于这些人物家喻户晓，再加上他们很多人本身的故事又富于传奇性与戏剧性，因此元剧作家非常喜欢选这样的人物为自己作品的主人公。另外，既然要讲佛道，佛道的渊源、理论以及仪规也是不可能不在剧中加以表现的。虽然这种表现已加上作者对佛道二教的理解，但基本上还是准确描绘了那个时代的宗教发展的一些情况，对我们认识那个时代的宗教概况有一定的帮助。

1. 佛教人物与轶闻

在佛教戏里，我们可以看到描写的佛教人物有布袋和尚、月明和尚、志公和尚、船子和尚、石头和尚、佛印禅师、卢时长老和大名鼎鼎的唐僧玄奘和尚，还有庞居士、苏东坡以及柳翠等。我们先看元杂剧较早出现的布袋和尚形象。

《布袋和尚忍字记》由郑廷玉作。郑廷玉是河南彰德（今河南安阳）人，生平事迹无考，曾作杂剧23种，现存6种。郑廷玉家乡的百姓一直以节俭闻名，所以他塑造了多个吝啬苦克的戏剧形象，笔触极为生动，极具生活气息。《忍字记》主角即是这样一个人物。该剧是根据《景德传灯录》《五灯会元》《释氏稽古略》等书中有关布袋和尚的记载并糅以民间传说而成。布袋和尚的传说兴于宋代,盛于元代,据《元史·五行志二》载,当时民间挂"世俗所画布袋和尚"。《景德传灯录》卷二十七《明州布袋和尚》曰:明州奉化县布袋和尚,自称名契此。长得个矮肚大,似笑非笑,随处坐卧,说话东一句西一句,没有一定之规。常常拿一杖背一布袋,来到集市上,见物就讨要,或直接吃到嘴里,或拿一点放到布袋里。人称长汀子布袋师。关于他的神异之处,据载:"尝雪中卧,雪不沾身,人以此奇之。或就人乞其货,则云示人吉凶,必应期无忒。天将雨,即着湿草屦,途中骤行;遇亢阳,即曳高齿木屐,市桥上竖膝而眠。居民以此验知。"到了五代梁时贞明三年(916),丙子三月,布袋和尚就要圆寂于岳林寺东廊下时,端坐磐石而说偈曰:"弥勒真弥勒,分身千百亿。时时示时人,时人自不识。"偈毕,安然而化。以后,有人在别的地方见到他,仍然是背个布袋到处行走,于是,人们竞相画他的图像以为膜拜的物件。于是,人们就将布袋和尚当成弥勒佛在中国的再现。

弥勒,是梵文 maitreya 的音译,意思是"慈氏"。这是佛教的菩萨名,跟佛还差着一等。据《弥勒上生经》和《弥勒下生经》说,他出生在南印度劫波利村大婆罗门家庭,是种姓最高的贵族。还说慈氏是他的姓,名叫"阿逸多",意思是无能胜。窥基在《阿弥陀经疏》中解释说:"或言弥勒,此言慈氏。由此多修慈心,多入慈定,故言慈氏。修慈最胜,名无能胜。"他后来成了释迦牟尼的弟子,侍立一旁听法。据《弥勒上生经》《弥勒下生经》等载,他先佛入灭,经四千岁下生人间,在华林园龙华树下成佛。释迦牟尼预言,弥勒将继承自己的佛位为未来佛,即法定接班人。后来在寺院中供奉三世佛,分横三世,竖三世。竖三世为燃灯古佛、释迦牟尼佛、弥勒佛。即过去、现在、未来三世之佛。

中国人对弥勒佛的刻画都是笑呵呵的大肚子和尚,在寺院中弥勒两旁的楹联,基本上都是这样写道:"大肚能容,容天下难容之事;开口便笑,笑世间可笑之人。"这和《布袋和尚忍字记》中描绘的很相似:

虚幻与现实之间

"他腰围有篓来粗，肚皮有三尺高。"并且，刘均佐一看到他的形象，就感到十分可笑。但是，布袋和尚却念偈道："你笑我无，我笑你有，无常到来，大家空手。"这和后世的联语有十分近似之处，都是笑世俗之人不能脱离凡心，一空人我是非，达到超脱境界。郑廷玉之所以能写这样的戏，也是看中他在民间的影响。元末爆发的多次农民起义，都是假借弥勒的名义而起事的。如赵丑斯郭菩萨倡言"弥勒当有天下"，韩山童宣称"天下大乱，弥勒佛下生"，彭和尚作偈颂劝人念弥勒颂。元明清三代秘密宗教多信奉弥勒。这些都印证了弥勒在民间的地位。

到清代以布袋和尚为主角的戏有孙尚登传奇《弥勒记》（一名《锡六环》）。《弥勒记》共二卷，二十四出。题目作"笑弥勒化作布袋僧，痴摩诃未识六环人。鹤林寺透出幻时形，锦屏山色相隐全身。"清嵇永仁（1637—1678）所撰《续离骚》杂剧四种中的第三种名《痴和尚街头笑布袋》，简名《笑布袋》，只有一折。是一个不适于演出的案头之作。

高文秀的《志公和尚问哑禅》尽管剧本已佚，我们现在已不知剧本情节。但志公和尚确实有其人。志公系南北朝时名僧（见《高僧传》，《洛阳伽蓝记》）。原为金城人，姓朱。《太平广记》卷九十"释宝志"说他"语默不伦，豫言未兆，远近惊赴"。意思是说非常善于预见未来。《南史》多散记其在宋、齐之交的灵迹轶事。梁武帝尤其崇敬之，呼为"志公"。世传南宋济颠僧灵异事迹，其实多因"志公"而讹传。该剧从剧名看，当属"打诨参禅"一类。

李寿卿的《月明和尚度柳翠》一剧本事已难考。一般认为来源于宋李顾的《古今诗话》：

五代时有一僧，号至聪禅师，祝融峰修行十年，自以为戒行具足，无所诱掖也。无何，一日下山，于道傍见一美人，号红莲，一瞬而动，遂与合欢。至明，僧起沐浴，与妇人俱化。有颂曰："有道山僧号至聪，十年不下祝融峰。腰间所积菩提水，泻向红莲一叶中。"

四　佛道与元杂剧的因缘

在明·田汝成《西湖游览志》卷 13，梅禹金《青泥莲花记》卷 1 均载此传说。另外，也有一种说法讲该剧是说柳宣教、玉通、红莲与月明、柳翠两世因果的故事。但清姚燮对此事考证，认为是子虚乌有的事。《今乐考证》载：

> 翟灏云："咸淳临安志载绍兴间尹临安者二十五人，除罢月日，秩然无紊，并无柳宣教之姓名。"《五灯会元》："清了，字真歇。"亦无月明之字。（《中国古典戏曲论著集成》第 10 册）

总的说来，《度柳翠》来源于民间传说，从宋以来，一直是戏曲小说中的一个热门题材。南宋周密《武林旧事》载有元夕队舞《耍和尚》，元代陶宗仪《南村辍耕录》记载金院本有《月明法曲》和《净瓶儿》。元代无名氏也有《月明和尚度柳翠》杂剧，但已不传。明人多本元人作戏曲、小说，如徐渭有《四声猿》中的《玉禅师》，李盘殷有《度柳翠》杂剧（见《远山堂剧品》），陈汝元有《红莲债》杂剧。明·冯梦龙《古今小说》卷 29 有《月明和尚度柳翠》，亦见于《绣谷春容》《燕居笔记》。清吴士科有《红莲案》传奇等。

李寿卿的《船子和尚秋莲梦》也是一个佚目。有关此剧的记载甚少。金院本有《船子和尚四不犯》。《太和正音谱》《元曲选目》著录正名。此戏的梗概，笔者现在也不清楚。估计是搬演禅宗青原一宗著名禅师船子和尚德诚的事迹。据载："秀州华亭船子德诚禅师，节操高邈，度量不群。""至秀州华亭，泛一大舟，随缘度日，以接四方往来之者。时人莫知其高蹈，号船子和尚。"（《五灯会元》卷五）

王廷秀的《石头和尚草庵歌》写的是唐代著名高僧希迁，他是禅宗创始人慧能的法孙。《五灯会元》卷五称："南岳石头希迁禅师，端州高要陈氏子。""于唐天宝初，荐之衡山南寺。寺之东有石，状如台，乃结庵其上，时号石头和尚。"《石头和尚草庵歌》当演此事，但《草庵歌》是什么，有待考证。

此外，除描写著名和尚以外，元剧作品还写到著名的居士。刘君锡的《庞居士误放来生债》即是这样的剧目。庞居士是唐代贞元年间衡阳人庞蕴，与石头和尚、丹渊禅师为友。信佛，不剃发，举家入道，举其所有沉入水中，以鬻自制竹器为生。后居襄阳，人称襄阳庞居士。《景德传灯录》卷八、《唐诗纪事》卷四十九、《五灯会元》卷三均见此事。陶宗仪《南村辍耕录》卷十九对此剧做了一番考证：

> 世斥贪利小人，必曰，汝便是庞居士矣。盖相传以为居士家资巨万，殊用劳神，窃自念曰，若以与人，又恐人之我苦，不如置诸无何有之乡，因辇送大海中，举家修道，总成正果。又以为居士即襄阳庞得公。《释氏传灯录·庞居士传》云，襄州居士庞蕴者，衡州衡阳人也。字道玄，世本业儒，志求真谛。德宗自元初，谒石头禅师，豁然有省。后参马祖，问："不与万法为侣者，是什么人？"答曰："待汝一口吸尽西江水，却向儒道。"遂于言下，顿悟玄旨。乃留驻参承。有偈曰："有男不婚，有女不嫁，大家团栾头，共话无生活。"元和六年，北游襄汉，随处而居。女灵照，卖竹漉篱，以供朝夕。

《庞居士误放来生债》与陶宗仪所记有很多近似之处，就连其女灵照卖笊篱一事，都有根据。然而最后庞居士一家白日飞升，来到兜率宫灵虚殿，则是作家刻意虚构以宣传因果报应主旨的。

除此之外，和尚与文人雅士之间的风流雅事也被剧作家涉及。被剧作家重点描绘的当属苏东坡和佛印禅师的故事。我们现在知道的作品有吴昌龄的《花间四友东坡梦》和杨景贤的《佛印烧猪待子瞻》。写的是苏东坡被贬黄州时，过访庐山东林寺长老佛印的故事。本事源于宋·释惠洪《冷斋夜话》卷6《东坡称赏道潜诗》。关于佛印禅师，《五灯会元》卷十六《云居了元禅师》载：

四 佛道与元杂剧的因缘

南康军云居山了元佛印禅师，饶州浮梁林氏子。诞生之时，禅光上烛。须发爪齿，宛然具体。风骨爽拔，孩孺异常。发言成章，语合经史。间里先生称曰神童。年将顶角，博览典坟。卷不再舒，洞明今古。才思俊迈，风韵飘然。志慕空宗，投师出家。试经圆具，感悟夙习。即遍参寻，投机于开先法席。出为宗匠。九坐道场，四众倾向，名动朝野。神宗赐高丽磨衲金钵，以旌师德。……

师一日与学徒入室次，适东坡居士到面前。师曰："此间无坐榻，居士来作什么？"士曰："暂借佛印四大为坐榻。"师曰："山僧有一问，居士若道得，即请坐；道不得，即输腰下玉带子。"士欣然曰："便请。"师曰："居士来道，暂借山僧四大为坐榻。只如山僧四大本空，五阴非有，居士向什么处坐？"士不能答，遂留玉带。师却赠以云山衲衣。士乃作偈曰："百千灯作一灯光，尽是恒沙妙法王。是故东坡不敢惜，借君四大作禅床。病骨难堪玉带围，钝根仍落箭锋机。会当乞食歌姬院，夺得云山旧衲衣。此带阅人如传舍，流传到我亦悠哉。锦袍错落犹相称，乞与伴狂老万回。"

可以看出，这是禅僧和大知识分子智慧的交锋与碰撞。因为不管是僧和士，喜欢清幽，喜欢玄妙，在这一点上，大家的气质和心理是相通的。这段趣事，到了戏曲家和小说家手里，就变成了一个绝妙的题材。早在金院本中就有《佛印烧猪》一剧，又马致远等著的《吕洞宾三醉岳阳楼》杂剧第一折〔寄生草〕曲："这的是烧猪佛印待子瞻，抵多少骑驴魏野逢潘阆。"可见这个故事的影响之大。吴昌龄以苏轼与佛印的故事为缘起，中间佐以白牡丹参禅事，使之成为一出好看、好玩的剧目。根据这个传说写成的小说的有《清平山堂话本》中《五戒禅师私红莲记》，即《喻世明言》中《明悟禅师赶五戒》的原本，《醒世恒言》中《佛印师四调琴娘》，不过它们都把苏轼与佛印的关系写成两世朋友。杨景贤直接就写出了《佛印烧猪待子瞻》一剧，该剧的本事出宋代周紫芝的《竹坡诗话》：

· 85 ·

> 东坡喜食烧猪，佛印住金山时，每烧猪以待其来。一日为人窃食，东坡戏作小诗云："远公沽酒饮陶潜，佛印烧猪待子瞻。采得百花成蜜后，不知辛苦为谁甜？"

从这两个剧可以看得出来，禅寺古刹也并非与世隔绝的世外桃源，僧人和尚也不是心如枯井，吴昌龄和杨景贤对这一点是清楚的。因为寺院与红尘滚滚的大千世界还是有千丝万缕的联系的。更甚者，在北宋的景德寺前，竟开设了不少的妓院。《五家正宗传》卷三还记载着这样一件荒唐的故事，尼姑无著还没出家时曾到径山参拜著名禅师宗杲，宗杲让她住在自己的卧室里，并让自己的首座道颜去见她，道颜不见则已，一见惊呆了，该书说道：

> 见著寸丝不挂，仰卧于床，师指曰：者里是什么去处？著曰：三世诸佛、六代祖师、天下老和尚，皆从此中出！师曰：还许老僧入否？著曰：者里不度驴度马。（转引自葛兆光《禅宗与中国文化》，第104页）

正因为有这种淫秽的传统，所以才会有《东坡梦》里苏东坡让白牡丹去勾引佛印的表演，白牡丹反复讲，"和尚一点菩提露，滴在牡丹两叶中"。只不过佛印定力很强，才终没让苏东坡的计谋得逞。但苏东坡反而差点中了佛印的圈套，被花间四友即四个小娘子给魔障了去。这哪里是问禅论道的戏，完全是知识分子狎妓冶游的另一种表现形式。

2. 道教人物与轶闻

在道化戏中，也描写了众多道教中的真实人物，有的本来就是元朝本朝的人物，但在剧本中他们已成神成仙，可见全真教在元朝的影响之大。这些剧本涉及的道教著名人物有王重阳、马丹阳、丘处机、张天师和萨真人等。

关于王重阳的戏有马致远的《王祖师三度马丹阳》，可惜剧本已佚，但从剧名看，王祖师与马丹阳之间的师承关系。另外，还有杨景贤的《马丹阳度脱刘行首》第一折中对王重阳的来历做了详尽的描述。我们在前边已经引用过王重阳在该剧的表白，但有必要重复介绍，因为这段独白无疑是全真道神奇创始经过的写照：

> （正末扮王重阳上，云）贫道姓王名嚞，道号重阳真人。未成道时，在登州甘河镇开着座酒店，人则唤我做王三舍。有正阳祖师纯阳真人，他化作二道人，披着毡来俺店中饮酒。贫道幼年慕道，不要他的酒钱。似此三年，道心不退。忽一日他道："俺去也，王三舍，与你回席咱。"贫道言称："师父那得酒钱来？"他就身边解下瓢来，取甘河水化作仙酒，其味甚嘉，方知此乃神仙之术。他道："王三舍，你要学此术好，要学长生术好？"贫道答言："俺愿学长生之术。"遂弃却家业，跟他学道，传得长生不死之诀，成其大道。吕祖引贫道至东海之滨，将金丹七粒撒去水中，化成金莲七朵，云："此金莲七朵，乃是丘、刘、谈、马、郝、孙、王，恁七人可传俺全真大道。你可化作一凡人，下人间度此六人成道。"贫道奉师父法旨，化作一先生，行乞于市。凡人不识贫道，问某曰："师父出家人，只以酒食为念，不看经典，可是为何？"贫道云："若说神仙大道，岂有不看经典之理？但要心坚念重，何愁不到蓬瀛？"我想做神仙的，皆是宿缘先世，非同容易也呵。

这里采用民间传说，事实是，王重阳不是开酒店的，而是一个常到酒店"日酣于酒"的人。王重阳道白中谈到了其在全真教创教过程的一个重大事件。事见《全真教祖碑》，金正隆四年（1159），王重阳来到陕西甘河镇饮酒啖肉，此时，有两个穿毡衣者来到肉铺前。王重阳见二人形质特异，心生崇敬之感，遂跟他们来到一僻静处，行过大礼之后。二人授他内丹修仙秘诀。这就是全真教史有名的甘河遇仙。这一年，王重阳刚好四十八岁。《重阳全真集》有诗道："四十八上始遭逢，口诀传来便有功，一粒金丹色愈好，玉京山上显殷红。"王重阳自己并没有说明遇到的两位高人是谁，他留下一个悬念供后人去猜想。但王重阳的徒弟却明确地讲师傅所遇异人是吕洞宾。如谭处端《水云集》卷一《全真》诗道："我师弘道立全真，始遇纯阳得秘文。"马丹阳、王处一也有此说。在《重阳全真集》中，也有师承钟离权、吕洞宾、刘海蟾之说，如卷九《了了歌》道："汉正阳兮为的祖，唐纯阳兮做师父，燕国海蟾兮是叔主。"所以剧中王重阳说遇到的钟离权和吕洞宾就是根据这些传说而来。因为古今中外创教者为显示自己的神异之处以吸引信徒，总是把得高人启示或指点作为神化自己的手段。王重阳也不能免俗，还是落入创教者的窠臼。

大定七年（1167），王重阳到山东传教，很快便赢得信众，收了七大弟子，后称"七真"。郑廷玉的杂剧《风月七真堂》大概演绎的就是这个故事。七真中首先被王重阳收为弟子的是马钰（1123—1183）。马钰原名马从义，字宜甫，是世居宁海富户，人称"马半街"。喜读书，善文学，轻财好施，娶妻孙不二，后其妻也成七子之一。马钰在与王重阳一次偶然中就一见如故。"问应之际，欢若亲旧，坐中设瓜，唯真人从蒂而食，众皆异之。"（《重阳教化集》）王重阳从蒂部吃瓜后经全真教徒的解释，说是取苦尽甘来之意。王重阳非同凡夫的举止吸引了马钰。于是向王重阳请教"何为道？"王答曰："五行不到处，父母未生前。"马甚感惊奇，于是邀请他到马家后园结庵而居，王重阳为其庵题名为"全真"，是为全真立教之始。在马致远的《马丹阳三度任风子》中，马丹阳说道：

> 贫道祖居宁海，莱阳人也。俗姓马，名从义，乃伏波将军马援之后。钱财过万倍之余，田财有半州之盛。家传秘行，世积阴功。初蒙祖师点化，不得正道，把我魂魄摄归阴府，受鞭笞之苦。忽见

祖师来教，化作天尊，令贫道似梦非梦，方觉死生之可惧也。

可见作家写这个人物也并非子虚乌有的杜撰。就连马丹阳在陕西甘河镇点化任屠也是有依据的。王重阳逝世后，马丹阳来到祖师的家乡陕西，在刘蒋村构庐居住，并手书"祖庭心死"一额，以表誓死修道之志。以后全真教徒在刘蒋村修建了宏大的道观重阳万寿宫，又名祖庭。马钰基本上是以祖庭为中心在关右传播全真道教，活动区域集中在鄠县、醴泉、昌乐、华亭、长安等地区。中途游历过龙门山和终南山。马丹阳所说的"终南县甘河镇"就在这一地区。

《录鬼簿续编》载，贾仲明作有《碧桃花》，题目正名曰："玉重巧谤青云竹，丘长三度碧桃花。"估计"丘长"后漏掉一个"春"字，"玉重"有人疑为"王重"后漏一个"阳"字。可能写的是全真道另一著名人物丘长春。关于丘长春，我们前边有过详尽的说明，在此不再赘述。

前边所说的是全真道，而在南方，盛行的依然是天师道。元杂剧里的张天师，就是东汉天师道创始人张道陵的后裔。吴昌龄的《张天师断风花雪月》在《录鬼簿》里为《张天师夜祭辰钩月》。但《也是园书目》将此剧归为无名氏作。今人对该剧是否是吴昌龄作看法也不一。持怀疑和否定态度的有严敦易（见《元剧斟疑》）和邵曾祺（见《元明北杂剧总目考略》）。多数人认为《风花雪月》和《辰勾月》为一剧，持这种看法的有青木正儿、王季思、谭正璧、孙楷弟和庄一拂等，其中刘荫柏认为："《张天师断风花雪月》虽与《录鬼簿》所载剧目略有出入，但从内容情节上分析，仍属同一剧本。……旧说状元为文曲星，嫦娥为太阴星，剧中陈世英与月宫桂花仙子正似之，恰与《录鬼簿》中'文曲星搭救太阴星'意思相同，故知现存此剧即吴昌龄《张天师夜祭辰钩月》之一名。"（《中华戏曲》第五辑）

从剧本可知，这个张天师是天师道教祖张陵的三十七代孙张与棣。在元朝，全真道似干柴烈火发展过于迅猛，因而引起元室的猜忌，开始从利用全真道到遏制它。而此时元室新得江南不久，为了笼络民心，从思想上控制江南人民，元室看中了一直在南方发展的天师道，对张陵后嗣恩宠有加。元世祖于至元十三年（1276）召见张陵第三十六代孙张宗演，以官方名义承认了其天师头衔，让其统领江南道教。在此之前，张陵子孙虽自称"天师"，民间口头上也流行此称呼，但从未被官方正式承认过。正式用政府名义承认其子孙为"天师"，则自元代始。《张天师断风花雪月》的张天师就是三十七代孙张与棣。他是宗演的长子，字国华，号希微子。至元二十八年底或二十九年初嗣教①。二十九年（1292）应召入觐，世祖忽必烈，慰劳甚至，授体玄弘道广教真人，管领江南诸路道事。至元三十一年（1294）或元贞元年（1295）卒②。元贞元年，弟与材嗣教。

天师道的修炼方法，多偏重于符箓禁咒、斋醮祈禳、用以消灾求福，役使鬼神。所以，张天师一上场就道："鼎内丹砂变虎形，匣中宝剑作龙声。法水洒来天地暗，灵符书动鬼神惊。"四句诗把天师道的特点描述得明明白白。同时，这为后边天师请神念咒作法事做了铺垫。

元杂剧对擅长道教法术高人的刻画还有萨真人。无名氏的《萨真人夜断碧桃花》就是这样一个剧目。关于萨真人，剧本对其来历的描写还是比较尊重史实的。且看该剧第三折：

> （外扮萨真人引弟子上，云）贫道萨守坚，汾州西河人也。贫道幼年学医，因用药误杀人多，弃医学道，云游方外，参访名山洞天。后到西蜀峡口，遇一道人，乃虚靖天师，觑贫道有仙风道骨，传授咒枣之术及神霄青符、五雷秘法。贫道又到龙虎山参录奏名，誓欲剿除天下妖邪鬼怪，救度一切众生。遍游荆襄江淮闽广等处。

---

① 《天师世家》卷三称辛卯（二十八年）嗣教，《元史·释老传》称二十九年正月与棣嗣教。
② 《元史·释老传》记载："三十一年入觐，卒于京师。"而《元史·成宗纪》则记元贞元年二月"赐天师张与棣等三人玉圭各一"。

萨守坚是南宋初道士，四川云宁府云宁县人，号紫云。以传行神霄雷法名扬东南，据《历世真仙体道通鉴续编》卷四载，萨守坚自称"汾阳萨客"，当为山西人，或云西河人，或云南华人。原学医，因误用药物医死了人，因此悔疚而弃医学道。赴江西龙虎山参谒第三十代天师张继先，等赶到龙虎山，知道张继先已卒。有传说讲萨守坚的道法学自张继先、林灵素、王文卿，这样以显示其道法源于高手，精深玄妙。其实萨守坚主要继承王文卿一派传神霄雷法。虞集《王侍宸记》说："又有萨守坚者，亦酷好道，见侍宸（王文卿）于青城山而尽得神秘，游东南，祷祈劾治，其神怪有过于侍宸者。游江西，入闽，过神龟冈，乃知侍宸为数十年前人。"虽系神话，但萨守坚的渊源还是清楚的。萨守坚著有《雷说》《内天罡诀法》《续风雨雷电说》，存《道藏》中。道教的"萨祖派""西河派""天山派"，皆尊萨守坚为祖师，称"萨真人"。七月二十六日为萨真君圣诞，为道教节目。《宝文堂书目》有《萨真人白日飞升》一剧，传为朱权作。另外，与《萨真人夜断碧桃花》同题材的明代传奇有花文若的《梦花酣》《玉匣记》。明人邓志谟的小说《咒枣记》较详尽地描述了萨守坚成道的故事。

3. 佛教仪规与戏剧的结合

神佛道化戏的内容决定了这些杂剧不可避免地反映佛道的一些仪式和制度，以及和尚道士如何向信众宣扬本教的思想。在这一过程中，元杂剧作家客观地将这些内容如实地表现出来。我们先看一下佛教戏。由于元代的知识分子所熟悉的以及在元代实际兴盛的佛教理论是禅宗。因此，这些佛教戏到处讲的是参禅悟道的故事，充满了对禅宗思想及禅宗教义的宣传。这主要表现在如下几个方面：

（1）关于禅宗基本理论及教派的描述。在佛教戏中，大多有讲述禅宗基本理论及教派知识的内容，既宣传了禅宗的教义，又开宗明义地宣布了全剧主旨，如以下几个例子：

我佛将五派分开，参禅处讨个明白。若待的功成行满，同共见我佛如来。(《忍字记》)

我可也自来无喜也无嗔，直将一心参透，五派禅分。(《东坡梦》)

想初祖达摩西至东土，不立文字，教外别传，直指人心，见性成佛。……〔仙吕点绛唇〕自从五派禅分，要知根本，西来信，则为自懵懂禅昏。我也会扯住俺那达摩问。(《度柳翠》)

休笑我垢面风痴，怎参不透我本心主意，则与世人愚不解禅机。(《东窗事犯》)

佛说大地众生，皆有佛性，则为这贪财好贿，所以不能成佛作祖。(《来生债》)

切以禅分五派，教演三乘，始因一花之灿烂，中分五叶以流芳，世尊法演于西天，达摩心传于东土。(《野猿听经》)

"禅"是梵语"禅那"的简称，意译为"思维修""静虑""禅定"，以思悟佛教"真理"，静思一切虑念为主要修养方法。顾名思义，禅宗似以"禅"为"宗"。其实不然，禅宗是完全中国化的独立宗派，虽然其形成过程有《忍字记》中布袋和尚所说的那样，"我佛西来，传二十八祖，初祖达摩禅师，二祖慧可大师，三祖僧灿大师，四祖道信大师，五祖弘忍大师，六祖慧能大师"。认为这个教派的始祖是南北朝时期来华的印度人菩提达摩。事实上，禅宗作为一个独立的宗派形成于唐代，高宗时的慧能才是它的实际创始人。它反对和废弃坐禅入定的那套修养方法，强调"不立文字，教外别传，直指人心，见性成佛"。其主要观点是佛性说和顿悟说。所谓佛性，即"本性即佛"。他们认为佛性本来就是人人都具有的，人心就是成佛或客观世界的基础，万事万物都随人心而生灭。所谓顿悟，即指人要凭自己的智慧，单刀直入，马上悟出佛性来，一刹那间可以立地成佛。用不着累世修行，打坐念经，搞烦琐的宗教仪式。基于禅宗具有中国特色和教义简单这两点，在唐、宋两代发展迅速，势力很大。慧能之后，便分化为青原行思和南岳怀让两派。南岳一派又演变为沩仰、临济两宗,青原一派则演变为法眼、曹洞、云门三宗,这就是所说的"五派禅分"。不过禅宗发展到元代,能维持门面的只有曹洞、临济两家。禅宗教义及演变历史,与杂剧中所讲大体相当。从而我们可以看到,那些杂剧作者们不但非常熟悉禅宗,而且是有意在剧作中为之进行宣传的。

(2)机锋在元剧中的表现。

机锋是禅宗用以比喻迅捷锐利,不落迹象,含意深刻的语句。宋代杨亿云:"机缘交激,若挂于前箭锋,智藏发光,旁资于鞭影。"(《景德传灯录序》)机锋出自佛祖"拈花微笑"的故事,在禅宗内部,常用于师徒问答。《来生债》中就叙述到此事:"释家拈花露本心,迦含微笑遇知音。"意在说明佛理只能意会,不能言传。既然语言不能准确地表达佛理,那就无怪机锋语多是玄妙莫测,近于信口雌黄了。我们且看《度柳翠》第一折中这段机锋问答:

(旦儿云)敢问师父,从哪里来?(正末云)我来处来。(旦儿云)如今哪里去?(正末云)我去处去。(旦儿云)这和尚倒知道个来去。(正末云)嗫声!道马非为马,呼牛未必牛,两头都放了,终到一时休。

又,该剧第四折云:

(长老云)甚的明来明如日?(正末云)佛性本来明如日。(长老云)甚的暗来暗如漆?(正末云)众生迷却暗如漆。(长老云)甚的苦来苦似柏?(正末云)嗫声!苦是阿鼻地狱门。(长老云)甚的甜来甜似蜜?(正末云)甜是般若波罗蜜。

《野猿听经》众僧、守坐与禅师的对话,更是典型的机锋语:

· 93 ·

（众僧云）敢问我师，如何是西来意？（禅师云）九年空冷坐，千古意分明。（众僧云）如何是法身？（禅师云）野塘秋月漫，花坞夕阳迟。（众僧云）如何是祖意？（禅师云）三世诸法不能全，六代祖师提不起。……（守坐云）如何是曹洞宗？（禅师云）不萌草解藏香象，无底篮能捉活龙。（守坐云）如何是临济宗？（禅师云）机如闪电，活似轰雷。（守坐云）如何是云门宗？（禅师云）三句可办，一镞辽空。（守坐云）如何是法眼宗？（禅师云）言中有响，句里藏锋？（守坐云）如何是□□仰宗？（禅师云）明暗交加，语默不露。（守坐云）如何是不二法门？（禅师云）无法可说。

据记载，禅宗五派，师徒之间平时的提问和解答，最频繁的莫过于"如何是祖师西来意"和"如何是佛法大意"两大问题。有人对前一问题进行统计，230多次的答案竟没有一个是相同的。上面所引这段机锋文字，可以说是惟妙惟肖地再现了禅师们答问活动的情景。

(3) 棒喝在元剧中的表现。

禅宗重视机锋，祖师接待初学者常当头一棒，或大喝一声，提出问题令答，借以考验其悟境，即为棒喝。棒喝是在机锋基础上的进一步的发展，也是一种答问方法。譬如对"如何是佛法大意"这个问题的回答，临济宗创始人义玄，就做出这样的举动："师（义玄）即竖起拂子，僧便喝，师便打。"（《古尊宿语录》）元剧作家吸取禅宗棒喝之法，常用皮棒槌（也叫磕瓜）为道具，让一脚色在演出时击打对方，作为插科打诨的手段，借以增强戏剧的动作性和演出效果，从而博得观众哄笑，调节剧场气氛。佛教戏把禅宗的棒喝之法和杂剧里的插科打诨巧妙地糅为一体，不能不让人拍案叫绝。《来生债》中的丹霞禅师，佛心不纯，他看上了卖笊篱的女孩儿灵兆。他把灵兆每天卖不完的笊篱都买下来，已经"买下三房子笊篱"。这天又在买笊篱时，丹霞禅师便用"言语嘲拨"灵兆。有一段对话，我们且摘引几句：

（灵兆云）你参空禅仔细追求，怎生见真佛昂然不拜？（禅师云）得悟时拈起放下，拜佛也有何眈待。（合掌做拜。灵兆打禅师头云）掌拍处六根清净，这笊篱打捞苦海。

通过这一棒喝，使丹霞凡心顿消。在舞台上，自然也取得了戏剧效果，真是一箭双雕，运用得恰到好处。

禅宗机锋、棒喝这些在方外之人眼中看起来匪夷所思的事情，却由于其怪诞不经，到了元杂剧作家手里就成了加强戏剧性的利器，元剧作家巧妙地将其融入剧中，使之成为插科打诨的一个部分。《汉钟离度脱蓝采和》第一折就说："俺将这古本相传，路歧体面。习行院，打诨参禅。穷薄艺知深浅。"可见，把"参禅"作为戏剧笑料的一部分在杂剧中已成惯例。

4. 道教仪规与戏剧的结合

道教仪规比较复杂，在杂剧中是难以一一表现的，作家一般选取非常具有表演性的一些内容，使之与剧情能水乳交融地结合起来。

和佛教有俗讲宣传自己的理论一样，道教也有一套演说方式为"道情"，最初是道士们布道、化缘时所唱，正如朱权所说："道家所唱者，……寄傲宇宙之间，慨古感今，有乐道徜徉之情，故曰'道情'。"（《太和正音谱》）后来逐渐发展成为一种民间的说唱曲艺形式。因用渔鼓和简板伴奏，故又称愚鼓简子。元杂剧道化戏中就表现了这种演唱方式，为我们研究"道情"提供了宝贵的资料。《吕洞宾三醉岳阳楼》中的吕洞宾就是唱着道情出场的：

（正末愚鼓简子上）（词云）披蓑衣，戴箬笠，怕寻道伴；将简子，挟愚鼓，闲看中原。打一回，歇一回，清人耳目；念一回，唱一回，润俺喉咽。穿茶房，入酒肆，牢拴意马；践红尘，登紫陌，系住心猿。跨彩鸾，先飞到，西天西里；驾青牛，后走到，东海东边。灵芝草，长生草，二三万岁；娑罗树，扶桑树，八九千年。白玉楼，黄金殿，烟霞霭霭；紫微宫，青霄阁，环佩翩翩。鹦鹉杯，凤凰杯，满斟玉液；狮子垆，狻猊垆，香喷龙涎。吹的吹，唱的唱，仙童拍手；弹的弹，舞的舞，刘衮当先。做厮儿，做女儿，水煎火燎；或鸡儿，或鹅儿，酱炒油煎。来时节，刚才得，安眉待眼；去时节，只落得，赤手空拳。劝贤者，劝愚者，早归大道；使老的，使小的，共结良缘。人身上，明放着，四百四病；我心头，暗藏着，三十三天。风不着，雨不着，岂知寒暑；东不管，西不管，便是神仙。船到江心牢把舵，箭安弦上慢张弓。今生不与人方便，念尽弥陀总是空。

唱道情时要敲渔鼓，打简板。渔鼓以二至三尺长的竹筒为体，在一端蒙上猪或羊的薄皮为鼓面。简板是两根上端稍向外折曲的长竹片；短的二尺左右，长的可至四五尺。演唱时左臂抱鼓，左手执简板夹击发声；右手拍击鼓面。

道情的名称及简板的使用，最早见于南宋周密的《武林纪事》，书中卷七云，孝宗淳熙十一年（1184），皇宫"后苑小厮儿三十人，打息气唱道情。太上云：'此是张抡所撰《鼓子词》。'"，这里小厮们打的"息气"就是简板。在《岳阳楼》中就有对此的解释。《吕洞宾三醉岳阳楼》第三折，"赤紧的简子唤作惜气，但行处愚鼓相随。愚是不省的，鼓是没眼的"。在这里"惜"与"息"相通。之所以称为愚鼓，就是通过演唱，让那些愚不可及，没有眼光（鼓与瞽相通）的人猛醒。打惜气就是通过打板，可以使演唱者停歌，换气之意。

从《武林纪事》记载可以看出，在南宋乾道、淳熙年间就已经有了打着简板唱道情的情况，并且它从道士们布道乞讨的形式演化为民间的娱乐样式，在勾栏瓦子以及宫廷中都有演唱，并且出现了职业的艺人，上述后院小厮三十人，看来都是经过专业训练为皇室服务的。

鉴于道情在民间的影响，元杂剧作家在写道化戏时，很自然地把演唱道情加入剧情中，这既符合人物的身份，又可以活跃观剧气氛，可见元剧作家运用这种曲艺形式的妙处。

现在的道情仍然继承元剧中表现的传统。如湖北渔鼓就是说唱相间的曲艺形式。说的部分有散白、韵白之分。唱腔结构属曲牌连套体。如《岳阳楼》中吕洞宾所念，"打一回歇一回清人耳目，念一回唱一回润俺喉咽"。从后一句可以看出来，吕洞宾演唱的愚鼓是唱念交加的。演唱除了曲牌连套体之外，还有诗赞体。像吕洞宾所唱这种"攒十字"的十字句，他一口气唱了二十六句，然后以七言四句结束。曲牌体的道情在道化戏里同样可以找到实例。如《陈季卿误上竹叶舟》第四折，剧情说明中讲"列御寇引张子房、葛仙翁执愚鼓、简板上"，然后众神仙说，"我等无事，暂到长街市上，唱些道情曲儿，也好警醒世人咱"。接着便唱了由〔村里迓鼓〕等四支曲子组成的道情：

〔村里迓鼓〕我这里洞天深处，端的是世人不到。我则待埋名隐姓，无荣无辱无烦无恼。你看那蜗角名，蝇头利，多多少少。我则待夜睡到明，明睡到夜，睡直到觉，呀！蚤则似刮马儿光阴过了。

〔元和令〕我吃的是千家饭化半瓢，我穿的是百衲衣化一套。似这等粗衣淡饭且淹消，任天公饶不饶。我则待竹篱茅舍枕着山腰，掩柴扉静悄悄，叹人生空扰扰。

〔上马娇〕你待要名誉兴，爵位高，那些儿便是你杀人刀。几时得舒心快意宽怀抱？常则是，焦魇损两眉梢。

〔胜葫芦〕你则待日夜思量计万条，怎如我无事乐陶陶。我这里春夏秋冬草不凋。倚晴窗寄傲，杖短筇凝眺，看海上熟蟠桃。

这种曲牌体的道情后来主要流行于北方，并在陕西、山西、甘肃、河南、山东等地发展为戏曲道情。这些戏曲剧种演出的剧目依旧是延续了道情最初演唱的故事。如很多道情戏均演出道教的"十渡船"的故事，人称"十渡"戏，主要是讲黄桂香、李翠莲、韩湘子、庄周、张良等十人得道成仙的故事，剧目有《打经堂》、《经堂会》、《大劈棺》、《辞朝》等。其他如演绎吕洞宾度人的故事，如《杭州卖药》，这和元杂剧里的吕洞宾戏有千丝万缕的联系。

此外，元剧作家对道化戏里作法事的表现也很有特色，也非常具有戏剧性。我们知道，中国戏曲的起源与原始的巫觋也有一定关系，巫装神弄鬼，其实有很强的表演成分在里边。古今中外的戏剧家经常把设坛作法当成戏剧中的重要情节来表现，因为它既显示出仪式色彩，又神神秘秘，在舞台上表演能起到唤醒人们视觉上注意的效果。元剧作家早就发现了这一点，所以，在道化戏中将道教的一些仪式化入剧情当中，非常巧妙。如道教中的正一教即天师道，就非常善于请神作法。在《张天师断风花雪月》中，陈世英因与桂花仙子相爱，苦思成疾，于是家人便请张天师捉拿桂花仙子，来解除陈世英心上的疾患。张天师请神时，嘴中要不停地念念有词：

> 道香德香，无为香，清净自然香，妙洞真香，灵宝惠香，朝三界香。吾乃统摄玄门，恢弘至道，咒司九主，宣课威仪，醮法列坛，无不听命。恭惟玉清圣境元始天尊，左辅右弼之星官，武职文班之圣众，雷公电母，风伯雨师，瑶宫宝殿天王，紫府丹台仙眷，五福十神，四司五帝，日宫月宫神位，南斗北斗星君，四七之缠度，三台华盖，九天帝君。三界直符使者，十方从驾威灵。当境土地龙神，诸处城隍社庙，幽冥列圣，远近至真，以此真香，普同供养。……请命道流，立坛究治。臣敢不启奏玄空，急扬雷令，招接天庭，奉行摄勘。今年今月，今日今时，奉道弟子张道玄仰凭圣力，随其万处周流，不误一真清净。稽首拈香，无极大道，不可思议功德。

然后张天师击权杖道：

> 一击天清，二击地灵，三击五雷，速变真形。天圆地方，律令九章。金牌响处，万鬼潜藏。

接着是咒水云：

> 水无正行，以咒为灵，在天为雨露，在地作源泉。一噀如霜，二噀如雪，三噀之后，百邪俱灭。

张天师这一通表演基本上代表了天师道作法的几种手段。先是请神下凡，然而，天上是没有神仙的，道士们在这里只是替神仙们代言立行。这与道教的产生的历史渊源有关。中国道教与中国古代宗教和民间巫术有密切关系，由于先民崇拜神灵，为了祈福祛灾，就要神的保佑。但是如何才能与神沟通呢？这不是普通人能做到的，于是巫祝应运而生，巫祝专门做人与神之间的沟通工作。此外，还有人要预知吉凶，这又产生卜这一职业。卜，《说文解字》曰："灼剥龟也，象灸龟之形，一曰象龟兆之从横也。"卜者专替人决疑难，断吉凶。随着占卜的进行，最后要把天意表达出来，这就产生了"符"。"符"原意是帝王下达旨令的凭证，它具有无上的权威。后来的道士们亦称天神有符，或为图形，或为篆文，在天空以云彩显现出来，方士录之，遂成神符。巫祝卜是古代社会生活不可缺少的职业，诸凡降神、解梦、预言、祈雨、医病、占星等神道，都需要他们来担当。先民以为疾病是恶鬼附体所致，须用巫术加以解除，由此而有符咒驱鬼的法术。后来道教用符水治病，以及善于祈禳、禁咒等术，皆来源于巫术。

其次，道教和战国至秦汉的神仙传说与方士方术也有关系。道教之鬼不是冥冥之中的神灵，而是现实个体生命的无限延伸和直接升华。这些神人可白日飞升，可以辟谷不食，可以长生不死，因此，道士们俨然这一形象的化身。代神立言，代神作法，是常见的事。天师道产生于"信鬼好巫"的南方，据《三国志·张鲁传》载，张陵"学道鹄鸣山中，造作符书"。道教有所谓"三山符箓"，指魏晋南北朝后，龙虎山、阁皂山、茅山分传之天师、灵宝、上清三宗符箓。道书中说太上老君授给张陵的符图有七十卷。所以，天师道更擅长请神降鬼，画符念咒。《张天师断风花雪月》一剧中的张天师，仍然继承乃祖的衣钵，只不过显得道行更深，雷公电母、风伯雨师还有土地爷等统统都能请到，可见，天师一派作法传统到元代发扬光大到了极致。

《萨真人夜断碧桃花》则是传神霄雷法的萨守坚的另一派作法事的方法，且看萨真人是如何作法的：

（真人云）道香一炷，法鼓三冬。十方肃静，万神仰德。……请三天使者、五老神兵衔符背剑在云间，跨虎乘鸾来月下。今因信士张圭之子张道南染病，服药不效，今日香灯花果列坛前，法遣神兵排左右。吾奉太上老君急急如律令，摄！一击天清，二击地灵，三击五雷，速变真形。（做拿笔科，云）天圆地方，律令九章，神笔到处，万鬼潜藏。（做书符科，云）天上麒麟子，顿断黄金锁。偷走下天来，人间收的我。……（做击剑科，云）老君赐我驱邪剑，离火煅成经百炼，出匣森森雪霜寒，入手辉辉星斗现。（做咒水科，云）我持此水非凡水，九龙吐出净天地。太液池中千万年，吾今将来净妖气。（做仗剑步罡科，云）谨请当日功曹，直符使者，吾今用尔，速至坛前。吾奉太上老君急急如律令，摄！

所谓雷法，门类很多，但总的来说，是念咒、用剑、画符、立狱等法术的糅合。有的道士号称能招雷轰贼，能呼风唤雨，挥小旗则电闪雷鸣，达到"心与雷神混然为一，我即雷神，雷神即我，随我所应，应无不可"。（邹铁壁《雷霆妙契》述王文卿所传《雷法秘旨》）其实质是将内丹修炼术与传统符咒召神劾鬼的道术结合起来。道教各派以内炼为基础，结合本派符箓咒法，产生了各自的"雷法"。如"正一雷法"、"神霄雷法"和"天心正法"。从上述引文中也可以看出来，不管是神霄派还是正一天师派，二者作法的方式基本相同，都是先上天入地将各路神仙请来，接着是击权杖，然后是画符咒水，去除妖气，最后仗剑作法，步虚踏斗，把要捉的妖孽拿到。作为"神霄雷法"的重要代表人物，萨真人写了不少关于雷法的著述。如《雷说》和《续风雨雷电说》。后世神魔小说《咒枣记》就描写了他以雷法除妖的故事。在该书第四回中这样写道：

> （萨真人）遂独自到那颠鬼之家，果见其人发蓬眼黄，赤身裸体。观了两个法师高吊在虚空，两个法师压倒在地上。遂登了法坛，存了神，息了气，将掌心运动。运了东方甲乙木雷公，西方庚辛金雷公，南方丙丁火雷公，北方壬癸水雷公，中央戊己土雷公。又起着天火，地火，雷火，霹雳火，太阳三昧真火。只见雷有声火有焰，雷有声惊天动地。火有焰灼物烧空。须臾之间，那火部雷司之神就将颠鬼擒下。

道士作法在小说中的描叙绘声绘色，和戏剧表演异曲同工，可见，无论是剧作家还是小说家，对生活细节的观察都是细腻的，都愿意将这些细节安排在作品当中，起到生动传神，吸引观众和读者的妙用。同时也客观地反映了宋元道教的发展和思想。

五 "神佛道化戏"中"八仙戏"研究

元杂剧中的"神佛道化戏"与道教中的"八仙"有密切关系，因为八仙故事在民间流传广泛，在古典文学、戏曲、民间美术、民间传说中都有他们的形象。并且八仙在历史上，大都实有其人，只不过是后人经过虚构演化，给他们涂上一层神秘的灵光罢了。八仙中至少有五名见于北宋的记载，其中张果老、韩湘子和吕洞宾均见于唐代史料中，他们作为长期在民间流传的艺术形象，元杂剧作家自然地将其采撷过，融入自己的创作中，以丰富元杂剧所表现的内容。八仙至明代已固定下来，其名字和顺序和我们现在所说的八仙一样。《东游记》第一回就称："话说八仙者，铁拐、钟离、洞宾、果老、蓝采和、何仙姑、韩湘子、曹国舅，而铁拐先生其首也。"元杂剧中的八仙序列和后世略有出入。

1. 元剧"八仙"故事及其本事考

以"八仙"为主要人物在现存的元剧剧本、残曲、佚目中进行刻画仅限于汉钟离、吕洞宾、蓝采和、韩湘子、李铁拐和张果老6人，八仙全体出场只是在剧终时出现，人物均是符号化的，毫无生动细腻的描绘可言。由于"八仙"都是从凡人成仙的，每个人都有自己成仙的历程，而元杂剧正是从散于各处的传说演变而来，并且为后世"八仙"故事成熟以及"八仙"序列的形成起到了关键的中介作用。我们通过对这些剧目的研究，可以弄清传说与杂剧之间的脉络以及传承关系。在元杂剧中，由于是钟离权先度脱了"八仙"中的关键人物吕洞宾的，我们基本上根据这个关系进行叙述。

关于钟离权的剧目有马致远与他人合作的《邯郸道省悟黄粱梦》和无名氏的《汉钟离度脱蓝采和》，在这两剧中，钟离权都是以度人者的形象出现的，交代一下故事的缘起，其实真正的主角是吕洞宾和蓝采和。关于钟离权的来历，《黄粱梦》如是云：

> 贫道复姓钟离，名权，字云房，道号正阳子，京兆咸阳人也。自幼学得文武双全，在汉朝曾拜征西大元帅。后弃家属，隐遁终南山，遇东华真人，授以正道，发为双髻，赐号太极真人。

钟离权的历史记载，赵景深在论文《八仙传说》中称有关钟离权的史实见于《宋史·陈抟传》[1]。可是浦江清在《八仙考》一文中称，在常见的宋史本子中并无这段记载，可能这并非信史[2]。其实他们都是从清·赵翼《陔余丛考》卷三十四"八仙"见到的资料，而在今存本中并无此项内容。但在《宋史·方伎下·王老志传》中有关于钟离权的记载："王老志，濮州临泉人。……遇异人于丐中，自言吾所谓钟离先生也，予之丹，服之而狂。遂诱妻子，结草庐田间，时为人言休咎。"此中钟离权是个流浪于江湖的怪人。只有《宣和书谱》卷十九记载钟离权故事较详：

> 神仙钟离先生，名权，不知何时人。而间出接物，自谓生于

---

[1] 见赵景深的《中国小说丛考》，齐鲁书社1980年版，第239页。内容讲陈尧咨谒陈抟，见一道人坐在那里，就悄悄问陈抟他是何许人，陈抟答道："钟离子也。"

[2] 浦江清：《浦江清文录》，人民文学出版社1958年版，第32页。因浦江清是从赵翼《陔余丛考》卷三十四转引的此史料，所以他在研究后认为，"今通行本《宋史》《陈抟传》无此数语，比瓯北所见不同，当有脱夺。或瓯北误记"。并且说，"大概是宋仁宗时人作，此时吕洞宾、钟离权的传说盛了，或者作《陈抟传》的人援引他们以重陈抟，亦非信史"。

汉。吕洞宾于先生执弟子礼，有问答语及诗成集。状其貌者，作伟岸丈夫，或峨冠绀衣，或虬髯蓬鬘。不冠巾而顶双髻。文身跣足，颓然而立，睥睨物表，真是眼高四海而游方之外者。自称"天下都散汉"，又称"散人"。尝草其为诗云："得道高僧不易逢，几时归去得相从。"其字画飘然有凌云之气，非凡笔也。

所谓"天下都散汉"亦指浪迹江湖的闲散怪人。《全唐诗》卷三十一传云："咸阳人。遇老人授仙诀，又遇华阳真人上仙王玄甫，传道入崆峒山，自号云房先生。后仙去。"南宋计有功的《唐诗纪事》中则说："邢州开元寺有唐钟离权处士二诗。"而清人厉鹗却把他的诗收入《宋诗纪事》卷九十"道流"中。因为《全唐诗》是清康熙年间由彭定求、沈三曾等十人奉敕编校，由曹寅负责刊刻的，不能排除其中有受民间传说影响的成分，并非皆是史实。浦江清在《八仙考》里对《全唐诗》收入所谓钟离权诗感觉可疑，认为既然可以把钟离权说成是汉人，那么说成唐人又何妨。不过，由于从宋代开始有钟离权的传说，再加上钟离权的故事总与吕洞宾在一起，我们认为钟离权很可能是五代至北宋年间的人。

在上述两剧中，钟离权仅作为全剧的引导人物，由他导入剧情。在《黄粱梦》第一折里，对他的描绘还多一些，而在《蓝采和》中，他只不过是度人者的符号罢了。《黄粱梦》中的钟离权是以一个看穿社会现实的神仙形象出现的，他在演唱中的表白，其实是作者对社会现实的一种看法。如：

大刚来玄虚为本，清净为门。虽然是草舍茅庵一道士，伴着这清风明月两闲人。也不知甚的秋，甚的春，甚的汉，甚的秦，长则是习疏狂，耽懒散，伴妆钝，把些个人间富贵，都做了眼底浮云。

然后，钟离权规劝世人，不要争名夺利：

> 莫厌追欢笑语频,但开怀好会宾,寻思离乱可伤神。俺闲遥遥独自林泉隐,您虚飃飃半纸功名进。你看这紫塞军、黄阁臣,几时得个安闲分,怎如我物外自由身。

这个钟离权形象无什么特点,可以说是一个指向性符号,由他才能展开剧情。

有关吕洞宾的剧目最多,计有马致远的《吕洞宾三醉岳阳楼》和其与他人合作的《邯郸道省悟黄粱梦》,岳伯川的《吕洞宾度铁拐李岳》,谷子敬的《吕洞宾三度城南柳》以及仅存剧名的《邯郸道卢生枕中记》,贾仲明的《吕洞宾桃柳升仙梦》。在中国神仙中,吕洞宾影响甚大,民间对其事迹几乎是家喻户晓,老百姓常说的俗语"狗咬吕洞宾,不识好人心"可以说是这一情形的真实写照。但是吕洞宾是什么时候的人,历来说法不一。从唐太宗时代一直到德宗贞元年中,各种说法之间的差距很大。关于他的传说记载也很多,最早见于北宋初年,如杨亿《谈苑》讲:

> 吕洞宾者,多游人间,颇有见之者。不谓通判饶州日,洞宾往见之,语谓曰:"君状貌颇似李德裕,它日富贵,皆如之。"谓咸平初与予言其事,谓今已执政。张洎家居,忽外有一隐士通谒,乃洞宾名姓,洎倒屣见之。洞宾系出海州房。让所任官,《唐书》不载。……洞宾诗什,人间多传写。(江少虞:《宋朝事实类苑》卷四十三)

杨亿所记是其以前的见闻,他和丁谓、张洎都是宋初的名臣。从他们三位所处的时代来看,可知吕洞宾北宋初尚在,而且已经被传为神仙了。宋·罗大经《鹤林玉露》卷一载:

> 世传吕洞宾,唐进士也。诣京师应举,遇钟离翁于岳阳,授以

仙诀，遂不复之京师。今岳阳飞吟亭，是其处也。近时有题绝句于亭上云："觅官千里赴神京，钟老相传盖便倾。未必无心唐事业，金丹一粒误先生。"余酷爱其旨趣，盖夫子告沮、溺之意也。(《四库全书》第八六五册)

关于吕洞宾的传说不仅只有这些，吴曾《能改斋漫录》卷十八引《雅言系述》说："吕洞宾传云：'关右人，咸通初举进士不第，值巢贼为梗，携家隐居终南，学老子法。'云以此知洞宾乃唐末人。"此说是北宋末以吕洞宾为唐末人的诸多传说之一。另有《岳阳风土记》说他"会昌中两举进士不第"；《集仙传》则说："吕岩字洞宾，又字希圣，九江人也。"综合以上说法可见，北宋中期开始出现吕洞宾的传说，一般将其定为唐代人。到宋徽宗时或更晚，出现了所谓吕洞宾自传碑。《能改斋漫录》卷十八说：

> 吕洞宾尝自传，岳州有石刻，云："吾乃京兆人，唐末累举士不第，因游华山，遇钟离传金丹大药之方，复遇苦竹真人，方能驱使鬼神，再遇钟离，尽获希夷之妙旨。吾得道年五十，第一度郭上灶，第二度赵仙姑。……吾惟是风清月白，神仙聚会之时，常游两浙、汴京、谯郡，尝着白襕角带，右眼下有一痣，如人间使者进筋头大。世传吾卖墨，飞剑取人头，吾闻哂之。实有三剑，一断烦恼，二断贪嗔，三断色欲，是吾之剑也。……"

这个自传就吕洞宾的籍贯、时代、履历、传授、弟子、形象、行为、说教一一遍道，使后代再谈吕洞宾时基本上有一个统一的规范，如吕洞宾是唐代人的说法已固定下来。

在佛教中，吕洞宾也是一个重要人物，《五灯会元》卷八将其列为青原一派传人。文中记载了吕洞宾在黄龙山大悟的经过：

（吕洞宾）尝游庐山归宗，书钟楼壁曰："一日清闲自在身，六神和合报平安。丹田有宝休寻道，对境无心莫问禅。"未几，道经黄龙山，睹紫云成盖，疑有异人。乃入谒，值龙击鼓升堂。龙见，意必吕公也，欲诱而进。厉声曰："座傍有窃法者。"吕毅然出，问："一粒粟中藏世界，半升铛内煮山川。且道此意如何？"龙指曰："这守尸鬼。"吕曰："争奈囊有长生不死药。"龙曰："饶经八万劫，终是落空亡。"吕薄讶，飞剑胁之，剑不能入。遂再拜，求指归。龙诘曰："半升铛内煮山川即不问，如何是一粒粟中藏世界？"吕于言下顿契。作偈曰："弃却瓢囊撼碎琴，如今不恋水中金。自从一见黄龙后，始觉从前错用心。"

该文意图是说吕洞宾经禅师点化突然顿悟，以此来说明禅法比道法高明得多，同时，这从另一个侧面也说明了不管是禅宗还是道教，也是爱攀附名人，以壮自己的声色。

在元杂剧中，关于吕洞宾的戏主要有三大类，一是吕洞宾被钟离权度脱，从此步入仙界，如《黄粱梦》；二是度桃树和柳树成仙的故事，如《岳阳楼》、《城南柳》和《升仙梦》；三是吕洞宾度脱凡人的故事，如《吕洞宾度铁拐李岳》和《邯郸道卢生枕中记》。《黄粱梦》是马致远与其他元剧作家合作的作品。《录鬼簿》将其著录于李时中名下，并注云："第一折马致远，第二折李时中，第三折花李郎，第四折红字李二。"贾仲明为李时中写的《凌波仙》挽词说："元贞书会李时中、马致远、花李郎、红字公，四高贤合捻《黄粱梦》。东篱翁，头折冤。"大家让马致远领衔写出头一折，足见对他的尊重。此剧搬演钟离权度脱书生吕洞宾的故事，情节取自唐·沈既济传奇《枕中记》。不同的是，《枕中记》中的被度脱者是卢生，度脱者是神仙吕翁。而在此剧中，被度脱者由卢生变成了吕洞宾，度脱者由吕洞宾变成了钟离权。《枕中记》中下凡度脱卢生的神仙吕翁，在《黄粱梦》中成了等待神仙钟离权来度脱的一介书生。

《岳阳楼》、《城南柳》和《升仙梦》的本事我们在前边已经简略描述过。除了前述宋·郑景璧《蒙斋笔谈》的记载之外，宋·叶梦得的《岩下放言》也有类似记载：

> 吕（洞宾）憩岳州白鹤前，有老人自松冉冉而下，曰："某松之精见先生过，礼当致谒。"吕书一绝于寺壁，云："惟有城南老树精，分明知道神仙过。"

又宋·范致明《岳阳风土记》记此事，节录如下：

> 白鹤老松，古木精也。李观守贺州，有道人陈某，自云一百三十六岁，因言及吕洞宾，曰："近在南岳见之。"吕云过岳阳日憩城南古松阴，有人自抄而下，来相揖曰："某非山精木魅，故能识先生，幸先生哀怜。"吕因与丹一粒，赠之以诗。吕举以示陈，陈记其末云："惟有城南老树精，分明知道神仙过。"（《四库全书》第五八九册）

《岳阳楼》一剧写吕洞宾扮成一个卖墨的先生来度柳树和桃树，这和许多全真教传说一致或者近似，我们虽然由详细资料可知元·苗善时的《纯阳帝君神化妙通纪》描写的吕洞宾与《岳阳楼》里的吕洞宾孰先孰后，但据考，吕洞宾在元武宗海山至大（1310）才封为"帝君"，故苗善时之书不会早于这一年，而据元淮《试墨》诗推测，《岳阳楼》为马致远早期创作，当较苗善时之作早。至苗善时之作出，吕洞宾的民间传说已基本定形，并且由于全真教的影响巨大而在民间广泛流行。《纯阳帝君神化妙通纪》中《度老树精第十二化》称：

> 岳州巴陵县白鹤山下两池潜巨蟒，池上一老树，枝干悉槁，蔓草翳焉。帝君过之，有人自树杪降而拜曰："某，松之精也，幸见

先生，愿求济度。"帝君曰："汝，妖魅也，奚可语汝道！平日亦有阴德否？"曰："池中两蟒屡害人，弟子每化为人立水次，劝人远避，救活数百人。"蟒出，化为剑，锢之于泉。帝君诗曰："独自行来独自坐，世上人人不识我。惟有南山老树精，分明知道神仙过。"

《岳阳楼》二折〔梁州第七〕："正江楼茶罢人初散，你这郭上灶吃人赞。"这在《纯阳帝君神化妙通纪》中《再度郭仙第十三化》有描述：

> 郭上灶乃老树精后身。一日，帝君诡为丐者，垢面鹑衣，疮痍淋沥，日往来啜茶，不偿一金。求茶者掩鼻而去，自是经月不售，郭无愠色，益取佳茗待之。帝君曰："子可教也，吾吕公耳。子前生乃老树精，还记之否？"郭恍然若梦觉也，曰："幸见先生，可教弟子学道。"帝君曰："子欲学道，不惧生死，宜受一剑。"郭唯唯。帝君引剑向其首，郭大呼。帝君俄不见。郭怏怏，自是遍游云水，一日忽遇帝君，遂得道。

吕洞宾度脱的凡人有岳寿和卢生。因岳寿成了八仙之一铁拐李，我们后边还要专门谈到。我们看一下谷子敬的《邯郸道卢生枕中记》，该剧本现不存，从《录鬼簿续编》看，其题目正名为："终南山吕公云外游，邯郸道卢生枕中记。"可知，该剧本事依然出自沈既济《枕中记》，只不过不像《黄粱梦》，剧中的被度脱者依小说原样仍然是卢生，度人者乃神仙吕洞宾也。

关于铁拐李的剧目有《吕洞宾度铁拐李岳》、《瘸李岳诗酒玩江亭》和《铁拐李度金童玉女》，铁拐李未见史籍有何记，大概是一个传说中的人物。就现存材料看，他最早见于岳伯川《吕洞宾度铁拐李岳》。剧情讲，郑州孔目岳寿（元刊本作岳受）把持衙门大权，吕洞宾来度化他，被他吊起。新官韩魏公私访路过，也被岳寿吊起，岳手下人又对韩敲诈,讲了许多岳寿的权势。岳寿发现韩的身份后,惊吓而死。吕洞宾救他为弟子,因尸体已焚化,就借刚死的屠夫李某尸体还魂。因李是个瘸子,走路要拄拐杖,所以就叫铁拐李。有人认为铁拐李是由刘跛子衍化而来。清·赵翼《陔余丛考》卷三十四《八仙》曰:"胡应麟乃以《神仙通鉴》所谓刘跛子者当之。"刘跛子是宋代传说的得道之人,寿一百四十余岁,事见宋僧惠洪的《冷斋夜话》,但未见他与八仙的传说有关系。《瘸李岳诗酒玩江亭》和《铁拐李度金童玉女》这两剧均为铁拐李度金童玉女者流,无什么特别之处。

有关韩湘子的剧目现在已无存本,有纪君祥的《韩湘子三度韩退之》(佚)、赵明道的《韩湘子三赴牡丹亭》(残曲)、陆进之的《韩湘子引渡升仙会》(残曲),另外,还有无名氏的《韩退之雪拥蓝关记》(残曲,见《元人杂剧钩沉》)估计和韩湘子度韩退之有关系,亦可供参考。

韩湘(韩湘子)是唐代大文学家韩愈的侄孙,关于他的记载,最早见于唐·段成式的《广动植类之四·草篇》:

> 韩愈侍郎有疏从子侄自江淮来,年甚少。韩令学院中伴子弟,子弟悉为凌辱。韩知之,遂为街西假僧院令读书。经旬,寺主纲复诉其狂率。韩遽令归,且责曰:"市肆贱类营衣食,尚有一事长处;汝所为如此,竟作何物!"侄拜谢,徐曰:"某有一艺,恨叔不知。"因指阶前牡丹曰:"叔要此花,青、紫、黄、赤,唯命也。"韩大奇之,遂给所须,试之。乃竖箔曲,尽遮牡丹丛,不令人窥。掘棵四面,深及其根,宽容人座。唯赍紫矿、轻粉、朱红,旦暮治其根。凡七日,乃填坑,白其叔曰:"恨较迟一月。"时冬初也。牡丹本紫,及花发,色白红历绿。每朵有一联诗,字色紫分明,乃是韩出官时诗。一韵曰:"云横秦岭家何在,雪拥蓝关马不前"十四字,韩大惊异。(中华书局 1981 年版)

又宋·刘斧《青琐高议》前集卷之九《韩湘子》亦载此事,节录如下:

> 韩湘,字清夫,唐韩文公之侄也,幼养于文公门下……落魄不羁……

> 公曰:"子安能夺造化开花乎?"湘曰:"此事甚易。"公适开宴,湘预末坐,取土聚于盆,用笼覆之。巡酌间,湘曰:"花已开矣。"举笼见岩花二朵,类世之牡丹,差大而艳美,叶干翠软,合座惊异,公细视之,花朵上有小金字,分明可辨。其诗曰:

> 云横秦岭家何在,雪拥蓝关马不前。

> 公亦莫晓其意。……贬潮州。一日途中,公方凄倦,俄有一人冒雪而来。既见,乃湘也。公喜曰:"汝何久舍吾乎?"因泣下。湘曰:"公忆向日花上之句乎?乃今日之验也。"公思少顷曰:"亦记忆。"因询地名,即蓝关也。公叹曰:"今知汝异人,乃为汝足成此诗。"诗曰:

> 一封朝奏九重天,夕贬潮阳路八千。
> 本为圣明除弊事,敢将衰朽惜残年。
> 云横秦岭家何在?雪拥蓝关马不前。
> 知汝远来有深意,好收吾骨瘴江边。
> 乃与湘同宿传舍,通夕议论。(上海古籍出版社1983年版)

另《太平广记》卷五十四,《列仙全传》卷六皆收此事。《唐书·宰相世系表》云:"韩湘字北渚,大理丞。"后人附会韩湘为八仙之一。由于韩愈有一个这样可以侍弄异花的侄孙,可能这几部戏皆是搬演这一故事的。

关于蓝采和的杂剧有无名氏的《汉钟离度脱蓝采和》和无名氏的

残剧《蓝采和锁心猿意马》。蓝采和的事迹，最早见于南唐·沈汾的《续仙传》，节录如下：

> 蓝采和，不知何许人也。常衣蓝破衫，六铐黑木，腰带阔三尺余。一脚着靴，一脚跣行。夏则衫内加絮，冬则卧于雪中，气出如蒸。每行歌于城市乞索，持大拍板长三尺余。常醉踏歌，老少皆随看之。机捷谐谑，人问，应声答之，笑皆绝倒。似狂非狂，行则振靴，言：
>
> 踏歌踏歌蓝采和，世界能几何！红颜一春树，流年一掷梭。古人混混去不返，今人纷纷来更多。朝骑鸾凤到碧落，暮见沧海生白波。长景明晖在空际，金银宫阙高嵯峨。
>
> 歌词极多，率皆仙意，人莫之测。但以钱予之，以长绳串拖地行，或散失，亦不回顾，或见贫人即予之，及予酒家。人有为儿童时至即颁白见之，颜状如故。后踏歌于濠梁间酒楼，乘醉，有云鹤笙箫声，忽然轻举，于云中掷下靴衫腰带拍板，冉冉而去。

《历代神仙史》卷三《唐仙列传蓝真人》条全用此文。从这段记载可知，因其唱"踏歌"，歌词中有"蓝采和"字样，所以附会为其姓名。金代诗人元好问在《题蓝采和像》诗中云："自惊白鬓似潘安，人笑蓝衫似采和。"亦说他并非姓蓝，是因穿蓝衫而得名。据浦江清考证，"蓝采和"只是踏歌的泛声，有音无义，并不是人名（见《浦江清文录》，第17—18页）。但到了《汉钟离度脱蓝采和》一剧，蓝采和成了五代时伶人许坚的艺名，最后被钟离权引度成仙。许坚实有其人，见宋人郑文宝《江南余载》。《全唐诗》卷七五七、卷八六一都收有他的诗，说他"有异术，常往来庐阜茅山间。李景时，以异人召，不至，后不知所终"。又说："许坚，字介石，庐江人。"并没有他是优伶的记载。蓝采和系许坚艺名之说，当从这本杂剧开始。这本杂剧为我们提供了大量的演剧艺人资料，成了后世研究者研究中国戏剧组织与演出的重要依据,这大概是作者始料未及的。

关于张果的杂剧,有赵文殷(一作文敬)的《张果老度脱哑观音》。因该剧已佚,我们对剧情一无所知,关于张果,最早的史料见于唐朝,知他是唐玄宗时人,隐于中条山,应明皇诏入朝,道号通玄先生。事迹最早见于唐·郑处诲《明皇杂录》卷下《张果》:

> 张果者,隐于恒州中条山,常往来汾晋间。时人传有长年秘术,耆老云:"为儿童时见之,自言数百岁矣。唐太宗、高宗屡征之,不起。则天召之出山,佯死于妒女庙前。时方盛热,须臾臭烂生虫。闻则天,信其死矣。后有人于恒州山中复见之。果乘一白驴,日行数万里。休则折迭之,其厚如纸,置于巾箱中;乘则以水口噀之。还成驴矣。……"

在这段记载中,已经有张果骑一怪异的驴的故事,这可能为形成"张果老倒骑驴"的传说打下了基础。此外,张果也是一个较早进入正史的实实在在的人。《旧唐书》卷一百九十一《方伎列传》称:

> 张果者,不知何许人也。则天时,隐于中条山,往来汾、晋间,时人传其有长年秘术,自云年数百岁矣。尝著《阴符经玄解》,尽其玄理。则天遣使召之,果佯死不赴。后人复见之,往来恒州山中。开元二十一年,恒州刺史韦济以状奏闻。玄宗令通事舍人裴晤往迎之。果对使绝气如死,良久渐苏,晤不敢逼,驰还奏状。又遣中书舍人徐峤赍玺书以邀迎之,果乃随峤至东都,肩舆入宫中。

开元诗人李颀有一首诗《谒张果先生》(《全唐诗》一百三十二卷)曰:"先生谷神者,甲子焉能计,自说轩辕师,于今几千岁。"说他"尝闻穆天子,更忆汉皇帝",并且有"餐霞断火粒","炼骨同蝉蜕"这类神异的事,唐·李冗《独异志》卷下亦载张果事,说他是"混沌初分白蝙蝠精"。可见,在唐代,张果的故事已经神化。

此外,八仙中的人物徐神翁、何仙姑、曹国舅和张四郎,因没有专门描写他们的剧目,他们只是在剧中和剧尾,或是偶尔出现,或是以"八仙"阵容集体现身。均无个性化的表演,因此,在这里就不再赘述。

2. 元剧"八仙"序列的形成

关于八仙的序列,我们现在常见的有这个顺序,即铁拐李、汉钟离、吕洞宾、张果老、曹国舅、韩湘子、蓝采和、何仙姑。而元杂剧却有几个不同的序列,八仙的排列不尽相同。

要考察八仙序列的形成,比较可靠的文字就是前述这些杂剧了。现存有关八仙的元杂剧,可考知写作年代的,最早的是马致远的《吕洞宾三醉岳阳楼》和他与人合作的《黄粱梦》,后者在第四折罗列了八仙的姓名:

> 这一个是汉钟离现掌着群仙录,这一个是铁拐李发乱梳,这一个是蓝采和板撒云阳木,这一个是张果老赵州桥倒骑驴,这一个是徐神翁身背着葫芦,这一个是韩湘子韩愈的亲侄,这一个是曹国舅宋朝的眷属,则我是吕纯阳爱打的简子愚鼓。

这里面少了一个后人常说的何仙姑,多了一个徐神翁[①]。谷子敬的《吕洞宾三度城南柳》在故事情节等方面都因循《吕洞宾三醉岳阳楼》一剧,所以八仙的排列也同上。就连第四折八仙出场时用的曲牌都和《岳阳楼》一样,依然是〔水仙子〕。唱之前,正末云:"这七人是汉钟

---

① 徐神翁,本名徐守信,学道后言事多验,人称他神公。宋哲宗、徽宗都召见过他,活到七十六岁才死。陆游《家世旧闻》中记有他的事迹,至今人们口边常说的"儿孙自有儿孙计,莫与儿孙作马牛"两句诗,便是他写的,见《徐神公语录》。

离、铁拐李、张果老、蓝采和、徐神翁、韩湘子、曹国舅。"接着唱：

> 这个是携一条铁拐入仙乡，这个是袖三卷金书出建章，这个是敲数声檀板游方丈，这个是倒骑驴登上苍，这个是提笊篱不认椒房，这个是背葫芦的神通大，这个是种牡丹的名姓香。（净云）这七位神仙都认的了。师父可是谁？（正末唱）贫道因度柳呵道号纯阳。

这里依然没有何仙姑，还是由徐神翁代替。《吕洞宾度铁拐李岳》第四折中〔二煞〕唱道：

> 汉钟离有正一心，吕洞宾有贯世才，张四郎、曹国舅神通大，蓝采和拍板云端里响，韩湘子仙花腊月里开，张果老驴儿快。我访七真游海岛，随八仙赴蓬莱。

在这里还是没有何仙姑，但是却有张四郎①填补了这个空缺。在范康的《陈季卿悟道竹叶舟》里，何仙姑却第一次出现，在第四折里，东华帝君将八仙带上，吕洞宾还像往常那样，一一介绍：

> （冲末扮东华帝君执符节引张果、汉钟离、李铁拐、徐神翁、蓝采和、韩湘子、何仙姑上）
> 〔十二月〕这一个倒骑驴疾如下坡，（陈季卿云）元来是张果大仙。（正末指徐科，唱）这一个吹铁笛美声和。（陈季卿云）是徐神翁大仙。（正末指何科，唱）这一个貌娉婷笊篱手把。（陈季卿云）是何仙姑大仙。（正末指李科，唱）这一个鬓蓬松铁拐横

---

① 张四郎，宋代人，又叫张仙翁。陆游《剑南诗稿》卷八有《山中小雨，得宇文使君简，问尝见张仙翁，戏作一绝》，诗后自注云："张四郎常挟弹，视人家有灾疾者，辄以铁丸击散之。"

拖。（陈季卿云）是李铁拐大仙。（正末指韩科，唱）这一个蓝关前将文公度脱。（陈季卿云）是韩湘子大仙。（正末指蓝科，唱）这一个绿罗衫拍板高歌。（陈季卿云）是蓝采和大仙。（正末指钟离科，唱）〔尧民歌〕这一个是双丫髻常吃的醉颜酡。（陈季卿云）是汉钟离大仙。（做拜科，云）敢问师父姓甚名姓？（正末云）呆汉，俺不说来？（唱）则俺曾梦黄粱一晌滚汤锅，觉来时早五十载暗消磨。……

《竹叶舟》中何仙姑的出现，改变了八仙群体清一色的男性形象，使舞台演出更为活跃。《竹叶舟》中的八仙与后世常见的八仙排列已经一致。如明代教坊编演本《八仙过海》中的八仙，便继承了《竹叶舟》中的八仙全班人马。以后汤显祖传奇《邯郸梦》中的八仙，也是沿用《竹叶舟》中的八仙而来。在该剧第三十出《合仙》中称：

> 汉钟离到老梳丫髻，曹国舅带醉舞朝衣，李孔目挂着拐打瞌睡，何仙姑拈针补笊篱，蓝采和海山充乐探，韩湘子风云弃前妻。兀那张果老五星轮的稳，算定着吕纯阳三醉岳阳回。（六十种曲本）

可见，范康的《竹叶舟》所定下的八仙班底，基本定型，到后世也没有大的变化。

由于"八仙"在元剧中略有出入，各不相同，因此对"八仙"渊源的考证就不仅仅限于八个仙人，我们探索的已经有十仙之多了。尽管人数众多，但在出场时不管如何排列组合，却只有八个神仙。为什么戏中总是出现"八仙"，而不是九仙、十仙呢？许多历史著作都语焉不详。清代史学家赵翼（1227—1814）有一首题八仙图轴诗，其序云："戏本所演八仙，不知起于何时。按，王（圻）氏《续文献通考》及胡（应麟）氏《笔丛》，俱有辨论，则前明已有之；盖演自元时也。"赵翼在此所指，也仅仅是戏中八仙什么时候出现，而"八仙"一词起于何

五 "神佛道化戏"中"八仙戏"研究

时,他也不大清楚。

考八仙一词,可追溯到东汉。但肯定不是后人所称"八仙"。大概是国人喜用八这一数词,在指代多人或多方面时,经常使用八这一词。如指天子专用的舞乐,即用"八佾"一词,此外还有八才子、八师、八伯、八士、八珍、八俊等说法。就连指某地风景,也往往以"八景"称之。宋·沈括《梦溪笔谈》称:"度支员外郎宋迪工画,尤善为平远山水。其得意者有平沙雁落、远浦帆归、山市晴岚、江天暮雪、洞庭秋月、潇湘夜雨、烟寺晚钟、渔村落照,谓之'八景'。"就连我们所熟悉的北京风物,也被人们捡选出来,组成燕京八景:太液晴波、琼岛春荫、金台夕照、西山霁雪、玉泉垂虹、卢沟晓月、蓟门烟树、居庸叠翠。可见,八在许多词中,只是一种泛指的话语表述方式。唐以前尽管有"八仙",但不是我们现在常指的"八仙过海"中的"八仙"。晋·谯秀《蜀记》已记有八仙之名,他们是:容成公、李耳、董仲君、张道陵、严君平、李八百、范长生和尔朱先生。为了和后人常指的八仙区别,人们将其指为"上八仙"。杜甫著《饮中八仙歌》,是将李白、贺知章等能喝酒者凑在一起称为"八仙",与传说中的神仙无丝毫关系。唐以后,随着神仙思想在道教中愈演愈烈,吕洞宾等人的神仙地位逐渐凸显出来,在迎神赛社等活动中也被搬演。《梦粱录》卷二《诸库迎煮》一节中云:"次以大鼓及乐官数辈,后以所呈样酒数担,次八仙道人、诸行社队。"在南宋杭州城清明节前酒库开煮仪式上,要有人扮成八仙模样表演,以示庆祝。

到了元杂剧中,在度脱剧中八仙出场已成固定格式,每每是八仙出场迎接被度脱的迷路之人,以示隆重。清人梁廷枏在《曲话》中曰:"元人杂剧多演吕仙度世事,……其第四折,必于省悟之后,作列仙出场,现身指点,因将群仙名籍数说一过,此岳伯川之《铁拐李》、范子安之《竹叶舟》诸剧皆然,非独《岳阳楼》、《城南柳》两种也。"其实,这是元杂剧演出中向观剧者致意的一种形式。浦江清在《八仙考》里认为"八仙"戏一般用于庆寿,并且引周宪王《新编吕洞宾花月神

·117·

仙会》序言以为佐证：

> 予观紫阳真人悟真篇内有上阳子陈致虚注解，引用吕洞宾度张珍奴成仙证道事迹。予以为长生久视，延年永寿之术，莫逾于神仙之道。制传奇一帙以为庆寿之词。抑扬歌颂于酒筵佳会之中，以佐樽欢，畅于宾主之怀。亦古人祝寿之义耳。

然而，平常的演出大多是不需要太多人的剧目，但是，大多的家班演员从表面上看，是非常难完成这场面宏大的演出的。但他们又是如何完成全剧的最后一折的演出呢。通过对八仙戏的研究，又可以从另一个侧面对山西洪洞元代的明应王殿演剧壁画的内容进行证明，同时也可以通过对戏剧班社的组织进行考察，了解元剧中为什么多八仙戏的原因。

冯沅君在《古剧说汇》中对剧团人数根据元杂剧剧本情况进行过准确分析，可以证明元剧演出需要的人数，她认为：

> 宋杂剧的主要脚色不过四五人。元杂剧较复杂，但似乎仍以三人、四人或五人者为多，先就杂剧来看，《元曲选》载剧百种，每剧四折（惟赵氏孤儿五折），加楔子，得四百七十个单位。每个单位假定为一场，那就是四百七十场。在这四百七十场中，每场二人的是三七场，每场三人的是一零九场，每场四人的是一三六场，每场五人的是七七场，四者得三百五十九场，约当全数的四分之三。每场十人、十一人及十二人的都只占全数的四百七十分之一。

从冯沅君的统计来看，元剧的演出是不需要太多人的，一个戏班十来个人足矣。从现存描写元代家班的剧目南戏《宦门子弟错立身》和杂剧《汉钟离度脱蓝采和》来看，情况大抵如此。《宦门子弟错立身》写散乐王金榜一家，他这个班子以旦角王金榜为主，有父亲王恩深、母亲赵茜梅，再加上入女婿完延寿马。另外，还有一个扮完延寿马的外角和一个扮管家的净角，总共是6人。

《汉钟离度脱蓝采和》这个家庭戏班的主要演出成员也是6人，如第一折就将家庭戏班的组织情况交代清楚：

> （旦同外旦引徕儿二净扮王李上，净云）俺两个一个是王把色，一个是李簿头。俺哥哥是蓝采和。俺在这梁园棚内勾栏里做场，这个是俺嫂嫂。……
>
> （正末上云）小可人姓许名坚，乐名蓝采和。浑家喜千金，所生一子，是小采和，媳妇儿蓝山景，姑舅兄弟是王把色，两姨兄弟是李簿头，俺在这梁园棚勾栏里做场。

从道白中可知，这个家庭戏班以末尼许坚为首共有6人，再加上必要的伴奏人员，一般来讲一个戏班正好是十来个人。因为一个家庭戏班出于经济的因素和活动的方便，乐队的构成也是非常的简单，如山西洪洞明应王殿的戏曲壁画上的伴奏乐器有两鼓、一笛、一板。从画面上看，整个演职员也就是11个人。这和《蓝采和》第四折中对乐器的记载是一致的：

> 是一伙村路歧，……持着些枪刀剑戟、锣板和鼓笛。你待着我做杂剧，扮兴亡贪是非；待着我擂鼓吹笛，打拍收拾。

另外，元·张碧山《春游》散套也有对伴奏的描绘：

> 将一伙儿鼓笛，选一答儿清闲地。摆一个齐整欢筵会，做一段笑乐新杂剧。

由此可见，鼓笛板是少不了的。这下我们可以明白，为什么八仙戏总是在最后介绍八仙，这样既可以显示班社的阵容，又因为演出已到了最

· 119 ·

后，就是吹吹打打给观众有个交代，同时家班演员和伴奏在一起十来个人正好够八仙的阵容。所以，为什么总要让徐神翁以吹笛、蓝采和执拍板的形象出现，手里所拿，既是乐器又是道具，一身兼二任也。以此推考，明应王殿的戏曲壁画所演故事很可能就是八仙戏，因此处是一水神庙，属道教势力范围，演神仙戏当是自然而然的事。

3. "八仙戏"对后世戏曲、小说及曲艺的影响

"八仙戏"自元代相继形成规模之后，其故事在民间广泛传播开来。并且，八仙的名字已不仅限于以上所述，在明代出现了另外的八仙序列，一般人们为了区分他们，姑且将其称之为下八仙。明·无名氏杂剧《贺升平群仙祝寿》罗列王乔、陈戚子、徐神翁、刘伶、陈抟、毕卓、任风子、刘海蟾为下八仙，其中任风子不见其他史料，其名字出于马致远的《马丹阳三度任风子》，可见元剧中的八仙深入人心，从一个杜撰的人物而成为下八仙中的一员。明代的《八仙上寿宝卷》提到下八仙的另一组名字，他们是：张仙、刘伯温、诸葛亮、苗光裕、徐茂公、鲁宁秀、牛郎、织女。虽然说八仙序列各有不同，但在元杂剧里形成的八仙序列一直延续下来，从明清的戏曲、小说和宝卷就能看得出来。

在杂剧方面，明·无名氏的杂剧《三世修》演文昌、达摩、吕洞宾的事迹，因剧本已佚，具体情节无考。清代的杂剧有傅山的《八仙庆寿》。其他清代有关八仙的戏，均讲韩愈和韩湘子事，如车江英的《蓝关雪》，全剧有《湘归》、《报参》、《赏雪》和《衡山》四折，有雍正年间刻本和《清人杂剧二集》本。永恩（礼亲王）的《度蓝关》。杨潮观的《吟风阁杂剧·韩文公雪拥蓝关》和绿绮主人的《度蓝关》。故事情节和元杂剧大同小异。

明代的传奇计有汤显祖的《邯郸记》，锦窝老人的《升仙传》和无名氏的《蟾蜍记》（演韩湘子事）。不过后两种已佚。《邯郸记》写吕洞宾度卢生事，剧终时八仙全部出场，我们在前边已经叙述。梁廷枏

《曲话》称:"《邯郸记》末折《合仙》,俗呼为'八仙度庐',为一部之总汇,排场大有可观,而不知实从元曲学步,一经指摘,则数见者不鲜矣。"[《中国古典戏曲论著集成》(八),第259页]对汤显祖在剧终的处理方式评价不高。清代传奇有李玉的《太平钱》,演张果事。另外,周昊的《八仙图》(佚)、戴思望的《岳阳楼》(佚)、王圣征的《蓝关度》(佚),虽无剧本,但从剧名还是可以了解大致内容的。

明之后,小说领域出现了鲁迅称之为"神魔小说"的一类,这些小说大多与道教有关,且其中数部都是写八仙故事的,由于它继承了宋元话本和元杂剧的一些内容,人物形象逐渐丰满、定型。在"神魔小说"中,有关八仙的作品有:邓志谟的《吕纯阳得道飞剑记》、吴元泰的《八仙出处东游记》、杨尔曾的《韩湘子全传》和清·佚名《八仙得道》①,其中《东游记》较早、较完整、较定型地讲述了八仙出处。该小说一名《上洞八仙传》,又名《八仙出处东游记》,二卷五十六回。该书讲铁拐李、吕洞宾、张果老、何仙姑等八仙得道后,共渡东海,东海龙王子摩揭,夺蓝采和所踏之玉版,并捉去蓝采和,遂与八仙大战。龙王兵败,请天兵相助,大败而归。后得观音和解,才各自谢归。该小说远与唐人笔记有渊源,近直接脱胎于元人杂剧和民间传说。把八仙的来历一一道个明白。

《飞剑记》以吕洞宾度人经历为线索,来演绎吕洞宾成仙成道的过程。这部小说先讲钟离权巧度吕洞宾。钟离权用"黄粱梦"来点化吕洞宾,说明人生浮世,不过如黄粱一梦的道理,使其明白人生不足留恋,应修道成仙来获得真正的快乐和幸福。得道后的吕洞宾不以自身解脱为最终目标,发下"必须度尽众生,方上升未晚"的宏大志愿,于是周游天下,除魔斗妖,遭遇了不少挫折和磨难,直到最后度脱何仙姑,才上仙界复命。

---

① 该书由昆仑出版社2001年3月出版,版本来自中国国家图书馆馆藏善本。可能赵景深和浦江清均未见到。

虚幻与现实之间

《韩湘子全传》也是一部典型的度人小说,其主要情节围绕韩湘子十二度韩愈的故事展开,来弘扬神仙慈祥关怀凡人、以救世度人为乐的精神。小说中的韩愈以科举入仕,一帆风顺,位居极品,享尽荣华富贵。他也在自迷其中,不能自拔。韩湘子屡次"度"他,他却执迷不悟。但随后风云突变,他先遭贬谪,又遇水灾,变得上无片瓦遮身,下无立锥之地,方知人生福祸无常,仕途险恶。在困境中,得到韩湘子及众仙相救,才从迷津中解脱出来。

小说一开始就钟离权、吕洞宾二仙奉玉帝之命,下界去度有德之人,两人直接就宣称成仙的好处:"为仙者,尸解升天,赴蟠桃大会,食交梨火枣,享寿万年,九玄七玄,俱登仙界";而"大千众人,只知沉沦欲海,冥溺爱海,恣酒色倡狂,逞财势气焰"。认为,"争夺名利不思量,妄想贪嗔薄幸狂。算英雄亘古兴亡,晨昏犹自守寒窗。总不如乘风驾雾,觅一个长生不死方"。意思是说人不能沉迷于转瞬即逝的功名富贵而不悟,要在神仙的点化下,早点醒悟,走进不生不灭的境界。

明代小说与八仙人物有关的还有《杨家将演义》。该小说又名《北宋志传》,后代的杨家将戏如《李陵碑》、《呼延赞表功》、《孟良盗马》、《穆柯寨》和《洪羊洞》等都完全取材于《北宋志传》。部分取材于该书的有《四郎探母》、《清官册》、《五郎出家》、《金沙滩》和《寇准背靴》等。就连这部杨家将小说里边也涉及八仙中的钟离权和吕洞宾。在"大破天门阵"这一故事里,吕洞宾因与师父钟离权赌气遂下界说明北番萧太后设下玄妙难解的天门阵,大宋军队无计可施,后在钟离权的帮助下,杨宗保才大破天门阵。原来宋与辽之间的交兵,不过是上界神仙安排的一场游戏。且看书中第三十八回道:

> 韩延寿见天门阵破得七残八倒,慌忙问计于吕(洞宾)军师。军师怒曰:"汝去,吾自往擒之。"即率本营劲卒,如天崩地裂而来。椿岩作动妖法,霎时日月无光,飞沙走石。宋兵个个两眼蒙昧难开。宗保君臣困于阵内,番兵四合砍进。正在危急之际,钟道士

看见，奔向阵前，将袍袖一拂，其风逆转，吹倒番人，天地复明。椿岩望见钟道士，忙报吕军师曰："钟长仙来矣，师父快走！"道罢，先化一道金光去了。吕洞宾近前，被钟离喝道："只因闲言相戏，被汝害却许多性命。好好归洞，仍是师徒；不然，罪愆难逭。"洞宾无言可答，乃曰："弟子今知事有分定，不可逆为，愿随师父回去。"于是二仙各驾红云，径转蓬莱。

从上述故事可见，八仙故事深入人心，即使在杨家将演义中也加入了钟、吕二仙的故事，以加强小说的神秘性和可读性。另外，赵景深认为《八仙出处东游记》关于"大破天门阵"一节抄自《杨家将演义》①，可以看出，八仙在小说中的变化是有其源流的。清代小说与八仙有关的还有倚云氏《绣像升仙传》②、徐有期撰，张继宗重订《神仙通鉴》③、醉月山人撰《狐狸缘全传》。不过影响远不如《杨家将演义》。

此外，在明清曲艺形式弹词中，也有一些有关八仙的作品。一般学者都认为弹词源于宋代的陶真、元明两代的词话。但从现在流传的吴语系弹词的音乐中已难考证它们之间的关系。明代弹词伎艺活动兴盛。田汝成《西湖游览志余》卷二十载："其时优人百戏：击球、关扑、渔鼓、弹词，声音鼎沸。"沈德符《万历野获编》卷十八"冤狱"称：

---

① 见赵景深《中国小说丛考》，齐鲁书社1980年版，第237页。"关于《东游记》中八仙得道的三十二回（即上卷全部二十九回，下卷第三十、三十一回）和第四十五回，我想留到下面去讲，此地先讲另外二十四回的出处。前面已经说过，这二十四回共有两大事件：（一）大破天门阵，（二）八仙过海闹龙宫。大破天门阵是节抄《杨家将演义》的。据谢无量的《平民文学的两大文豪》和郑振铎的《罗贯中》（《青年界》创刊号），都说《杨家将演义》是元代罗贯中的著作。倘若这是确实的，那末明代的《东游记》节自元代的《杨家将演义》，更是有可能的事了。"
② 该小说写明嘉靖年间，秀才济小塘为权相严嵩阻碍，屡试不第，遂访仙学道，经吕洞宾指点，以仙术云游。与神偷一枝梅等除妖斩怪，惩恶济善的故事。有中央民族学院出版社1994年4月第一版。
③ 该书共有数节写八仙事，有"李凝阳易体成仙，关尹子受经证道"、"赵威伯栴脯疑友，钟离权灯引逢师"，"宝志公建康混迹，张果老六合联姻"、"蓝关道圣伷相逢，金刀下高人独脱"，"四先生诸方显化，曹国舅二祖传经"。在这里边独没有写八仙中影响最大的吕洞宾。该书藏于中国艺术研究院戏曲研究所资料室。

"其魁名朱国臣者，初亦宰夫也，畜二瞽姬，教以弹词，博金钱，夜则侍酒。"明代弹词极多，但流传下来的很少。清代，弹词流传到南方，并在那里扎下根来，成为南方一种常见的曲种。胡士莹编《弹词宝卷书目》中列弹词作品共 325 种，谭正璧、谭寻编《弹词叙录》收弹词作品名目有 200 余种。其中的《韩湘子得道全传》（清）、《八仙缘》（清）、《八仙图》（清）、《后八仙图》（民初抄本）均是八仙故事。

另一种曲艺形式宝卷里也有八仙故事。宝卷直接源于唐五代变文，最初讲唱经文和演唱佛经故事。到清代变为民间说唱曲艺。郑振铎在《中国俗文学史》里认为宝卷分佛教和非佛教两大类，非佛教里其中有一项就是讲神道故事，如《三世因果纯阳宝卷》和《何仙姑宝卷》等，与八仙传说也有因缘。

在鼓词中与"八仙"有关的大多是吕洞宾的故事，如《狐狸缘》《洛阳桥》《吕洞宾戏牡丹》[①]，只有在《天台山封神》中才让"八仙"列队出现。

---

① 见于沈阳市文学艺术工作者联合会编《鼓辞汇集》第六集，1957 年内部出版。均是东北大鼓短篇书段。

六 《西游记》杂剧研究

元杂剧多为四折一楔子，庞大的剧目除王实甫的《西厢记》之外，就是杨景贤的《西游记》了。《西游记》杂剧写唐僧取经故事，该剧六本二十折，结构庞大而较为完整，为元杂剧中的鸿篇巨制。

杨景贤，名暹，又名讷，字景贤，一字景言，号汝斋。生卒年不详。本为蒙古人，因从姐夫杨镇抚而人以杨姓称之。上辈时移居浙江钱塘。《录鬼簿续编》称其"善琵琶，好戏谑，乐府出人头地。锦阵花营，悠悠乐志。与余交五十年。永乐初，与舜民一般遇宠。后卒于金陵"可知他是元末明初戏剧家。杨景贤善写神佛道化戏，现有《刘行首》和《西游记》存世。

此剧本在我国早已亡佚。1928 年在日本宫内省图书馆发现《传奇四十种》，收有明代万历甲寅（1614）刊本，题名《杨东来先生批评西游记》六卷，日本著名汉学家盐谷温把它重印出来，于是流入我国。不少学者认为此剧即是吴昌龄的《唐三藏西天取经》。而通过《录鬼簿续编》，我们可以知道杨景贤作《西游记》杂剧，其作品和吴昌龄的《唐三藏西天取经》是有区别的。刘荫柏认为："杨景贤杂剧全名可能是'唐僧取经西游记'，与吴昌龄《唐三藏西天取经》在剧名上极易相混。明代正德、嘉靖年间戏剧家李开先，亲眼见到杨景贤原本，曾做过准确说明。至万历之后才出现问题，先是勾吴蕴空居士得到一部《西游记》杂剧手抄本，因为上面没有署作者名字，他遂据朱权《太和正音谱》自作聪明地在抄本上冠以吴昌龄之名。后来臧晋叔刻《元曲选》时，卷首引涵虚子《群英杂剧目》（即《太和正音谱》中'群英所编杂剧'），自以为是地在吴昌龄《西天取经》杂剧下注云：'六本'，而于《太和正音谱》原本中并无此小注。孟称舜过于相信这位元曲研究专家臧晋叔，遂在《新镌古今名剧柳枝集》中，将杨景贤《西游记》杂剧第四本别行录出，标目为《二郎收猪八戒》，并误署吴昌龄之名。"（《西游记发微》，第156页）由于杨景贤处于元末明初，其《西游记》已没有其他元杂剧古朴的样子，可能是经过后人的改动，但是每一本还是保留了元杂剧的基本体制，带有元杂剧向明传奇过渡时的痕迹。另外，从表面上看，故事是讲唐玄奘西天取经，应是佛教戏，但剧中亦有道教神仙出现，同时还有不少道教的说教，可以说，该剧亦佛亦道，值得我们做深入的研究。

1.《西游记》杂剧的渊源和成因

我们知道，《西游记》故事是从唐玄奘西行求法一事衍发开来，通过不断地发展、充实，成为一个生动的艺术形象。唐僧玄奘（602—664）实有其人，他俗姓陈，洛州缑氏（今河南偃师缑氏镇）人。约于隋大业十一年（615）出家，是一位虔诚博学的僧人。他因感到有些翻译的经典直译硬译，望文生义之类的错讹太多，于是决定到佛教的发源地印度求学，以期得到佛学的真谛。唐贞观三年（629），玄奘陈表朝廷奏请西行"遵求遗法"，因唐太宗此时崇尚道教，故未被允纳。玄奘无奈只得私越国境，毅然踏上了充满艰险的西行之路。玄奘在印度留学有十七年之久，成就卓著。回国时，带回了大量的经卷，并亲自主持翻译，匡正了以往中译佛经的谬误。他还根据自己游历的感受，写成了《大唐西域记》一书。该书记载了丰富而又翔实的古代印度的社会状况，有非常高的价值。印度历史的书写，如果没有此书，将无从下手。所以说，玄奘对中印两国之间的文化交流的贡献是巨大的。

有关玄奘的史料，见唐李冗《独异志》，后晋刘昫等撰《旧唐书》卷一百九十一《方伎列传·僧玄奘》，道宣编《续高僧传》卷四中《大慈恩寺三藏法师传》和《大唐故三藏玄奘法师行状》，宋释志磐著《佛祖统纪》，元释噩梦堂《唐宋高僧传》，元释觉岸《释氏稽古略》等书，但记述最早、最详细的还是玄奘弟子慧立撰写的《大唐慈恩寺三藏法师传》。由于玄奘在南亚次大陆游学十七年，如果没有超人的意志力，是难以在高温多雨，饮食简陋，风俗习惯大异于中原的地方度过那么艰苦的岁月的。同时，玄奘这一行程，山高路远，交通不便，路上遇到的奇事比比皆是。再加上古印度又是一个盛产神话传说的国度，玄奘对印度文化掌握精深，在对弟子的讲述中肯定是绘声绘色。弟子带着崇拜的心情听得是如醉如痴，于是乎，玄奘法师的传记就带上了亦真亦幻的神话色彩。这就为西游故事的诞生奠定了基础。如唐僧带弟子孙行者、猪八戒、沙和尚西天取经，并不是向壁虚构，《大唐慈恩寺三藏法师传》就写了唐僧路中受阻，年轻胡人石槃陀前去参拜，两人结下师徒关系。传中写到，唐僧潜抵瓜州，拟偷渡玉门。不数日，凉州访牒亦至，云"有僧字玄奘，欲入西蕃，所在州县宜严候捉"。传云：

> 遂贸易得马一匹，但苦无人相引。即于所停寺弥勒像前启请，愿得一人相引渡关。其夜，寺有胡僧达磨梦法师坐一莲华向西而去。达磨私怪，旦而来白。法师心喜为得行之征，然语达磨云："梦为虚妄，何足涉言。"更入道场礼请，俄有一胡人来礼佛，逐法师二三币。问其姓名，云姓石槃陀。此胡即请受戒，乃为授五戒。胡甚喜，辞还。少时赍饼果更来。法师见其明健，貌又恭肃，遂告行意。胡人许诺，言送师过五烽。法师大意，乃更贸衣资为买马而期焉。

于是，年轻胡人又引来一老翁，给玄奘以具体帮助：

> 明日日欲下，遂入草间，须臾彼胡更与一胡老翁乘一瘦老赤马相逐而至，法师心不怪。少胡曰："此翁极谙西路，来去伊吾三十余返，故共俱来，望有平章耳。"胡公因说西路险恶，沙河阻远，鬼魅热风，遇无免者。徒侣众多，犹数迷失，况师单独，如何可行？愿自料量，勿轻身命。法师报曰："贫道为求大法，发趣西方，若不至婆罗门国，终不东归。纵死中途，非所悔也。"胡翁曰："师必去，可乘我马，此马往返伊吾已有十五度，健而知道。师马少，不堪远涉。"法师乃窃念在长安将发志西方日，有术人何弘达者，诵咒占观，多有所中。法师令占行事，达曰："师得去。去状似乘一老赤瘦马，漆鞍桥前有铁。"既睹胡人所乘马瘦赤，漆鞍有铁，与何言合，心以为当，遂即换马。胡翁欢喜，礼敬而别。

如果没有这匹"往返伊吾已有十五度"老赤瘦马，玄奘是难以到达目的地的。所以，即使返国以后，玄奘对这匹马还是难以忘怀。这样既有沿途护送的弟子，又有识途的老马，西游故事的基本框架和人物都已形成。在《西游记》杂剧中，这匹老赤瘦马成了木叉所售白龙马的原型。

在此之后，文学上比较完整地讲述唐僧取经故事的是《大唐三藏取经诗话》。关于《大唐三藏取经诗话》出现的时间，有的学者认为产生于宋代，有的则认为是元刻本[①]。而鲁迅则通融了这两种看法。他在《中国小说史略》中写道："张家为宋时临安书铺，世因以为宋刊，然逮于元朝，张家亦无恙，则此书或为元人撰，未可知矣。"但不管学者们是如何考证，唐之后，元末《西游记》杂剧产生之前，《取经诗话》已经形成。该诗话已完全脱离前述文献中近乎史的记载，是比较完整的

[①] 《大唐三藏取经诗话》最早的传布者罗振玉说它是"宋人平话"，他在《取经诗话》的《跋》中说，"宋人平话，传世最少，旧但有《宣和遗事》而已。近年若《五代平话》、《京本小说》，渐有重刊本，此外仍不多见"。"此三浦将军所藏，予借付景印。宋人平话之传人间者，遂得四种。"王国维的《跋》根据"中瓦子张家印"的牌记定为"南宋人所撰话本"，但后来在《两浙古刊本考》中又认为是元刻本。

文学创作。尽管文字似显简单，但已有三藏法师，猴行者和深沙神这三个人物，但唯独缺猪八戒这个形象。这说明关于唐僧取经的故事还处于发轫期。事实上，一种文学现象的产生并不孤立，与《取经诗话》形成时间相近，唐三藏故事似乎成了一个炙手可热的题材。宋元之际，多有这方面的话本、戏剧产生。如宋元话本《梅岭失妻记》，就是猢狲精兴风作怪的故事：

> 且说梅岭之北，有一洞，名曰申阳洞。洞中有一怪，号曰白申公，乃猢狲精也。弟兄三人，一个是通天大圣，一个是弥天大圣，一个是齐天大圣，小妹是泗州圣母。这齐天大圣，神通广大，变化多端，能降各山魈，管领诸山猛兽，兴妖作法，摄偷可意佳人，啸月吟风，醉饮非凡美酒，与天地齐休，日月同长。

这个故事的主人公齐天大圣，神通广大，变化多端，野性十足，还喜欢偷可意佳人，虽然形象不如《西游记》小说中的孙悟空高大，但是一个本领极其高强的猴精的形象基本确立。

由于西游故事在民间广泛传播，连当时的绘画、雕塑、陶瓷中也不乏表现西游故事的作品出现。在杭州飞来峰龙泓洞的两组浮雕，其中描绘的是唐僧取经故事。《杭州元代石窟艺术》的作者黄涌泉先生与中国艺术研究院的刘荫柏先生通信里专门谈了此问题：

> 前一组玄奘作前导状，容相温雅，左上角隐约有"唐三藏玄奘法师"一行题字，其后有二匹马……，还有随行三人，这组浮雕应取材于"唐僧取经"……。后一组浮雕两比丘，头部已毁去，有背光；头部以下大体完整。榜刻有"竺法兰"、"朱八戒"等字，后面有马，仅残存痕迹。这组浮雕应是表现"白马驮经"故事。……经仔细观察，应定为宋代较妥……（刘荫柏编：《西游记研究资料》，第258页）

继而建于西夏晚期的榆林窟,其中第二号窟西壁北侧,画有唐僧取经故事,玄奘合掌作望空礼拜状,孙悟空牵着满载佛经的白马,悟空已为猴像。这样的题材在第三、二十九窟均有,但从人物看,此时的取经故事还不像后来那么成熟。

到了元代,西游故事基本定型,广东省博物馆收藏的一元代磁州窑瓷枕,就已完整地刻画出唐僧师徒四人的形象,郁博文的《瓷枕与〈西游记〉》就谈到了这一点:

> 孙悟空手持如意金箍棒,矫捷威武……;猪八戒长嘴大耳,肩扛九齿钉耙,迈步跟随;唐僧骑马扬鞭,取经心切;沙和尚手举仗伞,快步从行。……唐僧取经的题材在磁州窑瓷枕的绘画上出现,说明当时取经故事已广为流传,并基本完善。(《光明日报》1973年10月8日)

此外,在金元之间的其他文艺作品中,也有不少提到唐三藏的故事。如董解元的诸宫调《西厢记》中唱道:"这每取经后不肯随三藏,肩担着扫帚藤杖,簌棒着个杀人和尚。"杜仁杰的散曲〔般涉调·耍孩儿〕《喻情》:"唐三藏立墓铭空费了碑。"赵彦晖的散曲〔南吕一枝花〕《嘲僧》:"被个老妖精狐媚了唐三藏。"无名氏的〔正宫叨叨令过折桂令〕《驮背妓》:"……眼儿眍,鼻儿凸,驱处走了猢狲怪;嘴儿尖,舌儿快,洛伽山怎受的菩萨戒。兀的不丑杀人也么哥,兀的不丑杀人也么哥。"这说明西游故事到了元代经过融会史实、传说和文艺作品的诸多内容,并不断充实和发展,唐三藏的故事已家喻户晓,孙行者形象也深入人心,经过艺术家的反复加工,最终成为万千色彩瑰丽的动人作品。

我们还是回到戏剧本身,在宋元这种氛围之中,戏剧多有反映唐僧取经的作品。在钱南扬辑录的《宋元戏文辑佚》中,有《鬼子母揭钵记》和《陈光蕊江流和尚》。两剧仅存佚曲,故事的来龙去脉只能根据

《取经诗话》中的《入鬼子母国处第九》一章和以后的剧本来猜测。前者的本事最早见于《佛说鬼子母经》，西晋时即有汉译，后收入《大藏经》中。在杨景贤《西游记》杂剧第三本《鬼母皈依》里有叙述。讲唐玄奘被红孩儿捉去，孙行者求助于世尊。世尊道："不知此非妖怪。这妇人我收在座下，作诸天的。缘法未到，谓之鬼子母，他的小孩儿，唤做爱奴儿。我已差揭帝去拿他，……将老僧钵盂去，盖将来。""将这小厮盖在法座下七日，化为黄水，鬼子母必救他，因而收之。"这个剧本大概和吴昌龄的杂剧《鬼子母揭钵记》大同小异。

山西潞城发现的明万历二年（1574）抄定的《迎神赛社礼记传簿》有三处载有《鬼子母揭钵》剧目，其中"哑队戏"角色排场单二十五种之一第一单"舞曲破"即为《齐天乐鬼子母揭钵》，演出内容和上场人物如下：

　　舞曲破八大金刚八位、四揭地（谛）神四个、诸天子□、观音、古伏、飞天夜叉十个、伏留鬼子母、石头附（驸）马上，散。（引自廖奔《宋元戏曲文物与民俗》，第415页）

"齐天乐"本宋曲名，队舞、哑队戏也产生于宋代，故可断定哑队戏《鬼子母揭钵》是宋金时产生而流传下来的。我们从多方面证明了西游故事在宋元时代的盛行。《陈光蕊江流和尚》当叙唐僧身世，在此不再赘述。

另外，《南村辍耕录》卷二十五"院本名目"条内"打略拴搐"类有金院本《唐三藏》，"诸杂砌"类有对孙悟空形象形成有影响的《水母砌》和其他短剧。

元杂剧兴盛时期，出现了与《西游记》杂剧人物、情节有关的杂剧甚多。在《西厢记》第一本第二折《借厢》中唱道："烦恼怎么耶唐三藏？"吴昌龄《东坡梦》第四折云："往西天的唐三藏。"唐僧取经故事已经到了俯拾皆是的程度。前述吴昌龄据现有资料记载除了写有

《鬼子母揭钵记》之外，还有《唐三藏西天取经》，该剧题名为"老回回东楼叫佛，唐三藏西天取经"。长久以来，该剧与杨景贤之《西游记》混为一谈，后来经孙楷弟考证，方知为吴氏所作。此剧在明代尚有赵琦美抄校本，后此剧本归钱谦益收藏，故钱曾将其编入《也是园书目》"古今杂剧"栏内，在辗转至清黄丕烈手中才散佚的，在《万壑清音》、《集成曲谱》、《昇平宝筏》、《慈悲愿》和《纳书楹曲谱》等书中，或保存了此剧二折中的内容，或收集了一些有关的残曲文，对研究吴剧原貌有一定帮助。吴昌龄的《哪吒太子眼睛记》中的哪吒是《西游记》杂剧中出现过的形象，属于情节与西游故事有关的剧目，哪吒在这里当护法太子。

2. 亦佛亦道的《西游记》杂剧

从《西游记》杂剧原初的本意来说，这是一本宣扬佛教精神的戏，剧中的唐僧身世以及唐僧取经的一系列过程，还有唐僧收下的孙行者诸弟子，皆是佛所安排的。然而，孙行者诸弟子的原型都与道教的"灵怪"故事有密切关系，但他们最终成了高僧的弟子，反映了佛道思想在作家那里的融合与变通。

关于玄奘的出身，前述已经很清楚，他是现今河南偃师人。父为士族，兄为名僧。杂剧却述他的父亲叫陈光蕊，赴任途中为贼人刘洪所害，其妻殷氏被刘霸占。殷氏害怕刘洪加害小儿，用大梳匣将其放到江中，顺流而下，让他寻一条生路。后被金山寺丹霞禅师拾得收养，取名江流。这种类型的故事在民间传说中很多。《太平广记》第一百二十一卷《崔尉子》（出皇甫氏《原化记》）、第一百二十二卷《陈义郎》，周密《齐东野语》载"某郡倅江行遇盗"事，就是此类故事。以《齐东野语》所记与陈光蕊事最接近。到宋元戏文那里，故事已基本根据民间传说创作。《西游记》杂剧第一本关于玄奘身世就和《陈光蕊江流和尚》一样。在杂剧里，玄奘的出身被作者神话，剧中观世音云："见今西天竺有大藏金经。"五千四十八卷,欲传东土,争奈无个肉身幻躯的真人阐扬。如今诸佛议论,着西天毗庐伽尊者托化于中国海州弘农县陈光蕊家为子,长大出家为僧,往西天取经阐教。"丹霞禅师为他起名玄奘,并解释道:"自幼收得江流儿,七岁能文,十五岁无经不通,本宗性命,了然洞彻。老僧与他法名玄奘。玄者妙也,奘者大也,大得玄妙之机。"身负特殊使命的玄奘一出山,便出手不凡。时逢京师大旱,玄奘结坛场祈雨,打坐片时,大雨三日。于是"天子赐金襕袈裟,九环锡杖,封经一藏,法一藏,轮一藏,号曰'三藏法师'"。在这种情况下,玄奘奉圣旨"赴西天,取经归东土,以保国祚安康,万民乐业"。

而历史事实是,玄奘在研究佛学过程中存有一些疑问,但苦于无人指教,难于解决。他从当时来华的印度学者明友(波颇蜜多罗)那里得到资讯,知道在印度最高佛学学府那烂陀寺(Nalanda)① 有高僧戒贤大师讲《瑜伽师地论》,遂决定到佛教发源地求学。由于当时唐朝立国不久,疆场不宁,禁约百姓不许出蕃。同时李世民为了和道教的祖宗老子李耳攀亲,对道教尊崇有加,而对佛教不感兴趣,并加以限制。贞观三年(629)玄奘结侣陈表,但没得到应允。在他人皆打退堂鼓的情况下,玄奘决心已下,一人偷越国境,踏上西行求法的路程。

玄奘在天竺游学十七年,声名大震,成了著名高僧。回国时他带回657部佛经,受到举国隆重的欢迎,并受到李世民的召见。太宗说:"师出家与俗殊隔,然能委命求法,惠利苍生,朕甚嘉焉。"同时又对侍臣讲:"昔苻坚称释道安为神器,举朝尊之。朕今观法师词论典雅,风节贞峻,非惟不愧古人,亦乃出之更远。"对玄奘的评价至高,视为

---

① 是古印度著名佛教寺院,遗址在今比哈尔邦邦(Bihar)的巴特那(Patna)附近。7 世纪我国高僧玄奘、义净在此居住过。《大慈恩寺三藏法师传》卷三载,该寺"庭序分开,中分八院,宝台星列,琼楼岳峙,观竦烟中,殿飞霞上,生风云于户牖,交日月于轩檐,……羯尼花树,晖焕其间,庵没罗林,森竦其外。诸院僧室皆有四重重阁,虬栋虹梁,绿栌朱柱,雕楹镂槛,玉础文木櫨,薨接瑶晖,櫋连绳彩,印度伽蓝数乃千万,壮丽崇高,此为其极"。从公元 5 世纪到 12 世纪,这里一直是印度佛教最重要的教学和研究中心,玄奘在时,据说人数达万人。1920 年,考古学家根据玄奘《大唐西域记》的记载确定并发掘了它的遗址。为了纪念玄奘在此作为学者和教师所度过的五年,1957 年在此建立了玄奘纪念堂。

国宝级的人物。大概李世民此时统治日久，知道将儒释道三教通融，比独尊一教要对统治有利得多。

杨景贤将玄奘功成名就时受到的礼遇搬到玄奘出行之前，一是要说明玄奘出行是名正言顺，并非私自行动；二也反映出作者的正统思想，皇帝崇佛是为了国家长治久安，僧人则利用皇帝的权威来保证佛教的顺利传播，两者互为利用，相辅相成。但这些都是以确保皇权为前提的。反映了杨景贤极强的封建正统思想。剧本一开始唐僧念上场诗："奉敕西行别九天，袈裟犹带御炉烟。祇园请得金经至，方报皇恩万万千。"临行之前，唐僧还对众臣说道："众官，听小僧一句言语：为臣尽忠，为子尽孝。忠孝两全，余无所报。"这哪里是四大皆空的和尚所思考的，完全似一副忠臣义士的肺腑之言。

另外，《西游记》杂剧还写了一些佛教有名的故事。如《鬼母皈依》一折，写鬼子母没有皈依佛法之前，兴妖作怪，阻挠唐僧往西天取经。鬼子母不是作者向壁虚构的一神。她原为佛教二十诸天（即护法神）之一，原来是个吃人的母夜叉，后在释迦牟尼的感召下皈依佛教。鬼子母的梵文名字是诃梨帝母（Hariti），意为"欢喜天母"。佛经《毗奈耶杂事》卷三十一说她"既取我男女充食，则是恶贼药叉"。遂又称作"大药叉女欢喜母"。传入中国之后，成为恶鬼的代称。在《佛说鬼子母经》中，记载了诃梨帝母成神的传说：

> 往昔王舍城中有独觉佛出世，为设大会。有五百人各饰身共诣芳园。途中遇怀妊牧牛女持酪浆来，劝同赴园。女喜之舞蹈，远堕胎儿。诸人等舍之赴园内，女独止而懊恼。便以酪浆买五百庵没罗果，见独觉佛来女旁，顶礼而供养之。发一恶愿曰："我欲来世生王舍城中，尽食人子。"
>
> 由此恶愿舍彼身，后生为王舍城娑多药叉长女，与犍陀罗国冲叉罗药叉长半支迦药叉婚，生五百儿。恃其豪强日日食王舍城男女。

> 佛以方便隐鬼女一子。鬼女悲叹求之，知在佛边。佛曰："汝有五百子，尚怜一子，况余人只有一二耶？"乃教化之授五戒，为邬波斯迦（即优婆夷，指受五戒的女居士，佛教女信徒）。鬼女曰："今后无儿可食者。"佛曰："勿扰。于我声闻弟子每食次呼汝及儿名，皆使饱食。汝于我法中勤心拥护伽蓝及僧尼。"鬼女及儿皆欢喜。

鬼子母因失爱子而深感痛楚，在儿子失而复得后深有所悟而皈依佛教，于是发誓保护小儿。又成了生儿、育儿的保护神。据《寄归传》载，"西方诸寺每于门屋处，或在领队食厨边，塑画母形"。遂有供养诃梨帝母之法会，在妇女生产时修之，密教尤重之。杂剧第十二折《鬼母皈依》中其子红孩儿被压在钵盂下面之后，她发怒寻儿的性格表现颇似记载。

除了与佛教的关系以外，《西游记》杂剧的人物如孙行者、猪八戒、沙和尚和白龙马这四位唐僧的徒弟，虽然其原型并不是佛道人物，但其本质却与道教的神仙系统有关。道教认为，不管是天神还是地祇，只要经过修炼，就可以成为得道的神仙，而神仙是会扶危济人，解厄救人的。在这一过程中，就要和与之相对应的妖魔作斗争，降妖除魔是道士们的主要任务。《历代真仙体道通鉴》就叙述了净明道祖师许逊灭妖的传说：

> 真君尝炼神丹于艾城之黄龙山，山湫有蛟魅为渊薮，辄作洪水，欲漂丹室。真君遣神兵擒之，钉于石壁……过西安县，县伯出谒真君，告其地分有妖物为民害者，其神匿之。真君行过一小庙，神迎告曰："此有蛟物，害民，知仙君来，故往鹦渚逃避矣，后将复还，愿为斯民除之。"真君如其言，蹑迹追之至鹦渚，路旁逢三老人。询其蛟孽所在，皆指曰："见伏于前桥下。"真君至桥侧，仗剑叱之，蛟惊奔入大江，匿之渊，乃敕吏兵驱之。蛟从上流奔

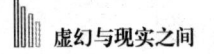

出，遂诛之。

妖魔是破坏人们正常生活的异己力量，是一股邪恶势力。剧中的唐僧取经是为了保国泰民安，因此一路破坏其大业的妖魔极多，所以他受到天上神佛及地上明君的一致支持和关怀。破坏取经，就是以下犯上，藐视君威。为了保护唐僧取经的安全，剧中构筑了一套以观音、玉皇大帝、西王母、二郎神、哪吒、鬼子母、罗刹女、木叉行者等佛道结合的神仙体系。而助唐僧取经的诸徒弟除孙行者是一个猴精之外，其他都是上界的谪仙。如白龙马原是南海火龙，因为行雨有差迟，玉帝要将他斩首。被观音见到，观音道：

> 恰才路边，逢火龙三太子，为行雨差迟，法当斩罪。老僧直上九天，朝奏玉帝，救得此神，着他化为白马一匹，随唐僧西天取经，归于东土，然后复归南海为龙。

而沙和尚也是一个戴罪的神仙：

> （沙和尚云）小圣非是妖怪，乃玉皇殿前卷帘大将军，带酒思凡，罚在此河，推沙受罪。今日见师父，度脱弟子咱。

猪八戒的出身也不平常：

> （猪八戒上，云）自离天门到下方，只身惟恨少糟糠。神通若使些儿个，三界神祇恼得忙。某乃摩利支天部下御车将军。生于亥地，长自乾宫。

唐僧的诸徒弟们身上还有很多道教神仙所应具备的超凡能力。都有行走如飞，变化多端，呼风唤雨的本领。如孙行者自己讲："小圣一筋斗，去十万八千里路程,那里拿我!我上树化作个焦螟虫,看他鸟闹。"猪八戒为骗得裴女,遂化作裴女的未婚夫朱郎。他说:"近日山西南五十里裴家庄,有一女子,许配北山朱太公之子为妻,其子家贫,裴公欲悔亲事。此女夜夜焚香祷告,愿与朱郎相见。那小厮胆小不敢去。我今夜化作朱郎,去赴期约,就取在洞中为妻子,岂不美乎?"这种变幻的法术和道教构筑的鬼神世界是有关系的,极富创造性和想象力。

另外,像孙行者在这里还有呼风唤雨的能力,也和道教设坛致祭,祈雨求风作法事有关。由于我国数千年以农业立国,在生产力低下的时代,人们祈求风调雨顺,但大自然的现象往往不以人的意志为转移,所以,逐渐形成了对自然现象的迷信和崇拜心理。其中,又包括了控制、征服自然的强烈愿望。在中国人心目中,神仙就能御雨乘风,制止灾难。在唐僧师徒过不了火焰山时,孙悟空就搬来了救兵。观音道:"老僧观世音是也。唐僧过不得火焰山,孙悟空来告。我差雷公、电母、风伯、雨师、箕水豹、壁水貐、参水猿等北斗五气水德星君水部神通。水能灭火,就除此火山之害,免使后人受苦。传吾法旨,着神将跟孙悟空去,便要同唐僧过山。风、雨、雷、电神,即时下中界。我着他火焰不能烧,刀侵断断坏。"

更为奇特的是,唐僧师徒离了女人国,迷了路,不知往何方走好,见远处有一个打简子渔鼓的采药仙人,于是走上前去问路。从剧作家的设计来看,这是一个道士。并且他对酒色财气发表了自己的看法,显现出了道教对人生价值的判断。高僧问道于仙人,这里边隐含的寓意,实在是耐人寻味。采药仙人认为,"若离得酒色财气,便堪为尘世神仙"。在他唱的渔鼓中,引经据典,历数酒色财气在历史上所造成的祸端,认为消极避世才是解决问题的唯一途径。在这里,唐僧反而成了积极用世的人,其不避凶险,前往西天取经,为了保国安民。在唐僧身上,我们看到他更多的是像一个儒士,而有宗教意味的则是这个采药仙人。在这里,才能看出些许作者自己的看法,同时也发现,在这样一个以求佛寻经为主旨的戏中,能张扬作者思想的竟然是通过道士之口说出的,可以说，该剧表面演佛，实则说道，佛道杂糅，相得益彰。

3. 孙行者形象论考

在明代吴承恩《西游记》小说中，由孙行者演变成的孙悟空成为我国文学画廊中一个光彩照人的形象。而杨景贤的杂剧《西游记》正处于散乱的取经故事与文学巨著《西游记》之间，既可以看出孙行者集前代描述的特点，又显示出这一形象在过渡时期的原生面貌，非常值得研究。

关于孙悟空形象的形成，在我国的文献和历史记载中多有类似传说，可以说是历史悠久。刘荫柏在《西游记发微》中对此有过简约而又透彻的研究：

> 在我国文学史上描写神猴故事及民间有关神猴的传说，是和龙蛇的传说一样，有着悠久的历史和丰富的传奇内容。汉代焦延寿《易林》卷一"坤之剥"中云："南山大狻，盗我媚妾。怯不敢逐。退然独宿。"赵晔《吴越春秋》中载有袁公与越处女比剑的故事。足见在汉代此类故事传说颇多，那位与越处女斗剑，"飞上树，化为白猿"的袁公，就是孙猴子的远祖。到了唐代，关于神猴的传说更丰富精彩。《广异记·张锃》中善化人形，"衣褐革之裘，貌极异，绮罗珠翠"，使虎、豹、巨熊都听其指挥的"巴西侯"。《续玄怪录·刁俊朝》中，因在汉江作恶，被上天追查，避祸于刁俊朝妻子脖项内，能大能小，雅好音乐，变化神奇的"猕猴之精"。《集异记·汪凤》中，从地下掘出的石柜中放走被茅山道士鲍知远囚住的"猴神"，遂使"六合烟尘"的故事，在某些方面，均有孙猴子的影子。而无名氏《补江总白猿传》中，平时幻化成"美髯丈夫长六尺余，白衣曳杖"，飞如"匹练"，"半昼往返数千里"，"遍体皆如铁"，"目光如电"，用刀剑砍之，"如中铁石"，又能

"舞双剑,环身电飞,光圆若月"的"大白猿",在较大程度上有着孙猴子的神通。至于李公佐《古岳渎经》(《太平广记》曰《李汤》)中传说的涡水神"无支祁"(李肇《唐国史补》作"无支奇"),则近于水帘洞中的孙悟空。(引见该书第58—59页)

关于孙猴子来源于无支祁一说,最早来源于鲁迅的研究,他在研究《西游记》小说时说:"我以为《西游记》中的孙悟空正类无支祁。"(《中国小说的历史变迁》)《太平广记·李汤》中曰:

> 永泰中,李汤任楚州刺史,时有渔人,夜钓于龟山之下。其钓因物所制,不复出。渔者健水,疾沉于下五十丈,见大铁锁,盘绕山足,寻不知极。遂告汤。汤命渔人及能水者数十,获其锁,力莫能制。加以牛五十余头,锁乃振动,稍稍就岸。时无风涛,惊浪翻涌。观者大骇。锁之未见一兽,状有如猿,白首长鬐,雪牙金爪,闯然上岸,高五丈许。蹲踞之状若猿猴。但两目不能开,兀若昏昧。久,乃引颈伸欠,双目忽开,光彩若电。顾视人焉,欲发狂怒。观者奔走。兽亦徐徐引锁拽牛,入水去,竟不复出。

关于怪兽的来历,李公佐解释说:

> (此乃)淮、涡水神,名无支祁,善应对言语,辨江淮之浅深,原隰之远近。形若猿猴,缩鼻高额,青躯白首,金目雪牙。颈伸百尺,力逾九象,搏击腾踔疾奔,轻利倏忽,闻视不可久。……庚辰以战逐去。颈锁大索,鼻穿金铃,徙淮阴之龟山之足下。俾淮水永安流注海也。(据刘荫柏编:《西游记研究资料》)

孙行者的形象之所以能和无支祁挂上钩来,主要是因为在宋人话本《陈巡检梅岭失妻》、杨景贤《西游记》杂剧、明初无名氏《二郎神锁齐天大圣》杂剧都曾提到。如《陈巡检梅岭失妻》中的自称"齐天大圣"的猢狲精白申公道：

> 弟兄三人，一个是通天大圣，一个是弥天大圣，一个是齐天大圣，小妹便是泗州圣母。

《西游记》杂剧"神佛降孙"一折中，孙行者自报家门：

> 小圣弟兄姊妹五人，大姊离山老母，二妹巫枝祇圣母，大兄齐天大圣，小圣通天大圣，三弟耍耍三郎。喜时攀藤揽葛，怒时搅海翻江。

无名氏《二郎神锁齐天大圣》第一折，齐天大圣自报家门：

> 吾神三人，姊妹五个。大哥哥通天大圣，吾神乃齐天大圣，姐姐是龟山水母，妹妹铁色猕猴，兄弟是耍耍三郎。姐姐龟山水母，因水淹了泗州，损害生灵极多，被释迦如来拿住，锁在碧油坛，不能翻身。

从以上引文可知，无支祁与猴行者有血缘关系已是一个不争的事实，中国文学史上的学者已经有过多方面的论述，笔者在此不必赘言。我们所要产生的疑问是，为什么猿猴的传说单单和唐僧取经故事结合在一起，而没有和其他历史上的重大事件结合，在众多的学者当中，对此都语焉不详。因此，笔者不揣谫陋，做一番推考。玄奘西天取经一十七载，在那个交通资讯均不发达的时代，可以说是一个惊天动地的壮举。即使在今天，能在多雨、潮湿、高温，饮食和风俗习惯迥异于中国的南亚次大陆待上很长一段时间，也不是一件容易的事。但玄奘坚持下来了，并且带回了大量珍贵的经书，写出了有着极高价值的《大唐西域记》，这对于佛教徒和普通老百姓来讲都会感到叹为观止，望洋兴叹。《大唐西域记》是一部翔实准确的著作，对印度的山川地理、人文风物都有生动而又细腻的描述。很多风俗习惯到现在为止也没有改变。如玄奘在该书"馔食"一条中说："凡有馔食，必先盥洗，残宿不再，食器不传，瓦木之器，经用必弃，金、银、铜、铁，每加摩莹。馔食既讫，嚼杨枝而为净。澡漱未终，无相执触。每有溲溺，必事澡濯。"在印度，因吃饭一般都用手抓，吃饭前清洗一下，是很平常的事。旅途中喝牛奶经常用泥烧制的小碗，喝完摔碎，就不再使用。凡此种种现象，现在依然存在。正是因为这本书这种严谨的写法，才赢得了中印两国学者，乃至世界学术界的重视和尊敬。对玄奘事迹的描述，从官方信史来讲，就显得单薄，不够生动。后晋·刘昫《旧唐书·方伎传》对玄奘西行就用了不多的文字：

  僧玄奘，姓陈氏，洛州偃师人。大业末出家，博涉经论。尝谓翻译者多有讹谬，故就西域，广求异本，以参验之。贞观初，随商人往游西域。玄奘既辩博出群，所以必为讲释论难，蕃人远近咸尊伏之。在西域十七年，经百余国，悉解其国之语，仍采其山川谣俗，土地所有，撰《西域记》十二卷。贞观十九年，归至京师。太宗见之，大悦，与之谈论。于是诏将梵本六百五十七部于弘福寺翻译，仍敕右仆射房玄龄、太子左庶子许敬宗，广召硕学沙门五十余人，相助整比。

正史记载简略，玄奘在印度的传奇经历一笔带过。可是其弟子开始神化乃师，《大慈恩寺三藏法师传》带有浓烈的感情色彩，中间绘声绘色地加入很多玄奘在天竺的神奇经历和神话传说。到了宋代，玄奘已成佛祖之一，此时基本已被完全神话，据宋·志磐《佛祖统纪》记载的玄奘已非凡人：

> 贞观二年上表游天竺，上允之。杖策西征，远逾葱岭，毒风切肌，飞沙塞路。遇溪涧悬绝，则以绳为梁，梯空而进。及登雪山，壁立千仞，人持四栈，手足更互着崖孔中，猿臂而过。张骞、甘延寿所未至此也。过沙河逢恶鬼，异类出没前后，师一心念观音及《般若心经》，倏然退散。

《太平广记》也有类似的描述：

> ……道险，虎豹不可过。奘不知为计，乃锁房门而坐。至夕，开门，见一老僧，头面疮痍，身体脓血，床上独坐，莫知来由。奘乃礼拜勤求，僧口授《多心经》一卷，令奘诵之。遂得山川平易，道路开劈，虎豹藏形，魔鬼潜迹。

可以看出，至宋代，神话了的玄奘的法力已被大家所公认，颇为类似以后的文艺作品中玄奘念经制服桀骜不驯的孙行者。纵然孙行者有千般变化，但在唐三藏的管教下只能服服帖帖。被神话的玄奘是后世嗣教者为了加强本教的宣传所使用的一种手段，再加上变文中宣讲教义时有夸张、变形的传统，如唐代的《降魔变文》中写舍利弗和六师斗法的一节，已颇像《西游记》小说中写孙悟空和二郎神之间的斗法。正是因为有玄奘取经这一伟大壮举，有变文和传说做铺垫，至宋代产生《大唐三藏取经诗话》是顺理成章的事。

取经故事形成之后，为什么一只猴子能从玄奘大师旁站出来，成了超过玄奘的主要角色，这是一个值得思考的问题。虽然说在中国文化中亦有猿猴形象出现，但我们不能否认印度文化对这一形象的形成产生的影响和作用。印度是一个多猴的国家，即使是现在也遍地都是，甚至在首都新德里的总统府中也是到处乱窜，惹是生非，但印度人从不加以伤害，对猴子的可爱非常欣赏，可又对其的调皮大伤脑筋。关于猴子的故事和传说俯拾皆是。佛教经典里本身就有菩萨是猕猴王的记载，如三国

时翻译的《六度集经》曰:

> 昔者菩萨为猕猴王,常从五百猕猴游戏。时世枯旱,众果不丰,其国王城去山不远,隔以小水。猴王将其众入苑食果,苑司以闻。王曰:密守无令得去。猴王知之,怆然而曰:"吾为众长,祸福所由,贪果济命而更误众。"敕其众曰:"布行求藤。"众还藤至,竞各连续,以其一端缚大树枝。猴王自系腰登树投身,攀彼树枝,藤短身垂。敕其众曰:"疾缘藤度。"众以过毕,两腋俱绝,堕水边岸,绝而复苏。国王晨往案行获大猕猴,能为人语,叩头自陈云:"野兽领贪生恃泽附国,时旱果乏,干犯天苑,咎过在我,原赦其余。虫身朽肉,可供太官一朝之肴也。"王仰叹曰:"虫兽之长,杀身济众,有古贤之弘仁,吾为人君,岂能如乎?"为之挥涕。命解其缚,扶着安土。

这样一个能为众猴而慷慨赴死的猴王,其行为让人看了都深受感动。在玄奘《大唐西域记》中"猕猴献蜜"的故事,同样也是一个有灵性的猴子,最后终成正果:

> 在昔如来行经此处,时有猕猴持蜜奉佛,佛令水和,普遍大众。猕猴喜跃,堕坑而死;乘兹福力,得生人中,成阿罗汉。

刘荫柏认为,"此故事传说亦见《贤愚经》卷十二、《弥沙塞律》卷十、《僧祇律》卷二十九及《佛五百弟子自说本起经》等,并被广泛地见于印度佛门寺院雕刻中。将唐僧取经故事与神猴联系起来,又衍为师徒,恐怕与此说有缘"(《西游记研究资料》,第298页)。确实,猿猴护法得道,肯定会启发后来演绎佛经故事的创作者们。当玄奘归国,成了僧徒楷模之后,为了显示其神异之处,将其取经历程和佛经常讲的神猴结合起来,具有非常迷人的色彩。

此外，关于孙行者及后来的孙悟空这个形象的形成，长久以来还有一种观点，认为其受印度的影响比较大。最早的就是胡适在《〈西游记〉考证》里提出的观点。胡适称：

> 我总疑心这个神通广大的猴子不是国货，乃是一件从印度进口的。也许连无支祁的神话也是受了印度影响而伪造的。因为《太平广记》和《太平寰宇记》都根据《古岳渎经》，而《古岳渎经》本身便不是一部可信的古书。宋元的僧伽神话，更不消说了。因此，我依着钢和泰博士（BarorA. VonStatel Holstein）的指引，在印度最古的纪事诗《拉摩传》（Ramayana）里寻得一个哈奴曼（Hanuman），大概可以算是齐天大圣的背影了。

持类似观点的还有陈寅恪、郑振铎等[①]。《拉摩传》（Ramayana）现在的译名是《罗摩衍那》。而将《罗摩衍那》全部译成中文的季羡林先生对这一史诗研究最为精深，他"认为哈奴曼就是孙悟空的原型，这个人物形象最初产生于印度，传至中国，经过改造与发展，就成了孙悟空"。并且对孙悟空形象源自无支祁也不认同，认为"除了无支祁的样子像猿猴之外，二者毫无共同之处。孙悟空能腾云驾雾，变化多端，好像没有听说无支祁有这种本领。如果无支祁是孙悟空的前身的话，那么所有中国故事里的猴子或长的样子类似猴子的东西，都可能是他的前身"（《西游记研究资料》，第764页）。

而反对这一观点的人认为，中国直到20世纪80年代才见《罗摩衍那》全译本问世，即使通过佛经知道《罗摩衍那》故事的，也是在小

[①] 陈寅恪在《西游记玄奘弟子故事之演变》中认为孙行者的形象是《贤愚经》中"顶生王升仙因缘"与《罗摩衍那》的猿猴传说融会贯通而成。郑振铎在《插图本中国文学史》中说："《取经诗话》以猴行者为'白衣秀才'，又会做诗，大似印度史诗《拉马耶那》里的神猴哈奴曼（Hanuman）。""又，最早的戏文，《陈巡检梅岭失妻》（《永乐大典》作《陈巡检妻遇白猿精》），其情节与印度大史诗《拉马耶那》（Ramayana）很有一部分相类似。"（以上引自刘荫柏编《西游记研究资料》）

范围内传播①。

然而，事实并非如此，中印两国佛教僧人交往频繁，加强了两国之间的文化交流。据载，印度僧人很早就来到了中国。这其中有竺佛朔（179）、竺大力（197）。到公元3世纪来中国的有释迦跋澄、释迦提婆等。5世纪的有求那跋陀罗，6世纪的有真谛。到隋唐时代就更多了，举不胜举。公元4世纪的鸠摩罗什影响最大。他在中国系统地向我国介绍过古印度一些重要哲学思想，还翻译了大量佛经。他在我国讲学、译经多年，对我国的宗教、哲学、文学有过重大的贡献。其业绩像玄奘一样伟大。从中国方面到印度去的学者就更多了，据史书记载，公元前2世纪，中印两国之间就有了接触。在魏晋时就有人去印度学习佛教，据载最早西行求法的是曹魏人朱士行。以后时断时续，从公元3世纪中叶到8世纪中叶，五百年间到印度去的佛教徒就有160多人。在以后的一千年里，这种交往和学习就没断过。《取经诗话》诞生的宋代，两国之间的文化交流仍来往不断。不过，此时的文化交流已不是通过佛教作中介，而是通过两国的贸易往来，文化交流的范围更广泛。中国大量从印度进口乳香、麝香木、椰子、木香、珊瑚、象牙、猫儿眼等，而印度则从中国的泉州输入瓷器，这在后来印度、巴基斯坦、斯里兰卡的古代遗址中时有发现。伴随商贸往来，文化交流也很频繁。公元975年，东印度王子来中国。公元1015年，南印度的注辇国（现今印度喀拉拉邦Kerala）曾派25人的使节团到宋朝通友好。以后，公元1020年、1033年、1077年三次派使节来中国。中国前往印度的僧侣、商人也没停止过脚步。公元966年，僧行勤157人从陆路去天竺求法。其后，僧法遇从水路去印度取回贝叶梵经等物。宋朝赴印度的僧人在伽耶建立了刻有汉文的碑；在印度东南海岸尼伽八丹还有宋僧建立的高达数丈的四方形砖塔。这些纪念物的遗迹一直保持到19世纪。

---

① 吴晓铃在《"西游记"和"罗摩延书"》中认为："在古代，中国人民是知道'罗摩延书'的，但是知道的人并不很多；而且，对于'罗摩延书'的故事内容的了解是很不够的。"（引文出处同上）

这些来往的人员如果和整个国家的人口相比不过是沧海一粟，但他们在文化史上起到的示范和推动作用是难以估量的。如玄奘的译经，其一人就解决了译经过程中产生的许多难点，规范了很多译法并一直沿用到今天。如此众多的人到印度，耳濡目染都不会不知道家喻户晓的《罗摩衍那》和神猴哈努曼的故事。譬如说玄奘在印度生活那么长时间，肯定对《罗摩衍那》的故事非常熟悉，尤其是玄奘长时间活动的地区正是《罗摩衍那》史诗诞生之地。

我们知道，印度有两大史诗《摩诃婆罗多》和《罗摩衍那》，前者产生于西印度，后者产生于东印度。而佛教就是在印度东部兴起的，佛教最初传播的地区就是摩揭陀和与它相邻的憍萨罗。《罗摩衍那》的主要故事就发生在憍萨罗地区。对印度文化有了解的学者认为孙行者是受《罗摩衍那》中的哈奴曼的影响而产生的，反对者则认为中国的孙行者有自己的源头，和印度史诗《罗摩衍那》没有什么关系。我们且不要过早的下断语，先看罗摩的故事形成及和佛教的关系就会有一定的认识。在印度，不管是佛教还是耆那教，都以很崇敬的心情对待大神罗摩。在佛教文献中，《罗摩衍那》的故事早就出现了，如公元1世纪佛教诗人鸠摩罗多所著《大庄严论经》中有《罗摩衍那》的完整故事。大约处于公元1或2世纪的佛教诗人和戏剧家马鸣（Asvaghosa）的叙事诗《佛所行赞》（Buddhacarita）的不少地方特别是艺术特点方面，受到《罗摩衍那》的情节尤其是《美妙篇》的情节的影响，而该篇正是关于神猴哈奴曼的重要篇章。《佛所行赞》在印度已散佚，而在中国，却有北凉昙无谶的汉译本存世。对马鸣的认识，还是因为他的戏剧作品手稿残片于20世纪初在我国新疆地区发现后才具体化。很多和《罗摩衍那》有关的佛教文献，现在只有汉译本存世，如前述的《大庄严论经》、《阿毗达磨大毗婆沙论》和《世亲菩萨传》等[1]。佛教往往利用

---

[1] 印度学者瓦·盖罗拉在《梵语文学史》中对此多有论述。引自《印度两大史诗评论汇编》，中国社会科学出版社1984年版。

罗摩为本教张目，故事的结尾通常要指出主角是菩萨的化身。如《罗摩衍那》的女主角悉多（Sita）就是从佛教《十车王本生故事》（Dasaratha Jataka）而来。

此外，《罗摩衍那》在亚洲地区影响很大，如印度尼西亚、马来西亚、菲律宾、泰国、缅甸、柬埔寨、老挝、日本、尼泊尔和斯里兰卡，这些受印度文化影响的国家，都有罗摩的故事，形式有传说、散文、诗歌、戏剧等①。如此影响广泛的《罗摩衍那》不可能单单绕开中国而去，虽然说该史诗的汉文全译本在20世纪80年代才出现，但并不能说之前没有影响，其传播不仅长久"而且是广泛而深入"的（季羡林主编《印度古代文学史》，第122页）。并且通过季羡林先生的研究发现，根据两部汉译佛典的故事的排列，竟和《罗摩衍那》的故事完全一样。季羡林认为：

> 第一个是元魏吉迦夜共昙曜译的《杂宝藏经》第一卷第一个故事，叫做《十奢王缘》。内容大体上是：有一个国王，号曰十奢。王大夫人生育一子，名叫罗摩。第二夫人有一子，名曰罗漫（罗什曼那）。第三夫人生子婆罗陀（婆罗多）。第四夫人生子，字灭怨恶（设睹卢祇那）。王喜欢第三夫人，告诉她说："若有所须，随尔所愿"。她当时不提任何要求。国王有病，立太子罗摩为王。第三夫人忽然提出，立她的儿子婆罗陀为王，将罗摩流放深山十二年。国王认为，"王者之法，法无二语"被迫允许。弟弟罗漫怂恿罗摩使用勇力，不受此辱。罗摩不听。兄弟二人即远徙深山。时婆罗陀正在他国，回兵入山，想请罗摩回朝登极。罗摩不肯，将革屣交给弟弟。婆罗陀还国，常把革屣置御座，日夕朝拜，代摄国政。十二年后，罗摩还朝为王。

---

① 季羡林主编《印度古代文学史》中有一节专门谈《罗摩衍那》"在国内外的影响"。材料来源于 RomilaThaper,《流放与王国》，作者写了"亚洲的《罗摩衍那》传统"（The Ramayana Tradition in Asia）一章。

虚幻与现实之间

第二故事是三国吴康僧会译的《六度集经》第五卷第四十六个故事。内容大体上是：从前菩萨在一个大国为王。他的舅舅是另一个国家的国王。舅舅兴兵来夺他的土地。他为了避免战争，不让老百姓受害，带着元妃逃往山林。海里有一条邪龙将元妃盗挟，想回到海里，路上遇到一只巨鸟，堵住道路，被龙用雷电击掉右翼。国王找不到元妃，手持弓箭，到诸山寻觅。路遇猕猴，告诉他为舅舅所逐。双方同病相怜，答应互相帮助。国王帮助猴王打败猴舅。猴王派出猴兵寻觅元妃踪迹。遇到被打伤的巨鸟，告诉猴众，恶龙把元妃劫往海中大洲之上。猴兵到了海滨，无法渡海。天帝释化作病猴，前来献计。众猴负石填海，到达洲上，与恶龙搏斗。龙作毒雾，有小猴用天药抹猴鼻中，以抗毒雾。龙兴风造云，雷电震地。国王放箭，正中龙胸。龙死，小猴开门救出元妃。人猴两王班师回国。此时国王舅父已死，国王又登极为王。国王怀疑元妃贞操，元妃说，她是清白的；如果她说的是真话，大地将开裂。结果大地果然开裂。

以上是汉译佛典中两个故事的简要内容。第一个故事相当于蚁垤《罗摩衍那》的前一半，只是没有悉多的名字；第二个故事相当于后一半，只说"元妃"，也没有悉多的名字。把这两个故事合在一起，完完全全就是今天我们熟悉的罗摩的故事。连一些细节都完全吻合到令人吃惊的程度。（《印度古代文学史》，第101—102页）

不管有无译本，中国人是早就知道这个故事的，并且已融入中国文化之中。在文化传播过程中，有时对原型的利用，并不是整体的移植，也可能仅仅是一点由头，就能生发出五彩斑斓的艺术形象来。这样的例子不胜枚举。既然像哪吒这样的人物从印度传来，最后完全中国化，为什么孙悟空形象就不能受哈奴曼影响？另外，由于《西游记》小说的伟大成绩，世人做比较研究时，总爱拿它和《罗摩衍那》相比。殊不知，吴承恩之《西游记》和《取经诗话》以及《西游记》杂剧相比已发生了脱胎换骨的变化，孙悟空的形象比其原型高大许多。如果拿杂剧和印度史诗比较，反而可以发现一些端倪。

我们可以看一下孙行者与哈奴曼的特征。《西游记》杂剧孙行者的前身来源于《取经诗话》中的猴行者。而幻化的人形是"一白衣秀才"，自称是"花果山紫云洞八万四千铜头铁额猕猴王"。不光是他，从无支祁起，似乎猿猴的外表形象都颇知书达礼。如无支祁"善应对言语"，《补江总白猿传》的白猿还是个文字学家，学问更是精深，"所居常读木简，字若符篆，了不可识"。《陈巡检梅岭失妻记》的齐天大圣，也是一个"啸风吟月，醉饮非凡美酒"的风雅之士。而杂剧《龙济山野猿听经》的主人公更接近孙行者。他本来是个猿猴，且看他自己唱道：

〔南吕·一枝花〕赤力力轻攀地府敧，束刺刺紧拨天关落。推斜华岳顶，扯倒玉峰腰。怒时节海浪洪涛，闲时把江湖搅。向山林行了一遭。显神通变化多般，施勇跃心灵性巧。

〔梁州第七〕我恰才向寒泉间乘凉洗濯，早来到九皋峰戏耍咆哮。我将这苍松树上身轻跳。我却便拈枝弄叶，摘干搬条，垂悬着手脚，倒挂着身腰。一番身千丈低高，片时间万里途遥。我、我、我，也曾在瑶池内偷饮了琼浆；我、我、我，也曾在蓬莱山偷摘了瑞草；我、我、我，也曾在天宫内闹了蟠桃。神通，不小。只为我肠中有不老长生药，呼风雨逞威要。我在林下山前走几遭，常好是乐意逍遥。

这个曾经闹过天宫的猿猴在剧中先是化为落魄樵夫的读书人余舜夫，后变成秀士袁逊，其能力是"五典皆通，九经皆诵"。虽然到了杂剧中孙行者的秀才模样已不复存在，但其前身无不打上读书人的烙印。

关于这一点，胡适则认为，"《拉摩传》里说哈奴曼不但神通广大，并且学问渊深；他是一个文法大家；'人都知道哈奴曼是第九位文法作者'。《取经诗话》里的猴行者初见时乃是一个白衣秀才，也许是这位

虚幻与现实之间

文法家堕落的变相呢！"（《中国章回小说考证》）郑振铎也持这样的观点，认为孙悟空"本身似便是印度猴中之强的哈奴曼的化身"。"他是一个助人聪明的猴子：会飞行空中，会作戏剧（至今还有一部相传为他作的剧本残文存在）。"由此可见，在中印文学当中，猴子有学问这一点是相通的，虽然在杂剧和小说中特征已发生变异，但随着历史越向前推，两者的相似之处越多，更能说明中国猴子原型来自印度这一问题。

第一，关于孙行者的本事，虽然杂剧因为演出的需要，只用一些简单的提示性语言，而不像后世小说描写得那么逼真详细。但其最关键的本事还是一样的。如孙行者在李天王带天兵天将来捉拿他时，他说："小圣一筋斗，去十万八千里路程，那里拿我！我上树化作个焦螟虫，看他鸟闹。"哈奴曼是风神之子，善于跳跃。哈奴曼率猴兵寻找悉多，但到了大海边却苦于碧海辽阔无法渡过。猴子头领鸯伽陀劝众猴兵不要泄气，并建议从众猴中选出跳跃最远的猴子飞越大海。哈奴曼是公认最擅长跳跃的，结果被大家选中。他站在摩亨陀罗山上，一跃过海，来到楞伽城。变成一只猫，潜入城内，在无忧树园中发现了悉多。

第二，关于孙行者的故事，不仅是受《罗摩衍那》中的哈奴曼的影响，而且和印度的民间故事也有关系，这样可以发现文学形象在演变过程的变化、转移，以及整合其他内容的功能。在《西游记》杂剧中孙行者为救被猪八戒的前身妖猪掠去的裴女，特地设了一计，要将他拿下。孙行者说："将你女孩儿别处安顿了，我却穿了他的衣裳，在他房里坐。那魔军来时，你着他入房来，我料持他。"①晚唐段成式《酉阳杂俎》卷十二记一故事，说宁王李宪打猎，在草丛发现一个柜子，中锁一少女。少女说自己是被二恶僧劫持至此。李宪救出女子，另将一熊锁入柜中。后僧来将柜子搬入一客栈，开柜欲调戏女子，却被熊咬死。段成式其人对佛教和佛僧颇感兴趣，往来于中印之间的佛僧的事迹及轶闻趣事他都喜欢了解，该书对中印之间的文化交流记载甚多。上述故事

---

① 见隋树森编《元曲选外编》第二册，中华书局 1959 年版，第 673 页。

很可能是他在了解印度相同故事之后，为叙述方便，而改为中国式的。印度古代文献《故事海》中也有一类似故事：某镇住着一位出家人，他化缘到了一吠舍种姓人家，见到主人的女儿，便起了淫心。他骗主人说，这女儿不吉，一旦结婚就会毁掉全家，应当把她装入箱子放到恒河中漂走。主人便这样做了。出家人命徒弟到下游将箱子捞上岸。在徒弟到达之前，一个王子将箱子捞取，救出少女，并将一只猴子装进箱子。出家人得箱子后，支开徒弟，打开箱子准备行淫，却被猴子跳出来咬掉了鼻子。孙行者救裴女的行动与此是何其相似。在救助妇女方面，孙行者救裴女和哈奴曼救悉多又是何其相似。

  第三，孙行者的关键情节是"闹天宫"。它是孙行者性格和本领的集中展示。在长篇小说《西游记》里"大闹天宫"是全书的华彩篇章。被作家极力渲染。在杂剧中，孙行者自己道："喜时攀藤揽葛，怒时搅海翻江。金鼎国女子我为妻，玉皇殿琼浆咱得饮。我盗了太上老君炼就金丹，九转炼得铜筋铁骨。""我偷得王母仙桃百颗，仙衣一套，与夫人穿着。今日作庆仙衣会也。"因为孙行者破坏了上界的秩序，于是李天王"点八百万天兵，领数千员神将"，同时带上三头六臂的哪吒太子，前来捉拿孙行者，但被孙行者戏弄一番。最后只得靠观音之力，将其压在花果山下。哈奴曼闹魔宫也和这一故事相似。哈奴曼想试一试罗波那的力量，于是大闹无忧树园，杀死卫士。罗波那大惊，派罗刹来捉拿哈努曼。魔王的儿子因陀罗耆用梵箭擒住哈奴曼，把他带到魔王驾前。魔王想杀哈奴曼。他弟弟维毗沙那加以劝阻。他哥哥接受了他的意见，认为不应该杀使者，只能惩罚。于是在魔王宫中，小妖们用破布条和棉絮缠住哈奴曼的尾巴，泡在油中，然后点火烧着。猴子拖着带火的尾巴，满城窜跳，全城陷入一片火海之中。哈奴曼乘机逃出，又跳过大海，回到摩亨陀山上。这两个情节相似，虽然其间未必有必然联系，但是可以看出来，中印两国人民对猴子顽皮、爱窜上窜下、偷东西、捉弄人的习性观察是一样的。所以，塑造出来的猴子个性有很多近似之处。

  第四，关于猿猴性淫，喜欢美色这一点，孙行者和哈奴曼也有共同之处。钱锺书在其《管锥编》中曾谈到这个问题。他说："猿猴好人间女色，每窃妇以逃，此吾国古来流传俗说，屡见之稗史者也。……张华《博物志》卷九：'蜀中南高上有物如猕猴，名曰猴玃，一名马化。伺行道妇女有好者，辄盗之以去，而为室家。'《太平广记》卷四百四十四《欧阳纥》（出《续江氏传》）记大白猿窃纥妾，先已盗得妇人三十辈；……《类说》卷一二引《稽神录·老猿窃妇人》、《古今小说》卷二《陈从善梅岭失浑家》、《剪灯新话》卷三《申阳洞记》皆踵欧阳纥事。"并且钱氏还引用了莎士比亚剧本中的一句骂人话"像猴子一样好色"（Yet as lecherous as a monkey）以此来说明东西方对猴子的看法是一致的。在《西游记》杂剧里孙行者确实保持有这样的特点。

该剧在孙行者出场时就说明他把金鼎国王之女摄在花果山紫云洞为妻，整个是一个恶猴的形象。被唐僧收为徒弟，好色的毛病依旧不改，满嘴污言秽语，只不过因为头上戴着金箍儿，才不能放肆。在女人国如入宝山却空手而回，非常失望，他告诉唐僧道："师父，听行者告诉一遍：小行被一个婆娘按倒，凡心却待起。不想头上金箍儿紧将起来，浑身上下骨节疼痛，疼出几般儿蔬菜名来：头疼得发蓬如韭菜，面色青似蓼芽，汗珠一似酱透的茄子，鸡巴一似腌软的黄瓜。"而就是这样一个猴行者，在成了唐僧徒弟之后，从掠人妻女的妖怪，变成了救女子的好汉。在《西游记》杂剧里共有两起抢妻的事，一为孙行者，一为猪八戒，抢妻之后，总有人来救，前者为李天王、哪吒和观音，后者是孙行者。但总的故事模式是一样的。在这里孙行者既扮演了抢人妻女的妖怪，又扮演了救人于危难之中的侠义者的形象，非常具有两面性。

而在《罗摩衍那》中这一故事比较单纯，哈努曼就是一位有着侠肝义胆的猴子，面对着被十首罗刹王（Ravana）抢走妻子而陷入极大痛苦的罗摩，哈奴曼纵身越过大海，见到悉多，带回她的信物。最后作为猴军中最勇猛的大将与罗刹王开战，终于取得胜利。虽然说中国的猿猴故事中的猿猴本性多变好淫，与哈努曼有较大的区别，但中国的猿猴传说继承了哈努曼扶危济难的模式，在本质上有近似之处。

总之，孙行者和哈努曼是诞生在两种不同的文化背景之下光彩夺目的艺术形象，尽管我们难以找到确凿的资料证明两者的联系，可是其相似的特征又使我们不得不进行一系列的猜想与论证，这就是不同文化特有的魅力所在。

4. 承前启后的《西游记》杂剧
——兼论与小说人物的异同

《西游记》杂剧上接《三藏法师传》和《取经诗话》，并吸收了民间传说的可取之处，汇成了《西游记》杂剧这部戏剧鸿篇巨制，杂剧的出现使取经故事更加趋于定型，其中的关键情节和人物以后在小说《西游记》里也都出现了，可以说《西游记》杂剧是一部承上启下的作品。

刘荫柏认为："这部规模巨丽的神话剧，比《取经诗话》内容情节和艺术成就都大大地前进了。首先把《取经诗话》中的'白衣秀才'猴行者，变成灵活、狡黠、勇猛又有野性的孙行者，而且保留了较古传说的痕迹。"（《西游记发微》，第22页）《西游记》杂剧里孙行者本事已比《取经诗话》的猴行者大了许多倍。在《取经诗话》里他偷了仙桃，西王母就可以将其制服。到了杂剧里李天王父子的天兵神将也奈何不得他，最后观音出马才把他压在花果山下。杂剧通过这一情节来展示佛法的威力。唐僧救了孙行者之后，他却想吃唐僧，恶习未改。他道："好个胖和尚，到前面吃得我顿饱，依旧回花果山，那里来寻我。"观音见他"凡心未退"，便降落云端说："通天大圣，你本是毁形灭性的；老僧救了你，今次休起凡心。我与你一个法名，是孙悟空。与你个铁戒箍，皂直裰，戒刀。铁戒箍戒你凡性，皂直裰遮你兽身，戒刀豁你之恩爱。……玄奘，你近前来。这畜生凡心不退，但欲伤你，你念紧箍儿咒，他头上便紧，若不告饶，须臾便刺死这厮。"只有观音有办法来约束他，戒其吃人好色的本性。还有关于孙行者的出身，杂剧中，孙行者自称"一自开天辟地，两仪便有吾身"，有"弟兄姊妹五人"。在这里孙行者和原来传说中的猿猴还没有分离彻底，并且兄弟姊妹俱全，世俗味道极浓。在小说中，孙悟空的出身就大不一样了，他是一个破石而出的天产石猴，使孙悟空成了一个活脱脱的大自然之子，身上的世俗气荡然无存。这样，作者就可以将孙悟空的形象塑造得近乎完美。虽然身上也有不少毛病，但为了取经这一伟大的事业，他是不辞辛苦，不避凶险，勇往直前的。

在《西游记》杂剧里，作者用一本的篇幅写了玄奘的身世。这是大异于《取经诗话》的，因为《取经诗话》对玄奘的身世只字未提。杂剧作者之所以这样写，是以创作主体为前提的，在这里，玄奘是全剧的主角，孙行者乃是辅佐他取经的次要人物，所以，对主要人物的来历，要给观众一个完整的交代。并且，玄奘被其母放入漆盒顺江漂走，被金山寺的长老救下，作者也有所本。在"宋人周密《齐东野语》中有'漆盒盛儿浮江中'故事，写某郡有人船行江上，遇盗被杀，妻子被占，只生数月的小儿被放在漆盒里，抛至江上。十余年后，被强人占有的妇人于一寺院中，遇到被自己弃江而获救的儿子，于是母子二人报官雪耻"。另外，这个情节也"似乎兼采唐人传奇《郑德璘》（《太平广记》卷一百五十二）和《陈义郎》（《太平广记》卷一百二十二）的故事"（《西游记发微》，第22页）。当然，杂剧有关玄奘身世的直接源头，还是我们前述的宋元戏文《陈光蕊江流和尚》。到小说《西游记》，玄奘的地位已降至次要地位，作者全力刻画的是孙悟空，关于孙悟空出世及大闹天宫的内容作者用了六回描写，从这两部作品的前边对主人公身世用力的不同来看，玄奘的形象由神化到成为被嘲笑的对象，已反映出作者思想及时代的嬗变。用有的研究者的话说："由《三藏法师传》中的超凡入圣，一变而成宋元取经故事中的亦凡亦圣，再变而成世本《西游记》中的肉眼凡胎。"（张锦池《漫说西游》，人民文学出版社2001年版，第27页）其原因是宋元之际，作者写唐僧还是对他以崇敬的心情讴歌他长驱万里取经的感人事迹，而到了明代，唐僧取经成了孙悟空故事的铺垫，此唐僧已非彼唐僧也。

还有猪八戒，这位在中国人心目中好吃懒做，滑稽诙谐的艺术形象主要是因为小说《西游记》的塑造才在老百姓的心目中扎下根的。杂剧和小说中的猪八戒除了好色这点相同之外，其他都大相径庭。在杂剧中，猪八戒还有很浓的妖魔鬼怪的强盗色彩，知道裴女的父亲因未婚女婿家贫欲要悔婚，于是就扮作朱公子去骗裴女。孙行者知道后，欲将其擒下，无奈猪八戒武艺高强，最后只得求助于二郎神及其细犬才将其制服。成了唐僧的护法弟子之后，小说中的猪八戒虽一路"色心未泯"，但始终没有破过色戒。杂剧却不同，他到了女人国，却大破色戒，和女人国的女人做起爱来。这也难怪猪八戒，寡人有疾，这是他的老毛病。就连德行高如玄奘者，在女王紧逼下，差点就范，被毁了法体，如不是韦驮搭救，一世英名将毁于一旦。所以，猪八戒会这样实属正常。

沙和尚在杂剧中的出现是在猪八戒之前，但作者只用了半折的篇幅来描写他归依玄奘的过程。与猪八戒所占用的四折篇幅相比悬殊甚大。这和后世小说中任劳任怨、脾气温和的沙和尚相仿。地位远不如猪八戒，形象也不如猪八戒的生动。《取经诗话》中没有沙和尚，只有其前身深沙神，曾两度吃了取经人，遇到玄奘师徒后，手托金桥让其师徒通过。有诗云："一堕深沙五百春，浑家眷属受灾殃。金桥手托从师过，乞荐幽神化却身。"《西游记》杂剧发展了《取经诗话》，说他曾九度吃了发愿西天取经的人，本来是个恶魔的形象，但又说他"非是妖魔，乃玉皇殿前卷帘大将军，带酒思凡，罚在此河，推沙受罪"。深沙神是佛经中的神将，唐代不空译《深沙大将仪轨》，收入《大正大藏经》第二十一卷"密教部"。有的研究者认为，玄奘前去西天取经的路上，遇到戈壁沙漠，因此演化为沙漠，似牵强附会。沙和尚在唐僧徒弟中的形象是唯一没有动物色彩的，在刻画方面，有时难以像孙行者和猪八戒那样个性鲜明。杂剧苍白的表现也限制了小说的创作，同样，沙和尚在小说中的地位位居第四，难以给人留下深刻的印象。

此外，在《西游记》杂剧问世前后，跟取经或其中人物有关的戏剧出现很多，用当下时髦的话讲，成了一种戏剧现象。刘荫柏先生对此有详细统计。根据锺嗣成《录鬼簿》和贾仲明《录鬼簿续编》载有：杨显之《刘泉进瓜》、李好古《巨灵劈华岳》、张时起《沉香太子劈华山》、高文秀《木叉行者锁水母》、须子寿《泗州大圣淹水母》、吴昌龄《哪吒太子眼睛记》、《鬼子母揭钵记》、锺嗣成《宴瑶池王母蟠桃会》、郑廷玉《崔府君断冤家债主》。黄丕烈编《也是园藏书目》"古今杂剧"栏下元代无名氏作品有：《龙济山野猿听经》《二郎神醉射锁魔镜》。清·无名氏编《传奇汇考标目》别本二十五"元传奇"栏内载有：无名氏《魏征斩龙王》、《崔府君》和《江流和尚》戏文。在元明间或明初出现了无名氏《二郎神锁齐天大圣》《猛烈哪吒三变化》等杂剧（《也是园藏书目》"神仙"类）。如此众多的与西游有关的戏出现，使广大民众对唐僧取经故事有了深刻的了解，正是在西游故事这块肥沃的土壤上，直接催生了长篇小说《西游记》的出现。

七 "神佛道化戏"对社会现实的反映

文学是社会现实的反映,"神佛道化戏"就是从另一个角度反映社会,从而使人们对元代社会尤其是宗教方面的情况有所了解。吴梅曾说,元杂剧"大率假仙佛任侠里巷男女之辞,以抒其磊落平之气"。"不平之鸣"固然是元杂剧创作与兴盛的主要原因,但也不可否认元代知识分子以神佛道化戏来反映其宗教观,以及用神佛道化戏自娱娱人的行为。

1. 潇洒风流与境遇凄惨
——元代知识分子的生存状态

首先,我们看一下佛教戏中知识分子的状况,元代的知识分子在这里分为两类,一是虽然仕进,但却因仕途险恶,怀才不遇,于是笑傲山水,嘲风弄月;一是"沉抑下僚,志不获展"(胡侍:《真珠船》),因而走投无路,生活凄惨。《花间四友东坡梦》写的是北宋时苏东坡的轶事,但元剧作家内心深处是以苏东坡那种洒脱自如的风格来标榜与自况的。剧中对苏东坡携妓白牡丹到庐山问禅津津乐道,一会儿是唇枪舌剑,机锋相斗。一会儿则以妓引诱,暗设圈套。文人那种谐谑风趣的作风被刻画得淋漓尽致。夏庭芝《青楼集》所列名妓八十人中,大多与当时的名士有相当密切的关系。赵孟頫、姚燧、阎复、鲜于枢、廉希宪、卢挚、刘时中、史天泽等人都与妓女歌舞谈谑，赠诗写词，而且有的还与杂剧有着密切的关系。如《青楼集》所记名妓与文人之间的交往：

（张怡云）能诗词，善谈笑，艺绝流辈，名重京师。赵松雪、商正叔、高房山，皆写《怡云图》以赠，诸名公题诗殆遍。姚牧庵、阎静轩，每于其家小酌。

（曹娥秀）京师名妓也。赋性聪慧，色艺俱绝。一日鲜于伯机开宴，座客皆名士。鲜于因事入内，命曹行酒。适遍，公出自内，客曰："伯机未饮。"曹亦曰："伯机未饮。"客笑曰："汝以伯机相呼，可为亲爱之至。"鲜于佯怒曰："小鬼头，敢如此无礼！"曹曰："我呼伯机便不可，却只许尔叫王羲之也。"一座大笑。

从以上可知，文人与妓女之间的密切关系。其中通过与妓女之间的交往，还对杂剧有了更深的认识。至元年间曾在元朝中央和地方政府中历任重要官职的胡紫山就是一位爱和艺人交往，对著名杂剧艺人极其钟爱的人。其有关杂剧的诗，被清人纪昀讥为"以阐明道学之人，作媟狎倡优之语，其为白璧，有不止萧统之讥陶潜者"（《四库全书总目提要》集别集类十九）。所谓"媟狎倡优之语"中的一篇《赠宋诗序》就把杂剧所能反映的范围及演员的重要性都给予肯定："近代教坊院本而外，再变而杂剧。既谓之杂，上则朝廷君臣政治之得失，下则闾里市井父子兄弟夫妇朋友之厚薄，以至医药卜筮释道商贾之人情物性，殊方异域风俗语言之不同，无一物不得其情，不穷其态。以一女子而兼万人之所为，尤可以悦耳而舒心思，岂前古女乐之所拟伦也。"（《紫山大全集》卷八）短短几句，把杂剧超越从前技艺而占有的划时代的位置，很简单而中肯地道了出来。有这样一批吟风弄月、思想放达的知识分子，欣赏并理解杂剧，那么以艺术的形式来展现自己的心态，刻画自己的形象就是自然而然的事了。因此，面对着是侧身官场还是出家隐居这样的抉择，他们心里是极度矛盾的。在《东坡梦》中，苏东坡与佛印关于为官和出家优劣的一段对话，就相当典型：

（东坡云）……这为官的，吃堂食，饮御酒，你那出家的，只在深山古刹，食酸馅，捱淡斋，有什么好处？〔正末唱〕虽然是食酸馅，捱淡斋，淡只淡淡中有味，想足下纵有才思十分，到今日送的你前程万里。（东坡云）舌为安国剑，诗作上天梯。（正末云）蚤难道舌为安国剑，诗作上天梯。你受了青灯十年苦，可怜送得你黄州三不归。

这是出世与入世矛盾碰撞的产物，是对社会高压束缚不满情绪的宣泄，带有对黑暗社会否定和批判的性质。

上边所述只涉及元代知识分子的一部分，而绝大多数知识分子已沦入社会的底层，"门第卑微，职位不振"（锺嗣成：《录鬼簿》）。他们政治上受压抑，经济上受贫困，直至卖儿鬻子。《龙济山野猿听经》这部戏就是两种知识分子共同得到表现的混合体。龙济山有根器的野猿幻化两次，一次是樵夫余舜夫，一次是为官的袁逊，他们代表两类知识分子，最后都觉得世事险恶，愿意出家。余舜夫悲愤地说："想俺这读书的空有经纶济世之才艺，铲的在此穷暴之中，好是伤感人也呵"。"空学得五典皆通，九经背诵，成何用？铲的将儒业参攻，受了十载寒窗冷，不能勾治国安邦朝帝阙，常只是披露带月似檐中。""聪明的久困在闲，愚蠢的爵禄封。"而郑廷玉的《看钱奴》中的秀才周荣祖的境遇就更惨，一家三口，去投亲访友，沿途讨饭过活，周荣祖在冰天雪地之中，不禁感叹道：

〔端正好〕路难通，家何在？乾坤老山也头白。四野冻云垂，万里冰花盖。肯分我三口离乡外。〔滚绣球〕似银沙漫了山海，琼瑶砌世界，玉琢成九街阡陌，粉妆成十二楼台。似这雪韩退之马鞍心冷怎当，孟浩然驴背上冻下来，剡溪中禁回了子猷访戴。三口儿敢冻倒在长街！把不住两精腿千般战，这早晚十谒朱门九不开，冻饿难捱。〔倘秀才〕饿的我肚里饥少魂失魄，冻的我身上冷无颜落色。这雪飘在俺穷汉身边冷分外。雪深遮脚面，风紧透人怀，忙把手揣。

这可以说是最落魄的知识分子的写照。他衣不蔽寒，食不果腹，为了给儿子求得一条生路，只得卖给一个所谓的"好人家"。周荣祖仅仅是我们在元杂剧中看到的那些走投无路的知识分子中的一位，他们不得不卖诗鬻字，投亲靠友，充当佣工，借债卖子，求食讨饭，以致造成"儒人不如人"的感叹在元杂剧中屡屡可见。在中国古典文学作品中，没有任何一个时代的作品能够像元杂剧这样把知识分子的遭遇写得如此悲惨，而这种描写正是元代知识分子的地位特别低下这一历史现象的真实反映，带有鲜明的时代特点与普遍性，因而即使在佛教戏中，也同样将知识分子的苦况给描绘出来。

2. 难得皈依与宗教迷狂

马致远在创作道化戏时，对现实生活进行了细致的观察，对被点化入教的人以及道教对社会生活的影响，都做了生动的描绘。首先，我们先看一看像任屠入道后那种迷狂状态，可知马致远的创作并非向壁虚构，还是有丰厚的生活依据的。《任风子》中的任屠从一个杀猪贩肉的屠夫到皈依全真的信徒，其发展经历是令人感兴趣的。当代有的元杂剧的研究者认为任屠皈依后的行为状态与前期酒后敢于杀人的任屠相比显得非常突兀。其实，这正是马致远的高明之处，很多人入道之后，已不能以常人的行为标准来衡量他们。任屠本来是甘河镇屠户中的头领，当马丹阳化的一方人都不吃荤而改吃素时，任屠为了保住他们这一行人的饭碗决定将马丹阳杀掉。他是个粗鲁、大胆的蛮夫，认为自己完全有能

七 "神佛道化戏"对社会现实的反映

力干掉马丹阳：

> 想着我扑乳牛力气全，杀劣马心非善。但提起身轻体健。俺两个若还厮撞见，不着那厮巧语花言，遮莫你驾云轩平地升仙。将我这摘胆剜心手段展，须直到玉皇殿前，撞入那月宫里面，我把他死羊般拖下九重天。

尽管是粗鲁莽撞，但他还是有点小小的滑头。当他的妻子拼命劝他不要去杀马丹阳时，任屠却话头一转，问："你莫不养着那先生来？"弄得妻子无话可说。接着他又婉转欺骗道："那先生和我往日无冤，近日无仇。我没来由杀他怎的。那庄里有几个头口儿，我则怕别的屠户赶了去。我只推杀那先生，其实赶头口去。"巧妙支开自己妻子后，他还是坚定不移地去杀马丹阳。

然而，马丹阳高超的法术使任屠奈何他不得。反而被马丹阳点化入了道。对尘世生活有所悟，认为"若不是我参透玄机，则这利名场，风波海，虚眈了一世"。当他妻子来寻时，则休了妻子。最不可思议的是，竟将自己的亲生儿子给摔死了，以示自己与世俗社会的决绝。并且说：

> 由你死共死，活共活。我二则二，一则一。我休了娇妻，摔杀幼子，你便是我亲兄弟，跳出俺那七代先灵，将我来劝不得。

由此可见，宗教力量的强大。其实，从古至今，执迷于某种道术的人，像这种处于毫无理智的迷狂的人并不鲜见，尽管马致远对神仙道化处于欣赏状态，但无情的社会现实又使他在直面这一问题的时候，自觉不自觉地将其化为笔端下的形象。

其次，通过马致远的描绘，也可看出，全真道的影响如火如荼，对人们的正常生活都有所干扰，很多人赖以为生的工作也不能正常进行。

《任风子》一开始就以甘河镇的屠户们生意因马丹阳的到来而被搅乱这一矛盾冲突为开端,将这一尖锐的问题提了出来。众屠户说:"近新来不知是那里走的个师父来,头挽着三个丫髻,化的俺这一方之人,尽都吃了斋素。俺屠行买卖都迟了,本钱消折。"于是找任屠来商量对策。因此任屠认为,"搅人买卖,如杀父母",决定将马丹阳杀死,以除后患。

《岳阳楼》一剧也存在同样的问题。劝人入道并非易事,很多人原来都按照固有的生活轨迹运行,让人抛家舍业去寻仙访道这个决心非常难下。所以,道中高人只能在选择好了物件以后,用死缠活磨的办法,迫使该人就范。吕洞宾到了郭马儿的茶店,一会儿要喝这样的茶,一会儿要喝那样的,并且喝每道茶还有这样那样的讲究。然后就是喋喋不休地宣讲他的教义。搞得郭马儿生意也做不成,像躲避瘟神一样躲着他。郭马儿自己道:

> 自从见了那师父,但合眼便见他道:郭马儿,跟我出家去来。我可人生怎生出的家。我如今不卖茶了,在这岳阳楼卖酒。我今日打点些按酒去。我不往前街上去,怕撞着那师父,我往这后街里去。

但是,终究还是躲不了,连酒也卖不成。

3. 生活惨状与世态炎凉

第一,元代贫富的对立和封建剥削是异常严重的。贫富的对立主要是统治阶级集团上层造成的。以蒙古贵族为核心的元朝统治集团,他们把持着从中央到地方的各级统治机构,凭着手中的权力,贪婪地掠夺人民的财富。由于元朝统治者是从游牧民族转变而来,面对比他们千里牧场富庶得多的中原大地,贪婪的本性迅速暴露出来,皇帝和贵族肆无忌惮地积聚财富并影响了他们的下属。时人指出:"官吏奸贪,盗贼窃发,士鲜知耻,民不聊生,号令朝出而夕更,簿书斗量而车载。庠序不

七 "神佛道化戏"对社会现实的反映

立,人材无自出之由;律令不修,官府无常守之法。舍真儒,用苛吏,弃大本而求小功,定中国而事外责,取虚名而获实福。"(刘埙:《元贞陈言》,《隐居通议》卷三一)官吏贪赃愈演愈烈。不仅贵族和官吏处于经济的上层,汉族的地主也同样有着极大的利益。在蒙古灭金和元灭南宋的过程中,元朝统治者对汉族地主采取了利用和保护的政策,因此,汉族地主阶级在金元和宋元之际,虽然有一部分因改朝换代衰落了,但另一部分降蒙降元的地主不但维持了原有的经济地位,而且还扩大了私有经济,集中了更多的土地,即所谓"江山易"而"其势不衰"。有的则依靠新的政治势力成为暴发新兴地主。这些富豪遍据全国。山西繁峙王家,"田园沃壤,水陆之利甲一州"(《山右石刻丛编》卷三,《繁峙王民世德之碑》);河北真定关家,"于乡有田千亩,岁收万钟"(苏天爵:《关德聚墓碑铭》,《滋溪文稿》卷二);山东东平王家,在大德七年(1303)时一次出米千余石,布五百匹赈济间中贫民(苏敏中:《王泽歌序》,《中庵集》)。南北地主富豪不仅占着广大土地,而且还仗势经营着旅店、商铺、作坊、质库、船舶运贩等,席卷"水陆之利"。郑廷玉的《看钱奴》在写贾仁时说:"有万贯家财,鸦飞不过的田产,物业油磨坊,解典库,金银珠翠,绫罗缎匹,不知其数。"这是对当时富豪的真实描写。而元代老百姓之苦是空前的。他们的境遇每况愈下,尽管他们日夜辛勤耕织,但是,繁重的赋税,沉重的差役,高利贷的剥削,等等,使他们落得"囊中无钞瓮无粟"。严峻的贫富不均的现实必然被反映到元杂剧中。《忍字记》中的刘均佐,是一个"贪饕贿赂,悭吝苦克,一文不使,半文不用"的吝啬鬼,"我只共钱亲人不亲",手狠心狠,"平时不是个慈悲人,每常家休道是冻倒一个,便冻倒十个,我也不管他"。他就是这样聚集着财富,在社会转型时期,中国传统的伦理道德被冲得七零八落,而新的社会风范又没有建立起来,所以这种丑恶的事层出不穷。在这种时代背景下,老百姓就是累死累活,生活也难以为继。《来生债》中的磨博士是这样叙述他自己的劳动过程的,"我清早晨起来,我又要拣麦,磨了麦了要簸麦,簸了麦又淘麦，淘了麦又要撒和头口"。从早到夜，不停辛苦，累得实在难以支持，只好用两根棒儿支起眼皮，并唱歌咀曲，驱赶睡魔，这样没命的干活，换来的只是每日二分工钱，辛苦一生，竟没见过银子是什么样子，无怪当偶然得到庞居士赠送的一锭银子后便不知放到哪里好，揣在怀里梦见人抢，放在缸里梦见水淹，放在灶窝梦见火烧，埋在门限下梦见人耙、刀砍、枪扎。有了银子，却连觉也睡不成了。在插科打诨之中，隐含了多少辛酸的眼泪。

第二，比较突出地暴露了高利贷和金钱所带来的罪恶。元代的高利贷盘剥，比任何朝代都厉害，这是由于商业资本和官僚富豪资本结合的产物，使高利贷的发展随同原始的资本积累，成为齐头并进的现象。而当时的典当业的兴隆，也与此有重大关系。据记载："斡脱官银者，诸王妃以钱借人，如期并子母征之，元初谓之羊羔儿息。"（《新元史·食货志》）羊羔息是一种年息加倍的高利贷，在这种高利贷的逼迫下，"债家执券，日夕取偿，至于卖田业，鬻妻子，有不能给者"（《元遗山文集》卷二十六）。在元杂剧中，多处写到高利贷给穷苦人民造成的痛苦。这类戏有《相国寺公孙罗汗衫》、《钱大尹智勘绯衣梦》、《风雨像生货郎担》和《合同文字》等。而《窦娥冤》之所以能成为"感天动地"的大悲剧，尽管与官吏贪污、狱刑黑暗和恶霸横行的原因有关，但高利贷的剥削也是诱发悲剧产生的一个重要原因。神佛道化戏同样把这一重大社会问题反映到作品中来。《来生债》中的李孝先，说了这样一段宾白："小生前者往县衙门首经过，见衙门里面绷扒吊拷，追征十数余人，小生上前问其缘故，那公吏人道是欠少那财主钱物的人，无的还他，因此上拷打追征。"李孝先因欠庞居士银两无力归还，见此情景后竟然给吓病了。在这个剧本中还讲到，庞居士家中的牛、马、驴骡，都是前生欠了他的债，今生变为牲畜来偿还。这景象真是令人心惊目骇！庞居士来到喂牲口的地方，听到里边在讲话：

（驴云）马哥，你当初为什么来？（马云）我当初少庞居士的十五两银子，无的还他。我死之后，变做马填还他。驴哥，你可为什么来？（驴云）我当初少庞居士的十两银子，无钱还他，死后变做个驴儿与他拽磨。牛哥，你可为什么来？（牛云）你不知道，我在生之时，借了庞居士钱十两，本利该二十两，不曾还他，我如今变一只牛来填还他。

剧作者用颇为夸张的，带有宗教色彩的手法写出来，其实还是对高利贷的有力控诉。

元代的商业资本抬头之后，逐渐从封建的生产关系中解脱出来，商人的地位稳步上升，金钱的罪恶也慢慢暴露出来。命途多舛的才子与沦落风尘的妓女的恋爱正在绸缪缱绻、如胶似漆之际，往往因一个商人的闯入而买动鸨母的心。才子则因囊空金尽，无法与商人抗衡，只好与自己的所爱惨然分手。如《青衫泪》中的茶商刘一郎财大气粗地说："小子久慕大名，拿着三千引茶，来与大姐焙脚，先送白银五十两，做见面钱。""随老妈要多少钱，小子出得起。"所以郑振铎在《论元人所写商人士子妓女间的三角恋爱剧》中说："元这一代的经济力量是怎样强固的爬住这些戏剧、散曲，而决定其形态，支配其题材的运用之情形，也可于此得见之。"因此，知识分子对金钱的罪恶及在社会上决定一切的伤害更是描写得淋漓尽致，深恶痛绝。《来生债》中指出金钱"无钱而尊，无势而热。排金门，入紫闼，危可使安，死可便活，贵可使贱，生可使杀。是故非钱而不胜，幽滞非钱而不拨，冤仇非钱而不解，令闻非钱而不发"。"这钱所使作的仁者无仁，恩者无恩，费千百才买的居邻。这钱呵将嫡亲的昆仲绝了情分。""无钱君子受熬煎，有钱村汉显英贤，父母兄弟皆不顾，义断恩疏只为钱。"这些曲词和莎士比亚《雅典的泰门》里关于金钱的独白对比毫不逊色，有异曲同工之妙，这说明在封建时代商业经济发展的初期，对金钱产生的罪恶认识这一点上，东西方是完全相通的。

"神佛道化戏"还描绘了世态炎凉，人情冷暖以及败坏了的元代社会风气，元代的法制比较混乱。这不是说元代没有一部可以遵循的法律，因为帝王往往"临时裁决"，"任意而不任法"（《元史·刑法志》），故有法也没有用。帝王任意，产生两个极端，一是残酷的专制，一是不依法的宽纵。元代属于后者。因此官僚衙门纷杂，官员各自为政。犯罪的人得不到惩处，人们把朝廷的法令视同儿戏，恃强凌弱。鉴于这种情况，郑介夫在给尚书省的上书云："国家地广民众，古所未有，累朝格制，前后不一，执法之吏，轻重任意。"他建议，"请自太祖以来所行政令九千余条，删除繁冗，使归于一，编为定制"（《续通志》卷一百四十七）。但事实上这个建议没有实现。在元代这种社会政治气候下，好人与坏人都可以进行充分表现，强者可以为所欲为，弱者只能遭受欺凌，美丑不分，这都给剧作家的创作提供了丰富的素材。

第三，元朝的建立，还彻底结束了宋末"儒风骤盛"的局面（《墙东类稿》卷十二《中大夫江东肃政廉访使孙公墓志铭》），把两宋惨淡经营的理学体系荡涤一空。在元初统治者看来，"儒者之说，急于所缓，高而迂，滞而疏……不能成事"（《青容居士集》卷三十三）。这种贬斥固然带有征服者的野蛮落后的味道，客观上却也刺中了宋儒侈言道统，恪守师说的弊端。儒的神圣外衣一旦被剥去，以往所遵奉的"父子君臣，天子之定理"（《河南程氏遗书》卷五）的纲常伦理观念自然就会发生动摇，尽管这是对中国封建桎梏的一种反拨，但在人们的思想无所依托的时候，也必然使社会道德丧失殆尽。在法制不严，道德无准的社会状况下，人与人那种融洽的社会关系被破坏了。人情淡薄、忘恩负义，杀人越货的事情层出不穷，就连对自己的亲属，也能干出伤天害理的勾当来。面对如此丑恶的社会现象，元剧作家无能为力，只有用因果轮回、一报一应的思想对此进行狠狠的诅咒。

我们从这些剧中可以看到一幅幅令人发指的画面。在元代，不管是农村还是城市，不管是外出还是居家，也不管是奴婢、农民、商人甚至某些官吏，人们的生命财产都没有保障，有"国初，盗贼充斥，商贾不能行"（《元文类》卷五十七）的说法，《朱砂担》中的强盗白正，路遇外出经商的王文周硬要一起做生意，光天化日之下，他蛮横凶恶无人敢惹。王文周胆战心惊，逃不开，甩不掉，终于被他害了性命，他夺了朱砂，杀了王父，霸占了其妻子。这样一个杀人凶手，连鬼力也因"他十分凶恶，所以不敢近他"。在家庭纠纷中一些人更狠毒。《神奴儿》中的王腊梅为了分家产，竟气死其兄李德仁，勒死侄儿神奴儿，并将其嫂陈氏诬陷下狱。这使我们看到封建社会的家庭关系是如何沉浸在利己主义的冰水之中的，封建伦理秩序和封建道德也开始发生了危机。《忍字记》则刻画了忘恩负义的小人。刘均佐在雪中救起洛阳人刘均佑，并认他为兄弟。但刘均佑不讲信义，趁刘均佐出家之际，与其妻私通。刘均佑在佛的干预下，一"忍"了事，可以看出剧作家对世风日颓、人心不古的时代无可奈何。还有一点，随着元代商业经济的繁荣，人情淡薄，拜金主义统治了一切。在《看钱奴》第三、第四折里，周荣祖的儿子改名为贾长寿，到庙里烧香，遇见已沦为乞丐的周荣祖夫妇，大耍"钱舍"的威风，将亲生父母毒打，赶出庙门。最后，经中人陈德甫撮合，父子相见，周荣祖不肯认打过自己的儿子，贾长寿便"与他一匣子金银，只买一个不言语"。在真金白银面前周荣祖尽释前嫌，与儿子重归于好。这表明有了钱，就能任意妄为，甚至可以买回父子之情。

社会风气的败坏一般都是从社会上层和官府开始，对于这些作恶多端的人，作家只有靠宗教的力量希望他们能幡然悔悟，走上正道。《吕洞宾度铁拐李岳》中的岳寿是郑州的六案都孔目，是一个具体的办事人员，用他自己的话说，"这为吏的，若不贪赃，能有几人也呵！"对当吏的一支笔的厉害，深知其中的奥妙：

> 想前日解来强盗，都只为昧心钱买转了这管紫霜毫。减一笔教当刑的责断，添一笔教为从的该敲。这一管扭曲作直取状笔，更狠似图财致命杀人刀。出来的都关来节去，私多公少，可曾有一件儿合天道？他每都指山卖磨，将百姓画地为牢。

就是这样一个事理都明白的人，在整个环境影响下，也不免骄横跋扈，当吕洞宾激怒他之后，他就威胁道："我要禁持你容易，只消得二指阔纸提条。"当他与张千谈起如何整治韩魏公时，真是办法多多。尽管作为一员"能吏"的岳寿只是说说而已，并没有真正实施，但从这段对话，也可以看出吏制腐败之一斑。暗访的官员受到的待遇足以反映出普通老百姓是如何受官吏压迫的。在作家眼里岳寿是"迷却正道"的人，"做六案都孔目，瞒心昧己，扭曲作直，造业极多"。最后在吕洞宾的引领下，"拜辞了人我是非乡，拂掉了满面尘埃。名缰利锁都教剖，意马心猿尽放开。也只怕尊师怪，远离尘世，近访天台"。走上了成仙的路。

4. 生活图景与世俗民情

在描述社会生活方面，"神佛道化戏"也透露出一些有价值的资讯。如《吕洞宾三醉岳阳楼》中郭马儿以开茶坊为生，在这茶坊中就不仅仅有茶叶沏的茶，它还有其他丰富的饮品。吕洞宾在郭马儿茶坊，共点了三种饮料，有木瓜汤、杏汤和酥佥。汤主要由药材制成，也有用果品制成蜜饯或研成末或熬成浆，加开水冲开饮用。此风从宋时开始盛行。当家中"客至，多以蜜饯渍橙，木瓜之类为汤饮客"（《南窗纪谈》）。酥佥则是在茶中加进酥油，这是元时蒙古统治中原，其生活方式影响汉人饮茶习惯的事例。吕洞宾拿到酥佥后，问："郭马儿，你这茶里无有真酥？"看来茶里面是否放了真酥油是衡量这盏茶品质好坏的关键。

还有一种食品，元杂剧中经常提到，神佛道化戏也不例外，《西游记》"村姑演说"一折中，长安城外的老张因村里的王二、胖姑儿去城里看送玄奘西行的壮观场面去了，说："等他们来家，教他们搬演与我听，我请他吃分合落儿。"合落又称饸饹、合酪。是北方的一种食品，它是由荞麦"治去皮壳，磨而为面，摊作煎饼，配蒜而食。或作汤饼，

七 "神佛道化戏"对社会现实的反映

谓之'河漏',滑细如粉,亚于麦面,风俗所尚,供为常食"(《农书·百谷谱集之一·荞麦》)。荞麦性寒,北方多有种植,元朝时山西北部、内蒙古南部,还有大都、上都周围的农村都种荞麦。合酪就是将荞麦面揉成面团后,放进木桶状带有网眼的圆槽中,用木棍挤压成面条后煮着吃。这种食品,笔者少年时还在食用。合酪煮熟后放上葱花、韭菜,吃起来非常筋道。所以,剧里最后唱道"米凡子面合落儿带葱韭"。指的就是加芝麻酱带葱花、韭菜。看来这种食用方法从古至今都无多大变化。荞麦面不易消化,像吃了荞麦面合酪,感觉"饱而有力,实农家居冬之日馔也"(引见同上)。合酪不见于南方,虽说江南亦有荞麦,但江南人则将荞麦"磨食,溲作饼饵,以补面食"(引见同上)。虽然,杨景贤上辈移居浙江钱塘,但作为蒙古人的他对北方的生活习惯依然熟悉。

还有娱乐活动,神佛道化戏也有反映,《月明和尚度柳翠》就拿娱乐用具来比喻柳翠的命运,这里边提到的有围棋、双陆、气球。围棋在元代很流行,关汉卿就曾说过自己会围棋,会双陆。李文蔚《破苻坚蒋神灵应》杂剧也称:"棋乃尧王制,相传到至今。手谈消郁闷,遣兴过光阴。"一般认为是比较好的消遣工具。元人有诗赞道:"儒臣春值奎章阁,玉陛牙牌报未时。仙杖已回东内去,牡丹花畔得围棋。"(柯九思:《宫词一十五首》,《草堂雅集》卷1)

再说双陆,双陆据说是起源于印度的一种游戏,唐代在中国盛行,南宋统治下的江淮以南地区,人们几乎不玩双陆。但在辽金统治的北方,仍很流行。元朝,双陆又成了一种民间时尚娱乐,从宫中到民间,双陆随处可见。类书《事林广记》中载有双陆的规则及其由来,并有双陆的图形和下双陆的图画。双陆和其他棋类一样,有盘,长方形。玩者分为黑、白双方,每方各十二路,中有门、左、右各六路,"双陆"之名即由此而来。比赛时,先掷骰子,然后根据骰子上的点数行走。所以月明和尚见到骰子装作不明白,问:"这两块骨头唤做什么?"柳翠回答:"这个唤做色数儿。"指的就是骰子。作者还通过月明和尚之口

· 169 ·

对骰子做了一番描述：

> 哦，一不唤做一，唤做么。我记着，我记着。二对着五，二双属阴，五单属阳，上下也是阴阳相对着。三对四，四双属阴，三单属阳，上下也是阴阳相对着。

然后，通过此，对柳翠的命运做了一番议论。说柳翠就像骰子一样，"自从有点污，抛掷到今生"。

《月明和尚度柳翠》提到的还有一项娱乐活动就是气球。柳翠在第三折中说："母亲，将过气球来，我和师傅踢一抛咱。"这里说的气球，指的就是古代常举行的体育项目蹴鞠。据考，蹴鞠在战国时就已出现，唐、宋时期是各阶层喜闻乐见的一种运动。《水浒传》对高俅因擅踢一脚好球而势压朝野的故事加以描绘。元代，蹴鞠仍然流行，关汉卿在自传式散曲《不伏老》，就提到自己"会蹴鞠"，并且他还在《斗鹌鹑·女校尉》里说："散闷消愁，惟蹴鞠最风流。"邓玉宾在《村里迓鼓·仕女圆社气球双关》中提到"似这般女校尉从来就少，随圆社常将蹴鞠抱抛"。这说明蹴鞠的普及程度，就连风月场也把它作为一种消遣的运动。

在《西游记》"村姑演说"一折中，作者以村姑之口把热闹的社火表演生动地描绘出来。如说做院本的，是"笑一声打一棒椎，跳一跳高似田地"。用剧中人的话说："这是做院本的。"还有踩高跷的，剧中人唱道："一个汉木雕成两个腿。见几个回回，舞着面旌旗，阿剌剌口里不知道甚的。"还有提线傀儡，"一个人儿将几扇门儿，做一个小小的人家儿"。"黑墨线提着红白粉儿，妆着人样的东西。"这里说的院本，大概是短的滑稽戏。陶宗仪说："院本、杂剧，其实一也。国朝院本、杂剧始厘而二之。"（《南村辍耕录》）杨景贤提到的院本和元杂剧已区分开来，元杂剧已成完整成熟的戏剧样式，而院本则还是沿袭宋代杂剧内容，包括各种杂项节目。在元明杂剧中仍有些滑稽打逗片段，就

七 "神佛道化戏"对社会现实的反映

是把院本搬进杂剧中表演。如《西厢记》第三本第四折开头"洁引太医上,双斗医科范了"。一般都是讲请医生看病时,都要进来一位庸医插科打诨。在《西游记》里叙述的棒槌打人,一般是由副末击打副净,以引人发笑。这在套曲《庄家不识勾栏》中同样可以得到印证:

> 教太公往前那(挪)不敢往后那,抬左脚不敢抬右脚,翻来覆去由他一个。太公心下实焦躁,把一个皮棒槌则一下打做两半个。

至于说踩高跷,也是宋元之际民间社火表演的常见项目,《都城纪胜·瓦舍众伎》就有"上竿、打筋斗、踏跷、打交棍、脱索、装神鬼、抱锣"等技艺。而木偶即傀儡演出在宋元也不鲜见。在宋代共出现5种傀儡:悬线傀儡、杖头傀儡、水傀儡、药发傀儡和肉傀儡。其中悬线傀儡和杖头傀儡比较普遍。《东京梦华录》《都城纪胜》《梦粱录》对各种傀儡均有详细的记载。如吴自牧《梦粱录·百戏伎艺》曰:

> 凡傀儡,搬演烟粉、灵怪、铁骑、公案、史书历代君臣将相故事话本,或讲史,或作杂剧,或如崖词。如悬线傀儡者,起于陈平奇解围故事也。今有金线卢大夫、陈中喜等,弄得如真无二,兼之走线者尤佳。更有杖头傀儡,最是刘小仆射家数果奇,大抵弄此,多虚少实,如巨灵神、姬大仙等也。其水傀儡者,有姚遇仙、赛百哥、王吉、金时好等,弄得百伶百悼。兼之水百戏,往来出入之势,规模舞走,鱼龙变化夺真,功艺如神。

由此可见,此时已出现了不少木偶名家,并且各有传长。这种传统一直保持到元代。如元代文人圆至有《观傀儡》诗云:"锦裆丛里斗腰妓,记得京城此夕时。一曲太平钱罢舞,六街人唱看灯词。"足以说明当时的盛况。

5. 沦落风尘与逃离苦海

元杂剧中的神佛道化戏还表现了妓女的生活状况。虽然说神佛道化戏反映妓女的作品主要说明高僧或仙道度人于苦海的目的，但是客观上反映了元代妓女的实际情况。元代大量妓女的出现有多种多样的原因，或因为经济破产，生活难以为继；或因为世风日颓，道德沦丧；或因为社会动荡，朝不保夕，世人今朝有酒今朝醉的思想作祟。如此等等，不一而足。面对这一状况，妓女现象就不可避免地出现在作家视野当中。元代作家创作出了大量以妓女为主角的戏，神佛道化戏也不例外。

据《马可·波罗行记》载，在元代，仅大都就有妓女25000人，其中当然不包括那些"不隶于官，家居而卖奸"的"私科子"（谢肇淛《五杂俎》卷之八《人部四》）。元人夏庭芝的《青楼集》记述了当时才艺出众的100多名青楼女子的生活片段。这些沦落风尘的女子，她们大都有不幸的身世，家庭贫穷，卖笑求欢。姑娘们一旦身入"乐籍"，特别是成了"上厅行首"，就会受到官府的更多压迫。由于她们色艺双全，官吏们常以"唤官身"之名随意招来承宴佐酒，寻欢作乐。《度柳翠》就多次提到"唤官身"一词。柳翠夜里做一怪梦，本欲求人寻问，"争奈唤官身"而不得为之。杨景贤的《马丹阳度脱刘行首》第二折中也提到刘行首常被唤官身，其母亲说道："我这孩儿吹弹歌舞，吟诗作句，拆白道字，顶真续麻，件件通晓。官人每无俺孩儿，不吃这酒。官身可也极多。"元代青楼极多，这和官府把此当成消遣的场所有关。并且把招唤妓女给了一个冠冕堂皇的称呼"唤官身"，这样无疑助长了整个社会的狎妓之风。

另外，按照妓院的一般情况，"妓之母多假母也"（《北里志》"泛论三曲中事"条）。更为残酷的是，迫使这些女子追欢逐笑的，是她们的生身之母，这也是元代娼妓制度奇特的现象。《两世姻缘》里韩玉箫的母亲说："老身许氏，夫主姓韩，是这洛阳城个中人家，不幸夫主早

七 "神佛道化戏"对社会现实的反映

亡,止有一个亲生女儿,小字玉箫,做个上厅行首。"① 上述柳翠的母亲可能也是亲生的。这些亲生母亲对女儿的敲诈,与其他鸨儿相比并不逊色。虽然韩玉萧生生死死钟情于韦皋,但其母嫌韦是个穷秀才,用激将法巧妙地将其赶走。"韦姐夫,不是我老婆子多言,你忒没志气,如今朝廷挂榜招贤选用人才。对门王大姐家张姐夫,间壁李二姐家赵姐夫,都赴选登科去了,你还只在俺家缠。俺家爱你那些来,不过为着这个醋瓶子,不争别人求了官来,对门间壁都有些酸辣气味,只是俺一家淡不剌的。知道的便说你没志气,不知道的还说俺家误了你的前程。"其实,这些鸨母喜欢的是"颇有些钱钞,人皆员外呼之"的豪富之辈。如《刘行首》中唱道:"见一面半面,弃茶船米船;着一拳半拳,毁山田水田;待一年半年,卖南园北园。我着他白玉妆了翡翠楼,黄金垒了鸳鸯被,珍珠砌了流水桃源。"来的全是有实力的人物。《度柳翠》中的牛员外一次就拿出"一千贯钞与大姐权做经钱"。当月明和尚劝说柳翠出家,她母亲就骂道:"你看这个风和尚,俺女孩正好觅钱,如何教他出家,你快出去。"② 从这里我们可以看出元代的道德沦丧到何等程度,笑贫不笑娼,非常坦然地面对自己女儿所操职业,并无什么内疚的心情。所以对妓女的态度,大多数不像关汉卿描写妓女时有那样的思想深度,他们一方面将士子和妓女的交往当作风流韵事津津乐道;另一方面,饱受侮辱与损害的妓女却又被他们视为诱人堕落的渊薮而大加鞭挞。"妓女则只有任人摆弄、评说的份儿,毫无辩白的权力,她们没有社会地位,沦为被排斥在社会之外的一群。"③ 正是存在了像大批富豪与书生这样的买方市场,所以才会有元代如此多妓女出现。很多号称"幼习儒业,博览群书"的书生,就颇好此道。如《两世姻缘》的韦皋自白:"生来酷好花酒,不能忘情。先年游学至此,幸遇大姐韩玉箫不弃,做了一程夫妻。"《刘行首》中开解典铺的商人林盛说:"这里有个

---

① 藏晋叔编:《元曲选》第三册,文学古籍刊行社 1955 年版,第 971 页。
② 藏晋叔编:《元曲选》第四册,文学古籍刊行社 1955 年版,第 1340 页。
③ 黄克:《关汉卿戏剧人物论》,人民文学出版社 1984 年版,第 77 页。

上厅行首刘倩娇,我和他作伴。我一心待要娶他,他有心待要嫁我。争奈有老婆在家,和他生了一儿一女,我因此不好说得。""不若娶将他来,则在外面住,岂不美哉!"① 这是士子和商人的典型。还有我们前边提到的《花间四友东坡梦》中的白牡丹也是一个典型,据称她是"白乐天之后",落难成为一名歌妓,被苏轼带上去"魔障""一代文章之士"佛印禅师,但最后失败了,知识分子就是这样行为放荡不羁,荒诞不经,把妓女当作自己调笑取乐的工具。最后苏东坡终有所悟,佛印禅师也浅尝辄止,收到皆大欢喜的效果。而他们此时却忘掉了对别人心灵的摧残。

然而,最为可悲的是妓女对自己的悲惨命运认识不到,而别人又把她们作为罪恶的渊薮加以指责,并且还要让仙道神佛引出迷津,度脱成仙。《度柳翠》中的柳翠被月明和尚三番五次劝说摆脱这种生活与他出家时,柳翠心里极为矛盾,她觉得自己年轻,"正好觅钱",加上有牛员外这样的人们供养,还真有点舍不得。特别是她母亲从中作梗,更坚定了她不出家的想法。这是受娼妓制度毒害极深的人麻木不仁的心理。因此不觉其苦,也没什么抗争的意识,她与关汉卿笔下的杜蕊娘有天壤之别。杜蕊娘痛恨自己陷身的卖俏生涯,"我想一百二十行,门门都好着衣吃饭,偏俺这一门,却是谁人制下的,忒低微也呵!"因此她与秀才韩辅臣一见钟情,希望借此来实现自己逃脱苦海的理想。而月明要度脱柳翠就是怕她惹下祸害,玷污圣僧,劝说、恐吓、威胁,用尽了种种手段,但也道出了一些妓女的苦衷。比如月明和尚将柳翠比为气球,用意十分深刻:

〔么篇〕郎君每心闲时将你脚上踢,兴阑也络在纲裹里,端的个不见实心,但听抛声,尽是虚脾。有一日,臭皮囊,褪了口元阳真气,柳翠也,早闪下你这褪胞儿便死心塌地。

说明妓女只是人家手上的玩物,一旦人老色衰,就像褪气的臭皮囊,无

---

① 藏晋叔编:《元曲选》第四册,文学古籍刊行社1955年版,第1327页。

人再理了。

6. 以小见大与专注描摹
——关于《蓝采和》的个案研究

在神佛道化戏里，《汉钟离度脱蓝采和》是一个不可多得的特例，该剧写汉钟离度脱杂剧艺人蓝采和的故事，反映了元杂剧的演出以及家班的组织情况，这在元杂剧史料不多的情况下，至为珍贵。

首先我们可以从剧中看到，这是一个家庭戏班，蓝采和是许坚的艺名，即这个家班的主要演员。家庭其他成员有"浑家喜千金，所生一子是小采和，媳儿蓝山景，姑舅兄弟是王把色，两姨兄弟是李簿头"。完全由自己的子女和亲戚组成。他们的行当分别是：许坚，末。末，又称末尼，是戏班的首领。吴自牧《梦粱录》曰："杂剧中末泥为长。"喜千金，旦。小采和，俫儿。蓝山景，外旦。王把色和李簿头，净。因笔者在第五章"神佛道化戏中'八仙戏'研究"中已经谈及，在此不再赘述。

再看勾栏和演出之前的安排。戏班在城市演出，须在勾栏进行，此次许坚在洛阳演出，就是在梁园棚内一勾栏做场，而负责管理事务的，就是王把色和李簿头，他们既当演员，又当剧务。所以，一上场就要把勾栏门打开，还要管理勾栏里的秩序。但汉钟离进的勾栏，却不守规矩，随意坐下，所以王、李二人要让他到观众区去。汉钟离耍赖不走，他们对许坚说道：

> 我方才开了勾栏门，有一个先生坐在乐床上。我便道：先生，你去神楼上或是腰棚上那里坐，这里是妇女每做排场的坐处。

这里提到几个概念，"乐床"、"神楼"和"腰棚"。关于乐床，一种观点认为是妇女演奏乐器所用。杜善夫《庄家不识勾栏》描写道：

> 见几个妇女向台上坐,又不是迎神赛社,不住的擂鼓筛锣。

即是妇女坐在乐床上,击鼓打锣,以吸引看客。这在民间戏班中,可以经常见到,开演之前,妇女们坐在台上,一是展示戏班的阵容,一是用女演员来招徕看客,这种情况,在完全商业化的情况下,不难理解。就是在今天,国外的大马戏团到某一国家的城市演出,常常进行全城巡游活动,这时女演员是活动的主角。还有现在的一些民间剧团,依旧用色情等幌子吸引观众。元·高安道《嗓淡行院》散套有更详细的说明:

> 〔七煞〕坐排场众女流,乐床上似兽头。栾睃来报是些十分丑。一个个青布裙紧紧的兜着奋老,皂纱片深深的裹额楼,棚上下把郎君溜。

同时,也可以通过此来引得一些浮浪子弟看戏。元·睢玄明《咏鼓》散曲"排场上表子偷睛望,恨不得街上行人将手拖",说的就是这个意思。

再说腰棚、神楼。剧中讲得并不清楚,可能是观众席。神楼大概是正对着舞台的座位,腰棚则是两边稍低一点的座位。《庄家不识勾栏》写的"咱入得门上个木坡,见层层累累团圆坐,抬头觑是个钟楼模样,往下觑却是人旋窝。见几个妇女台上坐,又不是迎神赛社,不住的擂鼓筛锣"。钟楼可能是观剧最佳位置,所以很显眼,其他则是或站或坐的观众了。而台上坐的妇女,也印证了女演员坐乐床的事实。

演剧之前,还要做一下宣传,贴一下广告,即该剧讲的"招子"。"昨日贴出花招儿去,两个兄弟先收拾去了。"因为招子是彩色纸书写的,所以也叫"花招儿"。这种情况在其他剧目和散曲中也有描述:

> 今早挂了招子,不免叫孩儿出来,商量明日杂剧。(《宦门子弟错立身》)
>
> 正打街头过,见吊个花碌碌纸榜,不似那答儿闹攘攘人多。

(《庄家不识勾栏》)

除此之外,还要将道具和匾额拿出来。蓝采和在演出前告诉王把色,让他做一些事:

>　　(云)王把色,你将旗牌、帐额、神帧、靠背都与我挂了者。(净云)我都挂了。(正末唱)一壁将牌额题,一壁将靠背悬。(云)有那远方来看的见了呵,传出去说,梁园棚勾栏里末尼蓝采和做场哩。(唱)我则待天下将我的名姓显。

旗牌大概是为了渲染气氛,在勾栏门口和戏台周围插上彩旗。帐额就是悬在舞台上方的横幅。如元代壁画上的"尧都见爱大行散乐忠都秀在此作场",将班社主演的名字写上去,做突出宣传。还有神帧、靠背等也都是和演出有关的器物,前者可能是明应王殿壁画中描叙的演员背后的一幅帛画,可能是戏班供奉的神像。靠背可能是演出服装。小说《水浒传》"插翅虎枷打白秀英"一回,写行院白秀英作场,勾栏门首挂着许多帐额,"旗杆吊着等身靠背",就是指的演出服装,现在戏曲服饰仍用大靠、靠旗等语,估计是从此衍生而来。

戏班不仅要有出色的演员,还要有看家的剧目,这样才能立于不败之地。从蓝采和与钟离权的对话当中可知,蓝采和文武兼备,是一个能戏甚多的演员。蓝采和唱道:

>　　我做一段于祐之金水题红怨,张忠泽玉女琵琶怨。(钟云)你做几段"脱剥"杂剧。(正末云)我试数几段脱剥杂剧。(唱)做一段老令公刀对刀,小尉迟鞭对鞭,或是三王定政临虎殿。(钟云)不要。别做一段。(正末唱)都不如诗酒丽春园。
>　　〔天下乐〕或是雪拥蓝关马不前。

这里作家写的剧名并非杜撰，皆有所本。《于祐之金水题红怨》，是李文蔚所作杂剧名，该剧演于祐之、韩翠萍故事，已佚。《张忠泽玉女琵琶怨》，庾天锡作，今佚。钟离权让蓝采和演的"脱剥"杂剧，就是武戏。或曰"脱膊"。朱权《太和正音谱·杂剧十二科》中有"铍刀赶棒"类，注云"即脱膊杂剧"。凡此种武戏，常需脱去上衣，赤膊交战，故此得名。老令公刀对刀，演的可能是杨家将故事。小尉迟鞭对鞭，《元曲选》有无名氏《小尉迟将斗将认父归朝》，当指此剧。《三王定政临虎殿》，也是一杂剧名。未见著录。《诗酒丽春园》，在元剧中有数部同名剧目。高文秀有杂剧《黑旋风诗酒丽春园》，可能演水浒故事，现已佚。王实甫有《诗酒丽春园》杂剧，今佚。另外，庾天锡名下也有与高文秀同名的剧作，亦佚。不知蓝采和演出的是那一部。雪拥蓝关马不前指的是无名氏的《韩退之雪拥蓝关记》杂剧，演韩愈和韩湘子的故事。剧本今存残曲。由此可见，蓝采和所演剧目均是作家精心撰写的。并且，蓝采和自己也说出剧作家创作的重要性。他说："若逢对棚，怎生来妆点的排场盛，倚仗着粉鼻凹五七并，依着这书会恩官求些好本令。"意思是讲若唱对台戏，要有书会才人写的好剧本才行。

此外，蓝采和之所以走上逃脱世俗的道路，直接诱因是在生日做寿之际，被"唤官身"，因去迟了，还遭处罚，于是万念俱灰，跟钟离权学道去了。所谓"唤官身"就是艺人被官府叫去支应官差，"唤官身"一般都是尽义务，服侍不到位，"误了官身"，是不得了的事。前边提到的《刘行首》一剧就演绎了此事。关汉卿的杂剧《谢天香》和《金线池》也反映了这一现实。元剧之所以有这么多的剧目反映这一问题，说明此风在元代愈演愈烈，成了艺人身上一项沉重的负担。《蓝采和》关于唤官身的对话就是一个典型的例子：

（正末云）又是谁唤门哩？（祗候云）大人唤官身哩。（正末云）我今日好的日头，着王把色去。（祗候云）不要他，要你去。（正末云）着李簿头去。（祗候云）也不要他。（正末云）着王把色引着妆旦色去。(祇候云)都不要,只要你蓝采和去。(正末云)我正是养家二十口,独自落便宜。罢,罢!我去官身走一遭去。

在这里,蓝采和步步退让,都不行。他先是让两个净角去,接着突破底线让王把色领着女演员去,但都没被答应。最后只得亲自出马,但是见了官员,还是差点被打一顿:

(做见跪科,孤)你知罪么?不遵官府,失误官身!拿下去,扣厅打四十!准备大棒子者!

正是被这种屈辱所压抑,蓝采和才毅然决然地抛弃一切,出家去了。他在最后的演唱,可以说把这种心迹表白得很清楚:

再不将百十口火伴相将领,从今后十二瑶台独自行。我那时财散人离陪下情,打喝处动乐声,戏台上呼我乐名。我如今浑不浑浊不浊醒不醒。蓝采和泼声名贯满城,几曾见那扮杂剧乐官头得悟醒。

当然,元杂剧的神佛道化戏对现实生活的反映不仅仅就是以上几点,笔者只是选取其中的几个方面,以期通过它们对元代社会有进一步了解。

八 结语:在虚幻与现实之间徘徊

元杂剧作为一代之文学,其所涵盖的内容是包罗万象的,它的生成、发展以至走向顶峰,都由它内在的规定性与历史的逻辑性决定的。从现存的元剧剧本和存目中,"神佛道化"戏几乎占整个元杂剧的七分之一,有这么多的作家写出这么多的作品,这是个不能不令人思考的问题。只有把这一问题研究清楚,才会了解到元代作家在表现清官断狱、妓女苦况、爱情婚姻、民族压迫等问题的同时,会利用神佛鬼道这些东西来充实自己的创作,使丰富多彩的元杂剧染上更加瑰丽摇曳的风姿。

为什么元杂剧作家会在现实的世界之外,去构筑一个虚幻的世界来度脱俗人,使之成佛成仙,这是因为现实世界有很多事是作家茫然而无法解决的问题。正像马克思对宗教的经典论断:"宗教里的苦难既是现实的苦难的表现,又是对这种现实的苦难的抗议。宗教是被压迫生灵的叹息,是无情世界的感情。"(马克思《黑格尔法哲学批判》见《马克思恩格斯选集》第一卷上,第2页,以下出自这篇文章的引文均见该书1—15页)正是因为宗教有这种功能,元剧作家虽然对宗教的认识还处在模糊状态,但是他们如马克思所说,"宗教批判使人摆脱了幻想",元剧作家对宗教主要是依赖,还缺乏清醒的批判精神,宗教依然是很多人的精神支柱。也就是说,"当人还没有开始围绕自身旋转之前,它总围绕着人而转"。因此马克思认为最重要的就是"彼岸世界的真理消逝以后,历史的任务就是确立此岸世界的真理"。反之,此岸世界的真理没有确立，在纷纭混乱的社会，宗教也能暂时抚慰人们的心灵。元杂剧的主体思想体系属于儒家文化系统，但很早以来，儒家的世界观和艺术观就与佛、道渗透。三者一起成为构筑中国思想文化的三个支柱。比如说印度佛教于东汉魏晋之际在中国传播时，就有一个汉化的问题。其一重要主张"无我"在轮回业报说中就缺少一个承载主体，由于注释者发挥了肉体有生死，灵魂永不泯灭的中国思想，于是根据灵魂不灭的因果轮回业报说成了以后中国佛教区别于印度佛教的一大特征。继而禅宗兴起，佛教更成了中国化的宗教，封建士大夫对其的嗜好已不亚于对科举的追求，慢慢成为修身养性的一种手段。因此有"两宋诸儒，门庭径路半出于佛老"（全祖望《题真西山集》）的说法，就连理学大师朱熹也有这样的自述："某年十五六时，亦尝留心于禅。"（《朱子语类》卷一零四）但他遗憾的是"于释氏之说，盖尝师其人，尊其道，求之亦切至矣，然未能有得"（《朱子文集》卷三十）。正是佛道对中国知识分子的影响，所以，元剧作家通过宗教戏剧为在现实社会遭受苦难的人们打开一条通往理想世界，或者说是彼岸世界的途径。

然而，理想的天国和虚幻的世界毕竟离人们太遥远、太缥缈，在他们笔下自然宣泄出对现实社会的不满。他们用另一种眼光去审视现实，从而思考着、忧郁着、彷徨着、苦恼着，渐渐变得不合时势，不满现状，似乎有一个永恒的东西在他们心头躁动着，召唤他们既有目的又没有目的地前进。但是在严峻的现实面前，理想化的倾向却往往会使这些知识分子陷入某种巨大的精神痛苦之中。在理想的阐述和追求中，他们越来越超越世俗社会，融入虚幻的世界中，从此岸与彼岸，现世与未来，世俗社会的人间烟火与远离尘嚣的清幽雅境，人生的适意与自我的体认角度去启发人们思考，让人们心领神会，顿开茅塞。从而对世界，对人生的内在意蕴有整体性的认识。但是这种认识是艰难的，《忍字记》和《任风子》就写了刘均佐和任风子从尘俗走向永恒世界的艰苦历程。

对虚幻世界的向往是因为现实世界过于污浊。马克思在批判宗教的虚幻性时，特别强调，打破这种虚幻，使人民对社会现实有一个更清醒的认识。他说："废除作为人民幻想的幸福的宗教，也就是要求实现人民的现实的幸福，要求抛弃关于自己处境的幻想，也就是要求抛弃那需要幻想的处境。因此对宗教的批判就是对苦难世界——宗教是它的灵光圈——的批判的胚胎。"马克思在这里已经把其本意表述得非常清楚，对宗教的批判只是对苦难世界批判的"序幕"，人们之所以会笃信宗教，那是因为现实的苦难与麻烦无法驱离与排遣才造成的。宗教戏剧也不例外，度脱戏的神仙每次要度脱人时，被度脱者恋着尘世不肯出家，这时，神仙们总是制造一些"恶境头"，让被度脱者知世道艰难险恶，恍然大悟。

　　元杂剧中之所以会产生如此多的宗教剧目，是因为元代的社会现实问题在生活中无法解决，作家通过宗教戏剧抒发抑郁之气，以其在戏剧构成的虚幻世界中使自己的心灵得到舒展。同时，由于宗教与生俱来的仪式色彩和庄严成分，使宗教戏剧在描绘虚幻世界的同时又形成了其自身的庆贺特点以及由庄严到极致而演化成的谐趣风格，这又具有很强的现实性。我们不妨这样说，现实的苦难引导人们走向虚幻，而虚幻的世界又和现实社会有丝丝缕缕的联系，元剧作家正是在虚幻与现实的徘徊中，寻找着自己的前路。

　　这大概是元杂剧神佛道化戏给后人留下的印象和遗产。

主要参考证引书目

A. Berriedale Keith, *The Sanskrit Drama*, Motilal Banarsidass Publishers Pvt. Ltd., 1992.

The Travels of Marco Polo, Wordsworth Editions Limited, 1997.

邓绍基主编:《元代文学史》,人民文学出版社 1991 年版。

方立天:《佛教哲学》,中国人民大学出版社 1986 年版。

傅惜华:《元代杂剧全目》,作家出版社 1957 年版。

葛兆光:《禅宗与中国文化》,上海人民出版社 1986 年版。

葛兆光:《道教与中国文化》,上海人民出版社 1987 年版。

郭朋:《宋元佛教》,福建人民出版社 1981 年版。

郭朋:《坛经导读》,巴蜀书社 1987 年版。

韩儒林主编:《元朝史》,人民出版社 1986 年版。

胡士莹编:《弹词宝卷书目》,上海古籍出版社 1984 年版。

黄克:《关汉卿戏剧人物论》,人民文学出版社 1984 年版。

季羡林、刘安武编选:《印度两大史诗评论汇编》,中国社会科学出版社 1984 年版。

季羡林主编:《印度古代文学史》,北京大学出版社 1991 年版。

赖永海:《中国佛性论》,中国青年出版社 1999 年版。

李春祥:《元杂剧史稿》,河南大学出版社 1989 年版。

李修生:《元杂剧史》,江苏古籍出版社 1996 年版。

李修生等编：《元杂剧论集》，百花文艺出版社1985年版。

[日]镰田茂雄：《简明中国佛教史》，上海译文出版社1986年版。

廖奔：《宋元戏曲文物与民俗》，文化艺术出版社1989年版。

刘荫柏：《西游记发微》，台湾文津出版社1995年版。

刘荫柏：《元代杂剧史》，花山文艺出版社1990年版。

刘荫柏编：《西游记研究资料》，上海古籍出版社1990年版。

马书田：《中国佛教诸神》，团结出版社1994年版。

孟元老等：《东京梦华录·梦粱录·都城纪胜·西湖老人繁胜录·武林旧事》，中国商业出版社1982年版。

幺书仪：《元人杂剧与元代社会》，北京大学出版社1997年版。

蒙思明：《元代社会阶级制度》，中华书局1980年版。

牟钟鉴、张践：《中国宗教通史》，社会科学文献出版社2000年版。

倪钟之：《中国曲艺史》，春风文艺出版社1991年版。

浦江清：《浦江清文录》，人民文学出版社1958年版。

（宋）普济：《五灯会元》，中华书局1984年版。

[日]青木正儿：《元人杂剧概说》，中国戏剧出版社1957年版。

卿希泰、唐大潮：《道教史》，中国社会科学出版社1994年版。

卿希泰主编：《中国道教史》（三），四川人民出版社1993年版。

任继愈选编，李富华校注：《佛教经籍选编》，中国社会科学出版社1985年版。

邵曾祺编著：《元明北杂剧总目考略》，中州古籍出版社1985年版。

沈尧：《戏曲与戏曲文学论稿》，中国戏剧出版社1986年版。

史卫民：《元代社会生活史》，中国社会科学出版社1996年版。

（明）宋濂撰：《元史》，中华书局1976年版。

隋树森编：《元曲选外编》，中华书局1959年版。

谭正璧著，谭寻补正：《话本与古剧》，上海古籍出版社1984年版。

（元）脱脱等撰：《宋史》，中华书局1977年版。

王国维：《宋元戏曲考》，见《王国维戏曲论文集》，中国戏剧出版社

1984 年版。

王树英编:《中印文化交流与比较》,中国华侨出版社 1994 年版。

文渊阁:《四库全书》电子版,武汉大学出版社 1997 年版。

吴毓华编:《中国古代戏曲序跋集》,中国戏剧出版社 1990 年版。

(明)吴元泰等:《四游记》,上海古籍出版社 1986 年版。

(明)熊木木:《杨家将演义》,宝文堂书店 1980 年版。

徐扶明:《元代杂剧艺术》,上海文艺出版社 1981 年版。

徐沁君校点:《新校元刊杂剧三十种》,中华书局 1980 年版。

徐征等主编:《全元曲》,河北教育出版社 1998 年版。

严北溟:《中国佛教哲学简史》,上海人民出版社 1985 年版。

杨季生:《元剧的社会价值》,文通书局 1948 年版。

游国恩等主编:《中国文学史》(三),人民文学出版社 1964 年版。

(明)臧晋叔编:《元曲选》,中华书局 1958 年版。

张庚、郭汉城主编:《中国戏曲通史》,中国戏剧出版社 1980 年版。

张广保:《金元全真道内丹心性学》,生活·读书·新知三联书店 1995 年版。

赵景深辑:《元人杂剧钩沉》,古典文学出版社 1956 年版。

赵景深:《中国小说丛考》,齐鲁书社 1980 年版。

中国戏曲研究院编:《中国古典戏曲论著集成》,中国戏剧出版社 1959 年版。

周育德:《中国戏曲与中国宗教》,中国戏剧出版社 1990 年版。

庄一拂编著:《古典戏曲存目汇考》,上海古籍出版社 1982 年版。

附　录

元代知识分子的心态写照

有元一代，知识分子受到空前的打击与磨难，他们像被社会无情抛掉的弃儿。破碎的国土、破碎的家园、破碎的心灵使他们形成了特有的心境：躁动与不安，悲哀与痛苦，孤独与寂寞。"于是以其有用之才，而一寓乎声歌之末，以舒其怫郁感慨之怀。"（胡侍《真珠船》）这里指的是元曲，而元曲可分为两部分，一为杂剧，一为散曲。王国维在评论元曲时说："彼以意兴之所至为之，以自娱娱人。"（《宋元戏曲考》）但是，元剧作家是有社会责任感的，其"娱人"的杂剧还需要点"高台教化"的效果。可是散曲就一无挂碍，随时发泄心中的郁闷与不平，它是元代知识分子心态的真实外化。因此我们要通过散曲对元代知识分子的心态做一番探索。以达到对元代文学更深一层的认识。

一　身处乱世的荒诞感

13世纪，中国封建社会已达到灿烂的顶峰，文学艺术以及哲学思想都出现前所未有的成就。然而蒙古统治者的铁蹄却残酷地践踏了这种文明，使整个民族产生了由汉代以来最深的郁闷。南北朝时期的纷乱，安史之乱以后的黯淡，都不能与之相比。过于严峻的客观生活，向整个中华民族提出了空前的挑战，向封建时代广大人士习惯了的理想、追求、观念、秩序提出了空前的挑战。

在这种社会条件下，元代知识分子处于水深火热之中。有一首《感兴诗》哀叹道："如何穷巷士，埋首书卷间，年年去射策，临老犹儒冠。"（陈高：《不系舟渔集》卷三）还有一首则发出疑问："儒生心事良独苦，皓首穷经何所补？胸中经国皆远谋，献纳何由达明主？"（朱思本：《观猎诗》，《贞一斋诗文稿》）这可以说是元代知识分子的真实写照与发自肺腑的心声。元代社会的黑暗，统治的残忍，科举长期废弃，文人仕进无门，从元朝统治一开始，就给知识分子这样一个现实。尽管元初征取中原，曾得儒生之力，笼络了一批如刘秉忠、郝经、姚枢、许衡等读书人，而"李璮之变"后加深了统治者对汉人的疑惧。元代还将人划为蒙古、色目、汉人、南人四等，因此，一些很有声望的文人如虞集、陈孚、程钜夫、赵孟頫等因为是南人遂遭压抑。这些为元朝统治者所用的名士尚得如此下场，那么普通知识分子沦入"九儒十丐"的悲惨情况可想而知。元代的文人基本上处于贬之唯恐不低，条条道路堵塞的困厄境遇之中。

面对这个是非不分，贤愚莫辨的社会，知识分子心中涌起层层波澜，一位不知名的诗人在〔朝天子〕《感志》中说"不读书有权，不识字有钱，不晓事倒有人夸荐。老天只恁忒心偏，贤和愚无分辨"。散曲给我们展示了一个颠倒了的世界的画面，一个个经受上千年儒学系统培养的知识分子对社会的巨大变化从身心上来讲都是难以承受的。而马致远的两首散曲《叹世》对读书、对世事都有清醒的认识：

一

叹寒儒，漫读书，读书须索题桥柱。题柱虽乘驷马车，乘车谁买《长门赋》？且看了长安回去。

二

布衣中，问英雄，王图霸业成何用？禾黍高低六代宫，楸梧远近千官冢？一场恶梦。

读书的道路难以走通！辅佐布衣英雄又有何用？六代豪华的宫殿如今都变成了废墟，那些官僚们的坟上长满了楸梧，人生就像噩梦一样，元代知识分子就是在这种社会环境下挣扎度日的，他们有一种噩梦初醒的感觉，发现读书，位于缙绅都是一种无意义的追求。在仕进无门，经济地位低下的情况下，元代知识分子觉得在这个社会没有立足之地，生活在这个尴尬的处境极为空虚，极为荒谬。

　　基于这种认识，元代知识分子随之产生荒诞感，人的信仰、希望都崩溃了。正像卡谬所说："一个能用理性方法加以解释的世界，不论有多少毛病，总归是一个亲切的世界。可是一旦宇宙中间的幻觉和光明都消失了，人便自己觉得是个陌生人。他成了一个无法召回的流放者，因为他被剥夺了对于失去的家乡的回忆，而同时也缺乏对未来世界的希望；这种人与他自己的生活的分离，……真正构成了荒诞感。"（《外国戏剧》1980年第1期）元代知识分子就是这些远离原有的生活轨道的"流放者"，因此他们颓唐消极，玩世不恭，使荒诞意识弥漫于揭示他们心曲隐微的散曲当中。而以"滑稽佻达"（陶宗仪：《辍耕录》）著称的王和卿，是追求谐谑与荒诞意识的典型代表。他的散曲〔醉中天〕《大蝴蝶》就给人一种"如灯镜传影，令人仿佛了然目中，却捉摸不得"（王骥德：《曲律》）的感觉：

　　　　弹破庄周梦，两翅驾东风。三百座名园一采一个空，谁道风流种！唬杀寻芳的蜜蜂。轻轻飞动，把卖花人扇过桥东。

这首小令一开始就用《庄子·齐物论》中庄子梦蝴蝶的典故来破题，将这只怪异的大蝴蝶做了一番描述，并无其他含义。这和作家写《嘲胖妓》《嘲王大姐浴房中吃打》《绿毛龟》等作品的怪诞的风格是一致的。从以上所引可以看到元代知识分子的心态是变形的、扭曲的，他们通过散曲这一形式来倾诉心中的郁闷，进而批判那个无理性的、混乱的、荒诞不经的社会。

二 内心深处的矛盾感

社会的混乱，礼教的崩摧，经济的畸形发展，使传统的思想文化网络，对元代的知识分子失去了约束力，他们或寄情山水，或耽恋女色，或皈依宗教，走上了不同的生活道路。

在市民阶级壮大，伦理观念淡薄，人生哲学、价值观念变化的大趋势中，元代知识分子一反传统封闭的心理习惯，放纵起来，大胆追求当世的情欲、欢乐和幸福。于是这些文人大多到街市去寻乐解闷，"嘲风弄月，留连光景"（朱经：《青楼集序》）。高安道的《嗓淡行院》套曲所说"待去歌楼作乐，散闷解愁。倦游柳陌恋烟花，且向棚阑玩俳优，赏一会妙舞清歌，瞅一会皓齿明眸，越一会闲茶浪酒"。在这种生活中，知识分子自身的劣根性也暴露出来，男尊女卑，以妇女为玩物的邪风恶习仍然存在，再加上同妓女生活本身的放荡性相结合，很容易产生青楼调笑的作风。打情骂俏，欣赏妇女的体态以追求感官的享受，甚至色情，等等，都不乏其例。张养浩以《携美姬湖上》为总题的一组〔中吕·朝天子〕就很典型，其中一首道：

> 美哉，美哉！忙解阑胸带。鸳鸯枕上口揾腮，直怎么腰肢摆。
> 朦胧笑脸，由他抢白，且宽心权宁耐。姐姐，奶奶。正好向灯前快。

将羞羞答答、半明半暗的种种欲望公开显露，显然不是在封建礼法束缚下拘谨唯诺的人们的言行。正是有这批无所顾忌的知识分子，才能找到合适的形式来倾吐内心的郁闷，使心里得到平衡和协调，这种感性形式就是元杂剧。这样，诗情勃郁的文人不再仅仅作个人情感的飘逸抒发，而是以自己艺术表现的才华点化出整块的生活实象，来大幅度地把握客观世界；同时，这种艺术形式也成了元代知识分子的轻松愉悦的天地。

然而，虽说他们在摆脱千年儒教之压后顿时有一种爽快之感，但受轻贱、受歧视的社会地位时时在提醒着他们，因此在他们放浪形骸、无所拘羁的时候，却又不时地想起自己的处境，对人生、社会产生一种悖逆心理，反其道而行之，歌颂爱情的奔放已到空前程度，将风月场中的浪漫生活极尽夸耀之能事，表现出一副顽泼之相。但在狂放自由的生活外壳下，内心世界却是极度矛盾的。关汉卿的〔一枝花〕套曲《不伏老》使我们看到了以他为代表的元代知识分子那色形斑驳却又清澈见底的心灵的波流：

〔梁州第七〕我是个普天下郎君领袖，盖世界浪子班头。愿朱颜不改常依旧，花中消遣，酒内分忧；分茶，撷竹，打马，藏阄，通五音六律滑熟，甚闲愁到我心头……

〔黄钟煞〕我是个蒸不烂、煮不熟、捶不扁、炒不爆、响珰珰一粒铜豌豆。恁子弟每谁教你钻入他锄不断、斫不下、解不开、顿不脱、慢腾腾千层锦套头。我玩的是梁园月，饮的是东京酒，赏的是洛阳花，攀的是章台柳。我也会吟诗，会篆籀；会弹丝，会品竹；我也会唱鹧鸪，舞垂手；会打围，会蹴鞠；会围棋，会双陆。你便是落了我牙，歪了我口，瘸了我腿，折了我手，天赐与我这几般儿歹症候，尚兀自不肯休。只除是阎王亲自唤，神鬼自来勾，三魂归地府，七魄丧冥幽。天那，那其间才不向烟花儿路上走！

完全是一副落拓不羁之词，关汉卿毫不掩饰自己沦入社会的底层，与被损害、被侮辱的人们生活在一起的经历，反而以夸张、嬉笑、玩世不恭的口吻写下自己在勾栏妓院中的浪漫生活。从这首套曲中可以看出，他的兴趣广泛，阅历丰富，多才多艺，并给自己下的评语是："浪子班头""锦阵花营都帅头""一粒铜豌豆"，并以我行我素、心胸旷达的性格去寻找适合自己的生活道路。因此，众多的文人就是这样走向民间，走向勾栏瓦肆，重新使自己的价值得到体认。

但他们都是多年来深受传统教育的封建文人。尽管他们在生活的激流中有一股子的反传统精神，一言一行都带着砭骨的讥刺，活脱脱地显露出一副刁顽之相。可是，他们自己一时还很难公正而自信地评判自己的历史贡献，因为他们所作所为已超越了前人因袭相传的生活模式，强烈的与世抗争的冲击力与现实社会发生碰撞，在一些作品深处体现出了知识分子的内省与自责。曾瑞的〔中吕·山坡羊〕《自叹》就是这种矛盾心情的作品：

南山空灿，白石空烂，星移物换愁无限。隔重关，困尘寰，几番眉锁空长叹，百事不成羞又赧。闲，一梦残；干，两鬓斑。

年华逝去，两鬓全斑，还是一无所成，所以感到既伤心，又惭愧。从这首散曲，可以看到这位"洒然如神仙中人"（锺嗣成：《录鬼簿》）的曾瑞的另一面。由此可见，虽然元代知识分子并不是平庸之辈，他们创造出了有别于前代的新的艺术形式，而新的艺术形式又塑造了他们，但他们并不奢望能得到历史的承认，所以难免在顽泼之中透露出缕缕苍凉的意绪与淡淡的悲哀。他们的一首首散曲就弹出了元代知识分子不宁静的内心节奏和奔涌不息的精神韵律。

三　与世无争的幻灭感

黑暗的现实，不合理的社会逼迫元代知识分子去思索究竟要采取什么样的态度去对待现实。他们面对是非不分，清浊不辨的社会，无可奈何也说"贤的是他，愚的是我，争甚么"（关汉卿：〔四块玉〕《闲适》）"绝荣辱，无是非，忘世亦忘机"（赵善庆：〔梧叶儿〕《隐居》）。并且还为自己的人生哲学找到遁词："退一步乾坤大，饶一着万虑休。"（王德信：〔集贤宾〕《退隐》）在这些表白中，有的是故作颓唐的反话，但也不可避免地涂上了与世无争、消极逃避的色彩。在这种情况下，慨

虚幻与现实之间

叹时光易逝,人生如梦的作品也时有出现"今朝有酒今朝醉,且尽樽前有限杯。回头沧海又尘飞。日月疾,白发故人稀"(白朴:〔阳春曲〕《知几》)。因此可以说,元散曲源自两种基本的精神状态,互相融合。元代知识分子既意识到事物的消逝,也意识到它的常在;既意识到人间虚假的透明度,也意识到它的混浊度;既意识到光明,也意识到黑暗。每个人都会在一瞬间确实感到人生犹如梦幻一般,他们仿佛看穿了一切,进入一个由灿烂星河组成的茫茫无垠的宇宙,整个人生,整个历史,都在这一刹那间变得无足轻重,毫无意义。而正是超越这种茫然无措的境界,才会有一种异常欣喜的感觉,才会感到生存的自由。正是在人生幻灭无常的心理驱使下,元代知识分子或"怀古"或"咏史",对历史已有定评的人和事重新审视,道前人所未能言,具体地体现出与世无争的幻灭心态。

对历史上经常得到人们好评的人物,在元代知识分子心中,自有一把衡量他们的尺子。屈原历来作为爱国者的先驱受到多少人的赞扬。司马迁不仅在《史记》中为屈原立传,极为推崇,并且以"屈原放逐,乃赋《离骚》"(《报任安书》)的精神鞭策自己。一生傲岸的李白深深敬佩屈原,他说"屈平词赋悬日月,楚王台榭空山丘"(《全唐诗》第五册)肯定了屈原的不朽。然而,元代知识分子却认为他的举动不可理解。既然世人皆混浊,屈原就应当和大家一起混浊,混浊得越厉害越好。而屈原一定要独清,那就由他清,清死也任他去。如马致远说"屈原清死由他恁,醉和醒争甚"(〔拨不断〕)张养浩也有同样的看法,他的〔普天乐〕就说明这样的问题:

> 楚《离骚》,谁能解?就中之意,日月明白。恨尚存,人何在?空快活了湘江鱼虾蟹。这先生畅好是胡来。怎如向青山影里,狂歌痛饮,其乐无涯!

张养浩责备屈原不识时务,因此"空快活了湘江鱼虾蟹",太不值得

· 192 ·

了。曲家还认为伯夷、叔齐宁可忍饥挨饿,也不食周朝的粮食,那不过白争闲气。而豫让、鉏麑、伍子胥、屈原、韩信都是因为过于贪恋功名利禄,积极谋求进身而不肯及早收心抽身,所以没得到好下场。

元代知识分子之所以会产生这样的心理,是因为他们在遭受惨痛的教训后,发觉一切努力都是枉然,顿时生出虚无幻灭感来,青史留名,尽忠尽孝,不过是徒劳地挣扎而已。而保性全真,归隐江湖,去追求修身养性、冲淡玄远的生活才是一条正路。因此,元代的曲家对功成身退的范蠡、张良、严光等人,倍加赞赏。"不为五斗米折腰"的陶潜更是他们的楷模。我们且看两首散曲:

那老子觑功名如梦蝶,五斗米腰懒折,百里侯心便舍。十年事可嗟,九日酒须赊。种著三径黄花,栽著五株杨柳,望东篱归去也!(徐再思:〔红锦袍〕)

羡柴桑处士高哉!绿柳新栽,黄菊初开。稚子牵衣,山妻举案,喜劝蒿莱。审容膝清幽故宅,倍怡颜潇洒书斋。隔断尘埃。五斗微官,一笑归来。(鲜于必仁:〔折桂令〕)

在这种心态的影响下,元代知识分子学禅问道蔚然向风,以求在林泉丘壑中找到心与自然的最佳契合点。但是,由于一味追求逃避现实的生活,冷落感随之而生。

四 远离尘嚣的冷落感

元代知识分子在无路可走的情况下,就用种种方法来解脱自己,慰藉自己的心灵。由于当时禅宗盛行,全真道教发展迅猛,于是,他们有的学道,有的参禅,有的既学道又参禅,而禅宗提倡的"本心即佛"颇为文人们欢迎。禅那种解脱一切外在羁绊,既不讲苦行,也不讲坐禅,更不要读经,追求适意人生哲学的简单易行的理论,很容易被人接受。在生活情趣上，禅宗与中国士大夫理想愿望趋于一致。这种哲学对中国知识分子的心理性格的影响是不可估量的。如卢挚的〔沉醉东风〕《秋景》，"挂绝壁枯松倒倚，落残霞孤鹜齐飞，四周不尽山，一望无穷水。散西风满天秋意"。冯子振的散曲则另有一番趣味，"长绳短系虚名住，倾浊酒劝邻父。草亭前矮树当门，画出轻烟疏雨"（〔鹦鹉曲〕《溪山小景》）。在这种环境里，元代知识分子筑起一道心理的堤防，来躲避"乱纷纷蜂酿蜜，急攘攘蝇争血"（马致远：〔双调·夜行船〕《秋思》）这样的社会的侵扰。

但是，一方面通过大自然来荡涤自己的心灵，一方面却由于不得志，无人过问而感叹唏嘘。文人的失落感非常突出。秋郊野外，游子天涯的作品频频在展示冷落寂寞的心情。如马致远的〔天净沙〕《秋思》：

枯藤老树昏鸦，小桥流水人家，古道西风瘦马。夕阳西下，断肠人在天涯。

寥寥二十八字，作者运用白描的手法，精心选取生活中常见而有特征的事物，勾勒出二幅萧索苍凉的暮秋晚景图画，并且以景寓情，抒发了羁旅天涯的游子孤寂凄楚的心情。白贲的〔双调·折桂令〕《旅怀》也有同感：

弊裘尘土压征鞍，鞭倦袅芦花。弓剑萧萧，一竟入烟霞。动羁怀：西风禾黍，秋水蒹葭。千点万点，老树寒鸦。三行两行，写高寒，呀呀雁落平沙。曲岸西边，近水涡、鱼网纶竿钓槎。断桥东下，傍溪沙、疏篱茅舍人家。见满山满谷，红叶黄花。正是凄凉时候，离人又在天涯。

王国维说"有我之境，以我观物，故物皆着我之色彩"（《人间词话》）。这首散曲通过对山边水涯的荒村及凄凉的景物的描写来触发离人的心情。而此种心情正是元代知识分子，这些被排挤出社会的人们的共同心态。

这种冷落的心情一直延续到元散曲的后期，也就是从武宗至元末（1308—1368）（见游国恩等：《中国文学史》）。这个时期以张可久、乔吉等人为代表，他们纵情诗酒，放浪山水，对现实表现出冷漠的态度。由于长期的重压，连牢骚不平之气也没有了，只有在哀叹声中怀念旧有的风物与繁华。张可久的〔越调·寨儿令〕《忆鉴湖》就展示出这样的心态：

> 画鼓鸣，紫箫声，记年年贺家湖上景。竞渡人争，载酒船行，罗绮越王城。风风雨雨清明，莺莺燕燕关情。柳擎和泪眼，花坠断肠英。望海亭，何处越山青。

此曲前半阕回忆绍兴鉴湖上龙舟竞渡的热闹景况，后半阕写当前的冷落景物和凄婉心情。两两对比，更增加了艺术的感染力。

远离尘嚣的冷落感可以说是元代文人心态的第一主调，即使豁达如关汉卿，当他从锦阵花营、书会勾栏退出来了，也时时叹息"闲快活"罢了。元散曲可以说是被社会排挤的一群知识分子的精神写照。而他们正是在这巨大的沉痛中，才能对人生、对生活产生了深沉的思索，才能够摆脱传统的因袭负担，将一代新的文艺样式搬上舞台，才能够一扫文人的酸腐习气，直开明代思想解放的先河。可以说，元散曲是元代知识分子心路历程的壮丽画卷，通过它，一代文人的辛酸、甘甜、痛苦都活生生地展现在我们面前。

1987 年 9 月 22 日于北京

论郑廷玉杂剧的语言艺术

郑廷玉,彰德(今河南省安阳市)人。生平事迹无考。仅从锺嗣成《录鬼簿》列其名于"前辈已死名公才人有所编传奇行于世者"栏中可知,他是元杂剧的早期作家。《录鬼簿》著录郑廷玉杂剧二十三种,大多不存。方家学者对其剧作的数量及留存下来的本子做了考证,一般认为现存六种比较可信,即《楚昭王疏者下船》、《看钱奴买冤家债主》、《布袋和尚忍字记》、《包待制智勘后庭花》、《宋上皇御断金凤钗》和《崔府君断冤家债主》。

长期以来,由于郑廷玉剧作的风格不像关汉卿那样慷慨激昂,因而没有引起研究者应有的注意,一些文学史、戏曲史著作,对郑廷玉虽曾提及,但都是草草而过。对于一位留存作品较多,在戏曲史上又有一定地位的作家,应当说研究是很不够的。郑廷玉杂剧的语言艺术成就比较突出,本文仅就这方面做一些粗浅的探讨。

一

郑廷玉剧作语言艺术的最大特点就是"敦朴自然"。曲论家论元曲,多将其分为本色、文采两派。郑廷玉则是本色派中尤本色者。日本学者青木正儿把本色派又细分为三种不同的风格,郑廷玉是"敦朴自然派"的代表人物。他为此做了这样的解释:"曲词最俚质而无修饰者为敦朴自然派;恰象用口语说话似的,极自然地作着曲词,而在这种地方,具有妙味。"(《元人杂剧概说》)青木正儿的评论道出了肯綮,他比较客观地说出了郑廷玉杂剧的语言特色。这种语言是把俚俗口语提炼成舞台上的诗而成的。我们知道，戏曲剧本要通过唱词来表现剧中人的思想和行为，这种唱词与其他文学语言的最大不同就是用代言体来展示人物的思想感情。日常人的思想和行为很大程度都是通过其口语表达的，但戏曲语言不等于日常生活中的口语，它是按照艺术的需要，从日常口语提炼成的戏曲舞台上的诗。作为一种诗化的戏曲语言，其重要的美学特征之一就是"本色"。古代的戏曲理论家这样总结道："词家有当行、本色二种。当行者，组织藻绘而不涉于诗赋；本色者，常谈口语而不涉于粗俗。"（冯梦龙《太霞新奏》）这同样谈到一个提炼日常口语的问题。

从郑廷玉现存的六个剧本来看，不管是叙述、描写，还是写景、抒情，也无不以本色胜。元刊本《看钱奴》的第一折，正末增福神的唱词就充分显示了这种本色的特征。

〔油葫芦〕一个胡脸儿阎王不是耍，一个捏胎鬼依正法，一个注生的分数不争差。这等人向公侯伯子难安插，去驴骡马豕刚生下。又不曾油鼎内插，剑树上踏。据他那阿鼻罪过天来大，得个人身也不亏他。

〔天下乐〕子好交披上片驴皮受罪罚。他前世托生在京华，贪财心没命煞，他油铛内见财也去抓。富了他三五人，穷了他数万家，今世交受贫乏还报他。

这里借正末增福神之口，对妄想发财的贾仁进行了奚落，说贾仁这样的油锅里见钱也去抓的人，怎么能向公侯伯子队伍里安插。这样的人富了三五个，数万家就会因而受贫穷。郑廷玉能写出一如口语的剧诗，大概和他身处下层平民地位的生活有关。郑廷玉等本色派作家，其可贵之处，就在于他们深深懂得自己是在为广大观众写戏，是在自觉地"为市井细民写心"。他们熟悉生活，了解观众，甚至与他们休戚与共，苦乐相关。因此，他们一旦掌握了杂剧这种新的、最宜于广大群众所接受的文体，便驰骋才情，把从生活中摄取的素材艺术地再现在舞台上，使整个剧作散发出浓郁的生活气息，也形成"敦朴自然"的语言风格。

郑廷玉在锤炼语言上具有以下几个特点。其一，捕捉具体、生动的形象化口语，提炼成舞台上的诗。戏曲语言的中心任务就是塑造活生生的、能打动人的舞台形象，这就要求语言具有鲜明的形象性，使观众不仅能听到，而且似乎能看到，达到真实地刻画出活灵活现的人物的目的。日常口语这座语言的宝库是丰富的，提炼那些色彩鲜明，具体可感的浮雕似的语言，才能更好地刻画人物。郑廷玉在描绘贾仁形象时写道"他前世托生在京华，贪财心没命煞，他油铛内见财也去抓"。最后一笔就生动逼真地把贾仁贪得无厌的性格描绘出来。"油铛"即油锅。至今北方还流传着类似的口语，"油锅里的钱也敢抓"，郑廷玉巧妙地提炼这种语言，既通俗，又生动。

其二，作为一种诗化的语言，不仅要具体、可感，又要给人以联想，让观众展开想象的翅膀，与作者共同完成形象的塑造。所以，选择富于想象力的口语加以提炼，也同样重要。郑廷玉把贾仁的贪财性格描述为前世就如此，又借用佛教的轮回果报说法，指出贾仁前世投胎时应该"披上片驴皮受罪罚"，因而今世"得个人身也不亏他"。这在旧时代的广大观众中间是可以引起很多联想的。这样的语言确实掺杂有迷信的成分，然而终究是以富于想象力的形象语汇，揭示了贾仁那种"富了他三五人，穷了他数万家"的致富的本质。

其三，还要赋予口语以音乐性、韵律感。剧诗具有诗的一切特点，而诗化的语言要富于音乐性、韵律感，读起来朗朗上口，唱起来圆润流畅，才能够更有力地突出剧作所包含的思想内容。要解决音乐性这个问题，就要掌握戏曲语言的声调和节奏的变化规律。本来，生活口语就包含有音乐性的因素，这就需要作家加以提炼，使之规律化。在〔油葫芦〕这支曲子里，郑廷玉用一连串排比的句子，节奏感非常强，"一个胡脸儿阎王不是耍，一个捏胎鬼依正法，一个注生的分数不争差"。另外还有对偶的上下句，"富了他三五人，穷了他数万家"。这些句式至今沿用在戏曲剧本里。

郑廷玉在编剧过程中，时时注意从生活中汲取有益的养料，将日常语言提炼成舞台上的诗，使之成为具有生动、具体、富于想象力、节奏明快、声调铿锵特色的"敦朴自然"的语言。

二

在郑廷玉现存六个剧本中，写了各式各样的人物，上至诸侯国王、文臣武将，下至穷汉邦老、贩夫走卒，他如财主富户、文弱书生、官府皂隶、市井细民、神鬼佛道，真可谓人各有面，面面不同。这就涉及一个戏曲语言的性格化问题。剧作家在为这些人物写曲词和宾白时，以生活为依据，达到"务使心曲隐微，随口唾出，说一人，肖一人，勿使雷同，弗使浮泛"（李渔《闲情偶寄·词曲部》）的要求。

郑廷玉刻画人物，首先做到了使人物的语言符合其性格逻辑。在日常生活中，由于地位、身份、经历、教养所形成的一个人的思想和性格，往往决定着一个人的语言特点。这就要求剧作家在把握人物的思想和性格特点时，能按照他的性格逻辑，去揣摩他会说些什么，又是怎么说的。即使同一类型的人物，也要写出他们的不同。贾仁和刘均佐同是看钱奴，都那么悭吝苦克，视钱如命，但贾仁令人憎恶，刘均佐则不失人情味。《崔府君断冤家债主》的主人公刘均佐救起了冻倒在雪地上的刘均佑后，向刘均佑说："你心里必道这个员外必是仗义疏财的人。你若这等呀，你差了也。您哥哥为这家私，早起晚眠，吃辛受苦，积成这个家私非同容易……"，这是个稍具人情味的看钱奴，花点钱办了点好事，又很心痛，非说出来不可。

《看钱奴》中的贾仁，却是个天良完全泯灭的家伙。他的性格就是想把天下财富都据为己有，要让他掏出一分钱比登天还难。秀才周荣祖被逼无奈将孩儿卖与贾仁，贾仁只给他一贯钞，中人陈德甫以为太少时，贾仁说："一贯钞上面有许多的宝字，你休看的轻了。你便不打紧，我便似挑我一条筋哩！倒是我一条筋也熬了，要打发出这一贯钞，更觉艰难。"买一个儿子花一贯钞比挑筋还疼，这样的吝啬鬼真可谓世间少有！剧作家塑造了一个活生生的贾仁。按照贾仁的思维逻辑，世上所有东西给他都是应该的。陈德甫希望他给卖儿子的周荣祖几个钱，贾仁开始还想赖账，狡辩道："他因为无饭养活儿子才卖与我。如今要在我家吃饭，我不问他要恩养钱，他倒问我要恩养钱。"甚至反过来要罚周荣祖一千贯钞。整个思维逻辑完全从我出发，是一种占有、剥夺的逻辑。

在语言符合性格逻辑发展的同时，还要有独特的性格语汇。人物内在思想、行为、品格、意愿是借助于具有独特的性格语汇的语言表达出来的。言为心声，即使我们不知道一个人的情况，从其语言，大致就可以判断出其教养、身份、思想、趣味。在《元曲选》本《看钱奴》第三折里，贾仁得了重病，向他的养子叙述病的起因。说道：

> 我儿也，你不知我这病是一口气上得的。我那一日想烧鸭儿吃，我走到街上，那一个店里正烧鸭子，油渌渌的。我推买那鸭子，着实的挝了一把，恰好五个指头抓得全全的。我来到家，我说盛饭来，我吃一碗饭，我咂一个指头，四碗饭咂了四个指头。我一会磕睡上来，就在这板凳上，不想睡着了，被个狗舔了我这一个指头。我着了一口气，就成了这病。

讽刺得多么尖刻，鞭挞得多么犀利。同时，对贾仁的悭吝性格也雕镂得入木三分。贾仁临死前父子俩的一对话更为精彩。儿子说要用好棺木发送他，贾仁赶快制止：

> 〔贾仁云〕……我左右是死的人，晓的什么杉木柳木！我后门头不有那一个喂马槽，尽好发送了〔小末云〕那喂马槽短，你偌大一个身子，装不下。〔贾仁云〕哦，槽可短，要我这身子短，可也容易，拿斧子来把这身子拦腰剁做两段，折迭着，可不装下也！

我儿也,我嘱咐,那时节不要咱家的斧子,借别人家的斧子剁。〔小末云〕父亲,俺家里有斧子,可怎么问人家借?〔贾仁云〕你那里知道,我骨头硬,若使我家斧子剁卷了刃,又得几文钱钢!

贾仁马上就要上西天了,但没有忘记对财神最后一次顶礼膜拜,他至死都忘不掉损人利己。"着实的挃了一把","我吃一碗饭,我咂一个指头","我的骨头硬,若使我家斧子剁卷了刃,又得几文钱钢",这样的话只有贾仁这样的"看钱奴"才说得出来。郑廷玉准确地调动独特的性格语汇,把贾仁那种守财如命、一毛不拔的贪婪形象摹画了出来,也暴露了他的可鄙心理和卑下行为。

郑廷玉剧作语言的再一个特征就是语言的抒情性。戏曲既为剧诗,就要吸收抒情诗和叙事诗的抒情手法,加强剧本的抒情性。戏曲语言的抒情性在其中也起着重要的作用。我们且看元刊《楚昭王》中的两段唱词:

〔红绣鞋〕不得已殃及渔父,那里问不分世事,指斥銮舆。十数载君臣一乡间。能可长江中亡了性命,也强如短剑下碎了身躯。怎下的眼睁睁不救主。

〔石榴花〕见云涛烟浪接天隅,这的是云梦山,洞庭湖。那厮大惊小怪老村夫,叫苦,唬的我魄散魂无。他道亲的身安,疏的交命卒。四口儿都是亲,那个疏?自踌躇,怎割情肠,难分手足。

从这两支曲子可见,戏曲的抒情建基于对剧中人心理活动的揭示,是被强化了的剧中人的情感活动。它一般运用"借景抒情"与"借事抒情"的手法,把人物的内心活动作为行动的依据和对外界刺激的反应加以揭示,展示行动是通过思想感情的抒发来完成的。楚昭王在前有大江、后有追兵的情况下,不能偕同弟弟、妻子、儿子共同乘一条大舟逃走,只有分清亲疏,亲的带走,疏的投江。处于生离死别之际的楚昭王,望着"云涛烟浪接天隅"的大江,不禁伤悲起来,"四口儿都是亲,那个疏?"楚昭王难舍亲人的感情油然而生。李渔认为,曲词创作"总其大纲,则不出情、景二字。景书所睹,情发欲言。情自中生,景由外得"(《闲情偶寄·词曲部》)。这是说,戏曲中的情是特定环境所触发的人物的思想感情,是人物性格的情感表现。

因此,郑廷玉剧作中抒情的语言也是具有性格色彩的。元刊《看钱奴》秀才周荣祖的一段唱词就表现了这一点。

〔滚绣球〕似银沙漫了山海,琼瑶砌世界,玉琢成九街阡陌,粉妆成十二楼台。似这雪韩退之马鞍心冷怎当,孟浩然驴背上冻下来,剡溪中禁回了子猷访戴。三口儿敢冻倒在长街!把不住两条精腿千般战,这早晚十谒朱门九不开,冻饿难挨!

这是一个典型的知识分子的抒情性语言。周荣祖穷愁潦倒,已经到了受冻挨饿无法糊口的地步,可是在大雪、严寒之中,仍不忘韩愈的"雪拥蓝关马不前"的诗句,孟浩然风雪中骑驴寻诗的雅趣和王子猷访戴安道的轶事。这段唱词写出了一个落魄知识分子的穷酸气味。

李渔在其戏曲理论中谈道:"言者,心之声也,欲代此一人立言,先宜代此一人立心。若非梦往神游,何谓设身处地?"(《闲情偶寄·词曲部》)戏剧诗人在创作过程中,不能冷眼旁观,必须设身处地,以诗人的炽热情感体验,点燃剧中人的情感。这首先要求戏曲作家有诗人的激情。郑廷玉是有激情的,有时甚至按捺不住,像喷泉似的涌现于那些郁悒、愤懑的语言之中。元刊《看钱奴》周荣祖的另一段唱词,就是戏剧诗人情感的强烈外露:

……陷穷人的心儿毒、性儿歹,骂穷人的苦儿毒、口儿快。打了人牙钱主划,杀了人官司钞分拆,有锋利曹司宝贝挨,敢决断的官人贿赂买,强证的凶徒畅不该。代诉的家奴更叵奈,问不问有钱的自在,是不是无钱的吃嗔责。无官司勾追不请客,有关节临危却相待，请人排筵度量窄，待客尊席不宽大。……

通篇是对金钱的狠狠诅咒，对有钱人的心狠手毒、操纵府官作了无情揭露。由此可见，郑廷玉是带着满腔激情投入杂剧创作的。这是郑廷玉剧作的语言具有抒情性的重要原因。

但是，戏剧诗人的笔触不能信马由缰，无所拘管。它要受到戏剧规律的制约。戏剧要刻画有血有肉的、活生生的人物，语言就得具备"说何人，肖何人"的特点。因此，戏剧诗人的情感要受到剧中人情感的制约，戏剧诗人抒发的情感必须与剧中人的性格相贴切。《看钱奴》第二折，周荣祖卖了孩儿，向贾仁要恩养钱，不想贾仁赖账不给，引起周荣祖的痛骂：

〔滚绣球〕典玉器有色泽你写没色泽，解金子赤颜色写着淡颜色，你常安排着九分厮赖，把雪花银写做杂白。解时节将烂钞揣，赎时节将料钞抬，恨不的十两钞先除了折钱三百，那里肯周急心重义疏财！今日孟尝君紧把贤门闭，交你个柳盗跖新将解库开，又不是官差。

在这里，周荣祖对贾仁的无仁无义作了痛快淋漓的斥责。但是这种情感的抒发是在特定的戏剧情境中产生的，是在尖锐对立的性格冲撞中迸发的，并且是沿着剧中人的性格轨道展开的。当然，从这样的曲词中依旧可以感受到戏剧诗人的激情之火，是这种激情之火点燃了剧中人的生命之火。

郑廷玉杂剧的语言体现了戏曲语言的一些创造规律，那种以敦朴自然所显示的提炼功力，那种性格化所达到的一定深度，那种戏剧性抒情所包容的丰富内涵，不仅使他的剧作在元代杂剧中独树一帜，而且对今天的戏曲创作也应该是有借鉴作用的。

马致远及其杂剧创作

在元杂剧大都籍的作家中，还有一位与关汉卿、王实甫可以比肩的大作家，那就是马致远。马致远（？—1231年至1234年之间）号东篱，大都人，曾任江浙行省务官，与其他元剧作家一样，其生平事迹已难以详细考证。

一 "二十年龙楼凤阁都曾见"

作为大都人的马致远，他在北京生活了多长时间，众说纷纭。元人锺嗣成的《录鬼簿》有关马致远的史料除了他的名字和剧目外，仅剩下13个字，连他的生卒年都未注明。元末明初的贾仲名（一作仲明），为马致远写的《凌波仙》，虽稍微具体了些，但仍未提供有关他生平的具体情况。

根据马致远本人写的一些散曲可以推测，他年轻时代，满怀壮志，颇富激情，"昔驰铁骑经燕赵，往复奔腾稳似船"，认为自己有"佐国心，拿云手"。据他的散曲所说，"九重天，二十年，龙楼凤阁都曾见"。可知他在作为京城的大都生活了有二十年的时间。至元二十二年（1285）后，离开大都到杭州任江浙行省务官。[①] 有的人认为，二十年凤阁龙楼是对他在大都二十年仕途生涯的概括。他当时的名声还不小，"云雨行为，雷霆声价，怪名儿到处里宣驰的大"。然而，他的生活并

[①] 《元史百官志》至元二十二年，江淮行省辖区调整后改称江浙行省，因此马致远任江浙行省务官在至元二十二年之后。

不如意，于是产生从官场退隐的念头，"绿鬓衰，朱颜改，羞把尘容画麟台。故园风景依然在。三顷田，五亩地，归去来"；"两鬓皤，中年过，图甚区区苦张罗。人间宠辱都参破，种春风二顷田，远红尘千丈波，倒大来闲快活"。这些退隐的念头也反映在他的戏剧创作上，那就是大量神仙道化戏的产生。

马致远在剧坛的地位极高，贾仲名给他写的吊词说："战文场，曲状元，姓名香贯满梨园。"他不仅有丰富的创作，并且参与杂剧的创作组织"元贞书会"，和其他作家共同创作剧本《黄粱梦》。贾仲名在为李时中写的《凌波仙》挽词中说："元贞书会李时中、马致远、花李郎、红字公，四高贤合捻《黄粱梦》。东篱翁，头折冤。"大家让马致远领衔写出第一折，足见对他的尊重。

马致远著有杂剧15种，现存《破幽梦孤雁汉宫秋》、《半夜雷轰荐福碑》、《江州司马青衫泪》、《太华山陈抟高卧》、《吕洞宾三醉岳阳楼》、《马丹阳三度任风子》和与人合作剧目《开坛阐教黄粱梦》、《刘阮误入桃源洞》存有残曲。存目而作品已佚的有：《风雪骑驴孟浩然》、《冻吟诗踏雪寻梅》、《吕太后虣戚夫人》、《王祖师三度马丹阳》、《孟朝云风雪岁寒亭》、《大人先生酒德颂》和《吕蒙正风雪斋后钟》。此外，马致远在元代还是一个重要的散曲作家，现存115篇小令，16种套曲和残套7种。马致远的剧作既有发历史感慨的《汉宫秋》，又有超脱社会现实的"神仙道化"戏，因而有"万花丛中马神仙"的美誉，被人列为"元剧四大家"之一。

二 悲剧《汉宫秋》的创作

王国维在《宋元戏曲考》中明确提出元杂剧中有严格意义上的悲剧，《汉宫秋》就是其中之一。

《汉宫秋》全名《破幽梦孤雁汉宫秋》或《孤雁汉宫秋》。它取材于历史上的昭君和亲故事。正史记载昭君和亲故事的有《汉书·元帝纪》、《汉书·匈奴传》和《后汉书·南匈奴传》。历史上的王昭君原来是汉元帝时的宫女，当时匈奴王呼韩邪单于来汉朝求婚，王昭君因"入宫数载，不得见御，积悲怨，乃请掖庭令求行"。西汉元帝竟宁元年（前33）昭君出塞。入匈奴后，与呼韩邪单于生一子，呼韩邪单于死后，按当地风俗，复嫁呼韩邪单于大阏氏的儿子，又生二女。关于昭君自愿请行，已是后人在史书中的描绘，这一描写可能已受民间传说影响。因为昭君出塞的故事，在民间影响颇大，广泛流传，在距马致远创作《汉宫秋》这段1000多年的时间里，文人墨客为昭君出塞事写出大量文字，对马致远的创作影响很大。晋人葛洪《西京杂记》载：

> 元帝后宫既多，不得常见，乃使画工图形，案图召幸之。诸宫人皆赂画工，多者十万，少者亦不减五万。独王嫱不肯，遂不得见。匈奴入朝，求美人为阏氏。于是上案图，以昭君行。及去，召见，貌为后宫第一，善应付，举止优雅。帝悔之，而名籍已定。帝重信于外国，故不复更人。乃穷案其事，画工皆弃市，籍其家资皆巨万。画工有杜陵毛延寿，为人形，丑好老少，必得其真；安陵陈敞、新丰刘白、龚宽，并工为牛马飞鸟众势，人形好丑，不逮延寿、下杜阳望亦善画，尤善布色，樊育亦善布色：同日弃市。京师画工于是差稀。

这一故事为马致远创作《汉宫秋》提供了基本的情节框架。其中内容已摆脱了正史的束缚，带有更多的民间色彩。

历代咏昭君出塞的诗词非常多。历代诗人从不同角度对这一事件抒发自己的感想。尽管也有赞成和亲的，但大多数诗人还是把这看成一个悲剧。唐代诗人宋之问的《王昭君》讲民族矛盾和奸臣作乱都提了出来："非君惜鸾殿，非妾妒娥眉。薄命由骄虏，无情是画师。"对昭君的悲剧命运充满同情，也对国力不振感到悲愤。马致远正处在一个被少数民族统治的时代，当游牧民族的铁蹄践踏了发达的农业文明，给人民造成了极大的灾难时，马致远很自然就会想起昭君和亲的故事，因为他看到大批汉族妇女被掠为奴，许多金室宫女以充斥元宫，认为这是昭君悲剧的再现。因此他在剧中引用诗人元好问和王元节的诗句："罗绮深宫二十年，更持桃李向谁妍。人生只合梁园死，金水河边好墓田。"并且按诗中描绘处理戏剧情节，"环佩魂归青冢月，琵琶声断黑河秋"。在国破家亡的时代，不以身事敌，保持民族气节，这是所有有着强烈民族意识的知识分子所希望的。在那种时代，马致远赋予昭君形象以新意，是非常有积极意义的。

马致远在这部戏中，对汉元帝面对强敌的无奈和媚敌投降的大臣，都有深刻的描绘。并且从朝政腐败这一更深层面上揭露导致昭君悲剧产生的原因。对那个"为人雕心雁爪，做事欺大压小"的卖国奸臣毛延寿进行猛烈的抨击。对汉元帝贪图安逸，尚书令五鹿允宗和内常侍石显软弱无能，予以揭露批判。一个大国只能把国家命运系与一个弱女子身上，真是非常荒唐。所以汉元帝对面临强敌，无人敢应战的满朝文武进行激烈的指责：

【牧羊关】兴废从来有；干戈不肯休。可不食君禄命悬君口。太平时卖你宰相功劳，有事处把俺佳人递流。你们干请了皇家俸，着甚的分破帝王忧。那壁厢锁树的怕弯着手。这壁厢攀栏的怕擷破了头。

【斗虾蟆】……恁也丹墀里头，枉被金章紫绶。恁也朱门里头，都宠着歌衫舞袖。恐怕边关透漏，央及家人奔骤。似箭穿着雁口没个人敢咳嗽。吾当僝僽，他也他也红妆年幼，无人搭救。昭君共你每有甚么杀父母冤仇。休休！少不的满朝中都做了毛延寿。我呵，空掌着文武三千队，中原四百州，只待要割鸿沟。陡恁的千军易得。一将难求。

一个皇帝保不住心爱的妃子，满朝文武皆缩首不前，还不如一个女子那样大义凛然，马致远的满腔义愤，都宣泄在笔触之间，他对包括皇帝在内的所有统治者进行了狠狠的鞭挞。

在全剧中，王昭君的形象可谓光彩照人。她本是一个农家少女，一是因为家贫，一是也不愿向毛延寿行贿，致使被毛延寿点破花容，打入冷宫，从一开始就显露出她那不屈的性格。但当国家遭遇危难之际，却能舍弃与汉元帝刚刚建立起的感情，自愿请行，"情愿和番，以息刀兵"。在灞桥与送行队伍分手之际，留下汉家衣衫，在汉朝与匈奴交界处举酒向南浇奠，然后投入江中，以身殉国。其从容赴死的凛然精神与满朝文武贪生怕死的种种丑态形成鲜明对比。她这种精神就连匈奴也为之震撼。作者之所以将昭君的命运做出与史实相悖的安排，试图通过一个红颜女子的壮举，来激发萎靡不振的民族精神。虽然由于统治腐败，屡屡遭受北方少数民族入侵，但一种不屈的抵抗精神仍然长存在人们的心中。昭君形象就是对这种精神的具体诠释。

《汉宫秋》以汉元帝梦中见到昭君逃回，孤雁惊破残梦为结尾，更具悲剧力量，以一只孤雁象征背井离乡的昭君，更平添了几许凄凉。哀怨的叫声，"一声儿绕汉宫，一声儿寄渭城"，认为这声音"伤感似替昭君思汉主，哀怨似作薤露哭田横，凄怆似和半夜楚歌声，悲切似唱三叠阳关令"。这如泣如诉的唱词，使悲剧气氛更为浓郁。

马致远的《汉宫秋》文辞极为出色，在元杂剧作家中占有突出地位。王国维认为元杂剧文辞能达到"写情则沁人心脾，写景则在人耳目，述事则如其口出"[①]的妙境。而"写景之工者"，当属《汉宫秋》中的第三折中的曲子：

【梅花酒】呀！俺向着这迥野凄凉，草已添黄，兔早迎霜，犬褪得毛苍；人搠起缨枪，马负着行装，车运着馍粮，打猎起围场。

[①] 王国维：《王国维戏曲论文集·宋元戏曲考》，中国戏剧出版社1984年版，第85页。

他他他，伤心辞汉主；我我我，携手上河梁。他部从入穷荒，我銮舆返咸阳。返咸阳，过宫墙；过宫墙，绕回廊；绕回廊，近椒房；近椒房，月昏黄；月昏黄，夜生凉；夜生凉，泣寒螀；泣寒螀，绿纱窗；绿纱窗，不思量。

【收江南】呀！不思量，除是铁心肠，铁心肠也愁泪滴千行。美人图今夜挂昭阳，我那里供养，便是我高烧银烛照红妆。

马致远非常善于用洗练的笔触来刻画人物的心境，情景交融，将汉元帝睹物思人，感慨万千的心态淋漓尽致地表现出来。

《汉宫秋》的抒情性很强，细腻的心理刻画活跃于场面描绘之中。整套曲子构成人物心理发展的轨迹，可以说是一部心理独白式的作品。所以，其清新雅致曲文受到历代文人的钟爱。臧晋叔在编《元曲选》时将其作为开卷之作。焦循的《剧说》称："王昭君事，见《汉书》。《西京杂记》有诛画工事。元、明以来，作昭君杂剧者有四家，马东篱《汉宫秋》一剧，可称绝调，臧晋叔《元曲选》取为第一，良非虚美。"

在元代，昭君题材很受剧作家的关注，除马致远的《汉宫秋》外，还有其他剧作家写昭君戏，如关汉卿《汉元帝哭昭君》、吴昌龄《月夜走昭君》、张时起《昭君出塞》。但这些作品已佚，影响均不能超过马致远的《汉宫秋》。

后世戏剧家对昭君戏依然关注，明杂剧有陈与郊的《昭君出塞》一折，传奇有佚名的《和戎记》。清人尤侗作有《吊琵琶》杂剧。一直到现代，京剧与地方戏均有此剧目。

三 神仙道化剧

在马致远现存的完整剧本中，有4部是神仙道化剧，可见他在这类剧目中用力之专。因此，后世在研究马致远的剧作时，对神仙道化剧尤为重视。贾仲明在为马致远写的《凌波仙》吊词云："万花丛中马神仙，百世集中说致远，四方海内皆谈羡。"

　　马致远之所以能写出如此多的"神仙道化"剧，这与当时的社会现实有很大的关系。元世祖统一中原后，分全国百姓为蒙古、色目、汉人、南人四等，在法律、政治、经济上都规定了不同的待遇，蒙、汉之间差异甚大，"诸蒙古人因争及乘醉殴死人者，断罚出征并全征烧埋银"；而汉人打伤蒙古人，即犯杀身之罪。汉人在这种高压下难以生存，汉族人士的生活则更惨。由于蒙古人统治者侵入长城以南的初期，还未能接受长期在中国封建社会建立的文化制度，以致科举七八十年不行，断却了知识分子一条重要的生存发展之路。他们苦闷之余，有的反抗现实，有的皈依宗教，有的寄情山水，有的耽恋声色，还有的与统治阶级合作。尽管他们一时飞黄腾达，但兴亡之感在大多数知识分子心中挥之不去。元剧作家命运更是不济，只有后期作家杨梓当过"杭州路总督"，其他如马致远、李文蔚等，不过是"浙江行省务官"，"江州路瑞昌县尹"，也属"沉抑下僚，志不获展"者，所以，参破人世尘寰的是是非非，走向逃祸避世之路，是许多知识分子内心的真实想法，马致远致力于这类剧目的创作，可以说是这种思想的具体体现。

　　全真教元代在北方崛起，也是"神仙道化"剧产生的直接诱因。据载，全真教祖是王重阳，他为了躲避乱世，保全性命，以求"全真"，建立起"隐修会"，这在那个国破家亡的时代，其教义一语中的，可以说直指人们心灵，最后发展成道教中的重要一派。而道士们栖隐山林，在安谧的环境中不受尘世俗气的扰乱，正与中国知识分子"达则兼济天下，穷则独善其身"的思想有相似之处。所以这就不难理解为什么以马致远为代表的一批作家，会那么热衷创作"神仙道化"剧。

　　此外，元杂剧并不是知识分子自我欣赏的东西，有广阔的市场价值。度脱成仙，白日飞升，是很多追求长生者的理想，所以创作"神仙道化"剧，作为祝寿、应节节目，有着良好的市场前景，导致马致远和一群艺人作家联手创作《黄粱梦》一剧。

　　纵观马致远的"神仙道化"剧，可以分为两种类型。一是描写道教中的高人雅士，如《陈抟高卧》；一是描写神仙度人的种种经历，如《任风子》《岳阳楼》。尽管名曰"神仙戏"，但是有着强烈的现实色彩，亦可谓世间的戏剧。

《陈抟高卧》写道中仙人陈抟到汴梁卖卦，恰逢还未发迹的宋太祖赵匡胤与郑恩前来问卦，陈抟告知赵匡胤是未来天子，郑恩是将来重臣。赵匡胤将自己心中想法告诉陈抟："先生，实不相瞒，区区见五代之乱，天下涂炭极矣，常有拨乱反志之志。"陈抟将天下形势分析一番，并认为定都汴梁最好。赵匡胤登上皇帝宝座，要他辅佐朝政，但陈抟坚辞不就，仍愿意回华山高卧，过神仙日子。

陈抟（871—989）字图南，自号扶摇子，宋太宗赐号希夷先生。在中国道教史上，陈抟是继老子、张陵以后的道教至尊，称为"老祖"。赵匡胤"陈桥兵变"后，他知道天下大局已定，遂在华山当上道士，退避三舍，不与宋太祖争锋，并走上与宋朝合作的道路。

马致远对陈抟的史事非常熟悉，但他从营造喜剧效果出发，用陈抟汴梁卖卦为全剧开端，颇具传奇色彩，与历史并无出入。

马致远另一类"神仙道化"剧属度脱剧，这与大多数"神仙道化"剧内容和结构相同。《开坛阐教黄粱梦》（与其他作家合作）是讲述钟离权度脱吕岩的故事，当时吕岩还未成神仙，只不过是为赶考奔忙的一介书生，在钟离权点化下，认为人生不过是一枕黄粱美梦，遂醒悟而被度脱。《吕洞宾三醉岳阳楼》则讲成仙后的吕洞宾度脱别人的故事。《马丹阳三度任风子》写的是马丹阳通过无边法力，将屠夫任风子点化，使其放下屠刀，抛妻杀子，随马丹阳学道去了。

马致远在创作"神仙道化"剧时，将严肃的问题往往以插科打诨的方式表现，嬉笑怒骂，皆成文章，营造出了活跃的剧场气氛。在《岳阳楼》中，当吕洞宾说在郭马儿铺中吃茶，郭马儿问："吃甚茶？"吕洞宾说："我吃个木瓜。"意思是说要吃个木瓜茶。郭马儿假装不明白，打趣道："哎哟！好大口也，吊了下吧？"气得吕洞宾哭笑不得。当吕洞宾说得郭马儿有点心动，想要出家时，郭马儿却又担忧道："可把我媳妇发付在哪里?"吕洞宾建议,让郭马儿杀了他媳妇,并一本正经地给郭马儿一剑。郭马儿却说:"这师父正是疯僧狂道","教我杀了俺媳妇,我可怎生舍得。这一口剑拿到家中切菜,也有用处。"这样的例子不胜枚举。马致远对神道之事,并不像创作《汉宫秋》那样严肃,写作"神仙道化"剧,不完全是因为其消极的思想,而是世风使然,市场需要,才创作大量的"神仙道化"剧。

"神仙道化"剧另一个重要功能就是在一些重要的仪式或典礼上演出,不管前面如何哭哭啼啼与打打杀杀,但最终是同登大道。因此,仪式性,是马致远创作此类剧目的一个重要特征。这一仪式的重要表现方式是众仙出场,接引被点化的凡夫俗子。在《任风子》中,最后群仙各执乐器上场。而《岳阳楼》中"八仙"在最后齐登场,当然,这种状况并非马致远杂剧所独有。清人梁廷枏在《曲话》中说:"元人杂剧多演吕仙度世事……其第四折,必于省悟之后,作列仙出场,现身指点,因将群仙名籍数说一过,此岳伯川《铁拐李》,范子安之《竹叶舟》诸剧皆然,非独《岳阳楼》、《城南柳》两种也。"① 在《岳阳楼》里出现的"八仙",与后世常见的八仙的姓名还是有出入的。这对研究"八仙"传说的形成与发展有极为重要的史料价值。《岳阳楼》中吕洞宾一一介绍道:"这一个是汉钟离现掌着群仙,这一个是铁拐李发乱梳。这一个是蓝采和板撒云阳木。这一个是张果老赵州桥倒骑驴。和一个是徐神翁身背着葫芦。这一个是韩湘子,韩愈的亲侄。这一个是曹国舅,宋朝的眷属。则我是吕纯阳,爱打的筒子愚鼓。"这与我们现今所说的"八仙"姓名稍有出入,即有徐神翁,没有何仙姑。而岳伯川的《铁拐李》中没有徐神翁而有一个张四郎。只是在范康的《竹叶舟》里才出现了何仙姑,与现在常说的"八仙"序列开始一致。马致远所写的"八仙"与当时的民间传说相同,这里从永乐宫元代壁画《八仙过海》中的八个男仙形象那里得到佐证。范康为什么要将徐神翁和张四

---

① 《元史·董俊传》:"或告汉人殴伤国人,及太府监属卢甲盗前官布。帝怒,命杀以惩众。"

郎换成何仙姑？现在还不能提出有力的解释，大概"八仙"中有一女仙，可以使这个群体有一点亮色，也可以活跃一下舞台气氛。

四　从《青衫泪》到《荐福碑》

作为士大夫中的一员，马致远写有关读书人命运及心路历程的戏，特别得心应手。《江州司马青衫湿》和《半夜雷轰荐福碑》就是两个这样的作品。

《青衫泪》[1] 有感于白居易的诗歌《琵琶行》而作。白居易夜送客人，遇到善弹琵琶的歌妓，对她红颜已老，"门前冷落鞍马稀"，以致"老大嫁作商人妇"的命运无限同情，对"商人重利轻离别，前月浮梁买茶去"的行为深为厌恶。所以，衍生出白居易与妓女裴兴奴相爱，但白居易被皇帝贬为江州司马，只得忍痛与裴兴奴分手。裴兴奴的妈妈看中江西浮梁茶商刘一郎的钱财，逼裴兴奴嫁给刘一郎。在回浮梁的船上，裴兴奴悲悲切切地弹起琵琶，被送客的白居易听到，两人得以相见，团聚。

与《汉宫秋》一样，马致远在创作《青衫泪》时，并没有着力去强化故事情节，而将重点放在情感抒发上。该剧是马致远汪洋恣意的诗情付诸戏剧创作实践的又一个生动事例。剧中表现裴兴奴依依不舍道：

> 有意送君行，无计留君住。怕的是君别后有梦无书，一尊酒尽青山暮。我揾翠袖，泪如珠。你带落日，践长途。情惨切，意踌躇，你则身去心休去。

然而，这时茶商刘一郎出现了，设计送一封假书信说白居易在江州

---

[1] 中国戏曲研究院编：《中国古典戏曲论著集成》（八），中国戏剧出版社1959年版，第258页。

病逝，裴兴奴听到这一噩耗，惊得目瞪口呆，伤心道：

> 我这两日上西楼盼望三十遍，空存得故人书，不见离人面。听的行雁来也我立尽吹箫院，闻得声马嘶也目断垂杨线。相公呵，你元来死了也么哥，你元来死了也么哥。从今后越思量越想的冤魂儿现。

这里强烈的悲痛，突出了人物个性。

与其他士子戏相同的是，《青衫泪》依旧走士子与妓女相爱，中间有商人或其他有钱人插足，然后经历磨难，原来相爱的人又重新团圆的模式。然而，与以往不同的是，马致远对饱学之士的认识又有进一步发展，这些士子并非像其他戏里写的那样是一尘不染的高洁雅士，他们本身也有毛病，喜爱在"狎邪家"游玩不说，还过分在诗文方面用心。所以唐宪宗一出场就对这种时弊进行了批判，"虽则我朝辞赋重，偏嫌浮藻事虚文"，认为"文臣中多尚浮华，各以诗酒相胜，不肯尽心守职。中间白居易、刘禹锡、柳宗元等，尤以做诗做文，误却政事。若不加谴责，则士风日漓矣"。于是，将白居易贬为江州司马。而白居易受到这一处分后，按一般编剧的路子，不是怨皇帝昏庸，就是认为有奸臣作乱，剧中的白居易却认为理所应当，还做了一番自我批评。他说："目今主上图治心切，不尚浮藻，将某左迁江州司马，刻日走马上任。"看来，马致远在元代这个被少数民族统治的王朝中，对汉族以往用以经世致用的一套理论完全幻灭，觉得汉族文人所学的诗词歌赋于国事无补，只可以用来吟风弄月。如果没有国破家亡的深刻教训，是不会对延续数千年的文化传统产生怀疑的。

虽然不为士子的遭遇叫屈，但对商人的印象依然如故。剧中的刘一郎是马致远大加挞伐的对象。由于中国历来重农抑商的观念影响，商人在文学作品中的形象大多不太光彩。《青衫泪》中的刘一郎以净角面目出现。自唐宋以来贩茶都是一项重要的商业活动，商人通过贩茶获利甚丰。所以，刘一郎一出场就说自己带着3000引细茶，来京发卖。3000

引茶即使在今天来看也是相当大的数字。她一开口就对裴兴奴说："小子久慕大名，拿着三千引茶，来与大姐焐脚。先送白银五十两，做见面礼。"而当裴母将兴奴许给他以后，他又"奉白银五百两为聘礼"，出手阔绰。贪财的裴母一下子就答应这桩亲事。她还让刘一郎的随从伪造信件，谎报白居易的死讯，使裴兴奴无可奈何才跟了他。虽然马致远对文人和商人都不看好，但最终道德的天平还是倾向了文人的一边，商人刘一郎受到了更狠的批判。

在全剧的结构方面马致远并没有顾及那么多，他把全部精力用在前三折故事的铺排与发展上，曲词优美，明白如话。但第四折如强弩之末，已无甚新意，只是前边故事的重复，亦可认为是此剧的一大败笔。

与《青衫泪》只重情绪的宣泄，而不重戏剧效果的营造这一情况相反，《荐福碑》是一出情节复杂又惊险的戏，故事的推进丝丝入扣，引人入胜。

《荐福碑》①的本事最早见于宋代释惠洪的笔记《冷斋夜话》：

> 范文正公镇鄱阳，有书生献诗甚工，文正礼之。书生自言：天下之至寒饿者，无在某右。时盛行欧阳率更书《荐福寺碑》墨本，直千钱，文正为具纸墨打千本，使售于京师。纸墨已具，一夕雷击碎其碑。故时人为之语曰："有客打碑来荐福，无人骑鹤上扬州。"东坡作《穷措大》诗曰："一夕雷轰荐福碑"。②

在宋人彭乘《续墨客挥犀》中也有类似的记载。可见，这一传说在宋元时期颇为流行。不过，这一故事到了马致远手里加以改造发展，已经变得面目全非，成了知识分子在前往仕途的道路中，历经千难万险的生动写照。

---

① 《南窗纪谈》。
② 《笔记小说大观》第六辑。

在《荐福碑》中剧里的主角已变成张镐，欧阳询所写碑文变成颜真卿的碑本。《曲海总目提要》辨其本事云："事有根据，但碑文欧阳询书，今作颜真卿。打碑本范仲淹事，今作寺僧。其张镐姓名，及触龙神以致雷击，又有张浩以姓名相同，冒认之官，且谋杀镐，俱空造出。宋公序即庠之字，亦是随意点入。"其实，马致远只是以这个故事为由头，通过张镐这一形象展示知识分子穷困潦倒的窘态，以此来抒发自己心中的块垒。

从编剧技巧来看，马致远将其纯熟的写作技巧发挥得淋漓尽致。全剧一开始就叙述张镐流落到潞州长子县张家庄以教书糊口，而庄主张浩恰巧与其名字音相同。而这同名的线索为以后张镐艰难的生命旅程埋下了伏笔。"巧合"是全剧情节推进所使用的一个重要手段。范仲淹到张镐教书的庄上拜访，带走了张镐的万言表策，并为他写了三封推荐信，让几个为官的朋友帮助他。可是收信的前两人碰巧拿到信或没有拿到信都死了，以致张镐感到非常沮丧，不敢再找第三个人，害怕再给别人带来什么厄运。与这条张镐到处求访的主线发展的同时，一条副线也在同时展开。张镐的万言长策得到皇帝赏识，于是命张镐去当吉阳县令。当报信人来到张家庄时，张镐已离开此地。张浩就冒名顶替前去赴任。路上遇张镐，于是张浩让前来接他的曳剌赵实去将张镐杀死，眼见一桩弥天的惨祸就要发生，然而赵实并没有泯灭人性，当他听张镐说了事情的因由，就做了个张镐被杀的假象回去交差。故事似乎可以转入平淡，然而一波未平，一波又起。张浩觉得赵实知道内情，将来会使他的罪行败露，又心生一毒计，推说让曳剌去井边打水饮马，暗中想将他推进井里，没想到被曳剌反身挣脱，将张浩交给正好路过的扬州太守宋公序，押解张浩到京。

再说张镐被赵实放了一条生路后，来到荐福寺。寺里老僧见到张镐身陷困境，决定为他提供几锭墨，1000张纸，让张镐将一通刻有颜真卿法书的碑帖拓下来，拿到京师，帮助他度过去京师赶考这一难关。眼看张镐的命运就要出现转机，没想到夜里风声大作，雷雨交加，雷把荐福碑给劈碎了，张镐一下子跌到命运的谷底，真是绝望了！所以，他发出这样的感慨："要我这性命做什么，倒不如撞槐身死！"

马致远创作此剧时，可以说是力透纸背，入木三分，因为他对张镐，可以说是感同身受，有着丰富的生活积累。如果说《青衫泪》写白居易狎妓，心向往之，透露出他心中的一种暗流。但从作者本人的描写来看，似乎自己也没多少这方面的生活经验，概念多于细节，理念大于生动，空洞无物。而《荐福碑》就不同了，尽管张镐所遇到的种种不幸，有剧作家加工斧凿的痕迹，但这是剧作家通过切身的生活体验，从生活中高度提炼后的结果，很有艺术上的感染力，使观众看了会为命途多舛的张镐洒上一掬同情之泪。剧中第一折曲词是带血的控诉："这壁拦住贤路，那壁又拦住仕途。如今这越聪明越受聪明苦，越痴呆越享了痴呆福，越糊涂越有了糊涂富。则这有银的陶令不休官，无钱的子张学干禄。"清人梁廷枏在《曲话》中对这支曲子评价甚高："此虽愤时嫉俗之言，然言之最为痛快，读至此不泣数行下者几希矣。"

张镐时运不济，激发了他无拘无束的万丈豪情，导致触怒神龙，使雷雨倾盆，名碑遭劈，而此时的张镐已经无所畏惧，对龙神痛斥一番："粉碎了阎浮世界，今年是九龙治水，少不得珠露成灾。将一统家丈三碑霹雳做了石头块，这的则好与妇女捶帛。把似你便呈头角欺负俺秀才，把似你便有爪牙近取那澹台，周处也曾除三害！我若得那魏征剑，我可也敢驱上斩龙台。"尽管落魄到了极点，依然不坠青云之志，马致远塑造张镐这个人物丰满，有血有肉，非常成功。

如果说《汉宫秋》以意境取胜，深得文人雅士激赏的话，那么《荐福碑》则以情节取胜，是一部雅俗共赏的戏。从反映社会生活的深度，人物塑造，戏剧冲突方面来看，《荐福碑》是可以与《汉宫秋》并驾齐驱的佳作。

通过马致远的剧作可见，他是一个感情丰富的戏剧诗人，将自己的主观情感倾注戏剧之中，剧作中许多人物，隐约有剧作家自己的影子。马致远的曲词造语不凡，清新俊逸，脍炙人口。朱权在《太和音正谱》"古今群英乐府格势"中认为，马致远"宜列群英之上"，并说，"马东篱之词，如朝阳鸣凤。其词典雅清丽，可与《灵光》①、《景福》而相颉颃。有振鬣长鸣，万马皆喑之意。又若神风飞鸣于九霄，岂可与凡鸟共语?"，评价有的地方过高，但从马致远的艺术成就来衡量，还是可以参考的。

---

① 中国戏曲研究院编:《中国古典戏曲论著集成》(三)，第 16 页。

大都元杂剧作家作品研究

第一节 杨显之、王仲文、石子章

关汉卿、马致远、王实甫之所以在大都杂剧创作中成就卓著,像珠穆朗玛峰巍峨耸立,这与四周群峰耸立有关,即在他们周围有一个大都杂剧作家群。这个作家群相互观摩借鉴,探索交流。他们之间交往密切,时而合作写剧,时而品评他人作品,创作气氛相当活跃,优秀剧作家人才辈出。

杨显之,大都人。《录鬼簿》载他是"关汉卿莫逆交,凡为文辞,与公较之,号杨补丁"。可见他与关汉卿的关系极为密切。贾仲明为他所作的《凌波仙》吊词说:"显之前辈老先生,莫逆之交关汉卿。么末中补缺加新令,皆号为杨补丁。有传奇乐府新声,王元鼎师叔敬,顺时秀伯父称,寰宇知名。"

时人之所以称杨显之为"杨补丁",是说他有极高的编剧技巧,很多演出效果一般的剧本,经他的手一处理就会放射出光彩来。此外,从贾仲明的吊词上看,杨显之和王元鼎、顺时秀有着密切的关系。王元鼎,元武宗至大(1308—1311)皇庆(1312—1313)间入国子学[①]。顺时秀与王元鼎相交时应为华年。据此,可推知杨显之可能略晚于关汉卿,元武宗时在世。所著杂剧有8种:《临江驿潇湘夜雨》、《萧县君风雪酷寒亭》、《丑驸马射金钱》、《蒲鲁忽刘屠大拜门》、《黑旋风乔断

---

① (元)夏庭芝著,孙崇涛、徐宏图笺注:《青楼集笺注》,中国戏剧出版社1990年版,第110页。

案》、《大报冤两世辨刘屠》、《刘泉进瓜》和《借通县跳神师婆旦》。今存《临江驿潇湘夜雨》《萧县君风雪酷寒亭》两种。

《临江驿潇湘夜雨》，简称《潇湘夜雨》或《潇湘雨》。旦本，正旦扮翠鸾。这是以男子负心为题材的作品。故事讲的是北宋时候，官员张商英携女儿翠鸾去江州赴任，在淮河遇风翻船。翠鸾被渔夫崔文远从水中救起。因翠鸾此时与爹爹失散，无处投奔，被崔文远认作义女。不久，崔文远的侄子崔通路过淮河渡，崔文远认为自己的侄子是个人才，便替翠鸾做主将她许配给崔通。成婚之后，崔通进京赴试，中了状元，娶试官女为妻，并被朝廷派到秦川县为官。三年后，崔文远让翠鸾去寻夫。崔通见到翠鸾，不仅不认，反诬翠鸾是逃婢，将其发配至沙门岛。更令人发指的是，崔通还让解差在路上将翠鸾害死。在押解途中，路遇大雨，翠鸾夜宿临江驿。恰巧升任廉访使的父亲张商英和义父崔文远均暂住于此。夜里翠鸾想到自己的命运，不禁伤心哭了起来，入梦想起女儿的张商英屡次被惊醒，于是寻声问个究竟，父女终于相会。翠鸾禀明父亲之后，张商英亲往秦川县捉拿崔通。张商英本来要将崔通斩首，经崔文远恳求，饶了崔通，翠鸾和崔通复为夫妻，而把试官的女儿罚成奴婢。

《酷寒亭》一剧又名《郑孔目风雪酷寒亭》，描写的是郑州府孔目郑嵩，救了打死人命的护桥龙宋彬，二人结拜为兄弟。后郑孔目日日宿在娼妓萧娥家中，将原配妻子气死，留下一双儿女。郑孔目上京出差，将这双儿女托付给萧娥看管。郑孔目刚一离开，萧娥就开始打骂郑孔目的儿女，并和衙役通奸。郑孔目从京师回来，从酒家张保处得知萧娥通奸，就回家捉奸，而奸夫高成得以逃脱，郑孔目将萧娥杀死到官自首，被从宽发配到沙门岛，而衙役高成自告奋勇押解郑孔目，想在半道将其害死。而郑孔目的结拜兄弟宋彬，已上山落草，知道此事，就杀了高成，与郑孔目同往山寨。

从这两出戏可以看出，杨显之对社会问题总是非常关注的。《潇湘雨》提出了男子发迹变泰以后，为了巩固自己的政治地位，与权豪势要子女联姻，从而引起家庭破裂的问题。而《酷寒亭》从表面上看是涉及后妻虐待前妻子女的事，但其实这一问题与社会的很多弊病都有关联。如吏治腐败、道德沦丧等。如果没有这诸多社会问题综合在一起，就不会凸显出这么强烈的戏剧冲突。

在《潇湘雨》中，杨显之将犀利的笔锋，直指崔通灵魂深处丑恶的一面。当他初见翠鸾时，言辞恳切地表白。试官招亲时，他又信誓旦旦地说自己未曾娶妻，一个人的两副嘴脸产生强烈的对比。最后，又在翠鸾父亲要将其斩首的逼迫下，承认原配妻子，将试官女儿降为奴婢。从崔通的个人婚姻过程，可以看出这个势利小人变化多端的嘴脸。

现代人对《潇湘雨》的结局，认为"矛盾的解决却显出思想的苍白，甚至落入俗套"，"总显出某种不自然"①。其实，这是以一种现代人的眼光来衡量古代生活。在元代初期，由于社会动荡，严重影响了婚姻的缔结与稳定。在战乱中流离失所的人们，仓促成婚的现象比比皆是，所以，要想使社会稳定，就要使家庭这一社会细胞的生存有一个保障体系。社会趋于安定之后，元朝政府遵循汉地旧制，申明"男女婚配，人之大伦"，"其妇无再醮之礼，一与夫合，终身不改"，严令禁止"悔亲别嫁"②。出身于官宦家庭的张翠鸾从小所受严格教育，对"别嫁"这一形式很难认同，正像剧本里张翠鸾所说："这是孩儿终身大事，也曾想来，若杀了崔通，难道好教孩儿又招一个？"完全是一种无可奈何的心声。因此说，在观照古代戏剧文学时，不能以今人的眼光来衡量。否则，就会感到很多地方，有悖常理，有悖人性。

在塑造人物性格复杂多变方面，杨显之也有过人之处。如《酷寒亭》中的郑孔目，就很难用简单的是非标准来判断。作为衙中的把笔司吏，他可以教人如何蒙混过关，逃过一死；他又利用强权，让娼妓萧娥改籍嫁给良人，自己乘虚而入，与萧娥住在一起，不管自己的妻子儿

---

① 邓绍基主编：《元代文学史》，人民文学出版社1991年版，第195页。
② 《通制条格》卷四《户令·嫁娶》。《元典章》卷十八《户部四·婚礼·嫁娶》。

女。他自己的人生信条就是"当权若不行方便,如入宝山空手回",简直可以与现在常讲的"有权不用过期作废"这句话有异曲同工之妙。他是这种生活方式的得益者与受害者。他用权占有了萧娥,却气死了发妻,致使一双儿女惨遭虐待;萧娥又和高成勾搭成奸,高成在押送他去沙门岛途中想把他害死。但使他厄运改变的原因也得益于他的权力。他救下的宋彬终于报恩,将他救下,共往山寨。整个人物的命运似乎有一种因果相连的关系贯穿着。

此外,杨显之能被书会才人称为"杨补丁",自然有他在结构戏剧方面的长处。《酷寒亭》如果从舞台演出的角度来看,是一个"当行"的本子。该剧整个故事情节环环相扣,前因后果交代得非常清楚。在"楔子"里,郑孔目用他的权救了宋彬,放了萧娥。萧娥给他带来无穷灾难,但宋彬却使他逢凶化吉。故事情节前后照应,引人入胜。如果从演出方面看,《酷寒亭》的成就当超过《潇湘雨》。而《潇湘雨》的文辞由于受后世评论家的赞赏,所以,一般每遇到杨显之作品时,都对《潇湘雨》的评价甚高。

由此可见,杨显之温润明丽的文辞是其剧作的一大特色。《潇湘雨》第三折写翠鸾在发配路上的两支曲子,就很典型:

〔黄钟醉花阴〕忽听的摧林怪风鼓,更那堪瓮㴭盆倾风雨。耽疼痛,捱程途,风雨相催,雨点儿何时住。眼见的折挫杀女娇姝,我在这空野荒郊,可看谁做主。

〔喜迁莺〕淋的我走投无路,知他这沙门岛是何处丰都。长吁气结成云雾,行行里着车辙把腿陷住,可又早闪了胯骨。怎当这头直上急簌簌雨打,脚底下滑擦擦泥淤。

在淮河边,她想起当年父女失散和今日被发配沙门岛的命运,对景抒情道:

"看了这雨呵委实的不善。也是我命儿里惹罪招愆。我只见雨淋淋写出潇湘景，更和这云淡淡妆成水墨天，只落得两泪涟涟。"

关于这几段曲子的成就，日人青木正儿有过很高的评价："此剧和白仁甫的《梧桐雨》第四折，大概可以称为双璧。不过彼此的情趣正相反：《梧桐雨》是宫殿的雨，是在染着铜绿色的梧桐树上，用银线去画的；《潇湘雨》是荒野的雨，是用水墨轻描淡写的。其辞虽亦有文采与本色的分别，而其价值却应在伯仲之间。"①

除了杂剧本身的艺术特色之外，杨显之剧作还有认识元代社会生活的功能。他在剧作中的描述，有很重要的史料。如《酷寒亭》第三折张保的叙述："买卖归来汗未消，上床犹自想来朝。为甚当家头先白，晓夜思量计万条。小人江西人士，姓张名保。因为兵马嚷乱，遭驱被掳，来得回回马合麻沙宣差衙里。往常时，在待长行为奴作婢。他家里吃的是大蒜臭韭、水答饼、秃秃茶食。我那里吃的……他屋里一个头领，骂我蛮子前，蛮子后，我也有一爷二娘，三兄四弟，五子六孙，偏是你爷生娘长，我是石头缝里迸出来的！谢俺那侍长见我生受多年，与了我一张从良文书。本待回乡，又无盘缠，如今在郑州城外开一个小酒店，招待往来客人。昨日有个官人买了我酒吃，不还酒钱，我赶上扯住道：'还我酒钱来！'他道：'你是甚么人？'我道：'也不是回回人，也不是达达人，也不是汉儿人。'"并且最后回答道："我是个从良自在人！"从这段文字可以看出元代的饮食习俗和阶层划分。元朝是个统一的多民族国家，有汉、蒙古、女真、回回等许多民族。各个民族均保持着比较鲜明的饮食习惯，如"秃秃茶食"就是典型的回回食品。它是用手掌将面团按成一个个小薄饼，"下锅煮熟，捞出过汁，煎炒酸肉，任意食之"②。另外，张保是个从良驱口，从他的叙述中得知，他命途

---

① ［日］青木正儿：《元人杂剧概说》，中国戏剧出版社1957年版，第61页。
② 《居家必用事类全集》庚集《饮食类》。

多舛，坎坷不平。奴婢在元代总称"驱口"，"谓被俘获驱使之人"，这与张保所叙述的成为驱口的原因是一致的。驱口主要用于家内服役，只有少部分人从事农业、牧业或手工业生产。驱口要世代为奴为婢，如陶宗仪在《南村辍耕录》中记载："今蒙古、色目人之臧获，男曰奴，女曰婢，总曰驱口。盖国初平定诸国日，以俘到男女匹配为夫妻，而所生子女永为奴婢。"驱口要想摆脱贱人的身份，成为良人，主要通过赎身。而赎身的费用特别高，对绝大多数驱口来说，赎身几乎是不可能的。张保由于主人开恩，才让其成为良人。所以张保就不由得有点儿高兴与自豪自己是个"从良自在人"。

由此可见，杨显之的剧作的认识价值是多方面的。使今人对元代的社会生活以及元朝所实施的民族歧视政策，都有了一个生动而又具体的印象。

王仲文，大都人，生平事迹不详。贾仲明挽词有"仲文踪迹住金华"。孙楷第认为"金华"是"京华"之误[1]，赵景深则认为王仲文"曾寄居金华"[2]。据李春祥分析，赵景深的说法比较可信，"贾氏既知王为大都人，似不必重复说王'踪迹在京华'；相反，王如果曾在金华寓居，挽词'在金华'云云才有依据"[3]。依此可见，王仲文生于大都，在金华有过活动的记载比较可靠。

现在可知王仲文作杂剧11种，今存《救孝子贤母不认尸》一种。其他有残曲或存目的剧本有：《诸葛亮秋风五丈原》、《从赤松张良辞朝》、《淮阴县韩信乞食》、《洛阳令董宣强项》、《感天地王祥卧冰》、《七星坛诸葛祭风》、《齐贤母三教王孙贾》和《赵太祖夜斩石守信》、《孟月梅写恨锦香亭》。

《救孝子贤母不认尸》，一作《救孝子烈母不认尸》。从剧本内容来看，"贤母"似乎比"烈母"一词更为妥当一些。因为"烈母"一词，

---

[1] 见《元曲家考略》。
[2] 赵景深辑：《元人杂剧钩沉》，古典文学出版社1956年版。
[3] 李春祥：《元杂剧史稿》，河南大学出版社1989年版，第202、225页。

出自天一阁抄本《录鬼簿》。其中题目正名为"签义军清官大断案,救孝子烈母不认尸"。从题目正名对原剧内容准确概括的情况来看,《元曲选》本显得更加质朴并涵盖得清楚,《元曲选》本的题目正名是:"送亲嫂小叔枉招罪,救孝子贤母不认尸"。我们在这里所依据的,均为《元曲选》本。该剧简称《救孝子》或《不认尸》。旦本。

《不认尸》是一出公案剧。描写的大兴府尹王翛然外出勾军来到杨家,杨氏家长杨李氏愿以亲生儿子出征,而把庶出之子留下以免在军中受伤或战死。同时,兄弟俩也争着从军。王翛然很高兴,认为母贤子孝,十分可嘉。长子杨兴祖从军以后,次子杨谢祖送嫂子王春香回娘家。遵照母亲叮嘱,谢祖半道返回。可是王春香遇到拐带本府推官侍女梅香的赛卢医,梅香恰因生产死亡,赛卢医推说王春香杀了梅香,以此来要挟春香。赛卢医毁了梅香面容,换上春香衣服,并将春香携带的杨家的宝刀放在梅香的身边。造成王春香被杨谢祖谋害的假象,于是王家将杨家告官。官府以刀子和衣服为证据,判杨谢祖杀人。杨母却认为尽管刀子和衣服是王春香的,但不能肯定尸首就是王春香,坚决不承认,据理力争。案子最后到了王翛然处。王翛然也左右为难。这时,得了高官的杨兴祖从军中返回,路遇被赛卢医胁迫的王春香,将春香带回,这才真相大白。

王翛然在历史上实有其人,金皇统二年(1142)进士。《金史》卷一百五有传。他是一位清正廉洁的官吏。刘祁《归潜志》记:"金朝士大夫以政事最著名者曰王翛然。"王曾在咸平府和大兴府任职,"其为吏之名,至今人云过宋包拯远甚"。所以王仲文在剧中就夸赞他"清耿耿的赛龙图"。这出戏在断案方面并无过人之处,甚至王翛然在遇到问题时也束手无策,如果不是杨兴祖路遇王春香,还不知案件如何解决。在这出戏里,王翛然只是清官廉吏的一个代指,如果从王翛然的朝代来看,与剧中情节所反映的内容也有较大出入。其实,作者的主旨正像题目正名所说,还是要反映一个深明大义的贤母形象。

剧中的李氏可以说集中国传统妇女美德于一身,讲道理、有主见、不畏强权,并且在大难临头之际,保持清醒冷静的头脑。李氏还有很强的法律意识,其不认尸就是为了让断案的证据不能成立。同时,在公堂上对官府中刑讯逼供,致使许多人屈打成招的作法,进行了猛烈的抨击。

在剧中,当令史以夏天天热为借口,不想验尸时,李氏道:"则合将艳醋儿泼得来匀匀的润,则合将粗纸儿搭得来款款的温。为甚来行凶?为甚来起衅?是哪个主谋?是哪个见人?依文案本,遍体通身,洗垢寻痕。若是初检时不曾审问,怕只怕那再检日怎支分。"可以说李氏的这番言词是非常专业的。所以当令史让张千为尸首画一个图本,让李氏签字后就要火化时,李氏坚决不同意,否则就冤沉大海,查无对证了。她一针见血指出:"不争难检验的尸首烧做灰烬,却将那无对证的官司假认了真。"

对草菅人命的官吏,她还要坚决地斗争下去。当令史坦言,不怕她告状时,李氏倔强地说要将状告到当时的首都中都(现今北京)去:"你休道俺泼婆婆无告处,也须有清耿耿的赛龙图。大踏步直走到中都路,你看我磕着头写状呈都省,洒着泪衔冤挝怨鼓……单告着你这开封府令史每偏向,官长们模糊。"

在元杂剧中,像这样的妇女形象,并不多见。她与呼天抢地喊冤的窦娥不同,指望着最高的统治阶级能辨清这场官司。她提到的都省,在元代指中书省,是全国最高行政管理机构。如果说关汉卿的剧作为蒙冤者洒下的是一掬同情之泪,给予的是道义和精神上的支持,而王仲文则指明的是一条相对切实可行的路子。因为最高统治阶层毕竟有头脑清醒的人物,如耶律楚材,他们为了一个王朝的长治久安,还是会整顿吏治,严肃刑律。如果幸运碰上这样的官员,还是有解决问题的可能。

当然,李氏能有这样的见识,还是和她的出身有关。尽管在剧中她叙述生活贫寒,但从她亡夫可以娶一妻一妾的情况来看,原来的生活起码还算殷实富足。在剧中另一个信息也说明了这一问题。杨家作为要服军役的军户,在长达二十多年的时间里,都让贴户替代从军。在元代,施行正贴军户制，以两三户或三五户派出一人从军，其他各户出钱相助。正军户无丁可出时，由贴户代替，正军户出钱帮助。而一般出军当兵打仗是一件送死的事情，所以贴户的地位不高。贴户大多是通过赎身脱离奴籍的驱口，一般仍需与使长保持一定的依附关系，所以又称"户下户"。杨家长期有人替他们出军，小儿还能读书，看来生活境况还不算太差。因此，当面对小儿被诬为杀人犯时，能冷静处理之，据理力争，最终峰回路转，化险为夷。虽说该剧被划入清宫断案剧的范畴，但作者的刻画不落窠臼，着力描绘了普通百姓以事实为根据，以法律为准绳的抗争行动，是王仲文这部剧作最为成功的地方。

石子章，名建中，《录鬼簿》记载他为大都人。王国维根据有关文献考证认为："石子章，大都人，与元遗山、李显卿同时。"① 孙楷第的《元曲家考略》称石子章实是北京路兴中府（今属辽宁）人，但是证据并不确凿，还是以《录鬼簿》的记载为准。贾仲明为其作挽词《凌波仙》道："子章横槊战词林，尊酒论文喜赏音。疏狂放浪无拘禁，展腹施锦心。《竹窗雨》，《竹坞听琴》。高山远，水流深，戛玉锵金。"由此可知，石子章作杂剧二种，《黄桂娘秋夜竹窗雨》和《秦脩然竹坞听琴》。《竹坞听琴》一剧现存。

《竹坞听琴》一剧写的是书生秦脩然与郑彩鸾之间的爱情故事。秦脩然与郑彩鸾在还未出生的时候就被指腹为婚。后郑彩鸾父母双双辞世，一直没有机会见到秦脩然。等郑彩鸾21岁时，官府突然有令，凡官宦百姓20岁以上女子限期在一月之内出嫁，彩鸾不愿随便嫁人，便来到竹坞中当了一名道姑。此时，秦脩然为了进取功名，寄居在郑州府尹梁公弼家。一日出去踏青，闻竹坞草庵中有人弹琴，遂进去，秦郑二人相见，攀谈后知道两人曾有婚约，于是私自结为夫妻，夜夜幽会。梁公弼发现这一秘密，深恐秦脩然因儿女情长耽误了功名。设计骗秦脩然说郑彩鸾是鬼，秦脩然吓得连忙上京赴试。秦脩然考中状元，回到郑州

---

① 《宋元戏曲史》附录《元戏曲家小传》，中国戏剧出版社1984年版。

府任职，梁公弼安排秦、郑二人见面，说明原委，郑彩鸾弃道还俗。郑彩鸾的师父对郑的行为大为不满，前来质问，没有想到梁公弼就是她失散多年的丈夫，也禁不住人间的诱惑脱下了道袍。这两对夫妻以团圆结局。

前人认为该剧因循了元代爱情、婚姻剧陈套。实质这只是结构故事的一个外壳。从本质上讲，是一部有着浓郁诙谐色彩的喜剧，正如贾仲明对石子章的评价"疏狂放浪无拘禁"。这种风格在剧作中体现得淋漓尽致。作者借人物之口对宗教礼法全然是一种蔑视的态度。郑彩鸾与秦修然一见钟情，在从小指腹为婚的幌子遮掩下，就私下做了夫妻，显得非常大胆，郑彩鸾说："我如今将草索儿系住心猿，又将藕丝儿缚定意马。人说道出家的都待要断尘情，我道来都些假！假！几时能勾月枕双欹，玉箫齐品，翠鸾同跨。"

而梁公弼暂时拆散这对年轻夫妻，其用心良苦。但这种良苦的用心在剧中只是让人编出一个郑彩鸾是女鬼的谎来吓唬秦修然，秦修然吓得手足无措，仓皇离去。如果按生活正常逻辑，正常人怎么会相信这样的鬼话。但以喜剧的眼光来看，这一切又都是合理的，当人们看到秦修然那慌慌张张的酸样，不禁会发出会心的笑来。

剧中的宾白也很出色，强烈的戏剧效果往往是在人物对话中被创造出来的。秦修然中了状元，得了官回来后，梁公弼要在郑彩鸾主持的白云观请他喝酒，郑彩鸾不答应，推说"外观不雅，荤了锅灶"。梁公弼府尹就拉出秦修然与郑彩鸾见面。郑彩鸾大喜过望，马上就张罗着饮酒，而梁府尹打趣道："这里是祝寿的道院，外观不雅。（正旦云）有谁知道？（梁尹云）荤了你那锅灶，唤的个亵渎么？（正旦云）外边有一个小锅哩。"

剧作家熟练运用戏曲中重复宾白的手法，尽管梁公弼讲的话和前边郑彩鸾的一样，但是讲话人的角色变了，戏剧效果就大不相同。将郑彩鸾初时强硬，见了心上人又喜不自禁，不顾一切的行动准确生动表现出来。剧中还有一个郑道姑，性格泼辣，讲的话不够文雅，话里甚至还有骂人的粗话，但她活跃了全剧气氛，是个不可或缺的人物。

《竹坞听琴》的曲文明白晓畅，文质清新。在元剧中是不输于同辈的作品，只是过去评价作品不是从戏剧本体研究，所以有被忽视的地方。另外，《词林摘艳》收有《竹窗雨》中散佚的曲子，风格也与《竹坞听琴》的曲子近似。

第二节　张国宾、费唐臣、庾天锡

在元代，还有一位艺人作家是大都人，这在现今知道的为数不多的艺人作家中是罕见的。他就是张国宾。有人称为张国宝，或为张酷贫，这可能是因字、因音产生异义后，以讹传讹而成。历史记载他曾任喜时营教坊勾管。"勾管"似为"管勾"之误，因《元史·百官志》中曾设有"管勾"一职，即在教坊司中掌管艺人演出的职位。从张国宾伎艺人兼剧作家这个身份来看，他担任这个职务非常适合。贾仲明作《凌波仙》吊词说："教坊总管喜时丰，斗米三钱大德中，饱食终日心无用。捻汉高祖歌大风，薛仁贵衣锦峥嵘，七里滩，臣辞主，汗衫记，孙认公，朝野兴隆。"

张国宾所作杂剧有5种：《汉高祖衣锦还乡》、《严子陵垂钓七里滩》、《薛仁贵衣锦还乡》、《相国寺公孙汗衫记》和《罗李郎大闹相国寺》。除上述前两种已佚外，后三种皆存于世。

尽管说张国宾是大都人，他的剧本也曾在大都刊印，但是，张国宾的活动范围可能不会仅限于大都一地。从他现存的《相国寺公孙汗衫记》和《罗李郎大闹相国寺》来看，张国宾对中原名城开封颇为熟悉，总是将故事情节与著名的大相国寺结合起来。在《相国寺公孙汗衫记》中，元刊本和《元曲选》本皆提到张员外在马行街开了一个解典铺，这个地方并非虚构，从北宋以来，马行街就是现今开封的重要商业街。孟元老《东京梦华录》中就有关于"马行街"的多处记载："土市北去，乃马行街也，人烟浩闹"；"北去杨楼，以北穿马行街，东西两巷，谓之大小货行,皆工作伎巧所居"。另外,在《东京梦华录》卷三,还有专门叙述马行街周围商铺情况的条目,其一为"马行街北诸医铺",其二是"马行街铺席",由此可见马行街周围商贸繁华的盛况。张国宾将时间背景安排在此,是有他的用意的。在这个热闹的所在,展开故事情节,更有强烈的戏剧效果。

《罗李郎》一剧中的罗李郎来到京师汴梁寻找汤哥,在客店住下后,准备到相国寺游玩,张国宾借剧中人之口,展示汴梁城的风物:"恰离了招商打火店儿,早来到物穰人稠土市子,好门面,好铺席,好库司,门画鸡儿,行行买卖忒如斯。"

在《东京梦华录》中,记载有:"潘楼东去十字街,谓之土市子,又谓之竹竿市。"土市周围商铺妓馆甚多。正像作者所描述的,"好门面,好铺席"。"铺席"是店铺的另一种说法。妓馆所在街道称为鸡儿巷,罗李郎所看到的"门画鸡儿",可能是妓馆的幌子。张国宾作为元代前期作家,对金代仍作为国都的汴梁的繁华情况非常熟悉,因为张国宾所处时代距宋金不远,所以市容依旧。现在开封已将"土市子"改名"土街"。从地理位置上看,土市子距大相国寺相距不过千米,罗李郎三转两转就找到了在相国寺服役的汤哥。

从张国宾的剧作所透露的信息来看,虽然文献记载的是大都人,但是其行止不仅限于大都一地,因为沿黄河两岸,从平阳,至彰德、汴梁和东平一线,元杂剧更为风行,作为"教坊管勾"的张国宾很有可能也在此活动过,因此,创作出两部与相国寺有密切关系的戏不足为怪。不能因为《录鬼簿》中张国宾名下没有这个剧目,就说他不是这部戏的作者。在没有人拿出确凿的证据情况下,仍依《元曲选》,将《罗李郎》一剧列入张国宾名下。

《汗衫记》《罗李郎》的情节结构相似,《汗衫记》一剧写张员外一家行善反遭人暗算的故事,与《罗李郎》一样也反映了善有善报,恶有恶报,坏人终于得到惩罚的愿望。《罗李郎》与《汗衫记》不同的是,张员外因收留不明底细、心术不正的陈虎而惹祸在身,罗李郎家中的侯兴是三代家奴，却依旧垂涎主人的财产和主人的儿媳。这从另一侧面说明了元代思想混乱，没有是非标准，致使很多人不知恩图报，反而恩将仇报的事屡屡发生，张国宾在两部剧中都极力阐明自己对道德沦丧的忧患。

张国宾还对人走上歧路提出了自己的看法：择友不慎，交友不善，小人拨乱其间是导致灾祸发生的重要因素。张孝友因和陈虎结义为兄弟，受他的蛊惑，竟然抛家舍业，要去徐州求子，最终却落得个被人图财害命、妻子被陈虎霸占的下场。《罗李郎》中的汤哥交了一群酒肉朋友，不学正道，再加上受侯兴诳骗，被关进大牢，吃尽了苦头，妻离子散，如果不是罗李郎寻找，情况可能比张孝友还惨。张国宾的这些剧作，从表面上看没有什么过人之处，无非均是告诫人们要积极向善，不要重蹈剧中表现的那种人的覆辙，剧中蕴含着忧患意识，对道德沦丧的社会现实深深忧虑。

首先，张国宾作为一个艺人作家，对人物的刻画，力透纸背，入木三分。在《汗衫记》中，当张孝友向父亲提出认陈虎做兄弟时，其父以其丰富的人生经验就感觉出此事不妥，就用陈虎"生的有些恶相"的理由相规劝，可是张孝友就是不听，戏剧冲突就此展开。张孝友又决意要去东岳神庙求神。张员外愤怒至极，认为这种想法非常荒诞："且休说阴阳的这造化，许来大个东岳神明。他管你什么肚皮里娃娃。我则理会的种谷得谷，种麻的去收麻。"可张孝友不听父亲劝阻，一意孤行，直至发展到以自杀相威胁，张员外无奈只得由他而去。但最终的结局验证了张员外的看法。

《罗李郎》中对汤哥醉态的刻画，是在元杂剧人物画廊增加了一个奇特的艺术形象。在元杂剧中，这种形象并不多见。其中汤哥醉后的表现简直可以和侯宝林相声中的醉汉相媲美：

〔净做醉科上去〕众兄弟少罪少罪。一席好酒，我汤哥今日有一个新下城的旦色，唤做什么宜时秀。好个姐姐！感承我那众弟兄

虚幻与现实之间

作成我入马。众弟兄安排酒,买了二十瓶,推到十瓶,塞了五瓶,打了三瓶,丢了二瓶,不觉怎么醉了。好姐姐唱了一日,不曾听得一句,知他唱得是什么?则记得临上马盅刚唱了一句〔做唱科〕零落了梧桐叶儿。则唱了这一句,我又吃了八十四盅。〔侯兴见科云〕小哥,你醉了也。〔净打侯科云〕我怎曾醉?

如果不是极具幽默感的作家,是写不出这样生动形象的台词的。

张国宾的另一部戏《薛仁贵衣锦还乡》,是人们公认的比前两部戏还要优秀的作品。该剧是一部历史故事剧。薛仁贵在历史上确有其人,《唐书·薛仁贵传》称,薛仁贵是绛州龙门贫民,父母死后,妻柳氏劝他从军,后功成名就。但从没提娶皇帝或徐茂功女之事。张士贵是唐太宗手下大将,也从没冒薛仁贵功劳的事。"薛仁贵三箭定天山"尽管确有其事,但那指的是新疆的天山,并不像剧中所说与高丽作战时所发生的事。《薛仁贵衣锦还乡》是在民间故事基础上发展而成的。

《薛仁贵衣锦还乡》一剧的情节结构都比较复杂,第一折就转入薛仁贵得胜回朝,与张士贵要辩明谁是"三箭定天山"的功臣。庞大的战争场面及战争过程一笔带过,重点表现的是薛仁贵、张士贵、杜如晦和徐茂公之间的戏剧冲突。

张国宾在剧中,很强烈地反映出普通百姓通过自己的一身本事,来博得个封妻荫子的美好愿望。文人学士试图凭着一手锦绣文章要平步青云,壮士武夫则想一刀一枪,血战沙场搏出个功名,因为这在历朝历代都是平民百姓的唯一晋升途径,所以演出这样的故事,就很容易和观众形成共鸣。并且,在张国宾所处的元初,汉族百姓毫无晋升希望的情况下,这种愿望尤为强烈,这种戏更能打动观众。

以今人的眼光看,薛仁贵封妻荫子、阖家团圆的故事未免落入俗套,但从艺术角度来看,张国宾剧作颇具匠心。如第一折中薛仁贵与张士贵比剑之后,薛仁贵饮了御酒就醉了过去,梦中回到了自己的家乡,见其父悲惨的生活情况,这样为后来衣锦荣归做了铺垫,形成强烈对比。打破了"四折一楔子"这一狭隘的空间，使折与折之间有了更大的回旋余地。

其次，作为艺人作家，张国宾的笔下很自然地流露出他对下层生活的熟悉，如伴哥见到小时候称为薛驴哥的薛仁贵时，回忆起他们儿时的生活使人感到非常亲切："俺两个也曾麦场上拾谷穗，也曾树梢上摘青梨，也曾倒骑牛背品腔笛，也曾偷的那生瓜连皮吃。"这一连串的少年在农村的生活写得如此的生动有趣，如果没有厚实的农村生活体验，是绝对写不出这样的唱词的。

在剧本体制方面，张国宾突破了"四折一楔子"的限制，在《罗李郎》中大胆使用两个楔子，这是从场上及完成剧情的需要而设置的，在元杂剧中并不多见，以后在明杂剧中，这种情况才逐渐多了起来。

费唐臣，大都人，是杂剧作家费君祥之子。费君祥是关汉卿同辈人，两人有交游的记载，《录鬼簿》说费君祥是"大都人，唐臣父，与汉卿交，有《爱女论》行于世"。《爱女论》是否是费君祥的剧本，还不清楚，但我们知道，他曾著有杂剧《菊花会》一种。费唐臣著有杂剧三种：《贬黄州》、《斩邓通》和《韦贤篆金》。今存《贬黄州》一种。

《贬黄州》一剧写的是历史上的一段真事，苏轼由于和王安石的政见不同，于是，受到李定、张方平等的栽赃与陷害。这就是文学史上有名的"乌台诗案"。作为一名在元代被评价很高的剧作家，费唐臣基本上是按照历史的真实写作的。对苏轼进行诬陷的李定，在历史上确有其人，不过对苏轼攻讦的不止他一人，另外还有舒亶、王圭、李宜之、沈括等人。不过，剧作家从方便演出的角度出发，浓缩众多人的言行，写出李定这个代表人物，他奏本给皇帝说：

> 御史臣李定等言，今有翰林学士苏轼，章句腐儒，骤登清要，志大言浮，离经畔道。论新法而短毁时相，托吟咏而谤讪朝廷，实有无君之罪，难逭欺上之诛，且如题《古桧》云："根到九泉无屈处，世间惟有蛰龙知。"陛下飞龙在天，轼以为不知己，而示地下

之蛰龙，非不臣而何？陛下发钱本以业贫民，轼则曰："赢得儿童语言好，一年强半在城中。"陛下不明法以课群吏，轼则曰："读书万卷不读律，致君尧舜终无术。"陛下兴水利，轼则曰："造物若知明主意，应教斥卤变桑田。"陛下议盐铁，轼则曰："岂是闻韶解忘味，迩来三月食无盐。"如此之类尚多，伏主圣明早加显戮，以息怨谤。

真是欲加之罪，何患无辞。就像前面提到的苏轼在诗中用了"蛰龙"二字，历史上就确有王圭将此作为苏轼的一大罪状上告皇帝，连皇帝本人也觉得这种说法过于牵强，认为提到龙未必就是指皇帝，因为诸葛亮还称卧龙呢！

尽管对苏轼的指控是这般荒唐可笑，但苏轼还是于元丰二年（1079）被捕下狱，出狱后，被贬为黄州团练副使。黄州位于长江上游，距离武汉三镇不远，中国历史上不少英雄豪杰在此展开厮杀，但政治上失意的苏轼，却在文学上带来巨大的收获，著名的黄州赤壁激发了他文学创作的灵感，他在黄州创作了脍炙人口的篇章，像《赤壁赋》、《后赤壁赋》和〔念奴娇〕《赤壁怀古》等。费唐臣的《贬黄州》一剧，就是这段历史的再现。

此剧由于其文词俊美，因此受到很多文人的欣赏，朱权在《太和正音谱》"古今群英乐府格势"中对元代187位曲家进行点评，将其列在显赫的第六位置，可见费唐臣在词曲方面的功夫。朱权的评价是"费唐臣之词，如三峡波涛。神风耸秀，气势纵横，放则惊涛拍天，敛则山河倒影"。并且说，"自是一般气象，前列何疑"。确实，费唐臣的曲词气魄宏大，在有的方面颇得苏轼词章神韵，如第一折苏轼所唱〔仙吕点绛唇〕曲："万顷潇湘，九天星象。长江浪，吸入诗肠，都变得豪气三千丈。"

在第二折中，苏轼被贬黄州，在风雪之中感慨万千，这些唱段也是费唐臣最为用力的地方，其〔滚绣球〕曲云：

拨墨云垂四野，铸银河插半天。把人间番做了广寒宫殿，有一千顷玉界琼田。这其间骚客迁，朝士贬，五云乡杳然不见，止不过隔蓬莱弱水三千。不能够风吹章表随龙去，可做了雪拥蓝关马不前，哽咽无言。

费唐臣之所以能写出这样的曲词，主要是在思想上与这位伟大的文学前辈在精神上有所沟通，写苏轼的困厄其实是将元代知识分子命运通过苏轼之口曲折反映。通过苏轼的遭遇，也表达了剧作家的人生态度。剧中写当苏轼被召回京，又见到皇帝的时候，却对使自己受尽羞辱的杨太守宽宏大量，认为"炎凉趋避，亦时势之自然"，并不计较。宦海的沉浮使他萌生了归隐山林的念头，他在全剧最后的两支曲子中唱道：

〔雁儿落〕臣宁可闲居原宪贫，不受梦笔江淹闷。乐陶陶三杯元亮酒，黑娄娄一枕陈抟困。
〔得胜令〕则愿做白发老参军，怎消得天子重儒臣。那里显骚客骚人俊。倒不如农夫妇蠢，绕流水孤村。听罢渔樵论，闭草户柴门，做一个清闲自在人。

这种归隐思想在元代的知识分子中相当普遍，只不过苏轼是因卷入到政治斗争当中而觉得世道黑暗，而费唐臣则在元代异族统治之下，看不到光明的前途，但两者之间的心理是相似的。这种处世态度也是千百年来中国的知识分子"穷则独善其身，达则兼济天下"人生哲学的具体体现。

因此，在元杂剧中写苏东坡及苏东坡出世思想的作品有相当大的比例。目前可以看到的除《贬黄州》外，现存剧本还有无名氏的《苏子瞻醉写赤壁赋》、吴昌龄的《花间四友东坡梦》。此外还有剧本已佚的《醉写满庭芳》、《苏东坡夜宴西湖梦》和《佛印烧猪待子瞻》等。之所以出现这么多"东坡戏"，大概与宋元以来关于苏东坡的话本与很多民间传说有关。由于苏东坡才华过人，机智幽默，在有些剧目中已变成喜剧性人物。这是苏东坡形象在演变过程中发生的变异。

然而，费唐臣在曲辞方面着力甚多，已显露出写"案头之曲"的端倪。从《贬黄州》整个场面来看，戏剧吸引人所需要的重要因素，如激烈的矛盾冲突，曲折复杂的情节，在这出戏中，表现得都不够充分。在表现苏轼困窘状态时，也是一笔带过，本来需要戏剧动作完成的，在这里却用曲辞说明。如果从演出角度分析，这出戏只适合在小范围内文化程度很高的观众中演出。虽然说朱权对其评价甚高，但实属个人偏好。费唐臣在元代戏剧史上终归难成大家。

孙仲章，大都人，《录鬼簿》称他李仲章。所作杂剧三种，《开封府张鼎勘头巾》、《卓文君白头吟》和《金章宗断遗留文书》。后两种均不存。

关于《开封府张鼎勘头巾》一剧，由于《录鬼簿》"孙仲章"名下并无此剧，只在陆登善名下有《张鼎勘头巾》一剧，所以，尽管《元曲选》指明《勘头巾》为孙仲章，但有些著作却将此剧定为陆登善著。但是这样的判断并无多少充分的依据。理由有三：一，臧晋叔编《元曲选》的时代距元代并不远，臧氏拣选那么多元剧剧本，对元剧研究还是非常透彻，非常熟悉的，张冠李戴的事不大会出现。二，陆登善名下的《张鼎勘头巾》所依据的是清本曹栋亭的《录鬼簿》，而比它早的明代天一阁本却没记载，岂不怪哉？另外，仅凭五字剧名就说现存的《勘头巾》一剧是陆登善作，也不确凿，因为元剧中同一题材多人写作的事并不鲜见。三，从剧作本身来看，该剧作者即使不是大都人孙仲章，也应该是一个北方人。而从陆登善的身世看，他写出这样的剧本的可能性不大。《录鬼簿》"方今才人相知者，纪其姓名行实并所编"条下载："登善字仲良。祖父淮扬人，江淮改浙江。其父惟典掾来杭，因而家焉。为人沉重缄默。能词、能讴。有乐府隐语。"由此可知，陆登善是元代后期作家，因为他与锺嗣成是同时代人，家居杭州。元代后期，杂剧南移，杭州是杂剧在南方活动的中心。作为南方人陆登善参与其中，当不是怪事。可是《开封府张鼎勘头巾》中所用语言与元代前期杂剧相似，剧中的风土人情和饮食习俗都是北方风格，南方作家写出这样的作品的可能性不大。剧中所写河南府，即现在的开封市，剧中人所用语言，到现在为止，仍活生生地流传在当地老百姓的生活语言中。如王小二在第一折中去刘员外家讨东西，开口说："你看我那造物，不见一个人，当门卧着一只恶犬。""当门"即家里的门厅，即对着出入房间大门的那块区域。除了冬天，开封人有白天打开大门的习惯，所以王小二一眼就可以看到屋里的狗。其次还有"发狂言信口胡喷"、"草苦儿"、将人打得"血淋胡剌"，这些语言直到今天仍有很强的生命力。

另外，该剧提到一食品名字也是证明作者是北方人的有力佐证。在张鼎问王小二有关案情时，曾问王小二是否吃饭，王小二回答："我去年八月吃来。"于是，张鼎就令张千为王小二下合酪吃。合酪又称河漏、合落、饸饹。合酪是北方的一种食品，它是由荞麦"治去皮壳，磨而为面，摊作煎饼，配蒜而食。或作汤饼，谓之'河漏'，滑油如粉，亚于麦面，风俗所尚，供为常食"[1]。荞麦性寒，北方多有种植，元朝大都周围的农村都种荞麦。合酪就是将荞麦面揉成面团后，放进木桶状带有网眼的圆槽中，用木棍挤压成面条。合酪煮熟后放上葱花、韭菜，吃起来非常筋道。所以，王小二在剧中两次提到，要让张千多放花椒葱油，看来这种食用方法，从古至今都无多大变化。荞麦面不易消化，像吃了荞麦合酪，"饱而有力，实农家居冬之日馔也"[2]。合酪不见于南方，虽说江南亦有荞麦，但江南人则将荞麦"磨食，溲作饼饵，以补面食"[3]。所以，陆登善作为杭州人不大可能这么准确地描写剧中一个小小的细节，因此，可以说孙仲章即使不是大都人，肯定是北方人无疑。

---

[1] 《农书·百谷谱集之一·荞麦》。
[2] 《农书·百谷谱集之一·荞麦》。
[3] 《农书·百谷谱集之一·荞麦》。

虚幻与现实之间

作为大都人的孙仲章将《勘头巾》的故事地点，选在北方人所熟悉的开封府，就不足为怪了。《勘头巾》是一部情节曲折复杂的剧作。整个戏剧的情节前后照应，丝丝入扣。故事一开始讲的是贫民王小二到财主刘平远家讨要东西，讨要未成，与刘平远发生争执。王小二一气之下说要杀了刘平远。刘妻要王小二立下文书，要保刘平远百日内无事，如有事，就拿王小二是问。而此时，刘平远妻与道士王知观私通，谋害了刘平远，栽赃给王小二，说他杀了刘平远并偷去了刘的头巾。赵令史更以王小二立了文书为由，逼王小二承认杀了刘平远，还承认将头巾和银子埋到一井口旁的石板底下。而王小二屈打成招的事，恰被望京店打草苦儿的人听到。打草苦儿的人到衙门里要草苦钱不成，反而被拷打王小二的景象吓了一跳。在回家的路上正碰上真正的杀人凶手王知观，慌乱中把自己的可怕经历说了一遍，而说者无意，听者有心，赶快头巾和银子按王小二说的地方埋好。而官差取到之后，东西就成了定王小二杀人罪的物证。六案孔目张鼎见物证很新，而刘平远已死半年，遂起疑心，指出案情有疑点，上司限他三日内查清。张鼎细心审问，找到问王小二案的证人，查到蛛丝马迹，一举查明刘妻与王知观合谋杀害刘平远，并向赵令史行贿，往王小二身上栽赃的事实。

由上可见，孙仲章的戏剧构思极为工巧，似是信笔拈来的一些生活细节，却是推动戏剧情节发展的关键因素。就像第一折刘平远与王小二发生冲突后，刘妻让王小二立下保证文书，观众一般认为，这是妻子为了保证丈夫安全，属情理之中的事。没想到后来事情急转直下，刘平远被杀，王小二被诬为杀人凶手，出乎观众意料，但从逻辑上讲又显得合情合理。一下子就掀起了整个剧情的波澜。继而，张鼎为了在三天之内破案，正在毫无头绪时，忽然又发现线索。真可谓一波未平，一波又起。似乎事件的结局已定，却又峰回路转，剧作家是非常会抓观众心理的。在元剧很多作品还很直白浅露的情况下，《勘头巾》能独具匠心，非常难得。

《勘头巾》塑造了张鼎形象。他是元杂剧"清官断狱"剧的清官能吏之一。在元杂剧中，清官是王翛然、包待制，能吏就是张鼎。元剧中另一部张鼎断案剧是孟汉卿的《张鼎智勘魔合罗》。张鼎是河南府六案都孔目，只是具体的办事人员，不是像王翛然、包拯那样的官员。张鼎在《勘头巾》中说："想俺这为吏的人非同容易也，大凡掌刑名的有八件事。可是那八件事？一笔札，二算子，三文状，四把法，五条划，六书契，七抄写，八行止。"基本上都是事务性的工作。只是由于处于统治层的蒙古、色目官员水平太低，对"物情民事，一无所知"[①]，所以只能将管理事务交给大多由汉族知识分子出任的小吏来担任。张鼎就是一名出色的能吏。剧作家虽然让他以吏的身份出现，但是仍把他当成清官来刻画的。他清正廉洁，不盘剥百姓，秉公办案，不惧个人安危，上司让他三天破案，破不了案就要受到处罚，他揽下了"不分明的腌勾当"，说明他责任心强，敢作敢为，敢于为民作主。此外，他机警过人，发现有冤狱后，就去寻找蛛丝马迹，终于破了大案，还王小二以清白。

总的来说，《开封府张鼎勘头巾》在元代公案剧中是一杰出的作品，丰富了清官断案剧的内容，也使张鼎这个"能吏"形象与其他"清官能吏"形象交相生辉。

第三节 活跃的大都杂剧作家与剧作刊印

上述有作品传世的剧作家仅是大都作家群中的一部分，还有很多未留下作品，或留下部分篇章与残曲的剧作家。正是他们的共同努力，才使整个大都的戏剧舞台瑰丽多彩，绚烂多姿。

我们不妨把《录鬼簿》中有关大都作家的文字排列如下：

> 庾吉甫，大都人，中书省掾，除员外郎，中山府判。
> 纪天祥，大都人。与李寿卿、郑廷玉同时。

---

① （元）胡祗遹：《紫山大全集》，四库全书本 26 卷。

> 红字李二，京兆人。教坊刘耍和婿。
>
> 花李郎，刘耍和婿。
>
> 梁进之，大都人，警巡院判，除县尹，又除大兴府判，次除知和州。与汉卿世交。
>
> 赵明道，大都人。
>
> 李子中，大都人。知事除县尹。
>
> 李宽甫，大都人。刑部令吏，除庐州合肥县尹。
>
> 费君祥，大都人，唐臣父。与汉卿交。有《爱女论》行于世。
>
> 李时中，大都人。中书省掾，除工部主事。

上述10位剧作家，加上关汉卿、马致远等梨园大家，可以想见元代前期大都戏剧创作兴旺繁荣。如果再加上各地"冲州撞府"的艺人带来演出的剧目，大都一时成为歌舞繁华之地。在这些作家中有官员，有艺人，可以说来自各个层面。从剧作家的构成来看，杂剧受到人们广泛的关注与喜爱是显而易见的。费君祥与费唐臣是父子作家，尽管在剧坛上老子驰骋多年，并且与"梨园领袖"关汉卿有交情，但青出于蓝而胜于蓝，儿子唐臣成就更大，在整个元剧作家中，排名都位于前列。

另外，还有一个有趣的现象，作家花李郎和红字李二都是刘耍和的女婿。而刘耍和也是金元演艺界鼎鼎有名的人物。他是演出金院本的著名演员，后任色长，掌管演出机构教坊。陶宗仪《南村辍耕录》院本名目条："教坊色长魏、武、刘三人鼎新编辑。魏长于念诵，武长于筋斗，刘长于科泛，至今乐人皆宗之。"有了这位伶界前辈领军，有红字李二、花李郎助阵，编和演结合在一起，使商业性演出在运作上更为顺畅。

如此众多的元代前期大都剧作家，也印证了元末明初的贾仲明歌颂元代前期人物荟萃，演出鼎盛的情况。贾仲明在为《录鬼簿》续写的吊词中反复讲："元贞年里，升平乐章歌汝曹。""唐虞之世庆元贞……见传奇，举世行。"贾仲明所描述的元贞、大德时代，正是这些大都杂剧作家创作最为兴盛的时期。由于杂剧演出已经在大都成为一项新兴的文化产业，文化人的杂剧创作已不仅限于吟风弄月，自我欣赏。他们面对的是需求巨大、要求各异的剧本市场。而剧本则是与传统的诗、词、歌、赋所不同的文学样式，既要有优美的文词，又要有曲折的情节，还要适合市民观众的口味，所以，做一个这样的剧作家，并不容易。因此，就要有一个组织供剧作家活动，相互切磋，联系作品的产销。如以关汉卿、白朴、杨显之、赵公辅、岳伯川、赵子祥等为成员的"玉京书会"就非常有名。贾仲明为赵子祥写吊词说："一时人物出元贞，击壤讴歌贺太平。传奇乐府时新令，锦排场起玉京。"由此可见，书会有些像后世的剧作家协会，在创作方面有杰出成就者，就成了当然的领袖。所以，人们对关汉卿的评价就是"总编修师首，捻杂剧班头"。

在大都，剧作家的组织不止"玉京书会"一个，以马致远为首的"元贞书会"，在元代前期杂剧创作中更为活跃。并且，书会作家创作作品的形式也是多样的。马致远、李时中、花李郎和红字李二根据元剧"四折一楔子"这一体制的特点，每人写一折，合作编写了《邯郸道省悟黄粱梦》一剧。在艺人作家中，花李郎擅长写三国戏，红字李二则多写水浒戏。贾仲明挽红字李二的〔凌波仙〕词说："梁山泊壮士《病杨雄》、《板达儿》掐搜黑旋风。打虎的英俊天生勇，《窄袖儿》猛武松，是京兆红字李二文风。"所以，有人评价道："从留存剧目看，红字李二还是一个仅次于高文秀的写水浒戏的杂剧作家……其中《窄袖儿武松》、《板踏儿黑旋风》还可能保留了不见于今传武松、李逵故事情节。"[①]

《黄粱梦》一剧出自四人之手，是集体创作。作者分配如下，第一折马致远，第二折李时中，第三折花李郎，第四折红字李二。合作创作剧本《黄粱梦》并非孤例。孔文卿与杨驹儿合作过《东窗事犯》。杨显之之所以被人称为"杨补丁"，那就是因为他在加工修改剧本方面有独到之处。《黄粱梦》一剧以集体创作形式出现，于中国知识分子来讲有重要意义，说明苦读书不光可用于求官致仕，还可以服务于社会，而戏

---

① 李春祥：《元杂剧史稿》，河南大学出版社1989年版，第225页。

剧在创作上又要求作者不能沉溺于孤芳自赏之中，要学会协调戏剧各部门的技巧，才能使自己的精神产品具有商业价值。

据考，《黄粱梦》剧情"出自《列仙传》，而《列仙传》又似源出于唐沈既济的《枕中记》（《太平广记》卷八二引）。但《枕中记》的度人者是吕翁（非吕岩），被度者是卢生，《列仙传》的度人者是钟离权，被度者是吕岩，梦中经历亦不全同"[①]。故事讲的是吕岩在赴考路上，钟离权要度化他，但吕岩说，自己要求取功名。于是钟离权决定让他遍历酒色财气而悟道。于是，吕岩在小店中等煮黄米饭的过程中睡着了，做起梦来：吕岩高中之后，娶了高太尉的女儿，做了兵马大元帅。上阵之前，岳父备酒为他饯行，但因吕岩喝酒吐血，于是戒了酒。吕岩战后回家，发现妻子与人私通，怒而杀妻，被老院公制止。恰在这时，上司发现他受敌人贿赂，卖阵回家，将他抓了起来，充军沙门岛。在风雪中遇到一草庵，想要点儿东西给自己一双儿女吃，庵主老婆婆说，自己有个儿子回来，脾气不好，让他注意。吕岩说，自己戒了气，不会与人发生冲突，没想老婆婆的儿子回来后，就将吕岩的一双儿女扔到山涧中摔死了。吕岩惊醒一看，还在原来客店中，黄粱饭还未熟，此时十八年已经过去了。钟离权对他讲，吕梦中遍历酒色财气都是钟所幻化，说明人生如梦的道理，吕岩因此而悟道成仙。

《黄粱梦》使人们看到当年杂剧创作更多的商业性因素，书会文人间的合作主要是为了更有演出号召力，由"战文场曲状元"的马致远领衔，可以说是一个商业上的"卖点"。浦江清认为，"神仙道化"戏主要用以娱乐与庆贺。他说："元剧中神仙戏极多。这现象是不是因为乱世而多消极思想，或者元代道教极盛，用以宣教？按诸实际，杂剧多半演于勾栏，或应官府良家的召唤，所谓'戾家把戏'者，思想，宣传，都谈不到，目的还是娱乐及庆贺。元人神仙道化戏本，都可用来祝

[①] 邵曾祺编著：《元明北杂剧总目考略》，中州古籍出版社1985年版，第101页。

寿的。"① 尽管这些戏有的地方又哭又闹,又杀又打,但其最终目的是脱离凡尘,走上长生之路,前边不过是摆脱世俗困扰的铺垫,不会影响此类戏的庆寿功能。

《黄粱梦》这部杂剧,和其他"神仙道化"戏一样,经常可以用"反躬其问"式的叙述,其实它是元代知识分子对自己生命中的价值取向提出的疑问,涉及人生的终极目标,具有很强的思辨性。剧作家用戏剧手段,把一些哲学问题生动形象地反映出来。如押送吕岩的解差半道放了他,让他自寻出路,可是在风雪之中他左转右转,却迷了路,于是钟离权幻化的樵夫为他指路,并说明山中种种美妙之处,让他不要再错下去了。而吕岩在此之前,已经对世俗生活有所省悟,对自己的行为开始自省,他说:"吕岩也,你怎么做读书人来?颜子也曾一箪食,一瓢饮,居于陋巷。量得几贯钱,值得什么?"所以,当樵夫指路,他便奔向那种仙境:

> 白云不扫,苍松自老。青山围绕,淡烟笼罩。黄精自饱,灵丹自烧。崎岖峪道,凹答岩壑。门无绰楔,洞无锁钥。香焚石桌,笛吹古调。云黯黯,水迢迢,风凛凛,雪飘飘。柴门静,竹篱牢。过了那峻岭尖峰,曲涧寒泉,长林茂草,便望见那幽雅仙庄。

但要通向这理想境界并不是一件容易的事。吕岩在去寻找"幽雅仙庄"的途中遇到一独木桥,桥下是一条深涧。每次吕岩只能带一个孩子过去,而另一个只能留在桥的一边等着。带儿子,女儿闹,带女儿,儿子又怕被野兽吃掉,真是左右为难,其实人生又未尝不是如此。剧作家在这里以极为巧妙的比喻,把人在尘世中的艰难状况表现出来。

由于这些艺人作家水平也很高,四折看起来不分伯仲,甚至后两折似乎给人的感觉更为流畅一些。由此可见,大都杂剧创作繁荣与作家之

---

① 浦江清:《浦江清文录》,人民文学出版社1958年版,第11页。

间竞争激烈，带动了整个创作水平提高，使之都有相当高度。

繁荣的创作使剧本刻印业异常兴旺。在现存的《元刊杂剧三十种》里，就有数种明确指出是在大都刊印的。这些本子计有：关汉卿的《大都新编关张西蜀梦》、郑廷玉的《大都新编楚昭王疏者下船》、张国宾的《大都新编关目公孙汗衫记》和孔文卿的《大都新刊关目的本东窗事犯》。在这四位作家当中，关汉卿和张国宾是大都人，郑廷玉是彰德（今河南安阳）人，孔文卿是平阳（今山西临汾）人。说明大都刊印剧本并不限于本地作家，坊间刻书多为追求商业利润，这说明来自杂剧兴盛的彰德和平阳的郑廷玉与孔文卿活动范围并不仅限于自己的故乡，也可以长期在大都生活。他们撰写的剧本或被"冲州撞府"的班社带到大都；或者他们的剧本，就是为大都的艺人量身定做，这都有可能。

然而，元刊本简陋是尽人皆知的事实。每个剧本只有简单的科白，并且还有大量的错讹字词，这从另一方面说明大都戏剧活动的昌盛。理由有二：其一，是元刊本中宾白很少，大都是书坊刊印时，将其删去。宾白是交代故事、推进戏剧情节发展的重要组成部分。如果没有宾白，很多地方读起来会让人摸不着头脑。这可能是书坊老板认为，宾白人人能懂，远不像曲词文雅深奥，再加上宾白还有演员发挥的地方，所以印上去意义不大。仅印上曲词作为看戏指南，回家亦可细细把玩，甚至学唱。另外还可压低印刷、销售成本。这就像后世的唱腔与唱词精选一样。所以王国维在《宋元戏曲考》中认为："至《元刊杂剧三十种》，则有曲无白者诚多；然其与《元曲选》复出者，字句亦略相同，而有曲白相生之妙，恐坊间刊刻时，删去其白，如今日坊刊脚本然。盖白则人人皆知，而曲则听者不能尽解。此种刊本，当为供观剧者之便故也。"[①] 从商业角度讲，不是为大家所熟知并喜爱的东西，书坊是不会刊印的。大都刊本的出现，说明演剧市场的庞大，带动了剧本刊印业的

---

① 王国维：《王国维戏曲论文集》，中国戏剧出版社1984年版，第82页。

发展。

其二，由于演剧是一种商业性活动，对剧本的需求是大量的，对剧本的质量要求也是相当高的。因为既然进入市场，就要面临市场竞争。戏班在节庆或庙会就经常会遇到"对棚"情况，即演对台戏。在杂剧《蓝采和》第二折中，许坚唱道："若逢对棚，怎生来妆点的排场盛。倚仗着粉鼻凹五七并，依着这书会礼恩官求些好本令。"

这说明书会才人写的本子是多么重要，所以戏班花钱得来的本子不会轻易泄露出来。坊间所刻本子错讹之多，令人咋舌，说明剧本来路不正。另外，宾白是演出关键，诙谐谈笑的演出才有可能吸引观众。胡祗遹在《紫山大全集》中讲："优伶，贱艺也，谈谐一不中节，阖座皆为之抚掌而嗤笑之，屡不中，则不往观焉。"宾白中的内容如同说相声的包袱，先抖搂出来，演起来就不会达到预期的效果。从元刊本的形态来看，说明在激烈的演出市场中，对剧本的保密已有一套完整的机制。这同样说明大都演剧市场的繁荣。

虚幻与现实之间

南流后的大都作家及其创作

当关、王、白、马为代表的元代前期作家去世以后，大都的杂剧创作逐渐式微，很多大都或北方籍的作家陆陆续续南下，在以杭州为中心的江浙一带继续从事杂剧创作。

一 大都与江南的戏剧交流

蒙古进入中原之后，对攻占后的城池焚烧劫掠，使北方的很多城市遭到严重破坏，随着后来元统治者意识到这种作法于己无补，于是改变了以往的策略，这样使江南的城市幸免于难，保留了南宋以来的繁华，如南宋的都城杭州基本上没有受到创伤，其规模比号称"城市六十里"（《元史》卷58《地理志》）的大都还要大，据《马可·波罗游记》载，杭州"方圆一百六十里"。像苏州、扬州、建康（今南京）按元代对城市的划分来看，城市方圆五十里以上的即为大城市，那么江南这些城市，当属大都市无疑。由于江南物阜民丰，全国近五分之四的人口集中在江浙、江西、湖广三省。再加上经过近二十年的统治之后，元统治者对南方的苛刻律令也逐渐松弛下来。如在元朝统治初期，江南的城市实行灯火管制，违例就要受到严厉处罚。到了至元二十九年（1292）六月，因"江南归附已后一十八年，人心宁一，灯火之禁，似宜宽弛"（《元典章》卷57《刑部十九》）所以，就解除了灯禁。灯禁的解除，说明社会的稳定，所以江南作为数百年的繁华之地，重又兴旺发达起来。而喜欢吟风弄月的元代知识分子对江南的小桥流水，红巾翠袖，浅吟低唱，无不心向往之，所以，大量的包括大都作家在内的北方杂剧作家都涌向了江南。

像杭州这样的大都市，它在元代既是江南的政治、文化中心，又是手工业制造和商业贸易活动的中心，使得城市成为巨大的财富聚散地。杂剧作家不大可能仅为流连风景而奔走千里，因为这些城市蕴含着商机，我们从现在少得可怜的资料可以看到，传统上关、马、郑、白元曲四大家都与杭州这个城市发生过联系，他们或游历、或为官、或定居，可以看出，杭州这个江南城市对大都等元剧作家的吸引有多大。所以，关汉卿在其散曲《南吕一枝花·杭州景》中对杭州的繁盛极为称赞：

> 普天下锦绣乡，寰海内风流地。大元朝新附国，亡宋家旧华夷。水秀山奇，一到处堪游戏。这答儿忒富贵，满城中绣幕风帘，一哄地人烟凑集。

关汉卿满怀激情地写杭州说明他对杭州印象颇佳，那么，在山明水秀的西湖边，高产作家关汉卿不会没有作为，他肯定也会创作出新的剧作来。这从关汉卿在江南声名远播的影响可以看出来。而一个作家的影响只有靠他的作品才能闯出。《录鬼簿》对杭州作家沈和甫的记载，从一个侧面印证了关汉卿在江南的声名：

> 沈和甫，名和，杭州人。能词翰，善谈谑。天性风流，兼明音律。以南北调合腔，自和甫始。如《潇湘八景》、《欢喜冤家》，极为工巧。后居江州近年方卒。江西称为"蛮子关汉卿"者是也。

这说明关汉卿不仅名扬大都，而且在江南，仍处领袖地位，成为后世杂剧作家的楷模。

马致远也曾因任"江浙行省务官"在杭州生活过。据刘荫柏考证："马致远在江浙行省任儒学提举时，任所在杭州，他出任的时间约在至元二十一年至二十四年（1284—1287），历时达四年之久。"现存有两支散曲可证明。这两支曲子一为《新水令·题西湖》，一曰《湘妃怨·和卢疏斋西湖》，虽然马致远的戏剧活动没有资料可考，但作为一位有成就的剧作家，当不会没有作为的。

由于北杂剧在形成过程中吸收了北方少数民族的音乐成分，清新刚健，与南方靡丽温柔之曲截然不同，所以江南观众很快就爱上北杂剧，正如徐渭在《南词叙录》中说："元初，北方杂剧流入南徼，一时靡然向风，宋词遂绝，而南戏亦衰。"再加上从南宋以来杭州形成的庞大的勾栏瓦舍这些演出场所急需要演出团体来填补南戏等艺术样式消退的空白，大批北杂剧艺人纷纷南下，大都作家也随之前往，一时盛况，从杭州对剧本的刻印就可反映出来。

这些元刊本有：关汉卿的《古杭新刊的本关大王单刀会》、尚仲贤的《古杭新刊的本尉迟恭三夺槊》、石君宝的《古杭新刊的本诸宫调风月紫云亭》、杨梓的《古杭新刊关目霍光鬼谏》、郑光祖的《古杭新刊关目辅成王周公摄政》和无名氏的《古杭新刊小张屠焚儿救母》。这六个剧本，一本不知作者是谁，其余五种除了作者杨梓是浙江人外，其他四位作家均来自大都和其他北方杂剧兴盛之地。北杂剧形成之初，由于关汉卿等一大批作家的努力，一开始就达到不可企及的程度。所以以其尖锐的社会内容，紧凑的剧目结构，高水平的演出抓住了南方观众，从上述古杭刊印的剧本看，当时来自大都及北方作家基本上控制南方剧坛，在元杂剧发展的前期和中期，大都与北方杂剧在和南方戏剧交流上，可以说是单向的输出，在这种强大的戏剧文化面前，南方戏剧只能对北杂剧俯首称臣，暂时还谈不上对北方戏剧有多大的影响。

进入元杂剧发展后期，南方作家占了创作队伍的主导地位，因此，不可避免地将南曲的一些成分融入北杂剧的创作中去，打破了北曲和南曲不能混用的惯例。南北调合腔自沈和甫开始，在其以后的作家中开始使用广泛。元末明初杂剧作家贾仲明在《吕洞宾桃柳升仙梦》全剧中使用了南北合套，构成旦末对唱，丰富了戏曲音乐的表现功能。这是北杂剧流入南方后，南北戏剧交流产生的一个重要成果。

二　大都籍作家的杂剧创作

元杂剧后期活动的中心，是杭州，其作家大多是杭州人或是外地迁杭的移民，从现在我们所知的为数不多的大都籍作家来看，情形大抵如此。从《录鬼簿》的小传看，曾瑞就是这样一个典型：

> 曾瑞，字瑞卿，大兴人（今属北京市）。自北来南。喜江浙人才之多，羡钱塘景物之盛，因而家焉。神采卓异，衣冠整肃，优游于市井，洒然如神仙中人。志不屈物，故不愿仕，自号褐夫。江淮之达者，岁时馈送不绝，遂得以徜徉卒岁。临终之日，诣门吊者以千数。余尝接音容，获承言话。勉励之语、润益良多。善丹青，能隐语、小曲。

从这段文字可以清楚看出，曾瑞自北方来到江南后，对杭州的"景物之盛"极其喜欢，于是就定居下来。他很有才气，却又不屑仕进，以布衣身份终老于杭州。这从另一方面反映，由于江南经济的发达，已能给剧作家提供优于北方的生活，所以大多北方来杭作家，均留下不走。

《留鞋记》是曾瑞留下的唯一一部作品。因《录鬼簿》著录剧名是《才子佳人误元宵》而不是《留鞋记》，有人据此认为该剧不是曾瑞所作。王季思曾撰《从〈留鞋记〉看曾瑞在元曲家中地位》一文，将曾瑞留存下来的散曲与《留鞋记》进行了细致比较，认为《留鞋记》当为曾瑞所作无疑。

《留鞋记》讲的是开封府相国寺旁一家胭脂铺里的女儿王月英遇见进京赶考的书生郭华、一见生情，不能忘怀。于是暗中传信相约，于元宵节观灯之际，和郭华相会。郭赴约前多喝了几杯酒，在等王月英时就睡着了。王月英来到相国寺见到此景，非常遗憾，将自己的一只绣鞋和一条手帕留在郭华怀中以为表记。郭华醒后，知道王月英来过，又愧又急，吞帕气绝而死。因郭华怀揣王月英绣鞋，破案的线索自然集中在绣鞋上。开封府的包公让张千挑着货郎担，挂着绣鞋进行暗访。王月英的母亲一见绣鞋，认为是女儿丢的，急着认领。这样包公就知道了绣鞋的来历，对月英进行了审问，月英急于辩明自己清白，说出实情，并讲还留下了一块手帕。包公于是派人和月英一起去寻找。王月英见郭华尸首，见他嘴里还留着手帕一角，就抽出手帕，郭华又复活了。原来是神知道他和王月英有一段姻缘，命不该绝。最后，包公断案，成就了这桩婚姻。

《留鞋记》这一故事并非曾瑞自己创造，南朝宋人刘义庆的《幽冥录·买粉儿》就显露这一故事的原型。故事主要情节是，青年因买卖胡粉而生情。女的到男方家幽会，男的因兴奋而死。男方父母通过胡粉找到该女，该女得知此事，前去哭之；男子复活，二人遂成夫妇。到了商品经济发达的两宋时代，故事有了大的发展。皇都风月主人编《绿窗新语》辑《郭华买脂慕女郎》一则，这里已出现人物名郭华。通过买脂粉与女相识，后约会，郭华因遇亲友误约，女留鞋而去。郭华悔恨吞鞋而死。店主人根据鞋找到留鞋女。留鞋女和郭父前去探郭，郭复活。二人结为夫妇，可以肯定，杂剧《留鞋记》是从这则故事发展来，因为它具备了该剧所需要的基本情节。如"买脂约会""误约留鞋""悔恨吞鞋"等。曾瑞在此基础上进一步发展，完善了人物性格，加进了包公断案，使全剧的观赏性大大加强。

尽管王月英也是私下与意中人约会，但她和《西厢记》的崔莺莺大不相同。她不是大家闺秀，而是大都市闻见丰富的泼辣女性。她在都市中生活，独立掌管店铺，见到郭华来买脂粉，主动上前搭话，主动提出约会，并且在元宵佳节，可以观灯至深夜，说明那个时代的城市女性在实际生活中往往要冲破封建社会种种清规戒律的束缚，去寻找自己的爱情。还大胆宣称要像古代的卓文君、薛琼琼、韩彩云，不怕别人指东道西。她说：

这的是佳人有意，都做了年少的夫妻，那会真诗就是我傍州例。便犯出风流罪,暗约下雨云期,常言道风情事那怕人知!

正如郭华叙述,王月英与他"眉去眼来,大有顾盼之意"。大胆而直白地坦露自己的心曲,这在元代女性形象中也很特别,以其独特的个性丰富了元代杂剧妇女形象画廊。

从《留鞋记》中的描写来看,曾瑞对金元时期的开封市井生活、地理状况非常熟悉,看样子在那里生活过。全剧故事一开始指明的地点就是"相国寺西胭脂铺"。相国寺旁卖胭脂自北宋以来就很有名,从寺前流过的一条河名曰"胭脂河",直至今日,胭脂河已不复存在,但地名仍保存下来。

元宵观灯,这是开封自北宋以来就留传下来的传统。辛弃疾在其词中描述过这一壮观场面:"东风夜放花千树,更吹落,星如雨,宝马雕车香满路,玉壶光转,一夜鱼龙舞。"孟元老的《东京梦华录·元宵》有记载讲:

> 正月十五日元宵,大内前自岁前冬至后,开封府绞缚山棚……奇术异能,歌舞百戏,鳞鳞相切,乐声嘈杂十余里。……至正月七日,人使朝辞出门,灯山上彩,金碧相射,锦绣交辉。

这一盛大的节日庆典给很多人都留下深刻的印象,曾瑞自然也不例外,如果不是到过开封,他不会在散曲中将元宵观灯的情景写得那么传神逼真,也不会把《留鞋记》中重点故事情节安排在元宵相国寺观灯。曾瑞在散曲《元宵忆旧》中写道:

> 冻雪才消腊梅谢,却早击碎泥中应节。柳眼吐些些,时序相催,斗把鳌山结。业缘心肠、那烦恼何时彻?对景伤情,怎挨如年夜。灯火阑珊,似万朵金莲谢;车马阗阗,赛一火鸳鸯社。

有了对开封元宵这么深刻的记忆，所以曾瑞在《留鞋记》中对元宵的描写是有根据的，并不是向壁虚构：

> 车马践尘埃，罗绮笼烟霭，灯球月下高抬。这回偿了鸳鸯债，则愿的今朝赛。天澄澄恰二更，人纷纷闹九垓。……你看那月轮呵光满天，灯轮红满街，沸春风管弦一派，趁游人拥出蓬莱。莫不是六鳌海上扶山下，莫不是双凤云中驾辇来；直恁的人马相挨。
> ……
> 看一望琼瑶月色，似万盏琉璃世界，则见那千朵金莲五夜开。笙歌归院落，灯火映楼台。

由此可见，曾瑞这个颇爱游历，最后定居异乡的作家在开封活动过的可能性非常大。因为开封作为一个大都市，是元代杂剧活动的一个重要中心，是很多作家活动过的地方，并且这些作家怀念北宋以来的繁华，许多作品都把发生地安排在开封，成了元杂剧作家在作品中一种挥之不去的怀旧情结。

如果说大都戏剧创作对南方的戏剧产生影响，并互相交流，那么，秦简夫是一个人证。《录鬼簿》"方今才人相知者"条下，说他"见在都下擅名，近岁来杭回"。贾仲名《录鬼簿续编》称他为："元大都人，近岁在杭。"据此可知，秦简夫在大都时知名，并在大都与杭州之间来回往返。他作杂剧5种，今存《东堂老劝破家子弟》、《义士死赵礼让肥》（一作《孝义士赵礼让肥》）和《陶贤母剪发待宾》（一作《晋陶母剪发待宾》）3种。仅见著录的有《玉溪馆》和《夭寿太子邢台记》。

从观赏角度来看，秦简夫现存的三部作品以《东堂老》为最佳，《赵礼让肥》次之，《剪发待宾》最为糟糕。从整体上看，他的剧本的思想不是由剧本内容中生发出来的，而是"概念先行"，或者说是"主题先行"，因而导致理性重于感性，干巴的说教重于生动的情节，于是，为了这一理念，秦简夫可悖常规，谬情理，一切皆不顾及，唯一明确的就是传达他的教化理念。

我们在这里不妨先看一下三剧的故事情节。《东堂老》讲的是东堂老的邻居赵国器临终将家产留给不成器的扬州奴照看。扬州奴不知生活艰辛，整天和一群狐群狗党混在一起，饮酒作乐，最后只能变卖家业。而东堂老私下用老朋友交给的钱把这所有东西都买了下来，但不动声色。扬州奴家业倒腾光了，朋友也如树倒猢狲散，再也没人找他。扬州奴夫妻二人只能住在破窑中，扬州奴不得不做起卖菜这样的小生意活命。东堂老看扬州奴此时已遍尝生活艰辛，有幡然悔悟之心，于是借生日之际，召来邻里，当着众人揭开谜底，把收回来的家产还给了扬州奴。

《赵礼让肥》说的是赵孝、赵礼兄弟二人共同奉养老母。赵孝上山砍柴，赵礼挖野菜药苗。赵礼在山上被强盗马武抓住，要被杀死。赵礼告一个时辰的假，与母亲、哥哥告别。赵孝、赵母知道此事，上山来争说自己肥要求杀了自己。马武见母慈子孝，把他们都放了。自己也下山应皇帝武举去了。马武因战功显赫，做了兵马大元帅，向朝廷推荐了赵氏一家，兄弟二人均做了大臣。

《剪发待宾》据考确有其事。陶侃之母为了让儿子拿回放在当铺里的一个"信"字，不惜剪掉自己的头发卖了，让儿子招待范逵。《晋书·陶侃传》称：

> 侃早孤贫，为县吏。鄱阳孝廉范逵尝过侃，时仓促无以待宾，其母乃截发得双发，以易酒肴。乐饮极欢，虽仆从亦过所望。及逵去，侃追送百余里。逵曰："卿欲仕郡乎？"侃曰："欲之，困于无津耳。"

后来，范逵把他推荐给庐江太守张夔，从此官运亨通。

纵览秦简夫这三出戏，信义是一个贯穿始终的主题。东堂老本来与赵国器"非服制之亲"，但在受朋友委托之后，在管教扬州奴方面可以说是费尽心力，这全是为了一个"信"字。陶侃的母亲见儿子竟然拿

"信"字去换钱,马上制止儿子这种行为,并与儿子产生激烈的辩论:

(陶云)母亲不问,你孩儿也不敢说,还是钱字好!
(旦云)怎生这钱字好?
(陶云)母亲,便好道钱字是人之胆,财是富之苗。如何有钱的出则人敬,坐则人让。口食香美之食,身穿锦绣之衣。无钱的口食粝食,身穿破衣。有钞方能成事业,无钱眼下受奔波。这个信字打什么不紧。
(旦云)你那里知道,我说与你(唱)
(金盏儿)"钱"字是大金傍戈。信字是立人边信。信近于义钱招怨。这一个有钱可更有信,两件事古来传。这一个有钱的石崇般富,这一个有信的范丹贤。你常存着立身夫子信。(云)抬了着。(唱)休恋这转世邓通钱。

其实,严峻的社会现实,就连作者本身也对"信"字产生疑问,但是,为了一种信念,为了一种理想,作者展开了一场堂·吉诃德式的战斗。不管情理能否说得通。当赵礼被马武拿住就要被杀之际,赵礼向马武告一个时辰的假,马武提出疑问:

(马武云)我放你去呵。你有什么质当。
(正末云)有小生当下这个信字。
(马武云)这个信字打什么不紧。
(正末云)俺秀才每仁义礼智信,惟有个信字不敢失了。天无信四时失序,地无信五谷不生。人无信而不立。大车无輗,小车无軏,其何以行之哉?既是孔子之徒,岂可失信于人乎?

所以,即使面对生离死别的母亲,赵礼也要按时返回,就是为了一个信字。这种执着可以说惊天地、泣鬼神。面对重信重义的赵氏一家,就连杀人魔王也被感动，可见信义的力量。这大概是作者面对社会的混乱状况，感觉世道浇漓、人心不古，想通过戏剧这一形式进行教化，因此，不顾及手法而进行直白的表露。

尽管秦简夫写作的最终目的是用中国传统的儒家思想来扭转日益颓废的世风，有时也不大能顾及形式和内容，但是，一部戏剧作品丰富的容量还是不可避免将大量的社会现实给反映出来。《赵礼让肥》中对饥荒中灾民的形象当是社会现实逼真的描绘：

> 饿的这民饥色，看看的如蜡渣。他每都家家上树把这槐芽掐，他每都村村沿道将榆皮刮，他们都人人绕户粮食化。

如果没有经历过灾荒或目睹过饥民的情况，是难写出这样的词句的。由于元代商贸活动极为发达，商人的地位逐渐崛起，元剧中对商人形象的描写颇多。秦简夫这个儒家思想的忠实守卫者，不光看到商人挣下"铜斗儿"一样的家私，还看到取得商业上成功的艰辛。当东堂老的儿子为买卖不顺手，认为自己"生来命拙"，运气不好。东堂老马上就批评他这一观点，教训他"孩儿，你说差了。那做买卖的有一等人肯向前，敢当赌，汤风冒雪，忍寒受冷；有一等人怕风怯雨，门也不出。所以孔子门下3000弟子，只子贡善能货殖，遂成大富。怎做得由命不由人"。并且他对自己的创业经历的记忆刻骨铭心，无限感慨地说：

> 想着我幼年时血气猛，为蝇头努力去争……使得我到今来一身残病。我去那狼窝不顾残生，我可也问甚的是夜甚的是明，甚的是雨甚的是晴……那里也有一日的安宁。投至得十年五载我这般松宽的有，也是我万苦千辛积攒成，往世堪惊。

这可以看出，元代的生意人不怕辛苦，不避凶险去争去拼，所以才创下一份家业。迄今为止，我们看到这里，仍会和作者有一种心灵相通的感觉，因为到今天为止我们还是可以看到创业的艰难与辛酸从古到今都是一样的。因此，当扬州奴挑担卖菜时，从一贯本钱的生意做起，连油盐酱都不敢买，卖剩下的菜，也不敢吃，"吃了就伤本钱。着些凉水儿洒洒，还要卖哩"，扬州奴敢吃的，就是"买将那仓小米儿来，又不敢舂，恐怕折耗了。只拣那卖不去的菜叶儿，将来煨熟了，又不要蘸盐搠酱，只吃一碗淡粥"。东堂老似乎从扬州奴身上，看到他们当年创业时的影子，于是才决定将扬州奴父亲托付下来的家业交给他。

扬州自古以来商业发达，是歌舞繁华之地。一直有"腰缠十万贯，骑鹤下扬州"的说法。说明扬州的游冶生活之盛，吸引了不少人携万贯家财而来。身在扬州的扬州奴就是整天和一伙"狂朋怪友，饮酒非为"，周旋于酒楼、歌妓之间，这些歌妓仅留下姓名的就有三个。一个是宜时景、一个是善唱阿孤令的撒枝秀，还有一个是耿妙莲，整天沉溺于声色之中。直至"把那家缘过活、金银珠翠、古董玩器、田产物业、孳畜牛羊、油磨房、解典库、丫环奴仆，典尽卖绝"。可见扬州的声色生活是多么勾引人。

在元代后期作家中，秦简夫可谓是一个代表。王季思认为，从他现存的三剧来看，"其人当为一热情而严正之儒士。其精神面目即剧中之东堂老可仿佛见之。今传元剧作者，行略每不见于记载。然作者个性每有意无意间流露于其作品之中"。对剧中秦简夫过于坦露自己的心曲的评价还是中肯的。

元代晚期作家刘君锡在《录鬼簿续编》中有关于他的记载，说他是"燕山人。故元省奏。性差方介，人或有短，正色责之。隐语为燕南独步，人称为'白眉翁'。家虽甚贫，不屈节。时与邢允恭友让，暨余辈交。风流怀抱。又自题一种；所作乐府，行于世者极多"。燕山是旧时府名。辽时在现今北京设燕京府，宋徽宗宣和四年改为燕山府，辖今河北北部及东北部。属北京这个大范围地区之内，加上元明之际的文献记载北京时，多喜沿用旧称，如元代熊梦祥在《析津志·名宦》中就称关汉卿为"燕人"。而《录鬼簿续编》对刘君锡的记载也是沿用旧称，刘君锡当为北京作家。

刘君锡有杂剧三种：《贤大夫疏广东门宴》、《石梦卿三丧不举》和《庞居士误放来生债》。《来生债》现存。

《来生债》是一出佛教戏。它讲居士庞蕴发现自己在放债中无意给别人造成了许多痛苦，甚至将银子白送给别人，都会给受赠人带来烦恼与不安。认识到人被财富所累的种种痛苦。认为"我弃了这千百顷家良田，便是把金枷来自解；我沉了这万余锭家私，便是把玉锁来顿开"。于是烧了契约，放了奴仆，沉了家产，过上清静生活，最后白日飞升，终成正果。

元代的高利贷非常严重，借债者"卖田业，鬻妻子，有不能给者"（《元遗山文集》卷二十六），十分悲惨。《来生债》可以说是重点描写了这一情况，该剧中的李孝先，说了这样一段宾白："小生前者往县衙门首经过，见衙门里面绷扒吊拷，追征十数余人，小生上前问其缘故，那公吏人道是少那财主钱物的人，无的还他，因此上拷打追征。李孝先因欠庞居士银两无力归还，见此情景后竟然给吓病了。"在这个剧本中还讲，庞居士家中的牛、马、驴骡，都是前生欠了他的债，今生变为牲畜来偿还，这景象令人心惊目骇！

而这所有这一切恶业，都是金钱造成的。于是，《来生债》的作者对金钱带来的罪恶描绘得淋漓尽致。他指出金钱"无德而尊，无势而热。排金门，入紫闼，危可使安，死可使活，贵可使贱，生可使杀。是故非钱而不胜，幽滞非钱而不拨，冤仇非钱而不解，令闻非钱而不发"。"这钱所使作的仁者无仁，恩者无恩，费千百才买的居邻。这钱呵将嫡亲的昆仲绝情分。""无钱君子受熬煎，有钱村汉显英贤，父母兄弟皆不顾，义断恩疏只为钱。"这些曲词和莎士比亚《雅典的泰门》里关于金钱的话对比毫不逊色，可以说有异曲同工之妙。这说明在封建时代商业经济发展的初期，对金钱产生的罪恶认识这一点上，东西方是完全相同的。

在艺术处理方面，作者创造了一个无限广阔的表现空间。为演员表演提供了丰富的想象余地。如剧中牛、马、驴之间的对话，如何用人来表现动物还需演员动一番脑子。还有磨博士得到一锭银子后，心神不定，一个噩梦连着一个噩梦，这全靠演员用宾白和形体动作来展现，并且在舞台上营造出两个表演空间，一个是联翩不断的梦境，一个是磨博士的家，充分地利用了中国戏曲灵活自由的时空手段。还有当庞居士准备将家财沉入海中时，龙神领众神水卒上，将装财宝船托住。一会儿，天神下凡，命水卒将财宝收入龙宫。一连串的规定情节可以使演员表现一会儿天上，一会儿水中，场面极为宏丽壮观。从《来生债》看，作者对戏曲的表现手段烂熟于心，同时，也说明，元杂剧发展到后期，在表现手法上发展得非常完备。《来生债》就是这样一部代表作品。

三　南流大都籍作家的创作走向

自从杭州成了杂剧创作中心，大都籍作家南移以后。大都籍作家的人数锐减，已经不像元代前期大都作家那样在创作中占主要地位。

据《录鬼簿》和《录鬼簿续编》记载。在第一期杂剧作家中，除一两人之外，全是北方人。在53位标明籍贯的作家当中，18位来自大都，11位来自附近的地方，剩下的人中除了5个人，都来自大都周边地区。

中期作家里，约21位提及地名，按籍贯分只有8位是北方人。其他有9位来自杭州，3位来自扬州，1位来自浙江建德。即使是籍贯在北方的作家，他们已经是或生于斯、或成长于斯、或工作于斯，跟北方关系不大了。

到了第三阶段，有19位剧作家，其中11位是南方人：江苏5人、浙江4人、江西1人，福建1人；其他5位是北方人，另外还有1位是甘肃人，1位是蒙古人，1位是维吾尔人。

从这些罗列的数据可以表明，包括大都籍作家在内的北方作家，融入以南方作家群体为主的创作队伍中，以杭州为创作中心，延续、发展杂剧创作，并且加强南北戏剧之间的交流，为南北戏剧的融合做出了自己的贡献。

首先，从剧本所反映的内容看，大都籍作家的创作走向基本上是与元代中后期杂剧创作的潮流是一致的。在元代前期，起自漠北高原的蒙古民族刚刚入主中原，由于他们的社会结构与有着上千年封建统治的中原有着极大的不同。其风俗习惯与讲究孔孟之道的汉民族截然不同，忠君、孝悌、贞节观念都比较薄弱。这样对汉民族的文化形成强烈的冲击。因此，一时社会传统道德被冲击得七零八落，尽管带来的社会混乱使广大百姓有一种不安定的感觉，但是，它也暂时解开思想的束缚，为杂剧的繁荣奠定了思想基础，使我们现在依然可以从剧中看到民主思想的光辉和色彩斑斓的社会画面。然而汉民族文化强大的制衡能力和同化力量使蒙古民族通过铁蹄与杀伐进行统治的办法逐渐失去其锋芒，因为对这种统治办法人们可以一时避其锋芒，但终不如治心之术会带来长治久安。于是，从元世祖开始，就用儒臣帮助定朝仪，治礼乐，设学校，建官制，建立封建统治秩序。随着时间的推移，封建的纲常伦理和儒家思想逐渐深入人心，汉民族文化经过元初的动荡与破坏之后，又实现了整合与复归。

大都籍作家的创作同样与这样的时代精神相吻合，对千百年来在中原汉地占统治地位的儒家思想极力宣传，如秦简夫的《赵礼让肥》《东堂老》等戏，对信义、务实等人生信条进行张扬。虽然说这些作家写出的作品，从艺术技巧的掌握到对社会生活的认识，他们都有独到之处，可是长期以来对这些作品的评价并不高。有人认为，"杂剧中心南移后，杂剧的创作思潮发生了变化。前期杂剧中的积极战斗精神逐渐消失，那种敢怒、敢骂、敢于无视封建纲常的叛逆精神很少见到了；代之而起的是对封建道德的妥协和宣扬。杂剧题材也较前狭窄，所反映的社会生活面远不如前期宽广"。其实，我们不能以今人的眼光来审视古代作品。当元代后期作家从元代初期那种畸形的社会状态下生活过来，他们深深眷恋的还是儒家思想统治的社会，在剧本中极力讴歌与颂扬，是对前期社会秩序与人文环境混乱的一种反动。

其次,大都籍作家由于失去了北方这块培育元杂剧成长的肥沃土壤,在创作队伍中已经不能成为一言九鼎的领军人物,因此在艺术上也不会有什么大的突破与进展。用余秋雨的话讲:"生根于北方的杂剧艺术确实是背井离乡,到南方来落户了。初一看,它赶着热闹,趁着人流,驰骋千里,是生命强度的新开拓;实际上,它的生命原与朔风大漠连在一起,在湖光山色之间倒失去了依凭的根柢,表面的伸展和发达反而加重了它的内在危机。"① 因为南方从南宋以来有着它深厚的戏文传统,而戏文所具有的内容丰富的特点,这是元杂剧"四折一楔子"的体制无法比拟的。要迎合当地的观众,必须要在剧本的容量和传奇方面下功夫。于是,冗长的故事,离奇的情节,在大都籍作家的笔下流露出来,这是为了南方观众的审美需要不得已而为之的。然而,这种努力终究也无法改变地域性的审美习惯,正如王世贞所言:"词不快北耳而后有北曲,北曲不谐南耳而后有南曲。"(《艺苑卮言》)元杂剧敌不过南曲,这一艺术形式最终让位崛起于南方的传奇了。

---

① 余秋雨:《中国戏剧文化史述》,湖南人民出版社1985年版。

目连本事及其流变考

目连是印度佛教高僧,他的故事传说很早传入中国,对中国的宗教、民俗、文学、艺术产生深远影响。尤其是目连戏出现甚早,风行民间,引起国内外学者关注,但遗憾的是对目连本事的研究只局限于有关救母故事诸经,未识全貌,致有舛论。

目连,即梵文 Mahamaudgalynyana 音译"目犍连延"之略称,亦略作"目犍连",全称作"摩诃目犍连"是"大"的意思。在诸种译经中文字稍有出入,《法华经》作"大目犍连",《阿弥陀经》作"摩诃目犍连",《增一阿含经》作"大目犍连",《根本一切有部毗奈耶杂事》作"大目乾连"。此外,还有新称作"摩诃没特伽罗""没特伽罗子"。隋·智𫖮说、灌顶记《法华玄赞》卷 1 云:

> 梵云摩诃没特伽罗,言大目犍连者,讹也。此云大采菽氏。上古有仙,居山菽处,常采绿豆而食,因以为姓。尊者之母是彼之族,取母氏姓而伪其名,得大神通,简余此姓,故云大采菽氏,从父本名俱利迦,亦云拘隶多。先云俱律陀,讹也。《大般若》云,舍利子大采菽氏。

唐·玄应《玄应音义》卷 6 云:

> 目犍连,或言目伽略子者,讹也。则正音没罗伽子,或言毛驮伽罗子,此乃从母为名。没特伽,此云绿豆,罗此云执取,或云挽取。本名俱利迦,或言拘隶多,此从父名也;旧云俱律陀,

不正也。

故又译作大赞诵大菜茯根、大胡豆、大采菽等。

佛教教义讲究三世轮回、因果报应，目连自然不能例外。在隋·多崛多译《佛本行集经》卷48《舍利目连因缘品》云：

> 我念往昔波罗捺城有一商人，恒于大海捕螺而卖。是时商人作如是念，我今所求财自活是大苦业，今日应造将来世因功德之事。时波罗捺有辟支佛依城而住。时辟支佛日在东方于晨朝时，着衣持钵，便入于波罗捺城内，次第乞食。卖螺商人遥见尊者辟支佛来，威仪庠序，进止安审，舒颜平视。既见此已，心得清净，即为作礼，请辟支佛往诣其家，尊重供养，施诸肴膳恭给所须。时辟支佛受彼施饭食已讫，而辟支佛无说法，唯以神通而用化物，不以余法。时辟支佛受彼商人供给所须饭食讫已，怜愍彼故，即从是处飞腾虚空。时彼商人亲见遥见辟支佛腾空飞已，欢喜踊跃，遍身心不能自胜，合十指掌，遥向顶礼。彼辟支佛遂发是愿，愿我将来值是教师或复胜者。彼所说法，速得领悟，生生之处，勿堕恶道。如彼所愿，我亦得同是圣者，腾空飞行，令我将来亦复如是。汝等比丘于意云何？彼时人捕螺而卖以自存活，后时供养辟支佛，岂异人乎？即目捷连比丘是也。诸比丘，此舍利弗、目捷连延往昔种彼诸善根，故今得出家证罗汉果，我复受记，于我声闻诸弟子中智慧胜者舍利弗是，神通胜者目捷连是。①

目连生活的年代，正是释迦牟尼创立佛教的时代。当时印度社会分裂成许多小国，比较大的有十六个，相互征战、兼并、社会动荡。当时思想界非常活跃，产生了改革现实的强烈要求，出现了反对婆罗门正统

---

① 见《中华大藏经》（汉文部分）第35册。

思想的思潮和宗派，据说当时社会上这种思潮有三百六十三种，被称作"三百六十见"，其中最有代表性的宗派为六种，被称作"六师"。这六派的创始者为富兰那、迦叶、末伽梨、俱舍梨子、删阇夜、毗罗伲子、阿耆多、翅舍钦婆罗、迦罗鸠驮、迦旃延、尼乾陀、若提子，而目连与舍利弗早年即从删阇夜、毗罗伲子（亦译作"散惹夷""散惹邪""删阇耶"）修行。删阇夜是一种直观主义学派，对一切问题都不作正面答复，曰"此事实，此事异，此事非异非不异"。对有无来世、有无果报等重要宗教问题，他认为说有即有，说无即无，故被人比之为难捉摸的泥鳅。这派人的学说比较软弱，比较调和，也很矛盾，一方面主张"道不须修，经八万劫自然而得"，另一方面又主张在现实人生要踏实修定，以求真智慧。这派学说含有反对婆罗门世界由梵我转化而来的主张，被认为是怀疑论者和不可知论者。目连在这派中修行，精通教理，带领一百多名徒弟，但心中常有迷惑不安之念。他与舍利弗互约，先得解脱必以告，共竞修行精进。有一天舍利弗至王舍城遇见马胜比丘，见其仪容端正，心中惊奇，问其理由，始知佛陀出现了，并由一偈之法门忽得开悟，扫去心中对宇宙人生积聚的疑云。舍利弗欣喜若狂，与马胜定交，回来告诉目连。第二天二人到竹园精舍听释迦牟尼说法，投身在释迦牟尼门下为诸佛子，他们的门人合计有200多名亦入佛门。舍利弗随佛陀出家半个月后才尽诸结漏，斩断烦恼，而目连仅七日就尽诸结漏，现神通力，证得罗汉果。目连与舍利弗为释迦牟尼十大弟子之一，而且为前两名，据《增一阿含经》卷1和卷45和《大智度论》卷41等经得知，"舍利弗智慧第一，目犍连神足第一"。目连能"神足轻举，飞到十方"。在唐·般剌密帝译《大佛顶首楞严经》卷5中云：

> 大目犍连即从座起，顶礼佛足，而白佛云：我初于路乞食，逢遇优楼频螺伽耶那提三迦叶波，宣说如来因缘深义。我顿发心，得大通达。如来惠我袈裟著身，须发自落。我游十方，得无挂碍。神通发明，推为无上，成阿罗汉。宁唯世尊，十方如来，叹我神力，

圆明清净，自在无畏，佛问圆通，我以旋湛，心光发宣，如澄法流，久成清莹，斯为第一。①

目连因在佛陀门下修行精进，深得佛陀欢喜，经常在佛陀身旁。我们进佛寺大雄宝殿，常见在释迦牟尼左胁侍为文殊菩殊，右胁侍为普贤菩萨，其实在创教之初为目连、舍利弗。在秦·鸠摩罗什译《大知度论》卷40中云：

舍利弗是右面弟子，目犍连是佛左面弟子。②

据《天台净名疏》解释"若据胜劣身子为左，若据定慧身子为右"。目连为神通第一，神通为定力所使然，故配之于左方，为佛左面的弟子。佛陀非常器重目连，常常让其帮助处理家庭和家族的私事。据《佛说未曾有因缘经》卷上记载，佛陀想让自己的儿子罗睺罗出家，估计自己的妻子耶输陀罗难以割舍母子"恩爱"，便让目连前去做家人的工作，并代佛陀向他的父亲、养母和三叔父斛饭王等问好。目连奉命至迦毗罗卫城，做了细致的工作，才将罗睺罗引至佛所，佛陀"命舍利弗为和尚，大目犍连作阿阇梨，授十戒法，便为沙弥"。即舍利弗为罗睺罗亲教师，目连轨范师，足见十分信任他。据佛经中记载，释迦牟尼出家的原因很复杂，有几种传说，其中之一说他生下后，有相士预言他将来不做转轮王，就做思想家。这反映了他面临着严酷现实，即在民族危亡的关头，他肩负历史使命：或者使国家强盛，免遭憍萨罗国、摩揭陀国的侵略；或者成为在学术思想界的伟人，抬高本民族的政治地位，以此来捍卫家国。释迦牟尼选择了后者，并在大半生的时间里住在憍萨罗国宣法，他曾两次阻止了憍萨罗国毗流璃王（亦称"流璃王"）对释

---

① 见《中华大藏经》（汉文部分）第35册。
② 龙树菩萨撰，百卷，秦·鸠摩罗什译，又作《释大品般若经》。

迦族的进攻，但最后还是没能挽救覆灭的命运。在三国·康僧会译《六度集经》卷5《释家毕罪经》记载了释迦族被大屠杀的惨况：

> 军又出，未至释氏城有数里，城中弓弩矢声犹风雨，幢幡伞盖，断竿截半，裂铠斩控，士马震奔，靡不失魄，王又奔归。……魔奋势拔钥，排门兵入，犹塘决水翻。……兵入掘地，半埋释人，横材象牵，概杀之矣。或马迹，或兵刃。佛时首疾，其痛难言。[①]

面对这大惨剧，目连曾向佛陀进言，他"欲以罗汉威神，化为天网，覆城面四十里，王奈释人何"，但佛陀不同意。他再次献策，"能攘有形"，佛陀表示"种恶祸生，孰能搞攘之？取释氏一子，置吾钵下，以效其实"。"目连如命"便持钵去救释迦族人，不过他没有完全按照佛陀指示只取一人，而是施展神通腾空飞入城中，挑选了五百名释迦族优秀子弟，用神力将他们摄入钵内。待他要飞至安全地带，便打开钵，想放出这五百人，不料这五百人俱已化为血水。目连大惊，但很快觉悟，这就是佛陀所说因果法则不能违背，神通也敌不过业力。

目连因有大神通，人很怪，不仅在印度各处游行，还飞到别处佛土访学，尤其是喜欢到地狱中了解众生善恶果报。以致众鬼缠身，搞得佛陀都不能清净。在三国·支谦译《撰集百缘经》中《饿鬼品》《目连入城见五百饿鬼缘》中，表现了他对众生在地狱中受苦的关心。在安世高译《佛说鬼问目连经》中，他为在地狱中诸鬼提出的问题，一一解答前生因果业报。目连常常与饿鬼、魔王打交道，大概与他前世"作魔"有因果关系。在晋·僧伽提婆、罗叉共译《中阿含经》"大品"中《降魔经第十五》云：

> 彼时，魔王化作细形，入尊者大目连腹中。……尊者大目连告

[①] 康僧会译，吴海勇注译：《六度集经》，花城出版社1998年版。

曰：波旬！昔有如来名觉砾拘荀无所著等正觉，我时作魔，名曰恶。我有妹名黑，汝是彼子。波旬！因此事故，汝是我外甥。觉砾拘荀无所著等正觉有二大弟子，一者名音，二者名想。……波旬！彼时恶魔复作是念：我以此事求精进沙便，而不能得，我宁可化作年少形，手持大杖，住其遁边，打尊者音头，今破血流污面。波旬！觉砾拘荀大如来无所著等正觉于后所依村邑游行，彼于平旦著衣持钵，入村乞食，尊者音在后侍从。波旬！尔时恶魔化作年少形，手持大杖，住在道边，击尊者音头破血流污面。……波旬！觉砾拘荀大如来无所著等正觉见尊者音头破血流污面，随佛后形，如影不离，便作是说：此恶魔凶暴，大有威力，此恶魔不知餍足。波旬！觉砾拘荀大如来无所觉等正觉说语未讫，彼时恶魔便于彼处，其身即堕无缺大地狱。此大地狱而有四名：一者无缺，二者百钉，三者逆刺，四者六更。彼大地狱其中有卒，往至恶魔所，语恶魔曰：汝今当知，若钉钉等共合者，当知满百年。于是，魔波旬闻说此已，即便心悸，恐怖惊惧，身毛皆竖……①

此经曾抽出别译作《弊魔试目连经》《佛说魔娆乱经》。此中魔波旬，简称波旬，为古印度传说中欲界六天"他化自在天"之魔王，常率其眷属（魔众）到人间破坏佛道，以一切烦恼、疑惑、迷恋等方式妨碍修行者的身心，障碍善法，而目连前生竟是这位魔王的亲舅父，竟是横行无忌的"恶"魔。此中觉砾拘荀大如来，三国·支谦译《弊魔试目连经》中作"拘楼秦"，还有一种失译人名的译经作"拘楼孙"，即"七佛"中第四佛"拘留孙佛"，是释迦牟尼以前六孙代佛中的大觉悟者。目连前生不仅为魔，还化作少年形用大杖击伤拘留佛的大弟子音尊者，为此被拘留孙佛咒入无缺大地狱，经受百年折磨、痛苦。目连因有

---

① 中国佛教文化研究所编，中国佛教文化研究所点校：《中阿含经》，宗教文化出版社1999年版。

这样一段刻骨铭心的因果业报,所以与地狱结下难忘之缘,后遂经数世苦修成为尊者、佛子,仍念念不忘到地狱为苦难者说法,帮助他们解脱。

大约释迦牟尼在八十岁时,感到身体不适,在毗舍离城附近竹林村的森林中说法后,突然向门人宣布,三个月后他要进入涅槃了。这个惊人的消息,使众门人悲哀。过去诸佛在涅槃时,上首弟子先佛涅槃,这是三世诸佛之常法。舍利弗是释迦牟尼的上首弟子,他决定"先取般涅槃"。目连"闻舍利弗灭度,即以神足至世尊所,头面礼足",一再向释迦牟尼请求、辞行,想随舍利弗同时"灭度",但释迦牟尼却"默然不对"。在《增一阿含经》卷18《四意断品第二十六》中描写了目连辞别释迦牟尼后的情况:

> 是时,尊者大目犍连到时,著衣持钵,欲入罗阅城乞食。是时,执杖梵志遥见目连来,……彼梵志便共围捉,各以瓦石打杀而便舍去,身体无处不遍,骨肉烂尽,酷痛苦恼,不可称计。……目连即以神足还至精舍,到舍利弗所,在一面坐。是时,尊者大目犍连语舍利弗言:"此执杖梵志围我取打,骨肉烂尽,身体疼痛,实不可堪,我今欲取涅槃,故来辞汝。"①

在唐·义净译《根本说一切有部毗奈耶杂事》卷18中不仅有相近同的记载,还有在《增一阿含经》中没有说的因果业报根源。在《毗奈耶杂事》卷18中描写到,目连被打伤后,被"舍利子"(即"舍利弗"的另一译名)以衣裹之,抱至"竹园",国王和大臣闻讯后赶到俱"涕泪横流"。国王极怒,命大臣差人去捉杀"外道","以火焚烧"为目连报仇,被目连劝阻,并言"我先作业,犹如瀑流注在于身,非余代受"。目连先与"俱求善法","同时出家,同证甘露,同归圆寂"的舍利子告别,然后执持衣钵,以神通力支持身体入王舍城,"次第乞食,

---

① 中国佛教文化研究所点校:《增一阿含经》,宗教文化出版社1999年版。

还至本处，饭食讫，取衣钵，洗足已"，才至释迦牟尼处，"礼双足已"向自己的老师请示。"大目连最后礼佛，合掌恭敬，右绕三匝，奉辞而去"。将目连的死写得极悲壮、极庄严、极感人。因为目连为佛陀门人中神足第一的人物，他昔年曾化桥渡佛，以神力移山度梵志，还能飞行到数十亿佛土之外的佛国试听佛陀声音远近，他怎么会被一小群执杖梵志所杀呢？"诸必多咸皆有疑"，请求释迦牟尼能予以解说。于是，释迦牟尼讲述了一段故事：

> 昔于一城处，有一婆罗门妻，诞一男，年既长大，为其娶妇。儿子妇处极生爱恋，目嗔新妇，儿怀忿心，于其母处不为敬重，母责子曰：汝爱其妇，与我相违。妇闻是语，遂生恶念。此之老母，年过容华，亍已婿边，未能誓离，而更于我夫主，强说过非。从是已后，常求母过。后于异时，妇见姑嫜作私隐事，遂告其夫，共生嗔忿。子告妇曰：愚痴老耄，尚不息心，于我少年强生言责。遂起恶心，作磣害语，如何得有勇力之人，打彼身形碎，如槌苇。汝等必多，勿生异念，往时婆罗门子即大目连。由于父母发生恶念，作无义语，于五百生中，身常被打碎如槌苇，乃至今日。最后生身于我弟子，声闻众中神通第一，尚受斯报。是故汝等当知，所作业必须自受，无人代受。……大目连有大气力，以足右指蹴天帝释战胜之宫，能令摇动，几欲崩倒。于声闻中如赞说，有大威力，神通第一，然由前世业力，所持神字，尚不能忆，况发于通。①

从这段文字可知，目连虽然神通广大，但因前世业因，对母亲不孝顺，是个逆子，所以在"五百生中"，常常遭到业报，身体被打碎如槌芦苇。佛教通过目连的故事阐述神通敌不过业力的观点，而目连又成为殉教的第一人，以他的死来弘法利生，启示后人。

---

① 见《中华大藏经》（汉文部分）第50册。

目连是随着佛教最早传入中国的。南朝齐梁·僧祐《弘明集后序》引《庄子》一书云：

> 《列子》称，"周穆王时，西极有化人来……既能变人之形，又且易人之患。穆王敬之若神，事之若君。"观其灵迹，乃开士所化。①

此中《列子》一书虽托名于战国时列御寇，但实际上乃后学所辑，成书于西汉景帝时。文中所谓"化人"，是指佛陀的上首弟子，"开士"即菩萨，他们代师法化东土。僧祐仅说不是佛陀亲临而是其门人东来，唐·道世《法苑珠林》卷14引《宣师感通记》则进一步发热发挥云：

> 至穆王时，文殊、目连来化，穆王从之，即《列子》所谓"化人"者是也。②

僧祐、道世等人认为佛教从周穆王时即传入中国之说虽是自我吹嘘，不能令人信服，但从二人的论述中可知目连是随着佛教最早传入的，并成为东土最先知道并受到尊重的佛教人物之一。南朝梁释僧旻、宝唱等自称从经、律二藏精选编辑了《经律异相》50卷，其中与目连有关的内容：

    卷13 阿那律等共化跋提长者及姊第十五
    出《弥沙塞律第三十》
    卷14 舍利弗目连角现神力第九
    佛令目连往招舍利弗，舍利弗与目连比神通，目连不及
        出《增一阿含经》第27卷
    目连使阿耆河水涨化作宝桥渡佛第十

---

① 《大正大藏经》52卷。
② （唐）道世编纂：《法苑珠林》，上海古籍出版社1991年版，文载《大正大藏经》53卷。

　　　　出《僧祇律》第 6 卷。
　　目连为母造盆第十一
　　　　出《盂兰经》。
　　目连为魔所娆第十二
　　　　出《弊魔试目连经》。
　　目连劝弟并示报处第十三
　　　　出《目连弟布施望即报经》。
　　目连伏菩萨慢第十四
　　　　出《密迹金刚力士经》第 3 卷。
　　目连以神力降化梵志第十五
　　目连以须弥山降伏两龙王
　　　　出《降龙经》。
　　目连迁无热池现金翅鸟第十八
　　　　出《弘道广显三昧经》第 1 卷。
卷 27 蓝达王因目连悟道第六
目连化作大鬼神身长数长
出《蓝达王经》。
　　　　第 46 魔王娆目连为说先身为魔事第十
出《弊魔试目连经》又出《中阿含经》第 27 卷。
　　　　饿鬼请问目连所因得苦第十三
出《杂藏经》卷 47。
　　　　猕猴等四兽与梵志结缘第一
出《旧杂譬喻经》下卷。

　　由此可知有关目连的故事传说，在南朝时已大量翻译、介绍过来。其中最值得认真研究的是卷 14 译介的《盂兰经》，讲述目连救母的故事。

　　目连救母的故事，最早见于西晋·竺法护译《佛说盂兰盆经》（一作《报像功德经》）、隋·法经等撰《众经目录》中《灌腊经》（一作《般泥洹后四辈灌腊经》）和《经律异相》中《盂兰经》。后三种显系竺法护译本为祖本，在内容情节上有所删减，使之更简单明了。《佛说盂兰盆经》云：

闻如是，一时佛在舍卫国祇树给孤独园，大目犍连始得六通，欲度父母，报乳哺之恩，即以道眼观视世间，见其亡母生饿鬼中，不见饮食，皮骨连立。目连悲哀，即钵盛饭往饷其母。母得钵饭，便以左手障饭，右手搏饭，食未入口，化成火炭，遂不得食。目连大叫，悲号涕泣，驰还白佛，具陈如此。佛言："汝母罪根深结，非汝一人力所奈何，汝虽孝顺声天地，天神地祇邪魔外道，道士四天王神，亦不能奈何，当须十方众僧威神之力，乃得解脱。吾今当为汝说救济之法，令一切难皆离忧苦，罪障消除。"佛告目连："十方众僧于七月十五日僧自恣时，当为七世父母及现在父母厄难中者，具饭百味五果汲灌盆器，香油锭烛床敷卧具，尽世甘美以著盆中，供养十方大德众僧。当此之时，一切圣众或在山闲禅定，或得四道果，或树下经行，或六通自在教化声闻缘觉，或十地菩萨大人权现比丘，在大众中皆同一心受钵和罗饭，具清净戒，圣众之道其德汪洋，其有供养此等自恣僧者，现在父母七世父母六种亲属六亲眷属，得出三涂之苦，应时解脱衣食自然。若复有人父母现在者福乐百年，若已亡七世父母生天，自在化生入天华光受无量快乐。"时佛敕十方众僧，皆先为施主家咒愿，愿七世父母行禅定意然后受食。初受盆时，先安在佛塔前，众僧咒愿竟，便自受食。尔时目连比丘及大会大菩萨众，皆大欢喜，而目连悲啼泣声释然除灭。是时目连其母，即于是日得脱一劫饿鬼之苦。尔时目连复白佛言："弟子所生父母，得蒙三宝功德之力，众僧威神之力故，若未来世一切佛行孝顺者，亦应奉此盂兰盆，救度现在父母乃至七世父母为可尔不？"佛言："大善快问，我正欲说，汝今复问，善男子。

若有比丘比丘尼，国王太子王子、大臣宰相、三公百官万民庶人，行慈孝者，皆应为所生现在父母、过去七世父母，于七月十五日佛欢喜日，僧自恣日，以百味饮食安盂兰盆中，施十方自恣僧，乞愿便使现在父母寿命百年无病，无一切苦恼之患，乃至七世父母离饿鬼苦簿，得生天人中，福乐无极。"佛告诸善男子善女人，是佛弟子修孝顺者，应念念中常忆父母供养，乃至七世父母，年年七月十五日，常以孝顺慈忆所生父母，乃至七世父母为作盂兰盆施佛及僧，以报父母长养慈受之恩。若一切佛弟子，应当奉持是法。①

至于目连的母亲因何遭此业报，此经并未说明，留下遗漏。唐宗密在《盂兰盆经疏》中对此做了极重要的解释：

> 有经说：定光佛时，目莲名罗卜，母字青提。罗卜欲行，嘱其母曰："若有客来，娘当具膳。"去后客至，母乃不供。仍更诈为设食之筵。儿归，问曰："客来，若为备拟。"母曰："汝不见设食处耶？"后尔以来，五百生中悭悭相续。

至此，目连救母故事方成定格，并在这大格的范围内加以发挥，衍成许许多多的故事。宋人志磐《佛祖统纪》卷32解释，"盂兰此翻解倒悬，言奉盆供于三宝福田，用以解饥虚倒悬之急"。而云栖之《正讹集》中云，"施食自缘起阿难，不限七月十五日"。施食供奉大概是佛门的传统斋会。竺法护音译昙摩罗刹，西晋名儒，齐梁·僧祐《出三藏记集》卷2、卷13等载，他祖籍月氏，世居敦煌，世称"敦煌菩萨"。八岁出家，为天竺沙门竺高座的弟子，因姓竺。他译经一百五十九部，三百零九卷。在译经工作中，有许多助手为他执笔、详校，其著名者聂承远父子及其门人竺法乘、竺法首、张玄伯、孙休达、陈士伦、孙伯虎、虞世

---

① 见《大正大藏经》16卷。

雅等人，这些人有时对原经文加以整理删改，力求简洁。故《盂兰盆经》究为何人所译，尚难确定。

我们认为《盂兰盆经》是一部伪经，因为在《毗奈耶杂事》中记载，目连是个大逆子，不仅不孝顺其母，还生"恶念"想杀害自己的母亲，因此业报，于"五百生中"，"身常被打碎"，后虽在释迦牟尼门下为上座弟子，"神通第一"，然而由于"前世业力"仍被执杖梵志打杀。而在《盂兰盆经》中目连却成了大孝子，两者反差太大，很可能是竺法护及其助手自撰的。宗密在疏文中所谈的罗卜、青提事，仅提"有经说"，亦含混之语，同为杜撰之文。另外，目连救母故事本身，与佛教"空空"思想不相容，实乃传入东土后与儒家思想妥协的产物。在魏晋时期，因佛经传入不久，有些佛学者为了便易传播，往往采用中国哲学中固有的词汇和义理来比附和解释，认为可以量度经文正义，被称作格义佛教，他们主要用老庄的语汇比附佛理，对儒、道之学亦兼采，称之"外学""外典"。一些高僧大德，甚至以"善外学"为荣，如晋代的康僧渊、竺法雅、慧远等人即是。目连救母的故事的出现，大概就是为了适应当时的环境，采取变通的方式伪造出来的。范文澜在《中国通史简编》中云：

> 佛教在外国，宗教势力超出政治势力，但在中国，不论帝王如何尊信佛教，帝王终究要依靠儒家礼法来统治人民，佛教徒如不适应中国社会的传统惯例，使佛教汉化，在不抵触儒家伦理道德的情况下进行宗教活动，而企图传播完全外国面貌的佛教，也是不能立足的。

尤其是宣传"孝道"，更是它适应中国政治，迎合、笼络百姓，以退为进之手法。其实佛教自释迦牟尼创始时起，根本不存在有儒家所谓孝的概念，故传入中国后，因违反儒礼，遭致攻击，而儒家更用"孝"道来决定对佛教的态度。儒家礼教一直是中国封建统治阶级维持政权的基本工具，任何帝王，无论是明君，还是昏王，礼法刑政总得依据儒家，而凡是科举出身的封建官吏，都是儒门中人。儒家认为孝是"至德要道，百行之首"，"孝始于事亲，中于事君，终于立身"（《孝经》）。儒家论孝道，深入人心，上至帝王，下至百姓，无人敢持异说，否则即为社会所不容。而佛教宣传六趣（地狱、饿鬼、畜生、阿修罗、人间、天上）轮回，认为"无非父母，生死变昀，三界孰辨怨亲"，而"沙门均庶类于天属，等禽气于己亲，行普正之心，等普亲之意"。佛教的这种奇谈怪论，是儒家或受儒家影响的人绝对不能容忍的，如果佛教坚持推行此说，就不能在中国传播和发展，必须加以修正，而目连救母的故事即是在这种背景下的产物。由于这个故事是调和释与儒之间矛盾的最好题材，遂得到历代封建统治者和佛教头人的提倡，并使之带有政治色彩。在宋·志磐《佛祖统纪》卷37中记载，"设盂兰盆斋始于梁武帝"萧衍大同四年（538），"后演为民间节日，时在农历七月十五日。宋末时元兵入侵，即提前一日祭祖，以避兵扰。后随俗七月十四日过节"。但据《笺经杂记》所载，"南齐高祖（萧道成），常于七月十五日送盂兰盆往诸寺供自恣僧"。故知"盂兰盆斋"之设还应提前半个世纪。"盂兰盆斋"亦称"盂兰盆供"或"盂兰盆节"。虽最初兴于释门，至唐以后渐渐衍为民间节日，一直延至清末。《燕京岁时记》载，"至中元日，例有盂兰盆会，扮演秧歌、狮子诸杂技。晚间沿河燃灯，谓之放河灯"。因为从佛教的节日衍为民俗，遂渐渐由严肃变成较为轻松的一种娱乐性节日。

因为"盂兰盆斋"在夏历七月十五日，俗称"七月半"，与汉族及部分少数民族的传统节日"中元节"恰好在同一天，这很值得研究。不仅佛教以此日为节日，道教也以此日为重要节日，并命名为"中元节"。据道教的经典记载，这一天是"地官"的生日，而"地官"能"赦罪"，所以道观在此日作斋醮等会。东汉河上公注本《老子章句》中引《道经》云：

> 七月十五日，中元之日，地官校勾搜选众人，分别善恶……于其日夜讲诵是经。十方大圣，齐咏灵篇。囚徒饿鬼，当时解脱。

由此可知，道教斋醮内容，亦含"解救倒悬"之意，而且范围比佛教斋节内容更大些，不仅能赦罪，还能祈福禳灾，吉祥和平。有关对"地官"的崇拜，源于原始宗教中对天官、地官、水官，这三官神出现很早，在民间影响很大。东汉时早期道教吸收了民间的传统信仰，将其奉为主宰人间祸福的大神，并在职能上又有区别，即天官赐福、地官赦罪、水官解厄，皆以"帝君尊称"[①]。地官的全称为中元二品七炁赦罪地官洞灵清虚大帝，故在中元节道观举行法会时，要老律堂殿内正中供奉"地官洞灵清虚大帝"的神位，但后来道场有时在斋堂举行，又供奉"太乙救苦天尊"的塑像。因为此日佛教、道教都举行法会，令人混淆不清，遂又有地官即为地藏菩萨说，加以调和。实际上佛教、道教的种种传说，都是从我国远古时期崇拜鬼祖和祭祖活动中派生出来的，或可说是原始宗教在新形式下的一种衍变，是傩仪的更具体化的新产品。

本文与刘荫柏先生合作完成。

[①] （清）赵翼撰，栾保群、吕宗力校点本：《陔余丛考》卷35。

后 记

自我 1985 年考入中国艺术研究院研究生部后，就把元杂剧作为自己的重点研究方向。从硕士毕业论文以元杂剧中的"佛教戏"为题到撰写这部《虚幻与现实之间——元杂剧"神佛道化戏"论稿》博士论文，视野所及，将涉及佛道两教的杂剧进行深入的探索。论文提出了"神佛道化戏"的四种模式的观点，分析了戏剧与佛教、道教仪轨的结合等内容，而"神佛道化戏"中"八仙戏"研究，还有《西游记》杂剧研究，多有创见，得到了业内同行和专家的好评。虽然说论文中的重要章节大多在学术刊物上发表过，但要感谢河南大学学术建设经费的资助，使这部论文能够全文出版，也感谢中国社会科学出版社抬爱接纳并出版拙著。

附录中的几篇论文有我初涉元代剧曲的稚嫩之作，也有承担集体项目撰写的关于杂剧的篇什，之所以作为附录放在这部书中，算是我对元杂剧研究做一次梳理和总结，祈请方家读者批评指正！

毛小雨

2021 年 7 月 18 日于北京